El barco fantasma

Bestseller

Biografía

Kate Mosse es autora de once novelas, además de dramaturga y ensayista. Premiada con varios galardones, es la autora de la aclamada Trilogía del Languedoc que incluye las novelas *El laberinto*, *Sepulcro* y *Citadel*. Sus obras han sido traducidas a treinta y seis lenguas en más de cuarenta países. Fundadora del Women's Prize for Fiction y del Women's Prize for Non-Fiction, es Miembro de la Real Sociedad de Literatura, presidenta del Festival de Chichester, Miembro Honoraria de la Sociedad de Autores y fideicomisaria de la British Library. Además, imparte clases de Escritura Creativa en la Universidad de Chichester. En 2024 recibió el título de Comendadora de la Orden del Imperio Británico por sus servicios a la literatura, las mujeres y la caridad. Divide su tiempo entre Chichester, en West Sussex (Reino Unido), y Carcasona, donde escribió *La ciudad del fuego* y *La ciudad de las lágrimas*, primeros dos volúmenes de su celebrada serie Las crónicas de la familia Joubert, de la que *El barco fantasma* es la tercera entrega.

Kate Mosse

El barco fantasma
Las crónicas de la familia Joubert, 3

Traducción de Aleix Montoto

 Planeta

Título original: *The Ghost Ship*

© Mosse Futures Ltd, 2023
© por la traducción, Aleix Montoto, 2025
© Editorial Planeta, S. A., 2025
  Avda. Diagonal, 662-664, 08034 Barcelona (España)
  www.planetadelibros.com

Mapas del interior: ML Design Ltd
Adaptación de la cubierta: Booket / Área Editorial Grupo Planeta
Ilustración de la cubierta: © Pobytov / Getty Images y © gomolach / Shutterstock
Primera edición en Colección Booket: marzo de 2026

Depósito legal: B. 415-2026
ISBN: 978-84-08-31730-2
Impreso en España

*Como siempre, para mis queridos Greg, Martha y Felix,
y para los maravillosos Finn y Ollie*

Los que se hacen a la mar en sus barcos para comerciar en la inmensidad de las aguas son testigos de las obras del Señor y de sus maravillas en el piélago.

Pues fue Su palabra la que desató el viento y levantó las olas.

SALMO 107: 23-27 (Biblia del Rey Jacobo)

ÍNDICE

ÍNDICE

NOTA DE LA AUTORA

El barco fantasma es la tercera de una serie de novelas inspiradas por la diáspora hugonota, que se extiende desde la Francia del siglo XVI hasta el cabo de Buena Esperanza ya en el XIX, pasando por Ámsterdam y las islas Canarias.

La secuencia de guerras civiles religiosas en Francia entre católicos y hugonotes, que comenzó el 1 de marzo de 1562 y terminó después de que varios millones de personas hubieran sido asesinadas o desplazadas, concluyó gracias a la firma del Edicto de Nantes el 13 de abril de 1598 por parte del rey Enrique IV (o Enrique de Navarra), previamente protestante. Enrique consiguió grandes cosas durante su reinado, y su asesinato el 14 de mayo de 1610 supuso una catástrofe para Francia y los hugonotes. Su hijo legítimo de mayor edad, Luis XIII, que contaba con ocho años, ascendió al trono y, de inmediato, se produjo un retroceso en los derechos de los hugonotes. La Rochelle, por aquel entonces la tercera ciudad en tamaño de Francia, se convirtió en un símbolo de resistencia contra la corona católica.

Cuando Luis XIII murió en mayo de 1643, su hijo Luis XIV continuó la persecución. El 22 de octubre de 1685 revocó en Fontainebleau el Edicto de Nantes, precipitando con ello el éxodo forzoso de los pocos hugonotes que todavía quedaban en

Francia. Los primeros refugiados hugonotes habían comenzado a llegar al cabo de Buena Esperanza, en Sudáfrica, ya en 1671. El gobernador local, Simon van der Stel, cedió a los hugonotes unas tierras en el valle de Drakenstein (actual Paarl) y en Oliphants Hoek para que se asentaran. Esta última pasó a ser conocida popularmente como *le coin Français*, literalmente la «esquina francesa», y más adelante por la traducción neerlandesa de dicho nombre, Franschhoek.

Hay muchas historias excelentes sobre los hugonotes y la influencia de esta pequeña comunidad es extraordinaria, pues la diáspora diseminó a estos cualificados inmigrantes por todo el mundo. La palabra *refugiado* procede de la palabra francesa *réfugié*, usada por primera vez para denominar a los hugonotes. Todos los países que acogieron a estos refugiados —entre ellos la República Neerlandesa,* Inglaterra y Sudáfrica— se vieron enriquecidos por su presencia.

La Compañía Neerlandesa de las Indias Orientales, o VOC (por las siglas de su nombre en neerlandés: «*Verenigde Oostindische Compagnie*»), fue fundada en marzo de 1602 por los Estados Generales de los Países Bajos, siete años antes de que la República Neerlandesa fuera reconocida formalmente por España en 1609, y se le concedió un monopolio de veintiún años para llevar a cabo actividades comerciales en el Lejano Oriente. Me he tomado una gran licencia permitiendo que la flota Van Raay opere con independencia dentro de la VOC. Y también grandes libertades con la estructura de mando y las actividades piráticas del navío *Old Moon* («Luna vieja») por conveniencia de la narración: por ejemplo, sin duda habría habido tres tenientes/oficiales bajo las órdenes del capitán, en vez de solo dos.

---

* Oficialmente, Provincias Unidas de los Países Bajos o República de los Siete Países Bajos Unidos. *(N. del t.)*

Es improbable que un «barco fantasma» como el que he imaginado pudiera haber existido, y menos todavía al mando de una mujer, pero, siguiendo la tradición de la mayoría de las historias de piratas, el romance y las hazañas son lo que guía la narración. El *Old Moon* está basado en dos barcos holandeses de la época: el *Halve Maen* («Media luna»), de Henry Hudson, y el *Witte Swaen* («Cisne blanco»), de William Barentsz. El *spiegelretourschip* llamado *Berg China*,* mencionado en los registros holandeses simplemente como *China*, llegó a la bahía de la Mesa procedente de Róterdam en 1688.

Por último, la historia de amor que hay en el centro de la novela está inspirada en parte por dos piratas reales del siglo XVIII, las legendarias Anne Bonny y Mary Read, así como anteriores comandantes piratas como la «Leonesa de Bretaña», Jeanne de Clisson, del siglo XIV, y la reina pirata Sayyida al-Hurra, del siglo XVI. Estas extraordinarias mujeres guerreras —y otras— aparecen en mi libro *Cómo las mujeres (también) construyeron el mundo: Reinas guerreras y revolucionarias silenciosas.*

A no ser que se especifique lo contrario, todos los personajes de *El barco fantasma* son imaginarios, aunque estén inspirados en gente que pudo haber existido: mujeres y hombres corrientes que hacen lo posible por amar y sobrevivir, con guerras religiosas y desplazamientos forzados como telón de fondo.

Más o menos igual que ahora.

KATE MOSSE
Chichester
Noviembre de 2022

---

* «Berg» era el apellido de su capitán. (*N. del t.*)

PERSONAJES PRINCIPALES

En París y Carcasona:
Louise Reydon-Joubert
Marguerite (Minou) Reydon-Joubert, su abuela
Piet Reydon, su abuelo
Jean-Jacques Reydon-Joubert, su tío

En La Rochelle:
Gilles Barenton
Achilles Barenton, su tío
Marie Roux, su madre
Hans Janssen, antiguo capitán del *Old Moon*

En Ámsterdam:
Alis Joubert, tía abuela de Louise
Cornelia Van Raay, propietaria de la compañía naviera y compañera de Alis
Bernarda Gerritsen, tía de Louise
Frans Gerritsen, su marido

En el océano Atlántico:
Hendrik Joost, capitán del *Old Moon*
Jan Roord, primer teniente

Joris Bleeker, segundo teniente
Dirk Jansz, contramaestre
Pieter, un grumete
Albert, un cocinero
Lange, un marinero neerlandés
Jorgen, un marinero neerlandés
Los hermanos De Groot, ambos marineros neerlandeses
Marco Rossi, un sastre italiano
Tom Smith, un teniente inglés
Ali Al-Bayt, un marinero morisco
Pierre Rémy, un artillero francés
Sánchez, un marinero canario

En Las Palmas de Gran Canaria:
Willem de Klerk, capitán del *North Star* («Estrella del norte»)
Phillipe Vidal, lord Evreux
Andries Joost, el padre del capitán Hendrik Joost
Felipe Arauz, procurador fiscal de Gran Canaria

En Ciudad del Cabo:
Florence Amiel, de soltera Reydon-Joubert, prima de Louise
Suzanne Joubert, su nieta

Figuras históricas:
Enrique IV, rey de Francia y Navarra (1533-1610)
François Ravaillac (1578-1610), asesino

PRÓLOGO

Las Palmas de Gran Canaria
Viernes, 8 de octubre de 1621

Hoy me van a ahorcar. Antes de que salga el sol, vendrán a buscarme y me llevarán a un patíbulo. Una vez ahí, me colgarán del cuello hasta que haya muerto.

«Mi bonito cuello pálido.»

Amigos, soy inocente de los cargos de los que se me acusa. Mis otros crímenes no los niego. Mis actos fueron calculados, fueron justos. Todavía puedo sentir la sangre deslizándose entre mis dedos, todavía puedo oler el miedo. Más adelante, el odio bajo cubierta y el hedor de los hombres confinados en el mar mes tras mes. También su incredulidad ante el hecho de que una mujer pudiera ser tan cruel. De modo que sí, confieso que he asesinado, pero solo en defensa propia o para proteger a mis seres queridos. Nunca en busca de un beneficio. Nunca sin una causa justa.

Esas son las palabras que pronuncié en mi juicio, pero los hombres del tribunal español no me escucharon. Los jueces —hipócritas todos— estaban pendientes de cada detalle. No podían creer que una mujer fuera capaz de semejante maldad, pero eso no fue óbice para que me declararan culpable de todos modos.

Por la ventana puedo ver que ha comenzado a clarear. La luz le devuelve la forma al cadalso y a mi celda: el duro catre fijado al suelo, una manta repleta de pulgas, mi tajadero y mi jarra de peltre, un orinal. He grabado mis iniciales para que futuros prisioneros de esta celda sepan que, durante casi seis semanas en el año de nuestro Señor de 1621, una mujer estuvo aquí confinada: LRJ, capitana de navío e inocente del crimen por el que ha sido condenada.

Oigo las campanas de la catedral de Santa Ana señalando el inicio de otro día. En el puerto, los pescadores estarán remendando sus redes y sus mujeres limpiando la pesca de la mañana mientras sus hijos ahúman algas en la arena. En el puerto, el viento estará susurrando en los obenques y haciendo zumbar la jarcia de los altos barcos que se preparan para viajar al sur, hacia el cabo de Buena Esperanza, donde se encuentran los dos océanos.

Cómo echo de menos la cadencia y el vaivén de las olas bajo mis pies, el balanceo. La soledad de la guardia nocturna y el cielo negro salpicado de estrellas plateadas. Y las infinitas, traicioneras, hermosas y cambiantes aguas.

«Cuánta independencia, qué libertad.»

En las Casas Consistoriales, los secretarios estarán disponiendo el papel y la tinta. El sacerdote, repasando sus oraciones y preparándose para oír mi confesión, esperando arrepentimiento y que solicite la absolución. No le proporcionaré esa satisfacción.

Amigos, fue mi abuela quien me enseñó la importancia de ser una misma quien cuente su propia historia y no permitir que las palabras de otros hablen por ella. Las mentiras son trampas de las que resulta difícil escapar. Así pues, en estos últimos momentos tengo una última pregunta que haceros, una pregunta que no me veo capaz de contestar yo misma.

«¿Una asesina nace o se hace?»

La Biblia dice que Dios puso su marca en Caín y lo condenó a vagar como un alma en pena por el mundo. ¿Acaso tengo yo semejante marca? ¿Existe realmente la mala sangre?

Algunas personas son malvadas de nacimiento. Eso es lo que el fiscal dijo al pronunciar la sentencia. ¿Cómo podía yo, hija y nieta de asesinos, refutar eso? ¿Fueron sembradas esas semillas durante mi infancia, transcurrida entre los mástiles de madera de los *fluyts* y las barcazas de fondo plano de Ámsterdam? ¿O acaso fue en esa casa de huéspedes de Kalverstraat cuando me convertí en quien soy? ¿Tal vez hace un año, en La Rochelle, cuando a finales de octubre zarpé de su puerto en el *Old Moon*? ¿O quizá en el instante en el que me di cuenta de que estaba enamorada y, por lo tanto, podía perderlo todo?

Aunque el tiempo ya prácticamente se ha agotado, todavía creo que mi amante me salvará. Después de todo lo que hemos visto, todo lo que hemos sido el uno para el otro, tengo fe.

El cielo es ahora del más pálido azul. Creía estar serena, pero veo que me tiembla la mano mientras escribo estas últimas palabras. He pagado bien al guardia para que saque estas páginas a escondidas de la prisión, y solo puedo rezar para que mantenga su palabra.

En la prisión reina una tranquilidad absoluta. Me han dicho que suele ser así los días que hay una ejecución. ¿Oís el silencio? Nadie golpea los barrotes, nadie grita o suplica clemencia, tabaco o agua, ninguna dolencia imaginaria le ha sobrevenido a nadie durante las horas de oscuridad. Hasta las ratas están quietas. Solo se oye el tintineo de las llaves y las pisadas de las botas del carcelero, flanqueado por cuatro soldados porque temen mi ferocidad.

Al otro lado de los muros de la prisión la cosa es distinta. Puedo oír el creciente griterío y clamor de la muchedumbre reuniéndose ante las puertas, armada con sus bordados y sus encajes, las petacas llenas de vino canario y los parasoles listos para protegerse del sol naciente. Hasta el día de hoy, este ha sido el otoño más caluroso del que se tiene registro.

«Ya casi ha llegado la hora.»

He rechazado la capucha. Quiero ver a la burguesía y al pueblo llano por igual; a todos aquellos que vengan esta nublada mañana de octubre a ser testigos de la ejecución de la diabla, la notoria capitana de los mares. Les ofreceré un espectáculo, no lo dudéis. Aunque me hayan vestido con ropa de mujer y apenas pueda respirar, les daré algo de lo que hablar. Solicité ser ejecutada con mi propia ropa, pero han optado por humillarme una última vez obligándome a vestir enaguas y corsés. Vine a este mundo como una mujer y estoy condenada a dejarlo como tal.

Los guardias comentan que será la mayor cantidad de gente que haya acudido nunca a presenciar un ahorcamiento, y he de admitir que eso me satisface. Han ejecutado a corsarios antes en este punto de encuentro del océano Atlántico y la costa berberisca donde la piratería es ley de vida, pero es de justicia que yo suscite semejante interés. Soy, en efecto, celebérrima y temida en mar y tierra. Soy quien no creían que pudiera existir.

Soy la capitana del *Ghost Ship*, el «Barco fantasma».

PRIMERA PARTE

Once años antes
PARÍS, LA ROCHELLE Y CARCASONA
Mayo – julio de 1610

1

París
Miércoles, 12 de mayo de 1610

En los jardines del palacio de las Tullerías, una mariposa aleteaba en el cálido aire primaveral. Elevándose, volteando y descendiendo, sobrevoló el césped y los macizos de tulipanes rojos y amarillos, dejó atrás los olmos y las encinas, y finalmente se posó sobre una embriagadora lavanda.

Bajo el cielo rosado de la temprana mañana, los formales setos de boj que bordeaban las veredas de los jardines ya estaban repletos de gorriones. Un mirlo graznaba a su pareja. Los primeros vencejos regresaban a casa tras pasar el invierno en la costa berberisca: un grupúsculo de alas plateadas que sobrevolaban las tranquilas aguas del lago ornamental. Los gusanos de seda, la llegada más reciente a este oasis verde en el extremo occidental de la ciudad, tejían sus mudas historias en las moreras blancas.

Al otro lado de los altos muros de piedra, más allá del sosiego de los jardines, París iniciaba su trajín. Las campanas de la ciudad señalaban el paso de la noche al día. Los vendedores ambulantes se dirigían a Les Halles tirando de sus carros, cuyas ruedas traqueteaban ruidosamente sobre las calles adoquinadas. Vendedores de telas y de conservas, de peltre y de guantes se preparaban para el ajetreo de otro día. En las casas de huéspedes y los áticos, prostitutas y rateros refunfuñaban y maldecían a la espera de que regresara la noche. En las casas, las ayudantes de cocina tendían jarras para recibir el reparto matinal de leche y los niños enclenques eran enviados a comprar pescado fresco al Quai de Bourbon. De norte a sur dentro del viejo trazado medieval de la capital, por todas partes había vida.

Solo faltaba un día para la coronación. En las calles ondeaban banderines azules, rojos y dorados, y en las macetas de las ventanas relucían los geranios. Los monárquicos colgaban banderas de sus balcones y se jactaban de haber sido invitados a la congregación que se celebraría al día siguiente en la basílica de Saint-Denis. Tras diez años de matrimonio con el rey de Francia, María de Médici por fin iba a ser coronada reina en presencia de su marido y del delfín, que a la sazón contaba con ocho años. Aunque la italiana no era demasiado popular, en las tabernas los patrones ofrecían bebidas en su honor: el «Ponche Marie», la «Malvasía Médici» o la *grosse banquière*. A lo largo de la rue Saint-Honoré, las pastelerías estaban repletas de galletas florentinas y brioches, hojaldres rellenos de crema y trenzas de pan con forma de corona.

Y en el alojamiento temporal de la familia Reydon-Joubert en la place Dauphine, en el extremo occidental de la Île de la Cité, dormía alguien que no había sido invitado. Louise Reydon-Joubert estaba soñando con aquel vigesimocuarto día de abril del año 1596 en Ámsterdam, con aguas profundas y amplios cielos azules que prometían aventuras, con la gloria de los barcos transoceánicos.

«Noche tras noche, el mismo sueño.»

Tenía diez años, era alta para su edad y recordaba haber

24

sido llevada al IJ por primera vez para examinar los barcos anclados en el puerto. Iba muy elegante con una capota y un delantal blancos, un vestido azul y unos zuecos.

Louise se removió en la cama a causa de su atribulado sueño. El largo pelo castaño se le había enredado en el cuello cual nudo corredizo. El sueño era desconcertante. Resultaba doloroso recordar cuán inocente era, cuán orgullosa. Cogida de la mano de su abuelo, cruzaba los canales de Ámsterdam, consciente de que al día siguiente su madre regresaría a casa.

Un día especial, marcado en el calendario.

En el sueño, a Louise la cogían cual saco de harina y la depositaban en una barcaza amarrada en el Damrak. A continuación sentía el impulso intermitente de los remos y el chapoteo de las aguas del canal en la proa mientras la embarcación pasaba por delante de los embarcaderos que había en la parte trasera de las casas de Warmoesstraat, por debajo de los puentes, dejaba atrás la aguja de la Oude Kerk y, finalmente, desembarcaba. Recorría un pontón de madera cuyos tablones crujían y se arqueaban bajo sus pies y subía al *boot* del barco, un gran bote de remos que los llevaría al *Old Moon*, anclado en las aguas profundas y cambiantes del puerto. De camino, contemplaba un bosque de madera, mástiles y velas: el paisaje más glorioso. El ruido resultaba abrumador y aterrador. Gritos, ráfagas de viento, el roce del metal. El chifle transmitiendo órdenes.

Las imágenes se arremolinaban y mezclaban. Louise levantaba la mirada maravillada hacia las velas y los mástiles, y luego la bajaba al mar, ahora más agitado y en el que rompían olas blancas a medida que los remos batían las aguas formando diamantes verdes. Recordaba a su abuelo secándose gotas de agua salada de la cara con su pañuelo.

Un momento después, se encontraban junto al liso casco

del *Old Moon*. El *fluyt* se balanceaba un poco en el oleaje. El óxido de los clavos de hierro teñía de rojo la madera de las regalas. Louise contemplaba maravillada el brillo de un barco prácticamente listo para zarpar, así como el caos de mercaderes y de bienes, de marineros y de civiles que había a su alrededor. Algunos animales, para comerciar o comer, eran elevados con un cabrestante y depositados en la cubierta.

De repente, unos fuertes brazos la cogían por la cintura y, pasándola de mano en mano, la subían por la escalera de cuerda hasta que también ella llegaba a la cubierta. Sus zuecos no eran el calzado más adecuado, pero Louise no tenía problemas en mantener el equilibrio. Era una marinera nata, decían. Ella tocaba la jarcia, el pulido pasamano de la borda, el reconfortante grosor de la amarra. Su abuelo la cogía y la alzaba para que hiciera sonar la campana del barco y luego ella corría de una punta a otra de la cubierta, de popa a proa, sin resbalar.

Louise aplaudía entusiasmada cuando los marineros trepaban descalzos por las cuerdas y permanecían en equilibrio sobre las vergas como los monos amaestrados que había en la cantina de Zeedijk; la cocina del castillo de proa, envuelta en humo y hollín, con el traqueteo del caldero de metal que colgaba en su prisión de ladrillo; el espolón en la proa y la rejilla a través de la que los marineros hacían sus necesidades. Aunque solo tenía diez años, comprendía que ahí cada hombre tenía su tarea. Un barco era una república flotante con sus propias leyes, sus propias costumbres y sus propias reglas.

Ese día, Louise se quedó completamente prendada del mar y de la promesa de aventura, de libertad. Todo el mundo estaba encantado con esa niña a la que le gustaba el mar tanto como a cualquier niño. Todos los marineros entrecanos, que se pasaban la vida lejos de la civilizadora compañía de las mujeres y los niños, la aplaudían. A ella se le había soltado el pelo y tenía las mejillas sonrojadas. Se sentía feliz.

Luego, como siempre, el sueño se volvía más oscuro. Siempre el mismo cambio, de la euforia a la angustia. Los marineros se reían cuando ella decía que algún día sería capitana de un barco. Ella no comprendía dónde estaba la gracia y se sentía humillada. Su abuelo se inclinaba hacia ella y le explicaba que las niñas no podían hacerse a la mar, pero que había muchas otras cosas que podían hacer en tierra firme.

Y así era como comenzaba el final.

Louise salía corriendo y tropezaba. Intentaba mantener el equilibrio, pero finalmente caía al mar. No era la familiar superficie reluciente del Damrak, sino las aguas profundas del IJ las que la reclamaban. Estaban muy frías. Ella trataba de nadar, pero no podía mover los brazos ni las piernas. La falda y las enaguas se le habían empapado y la arrastraban hacia abajo. Louise veía como se le soltaban los zuecos de los pies y se alejaban flotando. Ahora ya no los necesitaría.

No se oía ningún sonido salvo el latido de su propio corazón mientras las sedosas aguas la envolvían y la maraña de algas la retenía. Los peces pasaban nadando a su lado a toda velocidad mientras ella se hundía en las profundidades.

Todo habría sido mucho más sencillo si ese día se hubiera ahogado.

—¡No! —exclamó Louise, incorporándose sobresaltada.

Tardó un momento en reconocer la habitación en la que se encontraba. Cortinas de color azul pálido en vez de persianas de madera. El ruido de los trabajadores discutiendo en francés en la plaza de abajo en vez de la alegre cháchara de los barqueros neerlandeses. Louise no estaba en su alcoba de Zeedijk, sino en una elegante casa de la place Dauphine. Ya no era una niña de diez años descubriendo los límites de su mundo, sino una mujer de casi veinticinco.

Louise Reydon-Joubert se reclinó contra el cabecero de la cama y recobró el aliento. Estaba en París, no en Ámsterdam. Aunque, al parecer, ni siquiera ahí podía escapar del pasado.

2

En el piso de abajo, la abuela de Louise, Minou, yacía en su cama con la vista fija en el techo de madera de su alcoba mientras pensaba que, de todos los lugares, el que más odiaba era París.

Esta era la primera vez que regresaba a la capital de Francia desde aquella terrible noche de agosto y la masacre que siguió a la boda real de Enrique de Navarra y Margarita de Valois, treinta y ocho años atrás. Minou desearía no haberlo hecho, pero la verdad era que no había tenido mucha elección. Si Louise quería recibir su herencia, debía estar presente en persona al día siguiente para firmar los documentos, y ni Minou ni su marido, Piet, podían dejar que fuera sola a París.

Estaba decidida a desterrar los recuerdos del pasado, de manera que Piet y ella tenían intención de quedarse hasta diciembre. Así tendrían ocasión de ver a su hijo, Jean-Jacques, que trabajaba para el duque de Sully, amigo del rey y su consejero más íntimo. Eso les proporcionaría asimismo la oportunidad de conocer a sus nietos parisinos, los hijos de Jean-Jacques: Florence, de cuatro años, y el recién nacido. Ahora, sin embargo, Minou ya no estaba tan convencida.

Sintiendo todos y cada uno de sus sesenta y ocho años, se incorporó sobre un codo y echó un vistazo a Piet, que dormía a su lado. Los encantadores rasgos de este, palidecidos con la edad, le resultaban tan familiares como los suyos propios. Contra todo pronóstico, habían estado uno al lado del otro desde hacía cincuenta años. Juntos habían afrontado angustias y pesares, se habían extraviado y luego vuelto a encontrar. Bendecidos con tres hijos y tres nietas, habían sufrido, pero habían logrado salir adelante. Cual compañeros de armas, se habían mantenido firmes ante las vicisitudes de la vida, los males de la guerra y la muerte de seres queridos. Estaban viejos, pero de algún modo habían conseguido seguir vivos mientras quienes los rodeaban habían ido sucumbiendo. Habían sobrevivido.

Pero no sobrevivirían a esto.

Minou dejó que sus ojos se cerraran brevemente. Ya no podía postergarlo más. Tenía que contárselo. Pasó el dorso de la mano por el brazo de su marido, esperando despertarlo con suavidad. Piet seguía siendo un hombre fuerte aunque la piel le colgara de los huesos con más flacidez. Todavía recordaba al desconocido que, de pie ante la casa de su padre en Carcasona, la llamó su «señora de las brumas». Esa noche ella le entregó su corazón y, aunque el tiempo lo había maltratado y remendado, seguía latiendo solo por él.

—*Mon coeur* —susurró.

Piet gruñó en sueños, pero no se movió.

El sol matutino se filtraba por las persianas, proyectando franjas de luz en el suelo de madera. Minou pensó en otras mañanas de desvelo en las que habían permanecido tumbados uno en los brazos del otro. Recordó su primera casa en Puivert, destruida durante la cuarta guerra; también su santuario de Zeedijk, en Ámsterdam, adonde habían huido después de la masacre que se había cobrado la vida de su hermano y de su hija mayor, Marta, así como la de otros mil hugonotes; y todos los lugares en los que habían sido honrados invitados o refugiados sin hogar mientras su fortuna aumentaba y disminuía, y luego aumentaba de nuevo. Ella no quería romper el hechizo. Cuando lo hiciera, ya nada volvería a ser igual.

—Amor mío, me gustaría hablar contigo —dijo ella armándose de valor.

Le dio un beso en la mejilla y percibió el familiar aroma a sándalo. Tan intenso, tan fuerte, incluso después de todos esos años. Él abrió los ojos. Por un instante, no tuvo claro dónde se encontraba.

—Piet.

Él se volvió hacia ella y le dedicó una sonrisa matutina.

—¿A qué viene ese tono tan sombrío?

—Se trata de un asunto de cierta importancia.

Él se rio.

—No tienes por qué fruncir el ceño, *madomaisèla*. No hay nada que puedas decir que yo no esté contento de oír.

—*Madomaisèla!* ¡Ja! Necesitas unas gafas.

—No necesito ningún ojo de cristal para saber que eres preciosa.

Minou llevó una mano a la mejilla de su marido.

—¡Madre mía, qué lisonjero eres!

—Habla, pues cuanto antes lo hagas antes podremos tomar el desayuno. —Piet sonrió, y las líneas de su avejentado rostro arrugaron su pálida piel norteña—. Esta mañana tengo apetito. —Viendo que su esposa vacilaba, la reconfortó—. Puedes contarme cualquier cosa, Minou, ya lo sabes.

—Por supuesto. —Ella se apartó de la cara su largo pelo, ahora ya del color de la nieve—. Verás, quiero regresar a casa.

Piet se irguió y reclinó la espalda en el cabecero.

—Bueno, confieso que no es lo que esperaba. Pero no me parece algo tan serio, la verdad. Admito que la fecha deberá ser objeto de alguna discusión, teniendo en cuenta lo bien establecido que está Jean-Jacques aquí. Y también hay que tomar en consideración a Louise. Imagino que, una vez firmados los documentos, su intención era quedarse con nosotros en París, aunque tal vez me equivoque. Por lo demás, Bernarda y Frans no nos esperan de vuelta en Ámsterdam hasta la víspera de Sint Nicolaas.

Ella colocó una mano en un brazo de su marido para contener el torrente de sus palabras.

—No, a Ámsterdam no.

Piet frunció el ceño.

—Entonces ¿adónde?

Por primera vez, Minou sonrió.

—A Carcasona. Ha llegado el momento de volver a casa.

3

Louise pasó de puntillas por delante de la puerta cerrada de la alcoba de sus abuelos, bajó la amplia escalera y salió a la calle a esa temprana hora de la mañana. Se sentía agitada, como siempre que las pesadillas plagaban sus sueños, y la única forma de calmarse era caminar. Caminar y no pensar. Caminar y no hablar.

Por un momento, permaneció en el centro de la place Dauphine y volvió la cabeza para echar un vistazo al edificio que, esas últimas tres semanas, había sido su hogar. Llamada así en honor al hijo mayor y heredero de Enrique IV, esta plaza era el segundo de los espacios abiertos recientemente proyectados bajo su reinado para los ciudadanos de París, y todavía no había sido terminada. Los martilleos y demás ruidos de construcción habían sido incesantes todas y cada una de las horas diurnas desde que habían llegado en abril, a excepción del *sabbat*. Suficiente para volver loco a cualquiera.

Por supuesto, Louise sabía que no era el ruido de la place Dauphine lo que la inquietaba. Tenía demasiadas cosas en la cabeza. Esta era su primera visita a París. Fue ahí, en el año de 1572, donde su madre, Marta, había desaparecido cuando aún era una niña. Louise metió una mano en el bolsillo donde guardaba el relicario de su madre envuelto en un retal de algodón.

Para ella era un talismán, o un amuleto de la suerte, y siempre lo llevaba encima.

«Intenta no pensar.»

Louise cruzó la plaza y se inclinó sobre un parapeto de piedra para mirar el río Sena. Incluso antes de ser lo bastante mayor para que le contaran la historia de la desaparición de su madre dos días antes de la masacre —no volvería a reunirse con su familia en doce años—, Louise había tenido la sensación de que Marta no encajaba dentro del hogar amsterdamés de los Reydon-Joubert. Fueron esos años en los que su madre estuvo desaparecida los que, como hija adoptiva de un soldado mercenario, forjaron su carácter, no la riqueza del hogar en el que nació.

Durante toda su infancia, su madre solía desaparecer de Ámsterdam durante meses y nadie le decía adónde había ido o si iba siquiera a regresar. Cuando reaparecía en la concurrida casa de Zeedijk, le llevaba a Louise fastuosos regalos y le contaba cautivadoras historias de los lugares que había visto. Marta era encantadora con su hija pequeña, moderadamente afectuosa con su hermano Jean-Jacques y amable con Bernarda, su hermana menor. Su trato, no obstante, apenas era más cariñoso del que le ofrecería a un mero conocido. Solo la abuela de Louise, Minou, había llegado a suscitar el afecto incondicional de Marta.

De vez en cuando, sin embargo, en las largas y calurosas tardes de verano, cuando Marta había tomado algo de vino y estaba de humor para evocar sus recuerdos, sentaba a Louise con ella en el banco que había en el vergel y le contaba historias que siempre comenzaban del mismo modo: «Érase una vez una niña pequeña espabilada y valiente...».

Louise recordaba a su madre como una mujer glamurosa y elegante que no intentaba siquiera disimular su desdén por la sociedad neerlandesa. Ella tenía su mismo tono de piel —y los característicos ojos de distinto color de las mujeres Reydon-Joubert, uno azul y otro marrón—, pero era de complexión ancha para tratarse de una mujer, y poseía unos rasgos marcados que chocaban con las ideas parisinas de belleza femenina. Solo había visto una vez a su padre, pero sabía que se parecía a él en constitución y altura. Odiaba eso.

Y entonces, dos días después de esa mañana de abril en la que Louise se había caído del *Old Moon* y casi se ahoga, su madre murió y ya no hubo más historias.

«De nada sirve echar la vista atrás.»

Las campanas de la Sainte-Chapelle dieron la media hora, llevando de vuelta a Louise a esa apacible mañana parisina. Su nostálgico corazón anhelaba lugares y olores que le resultaran familiares: los graznidos de las gaviotas siguiendo a los barcos de pesca, los hábiles movimientos de los estibadores, la formidable presencia de los marineros.

Decidió ir al puerto. Había reparado previamente en un pequeño barco con la bandera de la Compañía Neerlandesa de las Indias Orientales, la VOC, esperando para zarpar con la marea matutina. Su mera visión la ayudaría a sentirse menos decaída.

Louise apretó el paso. Incluso antes de haber pisado el *Old Moon*, lo que siempre había querido era navegar. No dejaba de incordiar a su tía abuela Alis y a la compañera de esta, Cornelia Van Raay, suplicándoles constantemente que la llevaran con ellas a ver la llegada de los barcos de altos mástiles con sus gallardetes y banderas, así como los pequeños botes que revoloteaban en torno a los barcos más grandes cual moscas alrededor de una dócil yegua. Aunque le aburrían las clases, no tenía problema alguno en memorizar los nombres de los distintos tipos de cabos y velas, ni tampoco en trazar cursos de travesías en el lacado globo terráqueo que descansaba sobre la mesa que había en el vestíbulo de la casa Van Raay, en Warmoesstraat.

Louise sonrió al recordar cómo solía pillarse los dedos con los listones de madera al hacer girar el globo una y otra vez, fascinada por los monstruos marinos y los naufragios y la *terra incognita*.

La flota Van Raay era una de las más pequeñas que operaban bajo los auspicios de la Compañía Neerlandesa de las Indias Orientales en Ámsterdam, y la única que era propiedad exclusiva de una mujer (que también la dirigía). Louise ayudaba a Cornelia, pero odiaba que sus cometidos se vieran restringidos a causa de su género. Realizaba el seguimiento de los cargamentos, tomaba nota de las reparaciones pendientes, pagaba a los capitanes y la tripulación. Se trataba de un trabajo importante, pero no era suficiente. Estar en tierra firme, limitándose a soñar con aventuras que tenían lugar en otros lugares, no era suficiente.

«Mañana todo esto podría cambiar.»

Louise cruzó el pont au Change. En comparación a la tranquilidad de la Île de la Cité, la margen derecha era más bulliciosa y ruidosa. El tráfico de carretillas y carruajes era incesante, la gente gritaba, y el olor a excrementos de caballo se mezclaba con el de la carne frita de los comerciantes que montaban sus puestos en la place de Grève los días en los que iba a haber una ejecución.

Había un patíbulo permanente delante del Hôtel de Ville. Louise vio que se había reunido una multitud y se le encogió el corazón. Los ahorcamientos públicos le parecían una barbarie y habría evitado la plaza si hubiera podido, pero no había otra forma de llegar al puerto.

Ya había soldados patrullando la plaza pica en mano, dispuestos a actuar ante la menor señal de disturbios. Los niños correteaban de un lado a otro, y las mujeres se abrían paso con sus puntiagudos codos y los rígidos bordes de sus cestas de sauce. Louise no tuvo otra opción que seguir a la muchedumbre.

—Disculpad —dijo intentando pasar—. *S'il vous plaît.*

Alzando los bajos de su capa para que no se manchara de barro, Louise siguió adelante como pudo. En un momento dado, el gentío clamó cuando el carruaje que llevaba a los prisioneros procedentes de la Bastilla entró en la plaza. Ella se dio cuenta de que se había quedado atrapada.

No muy lejos, había un hombre alto que tiritaba a pesar de la cálida temperatura de la mañana. Su pelo rojo le hacía destacar entre el gentío, y abrazaba una bolsa de arpillera como si de un bebé se tratara.

Ese día, el volumen de las voces que oía en su cabeza era alto. Le decían lo que debía hacer. Era un necio, un inadaptado, alguien irrelevante. Lo increpaban, advirtiéndole que la malignidad hugonota seguía extendiéndose, infectando París y todas las demás ciudades importantes de Francia. La nación nunca recuperaría su grandeza hasta que el último de esos herejes hubiera sido extirpado. Ese era su propósito. El propósito de Dios que se manifestaba a través de él. Las voces así se lo decían.

Era consciente de que aquellos que tenía alrededor lo evitaban, pero no le importaba. ¿No sucedía eso siempre que un profeta se encontraba entre la gente común? Pronto tendrían razones para alabarlo. Se arrodillarían ante él para agradecer que el humilde salvador de Francia los hubiera bendecido con su presencia. Era un instrumento de Dios. Liberaría a Francia del cáncer de la herejía y sería aplaudido por ello. Entonces tendrían que creerlo.

Siguió avanzando hacia el patíbulo, recorriendo la plaza adoquinada con los pies sucios y el paso vacilante. El ruido en su cabeza era cada vez más alto. Zumbidos, susurros, abucheos, burlas.

«No eres nada, Françoise Ravaillac, nada de nada.»

Se aferró a la bolsa con más fuerza. La punta del cuchillo que escondía había atravesado el tejido de arpilla y unas gotas de sangre teñían su camisa.

—¿Qué le sucede a ese hombre?

Louise bajó la mirada hacia el niño pequeño que había aparecido a su lado.

—¿Te has perdido?

El niño señaló a alguien.

—Mire. Está sangrando.

Ella se volvió y vio a un hombre harapiento, alto y de pelo rojizo que permanecía aferrado a una bolsa bajo la sombra del ayuntamiento. Estaba claramente afectado por alguna dolencia de la mente o del espíritu. Movía los ojos de un lado a otro, como si temiera que lo espiaran, y parecía estar hablando consigo mismo. A continuación, como si hubiera sentido que lo estaba observando, se volvió hacia ella y se la quedó mirando fijamente con unos intensos ojos oscuros y llenos de odio.

—Vámonos de aquí —dijo Louise de inmediato, cogiendo al niño de la mano—. ¿Dónde está tu madre?

—He venido con mi padre.

—Está bien, tu padre. ¿Dónde lo has visto por última vez?

El niño se encogió de hombros. La bravuconería estaba abandonándolo.

—No lo sé —dijo con un hilo de voz.

En el centro de la plaza se elevó otro clamor. Por encima de las cabezas de la muchedumbre, Louise vio como acercaban al patíbulo a los cuatro prisioneros. Uno de ellos apenas era poco más que un muchacho.

«¿Quién deja a un niño tan pequeño vagar solo por ahí?»

—¿Cómo te llamas? —preguntó.

—Jacques. Tengo cuatro años.

—Vaya, yo habría dicho que tenías al menos seis —repuso Louise animada, intentando distraer la atención del crío de lo que estaba sucediendo detrás de ellos—. Mi tío también se llama Jacques. Bueno, Jean-Jacques. Tiene una niña pequeña, Florence, que es más o menos de tu edad. Y también un niño, pero este es solo un bebé. ¿Vives cerca?

El labio inferior del niño comenzó a temblar.

—No lo sé.

—No te preocupes, no tienes por qué llorar. Encontraremos a tu padre.

En realidad, Louise no sabía ni por dónde empezar. Había demasiadas personas, todas con una expresión furibunda en el rostro y empujando hacia delante. Eso no era justicia, sino un espectáculo.

Una mujer cubierta con un sucio chal la empujó.

—Apartad, no me dejáis ver.

—¿Conocéis al padre de este niño?

—Apartaos de mi camino.

Hubo otro clamor cuando el carro se retiró y los cuatro hombres quedaron colgando del cuello. Por un momento, sus piernas se zarandearon espasmódicamente en el aire. Tres de ellos tuvieron la suerte de morir enseguida al romperse el cuello con la caída, pero el último, un muchacho escuálido, pesaba demasiado poco. Sin dejar de agitar los pies desnudos en el cálido aire matutino, su rostro fue volviéndose más azul a medida que se asfixiaba poco a poco. Louise quiso apartar la mirada, pero el horror de la escena se lo impidió. Era indigno.

«Nadie debería morir solo.»

—¡Disculpad! —dijo al tiempo que se abría paso entre el gentío—. ¿Conoce alguien a este niño? Se llama Jacques.

Nadie la escuchaba. Entonces, de repente, notó que el niño le soltaba la mano y salía corriendo hacia un hombre ataviado con una capa roja.

—Esta señora me ha encontrado —dijo el niño, que dio un tambaleante paso hacia atrás cuando su padre le propinó un coscorrón en la cabeza.

—¡Te he dicho que no te alejes!

—¡Monsieur! —exclamó Louise—. Estaba asustado. Este no es lugar para un niño.

Él la fulminó con la mirada.

—El niño tiene que aprender. —Empujó a su hijo hacia delante—. Dale las gracias a la dama.

—*Merci* —susurró Jacques intentando no llorar.

—Este no es lugar para un niño —repitió Louise, pero padre e hijo ya estaban alejándose.

Por un momento, permaneció inmóvil, invadida por una profunda sensación de tristeza. Tristeza por todos los niños como Jacques. Por el muchacho ladrón del patíbulo. Por ella misma a los diez años. Era consciente de la facilidad con la que el corazón de un niño podía ser herido.

Las campanas de París comenzaron a sonar. Louise sacudió la cabeza y se recompuso. Su tío iba a ir a visitarlos esa tarde, de modo que todavía contaba con un par de horas. Apartaría la ejecución de su mente e iría hasta el puerto tal y como pretendía.

Aunque el Sena no era nada en comparación a la majestuosidad del IJ de Ámsterdam, las vistas y los sonidos familiares de los muelles le resultaron relajantes. Llegó a la orilla del port de Grève y se acercó al agua, disfrutando del chapoteo del barro bajo sus pies. Botes, barcazas, barcos, carroñeros, chamarileros, pájaros: en el río había un gran bullicio. Todo lo que hacía que París funcionara llegaba a esa extensión de la ribera que había entre los muelles flotantes y los puentes: trigo, harina, avena, cebada, vino, cal, carbón... Todo se descargaba de una flotilla de diminutas embarcaciones. Oyó como los hombres regateaban y negociaban. Lo hacían en francés en vez de neerlandés, pero las señales que hacían con las manos eran las mismas. Y el barco de la VOC, con sus banderas rojas, blancas y azules, todavía estaba ahí, listo para zarpar.

—Monsieur —dijo ella cuando el robusto *boot* con el que estaban transportando el cargamento al barco neerlandés regresó al embarcadero—. ¿Adónde se dirigen? ¿Es muy grande la tripulación?

4

La Rochelle

Bajo el mismo sol pero en la costa atlántica, a unas ochenta leguas de París, una niña de diez años correteaba en medio de otra muchedumbre sin que nadie reparara en ella.

La Rochelle, la ciudad más rica de la costa occidental y el más importante de los *places de sûreté* para los hugonotes en Francia, se había enriquecido gracias a la sal y el vino, así como al comercio de piel y especias con las Américas y las Indias Orientales. Era la joya de la corona del reino, y estaba defendida por fortificaciones, castillos y torres, así como una multitud de cañones que apuntaban al mar para proteger con ferocidad sus riquezas. El rey se había portado muy bien con La Rochelle, proporcionándole fondos suficientes para reclamar las marismas que había al sureste de la ciudad y transformarla en una fortaleza con inexpugnables murallas, rematadas al oeste por la tour de Sermaise y al este por la tour d'Aix. Al sur, se extendía el océano.

Esa mañana había mucho ajetreo en los muelles, construidos en un puerto natural. Siempre lo había. Varios barcos mercantes estaban anclados más allá de las murallas marítimas y un incesante convoy de pequeños botes navegaba entre las dos inmensas torres que protegían la estrecha abertura. Esta la cerraban cada noche alzando una robusta cadena submarina hasta la superficie de las aguas.

Al otro lado, el océano Atlántico.

La niña conocía bien todo esto. Solía disfrutar del familiar bullicio que había en el puerto en mitad del día: redes secándose al sol, el traqueteo de las carretillas, estibadores descargando su cargamento, el rítmico movimiento de los remos batiendo las aguas, el chasquido de la jarcia. También marineros con la piel del color del carbón o de un rojo chamuscado a causa del sol que se mezclaban con otros rubios procedentes del Báltico. Y mujeres con cestos apoyados en las caderas llenos de mejillones cuyas lisas conchas negras reflejaban la luz del sol. O elegantes comerciantes que atestaban los muelles con sus esposas, convirtiéndolos en tierra fértil para ladronzuelos y charlatanes. Y, de fondo, el ruido de los martillos y las sierras de los constructores de barcos. Sonidos que la niña había oído miles de veces antes.

Sin embargo, ese día era distinto.

Todo cuanto conocía estaba a punto de cambiar. Al día siguiente enterrarían a su hermano. Y, un día después, sería ella misma quien dejaría de existir. Los diez años que había vivido en esta tierra se desvanecerían como si nunca hubieran tenido lugar.

Una cacofonía de campanas de las iglesias que ocupaban cada rincón de la protestante La Rochelle comenzó a repicar, todas ligeramente descompasadas. La niña cayó en la cuenta con un sobresalto de que llevaba fuera demasiado tiempo. Había salido de casa al amanecer y ya eran las diez.

El corazón le empezó a latir con fuerza.

—¡Mira por dónde vas, muchacho!

Por un momento no fue consciente de que se dirigían a ella.

Se trataba de un hombre de rostro rojizo y andares algo inestables cuyo aliento apestaba a brandy.

—*Pardon, monsieur* —murmuró ella apartándose del camino del hombre.

La niña se pasó entonces una mano por el pelo recién rapado, desacostumbrada a sentir aire en la nuca. El jubón y los incómodos calzones le irritaban la piel, pues el material del que estaban hechos era mucho más áspero que el de sus enaguas. Los zapatos eran demasiado grandes para sus pequeños pies y los llevaba atados con un cordel, con lo que caminaba con cierta torpeza. Nada parecía del todo adecuado. Pero había visto su reflejo en la superficie del agua y sabía que resultaba convincente.

—Escoged una carta, la que queráis...

La niña se detuvo. La extraña voz cantarina que había dicho eso había llamado su atención. No quería otra azotaina, pero la idea de regresar al sórdido alojamiento de la rue du Port, donde el cuerpo ya frío de su querido hermano gemelo yacía en su ataúd, hacía que sintiera una opresión en el pecho. ¿Tal vez podía arriesgarse a seguir allí unos minutos más?

—Escoged una carta —repitió el hombre con su musical acento—. ¿Vos, monsieur?

Un grupo de unas doce personas se habían congregado alrededor de un *bateleur*, un artista callejero, algo inusual en la burguesa ciudad protestante cuya alma hugonota no fomentaba la adivinación, la cartomancia ni la superstición papal. Sin que la vieran, la niña se abrió paso a través de un bosque de abrigos y botas hasta llegar al frente.

—No me creo nada de todo esto —dijo con desdén un hombre ataviado con un largo gabán de terciopelo verde.

La niña se quedó mirando al mago. Era de piel oscura y tenía una apariencia exótica, engalanado como iba con un ostentoso abrigo guarnecido con volantes y un pañuelo azul atado al cuello. Se encontraba detrás de una mesa plegable cubierta con una tela negra con un letrero pintado: SORTILÈGE. Ella nunca había visto a nadie así. En sus manos, el hombre sostenía una baraja de cartas decoradas con llamativas imágenes. La niña había oído hablar de las cartas del tarot —rojas, azules y amarillas, como los colores del abrigo que llevaba el hombre—, pero era la primera vez que veía una. Se acercó un poco más y se subió al peldaño de una puerta para ver mejor.

Animado por sus acompañantes, así como por la promesa de un cuarto de cerveza si aceptaba la apuesta, el hombre del abrigo verde se acercó a la mesa.

—Adelante, pues. Demostradme que me equivoco.

El *bateleur* hizo una pequeña reverencia.

—De modo que queréis saber lo que os deparará el futuro, ¿no es así?

Uno de los acompañantes del hombre del gabán verde le dio un leve codazo en la espalda.

—¡Pregúntale si esa arpía que tienes por esposa se ha encamado con el vecino!

El hombre dio media vuelta dispuesto a maldecir a su acompañante, pero el *bateleur* se limitó a sonreír.

—*Mesdames et messieurs*, tal vez este otro caballero pregunta eso porque es lo que más teme en su caso, ¿no os parece? —Un murmullo de apreciación se extendió por el gentío. El *bateleur* prosiguió—: Deberíais saber que estas cartas representan nuestro viaje a través de la vida, los desafíos que no pueden cambiarse y contra los que no se puede luchar. Son, también, una representación del viaje del hombre de la ignorancia al esclarecimiento. Cada una de estas cartas, *mesdames et messieurs*, está equilibrada por otra. Forman dos caras de la misma moneda, por así decirlo.

Fascinada por su voz, la niña observó cómo el cartomántico

recorría con la mirada el círculo de personas que tenía alrededor, captando su completa atención y convirtiéndolos en una variopinta congregación de conspiradores. Luego, el hombre volvió a sonreír y se dirigió a su cliente casi en un susurro:

—Entonces, *signore*, ¿queréis probar?

Empujado por la insistencia de sus amigos y la atención de la gente, el hombre sacó una moneda de un bolsillo.

—¿Por qué no?

—Un hombre con criterio. Me he dado cuenta al instante. —El *bateleur* alzó la baraja de cartas y, de repente, pensó la niña, el aire pareció espesarse—. Mezcladlas, cortad la baraja, cambiad el orden. No hay truco ni juego de manos. Las cartas caerán como caigan.

El cliente hizo lo que le decían con cierta torpeza y sin evitar que se le cayeran algunas cartas en la tela oscura antes de devolverle la baraja al tarotista.

—*Grazie, signore*. —El mago hizo otra pequeña reverencia—. Ahora colocad la baraja en la mesa y cortadla en tres con la mano izquierda. Muy bien. A continuación volved a juntar la baraja. Primero la sección del medio, luego la de arriba y finalmente la de abajo. —Mientras el cliente seguía las instrucciones, el mago iba mirando otra vez cada una de las caras de los presentes—. Recordad, *mesdames et messieurs*, que una lectura de cartas no es más que una guía de lo que puede suceder, no de lo que sucederá. Nuestro destino está en manos del Señor. Solo Él decide. —Un murmullo de aprobación se alzó entre el gentío hugonote. Uno o dos susurraron «amén»—. Ahora, *signore*, escoged una carta, la que queráis, y depositadla sobre la mesa.

Fascinada, la niña contuvo el aliento mientras el cliente cogía una carta y la colocaba sobre la tela. Se puso de puntillas sobre el escalón para poder ver la imagen de la carta escogida:

un hombre con una bolsa atada a un palo y un pequeño perro mordisqueándole los talones.

—*Le Mat* —dijo el cartomántico—, o, en mi idioma, *il Matto*. El Loco. Es la única carta sin numerar y representa a alguien que se encuentra fuera del mundo ordinario, es invisible a los demás y no está sujeto a las reglas que sigue la sociedad. A veces, se trata de un chivo expiatorio o un mendigo. Su presencia en una lectura de cartas puede indicar inocencia o imprevisibilidad.

Uno de los amigos del hombre del gabán verde le dio una palmada en la espalda.

—Nunca se han dicho unas palabras más ciertas.

—Coged otra carta, *signore*.

El gentío se acercó un poco más. La niña había aprendido a procurar no llamar nunca la atención sobre sí misma, pero no pudo evitar inclinarse también para ver la siguiente carta que el hombre depositaba boca arriba sobre la tela negra.

—Esta carta, la número ocho, es la Justicia —dijo el mago—. Representa una de las cuatro virtudes cardinales, junto con la templanza, la prudencia y la fortaleza. A diferencia de las otras tres virtudes, la Justicia siempre es femenina. Se trata de una mujer que sostiene en una mano la balanza de la lógica y en la otra la espada de la justicia. Pero... —Negó con la cabeza—. Como podéis ver, *mesdames et messieurs*, la carta está al revés.

Aunque la niña no había tenido intención de decir nada, las palabras salieron de su boca de todos modos:

—¿Y qué quiere decir que esté al revés?

Sintió los ojos negros del mago volviéndose hacia ella y no pudo evitar encogerse.

—La carta de la Justicia al revés indica que el interesado, es decir, este caballero de aquí, sabe que ha hecho o pretende hacer algo moralmente incorrecto. Puede que sea poca cosa. ¿Acaso no cometemos todos pecados por los cuales debemos pedir perdón? Pero también podría tratarse de un crimen más serio contra las leyes de los hombres o incluso las del mismo Dios. —El cartomántico frunció el ceño, si bien había compasión en su mirada—. Pero vos, querido caballero, creo que esto ya lo sabéis.

Ella no pudo soportarlo más. Nunca había poseído nada bonito, nunca había tenido algo que pudiera atesorar o disfrutar ella sola. Pero, en ese instante, con los rayos del sol haciendo relucir la hermosa carta y, más allá, el sonido del mar y las gaviotas sobre el muelle, supo que, pasara lo que pasase en los días venideros, no quería olvidar nunca ese momento.

La niña descendió del escalón de un salto. Extendió velozmente una delgada mano y, tras coger la carta, salió corriendo sin hacer caso a los gritos de la multitud que le pisaba los talones.

5

París

Minou y Piet estaban sentados en el salón del alojamiento de la place Dauphine cogidos de la mano.

—Di algo —le pidió ella. A Minou le gustaba la estancia en la que se encontraban, pero se trataba de un lugar sin historia, sin el eco de palabras pasadas, sin recuerdos de niños riendo ni de corazones rotos—. ¿En qué piensas, amor mío?

El compungido rostro de su marido daba la impresión de haber envejecido una década en el espacio de una mañana.

—Sabía que algo iba mal. Estos últimos días estabas distraída, no parecías tú. Debería haberme dado cuenta de que te pasaba algo.

—¿Cómo podrías haberlo sabido?

Piet se volvió hacia ella.

—¿Y estás segura de que no se puede hacer nada?

Minou negó con la cabeza.

—La pasada primavera acudí a un médico en Ámsterdam. Alis me acompañó. Y cuando llegamos a París fui a ver a otro. La buena noticia es que el tumor canceroso no ha crecido. Es posible que todavía podamos disfrutar de unos cuantos años. —Ella intentó sonreír—. Yo ya lo he aceptado, *mon coeur*.

—¿Por qué no me lo dijiste? —preguntó él con la voz estrangulada por el dolor—. Deberías habérmelo contado antes.

—Ya lo sé.

—Entonces ¿por qué no lo hiciste? Soy tu marido. No soy tan débil como para que tengas que protegerme de una noticia así.

Minou pasó el dorso de la mano por la mejilla de su marido.

—Supongo que no quería tener que ver esta expresión en tu rostro.

Él se llevó la mano de su esposa a los labios.

—*Touché*. Y esta es la razón por la que quieres volver a Carcasona. Para morir allí. —La voz se le quebró—. Minou...

A ella los ojos se le llenaron de lágrimas.

—Si Dios quiere, todavía nos quedan algunos años juntos —repitió ella, aunque sabía que eso no era cierto. Tenía la sensación de que se había vuelto más ligera, como si sus pies ya no dejaran huellas en la tierra—. Vamos, amor mío, deberías comer. Has de mantener las fuerzas.

En la mesa había un tajadero con pan y queso, así como la cerveza neerlandesa favorita de Piet, que habían transportado en barriles desde Ámsterdam la pasada primavera. Minou le llenó el vaso y puso comida en su plato. Para sí misma, en cambio, no se sirvió nada. Últimamente la mayoría de las cosas le provocaban náuseas.

—No puedo parar de pensar en Louise —dijo ella.

Piet asintió.

—¿Temes su reacción cuando se lo cuentes?

—En parte. —Esa conversación también la había pospuesto—. Pero me preocupa de todos modos. No está contenta, Piet. Tiene una gran fortaleza de carácter y trabaja duro para Cornelia, pero hay una bravura en ella que, me temo, podría acarrearle problemas.

—Louise no es como su madre —repuso Piet en voz baja.

—No es eso.

—Entonces ¿qué? ¿Crees que debería casarse? Alis nunca lo ha hecho.

—Tiene a Cornelia.

—No le faltaron pretendientes en Ámsterdam.

Minou se rio.

—Comerciantes, abogados neerlandeses, hombres de negocios... Ninguno de su gusto. Además, no hay ninguna necesidad. Cuando mañana Louise firme los documentos, tendrá el control del patrimonio y la fortuna de su padre. Podrá mantenerse a sí misma. —Minou suspiró—. La verdad es que no sé lo que quiere.

—Entre todas las cosas, Minou, lo que más desea es tu amor.

—Ya tiene mi amor.

Él posó la mano sobre la de su mujer.

—¿Cuándo se lo dirás?

—Pasado mañana —dijo ella, y a continuación volvió a intentarlo—: Piet, necesito que reconozcas que... una sensación de injusticia parece afligir a Louise. Si no la aplaca, podría...

—¿Podría qué?

Ella alzó ambas manos al aire.

—¡Qué sé yo! Lo siente todo con tanta intensidad... Puede que sea culpa nuestra. La hemos protegido demasiado. Nunca jugó con otros niños y...

—Basta, Minou. Con ella has sido tan buena como una madre. O mejor incluso. En el hospicio, Louise estaba rodeada de niños. Mantener las distancias forma parte de su carácter. Nadie podría haberla querido más.

—Quizá demasiado. —Minou vaciló—. Y, *mon coeur*, tendríamos que contarle la verdad sobre la muerte de sus padres. Se lo debemos.

—No —dijo él con rotundidad—. Estuvimos de acuerdo. Nada ha cambiado.

«¡Todo ha cambiado!», quiso exclamar ella, pero miró el envejecido rostro de su querido marido y se contuvo.

—Quieres que Louise sea feliz —continuó Piet, dejando su taza sobre la mesa—. Y yo también. Pero tú mejor que nadie, Minou, sabes que no podemos salvar a nuestros propios hijos, o nietos, por más que queramos evitarles las adversidades de la vida. Tienen que encontrar su propio camino.

Minou exhaló un suspiro.

—Ya lo sé.

Piet le dio un sorbo a su cerveza.

—Estoy en el ocaso de la vida, pero tengo buena salud. Y, tú, Minou, has dicho que todavía te quedan unos cuantos años.

Ella intentó sonreír.

—Louise será muy rica. ¿Y si ya no estamos aquí para aconsejarla?

—Alis y Cornelia lo harán —dijo Piet con sensatez—. Y también Jean-Jacques. Por más que desapruebe el fuerte carácter de su sobrina, le tiene cariño.

—Eso es cierto.

—Bien —dijo Piet, como si Minou hubiera reconocido que tenía razón—. ¿Y no podría ser que tu enfermedad te haga ver problemas que no existen?

—Tal vez —contestó ella con tristeza, pues no había logrado que su marido comprendiera lo que quería decirle.

Aunque en realidad ni siquiera ella misma sabía bien lo que sentía. Solo tenía claro que estaba siempre en guardia. En Ámsterdam, Louise estaba ocupada en los muelles. Allí, en cambio, tenía demasiado tiempo libre. En cualquier caso, era posible que Piet tuviera razón. A lo mejor la verdadera causa de su inquietud era la enfermedad.

Piet dio otro trago a su cerveza y se reclinó en su silla. Un somnoliento silencio se hizo entre ambos en la estancia. Daba la sensación de que el tiempo se hubiera detenido. El hombre parpadeó y luego cerró los ojos.

La criada apareció en la puerta e hizo una reverencia. Unos mechones de pelo rubio se le salían por debajo de la cofia. Minou exhaló un suspiro. Esta chica siempre tenía un aspecto desaliñado.

—¿Qué sucede?

—Mademoiselle Louise ha regresado, mi señora.

—¡Ah, gracias! Decidle que estamos aquí y preguntadle si le gustaría unirse a nosotros.

—Y, además, también acaba de llegar monsieur Jean-Jacques.

Al instante, la fatiga que sentía Minou se desvaneció. Era un extraño placer recibir una visita de su hijo, a pesar de que vivía a unas pocas calles.

—Hacedlo pasar —dijo, y se inclinó y colocó una mano sobre la rodilla de Piet para despertarlo.

6

Cuando Louise entró en el salón a las dos, su tío ya estaba ahí. Jean-Jacques era un hombre alto de cuarenta años y tenía un aspecto distinguido ataviado como iba con un jubón negro con las mangas acuchilladas de color gris, gorguera y calzones blancos y botas abrillantadas. Minou siempre decía que se parecía mucho a Piet en su juventud: fornido, con una pecosa piel norteña y la barba rojiza.

—¡Aquí está! —dijo Jean-Jacques poniéndose de pie—. La cumpleañera.

—No hasta mañana —contestó Louise ofreciendo una mejilla para que se la besara.

Jean-Jacques era el secretario del duque de Sully, superintendente de finanzas del reino y uno de los hombres más poderosos de este después del mismo rey. Fue él quien se aseguró de que los Reydon-Joubert contaran con un alojamiento tan lujoso en París, con vistas al pont Neuf.

Louise sabía que su abuela odiaba París por el coste que había tenido para su familia, pero incluso Minou se había visto obligada a reconocer que la determinación del rey en convertir su capital en una ciudad digna del siglo XVII había dado sus frutos. Y, a pesar de que se decía que Enrique reinaba en su corte como si fuera una mezcla de un prostíbulo y un cuartel, sus súbditos lo adoraban. Louise detestaba las anticuadas opiniones de su tío —que estaba casado con alguien que solo hablaba de sus hijos y que no tenía interés alguno en la política contemporánea—, pero disfrutaba de sus conversaciones y estaba contenta de verlo.

—He traído regalos —dijo Jean-Jacques al tiempo que metía una mano en el baúl de madera que había dejado en el centro de la estancia y cogía una bolsa de terciopelo azul—. Ten.

—¿Puedo abrirlo hoy?

—Si no crees que pueda traerte mala suerte...

—¡No soy supersticiosa! —contestó ella dejándose caer en un sillón y colocando la bolsa sobre su regazo.

—*Ma foi!* ¿Se puede saber dónde has estado? —exclamó Minou al ver los pies de Louise.

Esta bajó la mirada y sonrió. Los bajos de sus faldas estaban manchados de un barro marrón pálido y sus zapatos verdes tenían las puntas negras.

—En el port de Grève. Hoy zarpaba un barco de la VOC. Y he visto un esquife de dos proas con un único mástil.

Jean-Jacques enarcó las cejas.

—¿Y eso es fascinante porque...?

—¡Ay, tío!

Piet se rio.

—Vamos, abre tu regalo. Enséñanos qué hay dentro.

—Deja que lo adivine —bromeó ella—. ¿Tal vez un collar de esmeraldas, mi piedra natal?

—Dudo que mi estipendio dé para eso, aunque se trate de un regalo para mi sobrina favorita.

—Tu única sobrina. —Ella sonrió—. Aunque me mimas demasiado.

Louise tiró del cordón, estiró el cuello y sacó un paquete que colocó en su regazo. Tras abrir la tela que lo envolvía, dejó escapar un grito ahogado. Era una hermosa daga con una esmeralda, su piedra natal, incrustada en una empuñadura de plata.

—Pero sí puedo permitirme una sola gema —dijo Jean-Jacques con voz grave.

—Es increíble, tío. No se me ocurre un regalo mejor. Es ideal para cortar cabos.

—Yo tenía más en mente cosas como cartas y lazos.

Louise se rio.

—¿Me has visto alguna vez con un lazo?

—Todavía hay tiempo. Después de mañana podrás comprarte tantos como la mismísima reina.

Mientras bebían cerveza y comían bizcocho de semillas, se pusieron al día de las noticias familiares antes de pasar al tema de la coronación.

Aunque Louise se sentía inclinada a discutir cada argumento, Minou disfrutó de la conversación. Esos días no era muy habitual que estuvieran todos juntos. Bueno, no todos, se corrigió a sí misma con el sentimiento de culpa habitual por haberse olvidado de la hija a la que nunca había sido capaz de querer del todo: Bernarda jamás había pisado Francia, y afirmaba que no deseaba hacerlo nunca.

—Aunque, claro —estaba diciendo Louise—, todo lo bueno que haya podido hacer el rey no servirá de nada si entra en guerra con Alemania.

—Su legado está asegurado —respondió Jean-Jacques—. Las pruebas las tienes a tu alrededor.

Piet asintió.

—No nos corresponde a nosotros cuestionarlo. Si he aprendido algo de política es que a todo, y a nada, se le puede otorgar un determinado sentido.

—Todo forma parte del plan de Dios —dijo Louise irónicamente—. Esperemos que Él esté escuchando.

—¡Has ido demasiado lejos, sobrina!

Louise sonrió.

—Lo siento, tío.

—¿Cómo se encuentra el rey? —preguntó Minou.

Jean-Jacques se volvió hacia ella con semblante serio.

—Su majestad ya no cuenta con una buena salud. Padece de gota y tiene una inflamación en el estómago, además de un catarro.

—Me aventuraría a decir que el reinado lo está fatigando —señaló Piet removiéndose en su silla y rechazando con un gesto de una mano el intento de Minou de ayudarlo—. Tengo la sensación de que se siente más cómodo en el campo de batalla con sus hombres que confinado dentro de los muros del palacio del Louvre. ¿Estoy en lo cierto?

—Hay algo de verdad en lo que dices, padre.

—¿No estarás sugiriendo que sería capaz de provocar una guerra solo para ocupar el tedio de sus largas horas? —protestó Louise.

—El rey está genuinamente convencido de que, entre todos los reyes europeos, solo él puede conseguir una alianza cristiana.

—Su «Gran Proyecto» —dijo Piet.

—Eso es. Mi señor Sully y el rey han pasado muchas horas debatiendo la cuestión. Su majestad querría, por encima de todo, minimizar la influencia de España. Si pudiera romper la alianza entre el rey español y el Sacro Imperio Romano...

Louise enarcó las cejas.

—¿Y debemos considerar eso una intención noble?

—¿Qué puedo decir? —Jean-Jacques dejó caer las manos—. El rey está harto de París. Dice que aquí no se siente seguro, y que lo acosan la melancolía y las pesadillas. Esta última semana ha sido difícil. Mi señor Sully tampoco se encuentra bien, y no ha podido ofrecerle al rey sus consejos políticos.

—Pero...

Minou colocó la mano en el brazo de su nieta.

—Ya basta, Louise. Jean-Jacques está aquí para descansar de estos temas.

Ella tuvo la decencia de sonrojarse.

—Lo siento, tío. Te pido que me disculpes si te he ofendido.

—Para nada.

Piet se inclinó hacia delante y le dio unas palmaditas en la rodilla a su hijo.

—Pero ¿los rumores son ciertos o se trata de otra artimaña de la Liga Católica o los simpatizantes españoles para causar disturbios?

—Hay unas cuarenta mil tropas reales congregadas en la Champaña, cerca de la frontera con el Sacro Imperio Romano. La intención del rey es partir para unirse a sus tropas el próximo miércoles.

—La guerra es cosa de jóvenes —dijo Louise distraídamente, acercándose a la ventana para echar un vistazo.

—¡Pero bueno! —Piet la miró por encima de la montura de sus gafas—. ¡Su majestad todavía no ha cumplido sesenta primaveras! ¡Está hecho un mozo!

Minou le dio unas palmaditas en la mano.

—Ciertamente tú has amasado la sabiduría de casi una *vingtaine* más, *mon coeur*.

Louise regresó al centro de la estancia.

—Según se dice por ahí, nada le proporciona placer desde el fracaso de su último antojo el pasado invierno.

—¡Sobrina!

—¡Tío! ¡Ya no soy una niña! Todo el mundo sabe que el rey no tiene mesura en las cuestiones del corazón. Se rumorea que incluso amenazó con raptar a esa pobre chica y enzarzarse en una disputa con su marido, su propio sobrino, si este no se la cedía. ¿Es eso cierto?

Jean-Jacques se removió en su asiento.

—Este no es un tema adecuado.

—Pero ¿es cierto?

—De acuerdo, confieso que lo es —admitió—. Y bien podría haber seguido adelante con sus planes de no haber sido por el sabio consejo de mi señor Sully. La cuestión se resolvió no sin grandes dificultades.

Louise comenzó a deambular de un lado a otro del salón.

—Mis simpatías recaen más bien en la reina. El rey carece de fe y permite que sea humillada.

—Su majestad es de la opinión de que la reina nunca se acomoda a su humor ni deja que se le acerque con ternura.

—¿Estás diciendo que es culpa de ella, no de él?

—Estás poniendo palabras en mi boca, sobrina —respondió Jean-Jacques con serenidad—. En cualquier caso, ahora que la pasión que sentía por la esposa de su sobrino se ha enfriado, últimamente se han mostrado más afectuosos el uno con el otro.

—¿De ahí la coronación? —preguntó Minou.

—En parte, aunque se trata también de una cuestión de Estado. Su majestad considera recomendable confirmar como regente a la reina por si algo le sucediera a él mientras se encuentra de campaña. Para gran sorpresa de mi señor Sully, el rey se ha encargado de supervisar personalmente muchos de los preparativos de la coronación. Parece estar disfrutando con ello.

—Lamento que no vayamos a estar presentes, pero mi salud me lo prohíbe —dijo Piet, y luego sonrió a Louise—. Además, mañana nosotros también tenemos planes importantes.

—Su majestad lo comprende. Es una pena. Muy pocas de las

principales familias nobles hugonotas acudirán, a pesar de que todas han sido invitadas.

—La mayoría no están preparadas para pisar de nuevo la capital —intervino Minou—. Y no se las puede culpar.

Los ojos de Louise relucieron con picardía.

—Tal vez podría ir yo en tu lugar, *gran'père*.

—Me temo que sin acompañante no sería demasiado apropiado —protestó Jean-Jacques.

—La verdad, tío, es que tienes una opinión rematadamente anticuada sobre lo que resulta permisible para una mujer.

—Louise... —le advirtió Minou.

—¿Por qué no vamos juntas, *gran'mère*? Estamos en 1610, el mundo está cambiando. Las cosas ya no son como en tus tiempos. ¿No te gustaría estar presente y ver cómo se escribe la historia?

Minou sonrió a su nieta con indulgencia.

—Pareces tener la impresión de que no he visto nada en mi larga, larga vida. De que no he hecho nada. Pero no éramos tan tímidas como pareces pensar.

Louise esbozó una sonrisilla.

—¿Acaso no sientes un poquito de curiosidad por ver qué pasará cuando la antigua reina y todas las amantes del rey se encuentren cara a cara? Todos los hijos concebidos fuera del lecho matrimonial se sentarán junto al delfín; ¿no te gustaría ver la expresión horrorizada del embajador español, obligado a morderse la lengua y disimular su ofensa?

—No es motivo de risa —repuso con severidad Jean-Jacques, y no pudo evitar sentirse desconcertado cuando todos estallaron en carcajadas.

—Te está provocando —dijo Minou dándole unas palmaditas a su hijo en la mano.

—Ya he visto suficiente pompa y ceremonia en mi vida

—declaró Piet—. Y nuestros asuntos son más importantes que una mera coronación, ¿no es así, Louise?

—Desde luego. —Ella le dio un beso a su abuelo en la cabeza y se dirigió hacia la puerta—. Ha sido un placer, tío. *Gran'mère, gran'père*, si me disculpáis...

Minou asintió.

—¿Adónde vas?

Louise bajó la mirada hacia sus medias, rígidas a causa del barro seco de la ribera del río.

—A cambiarme los zapatos.

—Cuando todo esto haya terminado, deberías venir a casa a visitar a los niños. La pequeña Florence te echa de menos —dijo Jean-Jacques—. Tiene algo que recuerda a ti. Y mi esposa se alegraría de verte.

Louise hizo una mueca.

—Eso lo dudo, pero eres muy amable por decirlo. Y lo haré. Después de mi cumpleaños. Para entonces todo será distinto.

7

En cuanto Louise se marchó, por un momento todo permaneció en silencio como si el aire mismo estuviera asentándose tras su estela.

—Está tan combativa como siempre —dijo Jean-Jacques—. Podría darle un repaso a cualquiera de los consejeros de su majestad, aunque no estoy seguro de que la corte fuera a ser receptiva a unas opiniones tan contundentes.

Minou miró con afecto a su confiable y honesto hijo.

—París es más conservador que Ámsterdam. Louise encuentra frustrante la falta de conversaciones inteligentes. En casa, tiene a Alis y Cornelia. Aquí, en cambio, cuenta con demasiado tiempo libre.

—¿Volverá a Ámsterdam en cuanto haya firmado los documentos o se quedará aquí contigo y con padre el resto de vuestra estancia?

Minou reflexionó unos segundos, preguntándose si no sería ese un buen momento para contarle a Jean-Jacques su plan de regresar a Carcasona y la razón para ello. Finalmente prefirió no hacerlo. Sería injusto. Él ya tenía muchas cosas en la cabeza con la coronación del día siguiente y las inminentes ambiciones militares del rey. ¿Qué madre cargaría a su hijo con más preocupaciones?

—Todavía no está decidido —dijo ella con indiferencia—. Louise será libre de tomar sus propias decisiones. Depende de ella.

—¿No cuentas con su confianza?

Minou sonrió levemente.

—Louise siempre sigue sus propios consejos, ya lo sabes.

Jean-Jacques se volvió hacia Piet, que estaba dormitando en su sillón. Bajando el tono de voz, le preguntó a su madre:

—¿Cómo está padre?

—París lo agota, pero se encuentra todo lo bien que cabe esperar tratándose de un hombre de su edad. No debes preocuparte.

—Se le ve..., no sé. La mano le tiembla.

—Es una leve parálisis, nada más.

—Y parece como si le costara caminar.

—Los años pasan y nuestros huesos han envejecido. Tu padre es ahora un poco más lento, ¿y qué? Su mente sigue tan lúcida como siempre. Nos apañamos bien.

—Es solo que da la impresión de que...

Minou le dio unas palmaditas en un brazo.

—A cualquier hijo le resulta duro ver envejecer a su padre, pero Piet posee más determinación que la mayoría de los hombres con apenas la mitad de su edad. Has reparado en el cambio solo porque hacía tiempo que no lo veías.

Jean-Jacques se sonrojó.

—Vendría más a menudo, pero mi tiempo no me pertenece.

—Jean-Jacques, no estoy regañándote. Tu padre está muy orgulloso de ti. Mucho. Ambos lo estamos.

De repente, Jean-Jacques se mostró incómodo.

—En realidad, quería hablar contigo de Louise. ¿Está todo preparado para mañana?

Minou miró a su hijo con recelo.

—Sí. ¿Por qué?

Jean-Jacques tiró de un hilo de su manga.

—Padre no ha dicho nada...

—¿Sobre qué?

Él se aclaró la garganta.

—Corre un rumor.

Minou sintió que su alegría se desvanecía.

—¿Qué tipo de rumor?

—Se dice que alguien podría presentar una demanda para reclamar el patrimonio de su padre. Posiblemente un heredero legítimo, o eso he oído.

Ella puso gesto de desconcierto.

—¿Cómo puede ser, después de todo este tiempo? Ya habríamos oído algo antes.

Jean-Jacques se encogió de hombros.

—No te puedo decir si es verdad. Estoy haciendo todo lo posible para averiguarlo. Solo sé que se habla de un chico de Chartres. Uno de los consejeros de su majestad estuvo viajando recientemente por esa región y trajo consigo el rumor a París.

—¿Y qué es lo que decía?

—Solo lo que ya te he contado. Al parecer hay un chico en Chartres apellidado Evreux y se rumorea que es el hijo de Louis Vidal. —Jean-Jacques volvió a mirar a su padre—. Esperaba hablar de esto con él, pero como Louise estaba presente y ahora él está...

—Piet no ha oído nada. Me lo habría contado —dijo ella enseguida, aunque mientras lo hacía se preguntó si en efecto lo habría hecho.

—Es probable que no sea nada, pero si se produjera algún tipo de escándalo podría ser...

—Louise nunca haría nada que pudiera avergonzaros ni a ti ni al duque de Sully —le aseguró Minou.

—Estaba pensando en mi sobrina, no en mí mismo. —Volvió a vacilar—. No irá sola al abogado, ¿verdad?

—Claro que no. Piet la acompañará. Si surge alguna complicación, y estoy segura de que no será así, él te lo contará. Y, tal como a Louise le gusta recordarnos, ya no es una niña.

Jean-Jacques se inclinó hacia delante y besó a su madre en la mejilla.

—Lo dejaré en tus manos. Esta noche salgo de viaje con el duque a Saint-Denis para ponerme a disposición del rey, y regresaré a París con él después de la coronación. La reina hará su entrada oficial en la ciudad el domingo por la mañana. Si mis obligaciones me lo permiten, te visitaré el lunes siguiente y te lo contaré todo.

Minou asintió.

—¿Y si te enteras de algo sobre el otro asunto?

—Eso también, claro. —Cogió su sombrero—. Del mismo modo, si sucede algo extraño con el abogado, ¿me enviarás un mensaje?

—Claro que sí. Ve con Dios, querido.

Minou oyó los pasos de Jean-Jacques al descender la escalera y luego como se abría y cerraba la puerta de entrada. Acto seguido, se permitió finalmente arrellanarse en el sillón. Le dolía todo. Los huesos, las extremidades, de repente también la cabeza... El día había sido agotador: hablar con Piet, ocultarles el malestar a su nieta y a su hijo, y ahora esto.

Comenzó a masajearse las sienes. A pesar de la manera en que el padre de Louise había fallecido, nadie había reclamado su patrimonio. Piet lo había comprobado. Louis Vidal, lord Evreux, había sido un hombre rico, con muchas propiedades en Chartres, y su hija ilegítima era su única heredera. Ahora bien, ¿y si antes de su muerte Louis se había casado sin que ellos se hubieran enterado y había tenido un hijo legítimo con más posibilidades de sucesión?

La herencia de Louise había sido una constante en la vida de esta desde hacía quince años. Esa promesa de independencia que le había permitido vivir como lo había hecho. No tenía necesidad alguna de casarse y podía dedicarse a ayudar a Cornelia sin preocuparse del futuro. ¿Qué ocurriría si le arrebataban esa seguridad?

Dos cosas habían conformado la vida de Louise. La primera, el accidente que sufrió al caer por la borda del *Old Moon*, podría no haber sido tan significativa de no haber perdido a su madre dos días después. De la noche a la mañana, Louise había pasado de ser una niña alegre y abierta a una beligerante e introvertida que se mostraba reservada y enfadada con el mundo. ¿La habían sobreprotegido? Piet creía que no, pero Minou no estaba tan segura. Como mujer, Louise era serena y afectuosa con su familia inmediata, pero mantenía al resto de la gente a cierta distancia.

Minou se presionó con más fuerza las sienes, intentando mantener a raya el incipiente dolor de cabeza. No quería creer que Piet hubiera podido oír el rumor de Chartres y no se lo hubiera contado, pero a menudo evitaba darle noticias que, a su parecer, pudieran desasosegarla. Lo mismo hacía ella con él. Rezó para que no fuera nada.

Y sabía que debía contarle a Louise lo de su enfermedad, así como la verdad sobre el día en el que murieron sus padres. ¿Hasta cuándo podría posponerlo?

8

Louise se encontraba ante la ventana de su alcoba en la place Dauphine contemplando cómo el cielo iba oscureciendo poco a poco. Tiró de un hilo de su corsé. ¿Por qué estaba tan inquieta? Un boticario de Ámsterdam le había dado unos polvos para ayudarla a conciliar el sueño, pero no había llegado a tomarlos. Puede que esa noche lo hiciera.

«Mañana es mi cumpleaños.»

El 13 de mayo. Salvo que ese año su vida iba a cambiar. Sería rica. La idea de recibir su herencia a la edad de veinticinco años había sido una constante en su vida. Nadie sabía por qué su padre había dispuesto que la recibiera tan tarde, solo que esos eran los términos de su testamento. Muchas veces, Louise les había pedido a sus abuelos que le contaran cosas sobre su padre, pero ellos aseguraban que no sabían nada. A lo mejor al día siguiente averiguaba algo más.

Su existencia cotidiana era limitada y aburrida, pero estable. En un par de días sería libre para ir a cualquier lugar. Ya no estaría obligada a permanecer en la casa de Zeedijk en la que se había criado. Louise quería a sus abuelos; y también a Alis y Cornelia. La relación con su tía Bernarda, en cambio, era más complicada. Esta era una mujer que alardeaba de su devoción religiosa y su entrega cristiana pero que no dejaba de criticar y repartir culpas. A lo mejor podría comprarse una casita en algún canal, o tal vez algo cerca de Begijnhof. Aunque, en realidad, a ella no le importaba demasiado tener casa propia.

«Solo quiero una cosa.»

La joven comenzó a deambular de un lado a otro de la alcoba, pensando en la conversación que quería mantener con Cornelia. El *Old Moon* era lo único que significaba algo para ella. ¿Accedería Cornelia? ¿Le permitiría zarpar en el barco? Los marineros solían mostrarse supersticiosos respecto a tener una mujer a bordo, pensaban que traía mala suerte. Pero si Cornelia aceptaba y le daba permiso, ningún capitán pondría objeción alguna. Por un momento, Louise se permitió fantasear. Se imaginó a sí misma no solo navegando en el *Old Moon*, sino poseyéndolo e incluso capitaneando el barco en alta mar.

Sonrió. Paso a paso. Lo único que hacía falta era valentía.

9

La Rochelle

A muchos cientos de leguas de ahí, en La Rochelle, también la luz estaba desvaneciéndose. El mar, de cambiantes tonalidades verdes y azules, estaba en calma, y los últimos botes acababan de regresar al puerto.

La niña se encontraba en lo alto del parapeto de la muralla, junto a la tour de la Chaîne, contemplando cómo el sol se escondía por detrás del horizonte. La parte trasera de las piernas le dolía a causa de la azotaina que había recibido esa mañana, pero podría haber sido mucho peor. Su madre no había descubierto la carta de tarot que había ocultado en un zapato.

En busca del consuelo que le ofrecían las cosas familiares, la niña había acudido a ver el cierre nocturno del puerto. Y ahí estaba: de repente se oyó un ruido que procedía de debajo del agua y, a continuación, la trepidación y el rechinar metálico de la manivela que comenzaba a girar lentamente, cual gruñido de un monstruo gigante despertando de su sueño invernal, así como el roce del hierro contra la piedra a medida que la robusta cadena se iba alzando a lo largo de la estrecha abertura entre las dos torres. Era una tradición con muchos siglos de antigüedad con la que se evitaba que algún barco pudiera levar ancla al amparo de la oscuridad y, al mismo tiempo, se mantenía a los filibusteros fuera. La niña nunca había visto un barco corsario, pero había oído a los marineros hablar en las tabernas de la crueldad y el salvajismo de los piratas, y cómo estos no mostraban piedad y vivían bajo sus propias reglas y lealtades.

Al otro lado de la entrada del puerto se estaban llevando a cabo los preparativos de la celebración que iba a tener lugar en la tour Saint-Nicholas para dar las gracias por el regreso sano y salvo del hijo de uno de los navieros más ricos de La Rochelle. Bajo la tenue luz del crepúsculo, más allá de los astilleros, la niña distinguió los faroles que habían dispuesto a lo largo del sendero de la entrada y cuyas llamas lamían los costados de la torre. Se preguntó entonces qué se sentiría al ser alguien tan querido como para que celebraran fiestas en tu honor. Qué se sentiría al no tener que vivir en constante temor.

Las gaviotas revoloteaban y se abalanzaban sobre las flotas pesqueras que descansaban en el puerto. Los marineros cantaban en las tabernas, y un violín y un silbido entonaban viejas salomas bajo el *grosse horloge*, la gran torre del reloj que marcaba la frontera entre el puerto y el pueblo. La jarana habitual de una agradable tarde de principios de verano. El lugar donde esa mañana el cartomántico había repartido sus cartas ahora estaba desierto. «El libro ilustrado del Diablo», así era como los pastores llamaban al tarot. Pese a todo, la niña sonrió al pensar en su tesoro.

Y luego sintió un escalofrío.

Al día siguiente por la mañana tendría que ver cómo enterraban bajo tierra a su querido hermano. Y más adelante, a las once en punto del viernes, su madre recibiría a un hermano al que hacía mucho que no veía, monsieur Barenton, y daría comienzo el engaño. La niña intentaba no pensar en lo que sucedería si no conseguía convencer a su tío de que ella era el heredero que había ido a conocer. Se pasó los dedos por los moratones que tenía en un brazo, restos de otra azotaina de hacía dos semanas. Todavía tenía la piel amarilla y verde. Prometió que lo haría mejor. ¿Qué alternativa le quedaba?

El ancho haz de luz de la tour de la Lanterne empezó a iluminar el océano Atlántico. La niña sabía que en los calabozos de esa torre había prisioneros. Hombres procedentes de Inglaterra, la República Neerlandesa o la Francia católica. Criminales comunes y marineros que habían tenido la mala suerte de extraviarse en aguas enemigas. ¿Permanecerían despiertos soñando con sus casas? ¿Los echarían de menos sus familias o, al igual que ella, se sentirían agradecidos de haber escapado de las circunstancias en las que habían nacido? La niña había oído decir que grababan sus iniciales en las paredes y llevaban la cuenta de cada amanecer para saber los días que llevaban recluidos.

Las campanas repicaron anunciando que eran las siete.

La niña oyó que los soldados intercambiaban historias al hacer el cambio de guardia. Alguien se rio. Los ruidos nocturnos habituales. Los carruajes estaban empezando a llegar a la tour Saint-Nicholas. La banda se puso a tocar. Flauta y viola. Las notas apenas se oían en el suave aire crepuscular. Un sostenido redoble de tambores recibía a los invitados en la cámara en la que se celebraba el banquete.

Con el gorro en la mano, la niña saltó del parapeto de la muralla y se dirigió hacia el pueblo evitando los rectángulos que formaba la luz que salía de las puertas de las tabernas y las casas de huéspedes que rodeaban el puerto. Nadie la vio. Era un fantasma. Los músculos comenzaron a arderle al acelerar el paso, pero, a pesar de ello, echó a correr. No podía llegar tarde por segunda vez ese día.

Solo faltaba un día, y luego ya no habría vuelta atrás.

10

Costa berberisca

En el océano Atlántico, a más de trescientas leguas de La Rochelle a vuelo de pájaro, el marinero Hans Janssen estaba sentado con las piernas cruzadas en la plataforma situada en lo alto del mástil principal del *White Dove* («Paloma blanca»), pendiente de las ocho campanadas que indicarían el final de su guardia.

El *White Dove* era el buque insignia de la flota neerlandesa de Cornelia Van Raay. Cuando un barco dejaba atrás las aguas mediterráneas y entraba en el clima más opresivo de la costa del norte de África, siempre había un momento en el que el viento podía amainar. En este viaje, sin embargo, la suerte parecía estar de su lado. Un enérgico ventarrón del noroeste los propulsaba hacia delante con buen ritmo. Las generosas velas cuadradas estaban hinchadas y la jarcia gemía. Janssen se planteaba incluso si llegarían a Las Palmas de Gran Canaria antes de lo planeado.

Sonrió al pensar en las mejillas rosadas y la piel sin mácula de su chica. Janssen no era un hombre sentimental, y nunca había creído ser de los que se casan, pero Marie le había robado el corazón. Era rolliza y hermosa como una flor, así que, cuando el barco regresara a La Rochelle en otoño, tenía intención de pedirle matrimonio. Tendrían dos hijos y dos hijas. Los niños se harían a la mar y las niñas se quedarían en casa y harían compañía a Marie mientras los hombres estaban fuera.

Feliz con esta visión de su futuro, Janssen procedió a limpiarse las uñas con la punta de su cuchillo. Advirtió entonces que uno de los cabos de un penol de sotavento, más allá del amantillo de la verga, estaba gastado y era necesario reemplazarlo. Consideró hacer algo al respecto, pero luego decidió dejárselo al hombre al que le tocaba la siguiente guardia. Wouter era un canalla miserable, procedente de Haarlem, rematadamente vago y que siempre eludía sus obligaciones. Le estaría bien empleado cumplir con su parte por una vez en su lamentable y sifilítica vida.

El viento aflojó y, durante una media hora, Janssen permitió que su mente divagara. Después, en la tenue luz crepuscular, advirtió con el rabillo del ojo que algo se movía a cierta distancia detrás de ellos, a estribor. Dio la vuelta a la plataforma, aguzó la mirada y se llevó el catalejo a un ojo.

—¡Por todos los santos! —masculló.

Sin duda alguna, tenían compañía. No podía distinguir los colores de su bandera, pero sí que se trataba de una embarcación de dos mástiles. Ajustó el catalejo y divisó el largo y esbelto casco del navío, así como su bajo francobordo. Era una galera con remeros, lo cual significaba que no dependía tanto del viento como ellos. Parecía contar con dos velas latinas y un espolón en la proa. Y puede que, en total, unos veinte remos. La pregunta era: ¿se trataba de un barco amigo o enemigo?

Tumbado sobre la barriga, gritó a cubierta:

—*Schip aan stuurboord!* ¡Barco a estribor!

Un chiflido le indicó que el mensaje había sido recibido. Lamentando la mala fortuna que podía prolongar su guardia —el vaivén del barco era considerablemente más pronunciado ahí arriba—, Janssen siguió con la vista puesta en la embarcación que se acercaba a ellos. Al poco, comenzó a percibir el ruido que hacían sus remos de madera al batir las aguas. Sí, al menos dos docenas.

La galera parecía estar acercándose. Era sabido que las galeras eran los barcos favoritos de los corsarios berberiscos del puerto de Salé, pero rara vez navegaban solos. Cazaban en manada. Aunque Janssen se sentía inquieto, no estaba excesivamente preocupado. Una galera solitaria tenía más probabilidades de ser un aliado que un barco enemigo.

Unos momentos después, su confianza se vio recompensada. En lo alto del mástil principal distinguió la distintiva bandera naranja, blanca y azul de la recién fundada República Neerlandesa. Volvió a gritar:

—¡Llevan nuestra misma bandera!

Janssen exhaló un suspiro. Ese día no tendría lugar ninguna catástrofe, no mientras él estaba de guardia. Como todos los neerlandeses, había oído las historias de Jan Janszoon, un corsario de Haarlem que, abusando de la potestad que le otorgaba su patente de corso, había comenzado a atacar barcos neerlandeses. Se rio por la nariz. Nada bueno provenía de Haarlem. ¿No era el canalla ese, Wouter, prueba de ello?

La galera estaba cada vez más cerca. Janssen volvió a ajustar su catalejo. Dieciocho remos, de hecho, con cinco pobres desgraciados en cada banco. No podía ver al oficial al mando, pero sí a los marineros corriendo de un lado a otro de la cubierta. Se preguntó qué querrían. Tal vez al capitán se le estaban acabando las provisiones, o quizá había sufrido un incendio bajo cubierta.

El capitán del *White Dove* ordenó que arriaran las velas de la embarcación para permitir que la galera pudiera acercarse más fácilmente.

Janssen se relajó, resignado a permanecer más tiempo en la

plataforma mientras la galera les daba alcance. Oyó como su capitán saludaba al barco y, acto seguido, la respuesta de su homólogo. Desde su puesto en las alturas, vio que extendían la escalera de cuerda y que un tipo de piel pálida era recibido a bordo del *White Dove*. Al oír su acento del noroeste del país, Janssen escupió. Todos los oriundos de Haarlem hablaban como si algo estuviera obstruyéndoles la garganta.

Durante el resto de su vida, Janssen sería incapaz de recordar bien lo que sucedió a continuación. De repente se oyó un violento grito, como una orden, procedente de las entrañas de la galera. Desde el babor de esta, arrojaron rezones y luego los remeros tiraron de los cabos para juntar ambas embarcaciones. En un instante, el *White Dove* pareció estar repleto de corsarios. Hombres de mirada fiera y armados con alfanjes, algunos de piel pálida, otros oscura, gritando en un idioma que Janssen desconocía. De pronto, sin embargo, alguien exclamó en neerlandés:

—*Leg je wapens neer*. ¡Deponed las armas y os perdonaremos la vida!

Wouter fue el primero en caer. Se abalanzó sobre uno de los atacantes, pero antes de que pudiera asestarle un puñetazo a nadie, le rajaron el cuello con una cimitarra. Un compatriota suyo de Haarlem atacó a un corsario con su cuchillo. Como resultado, recibió en el antebrazo un profundo corte que dejaba a la vista el hueso.

La tripulación del *White Dove* luchó con valentía, pero no era rival contra la superioridad numérica y la pericia de los corsarios. A Janssen, que seguía tumbado boca abajo en la plataforma, le pareció que transcurrían horas hasta que el capitán del *White Dove* ordenó que arriaran la bandera para indicar su rendición. A través de una rendija entre dos tablones, Janssen vio sin que repararan en él como ataban a sus colegas alrededor de cada uno de los mástiles. Sin apenas poder respirar, vio asimismo como el pabellón neerlandés era reemplazado en el mástil de la galera por una bandera morisca, verde con tres lunas crecientes.

Luego, como si la naturaleza misma se hubiera confabulado contra ellos, el viento volvió a soplar y el buque insignia de Cornelia Van Raay prosiguió su viaje. No hacia Las Palmas, donde hubieran sido recibidos por cristianos, sino a Salé, donde los esperaban los mercados de esclavos. Desde su nido colgante, Janssen pensó en Marie, aguardándolo en La Rochelle, y finalmente las lágrimas comenzaron a caer sobre los irregulares tablones de su escondite secreto a varios metros de altura de la cubierta.

11

París
Jueves, 13 de mayo

—¡El carruaje está listo, *gran'père*!

Ahora que había llegado el momento, de repente Louise estaba nerviosa. Esa mañana, por su cumpleaños, sus abuelos la habían colmado de atenciones y le habían servido bollos y miel para desayunar. Le habían deseado felicidad, pero ella había reparado en que parecía haber una extraña tensión entre ellos dos.

—¿Va todo bien, *gran'mère*? —volvió a preguntar.

Minou se sobresaltó.

—Claro que sí —contestó.

—Lo digo únicamente porque se te ve algo distraída.

—Estoy un poco cansada, eso es todo. Tú pareces salida de un cuadro, *ma belle*.

Louise hizo una pequeña reverencia y el bajo de la falda de su vestido verde formó un charco de tela en las brillantes baldosas del vestíbulo. Los detalles amarillos de las mangas reflejaban la luz.

Su abuelo asintió.

—Sí que lo pareces. —Aunque Piet vestía el sobrio atuendo

negro que llevaban la mayoría de los hugonotes de cierta edad, y la misma Minou vestía al estilo neerlandés, bastante modesto, Louise sabía que secretamente a él le encantaba el colorido y la vistosidad de la moda parisina—. Tu tía abuela Salvadora habría dado su aprobación.

—Recuerdo que alguna vez me has hablado de ella —dijo Louise.

—Siempre se me olvida que no llegaste a conocerla. Vivía en Toulouse, pero siempre seguía la moda de la corte parisina.

Minou sonrió.

—Era una dama maravillosa. Terca y de opiniones firmes, pero le debemos mucho.

—¿Qué le pasó?

—Murió hace diez años, cuando había visto ya noventa veranos. ¿Es que no lo recuerdas?

Louise negó con la cabeza. De nuevo, ¿era su imaginación o esa mañana todo le sonaba falso, como si sus abuelos estuvieran interpretando un papel?

—¿Estáis listos, *mes coeurs*?

Piet asintió.

—Lo estamos.

Minou tomó la mano de Louise.

—Sois unos más que dignos representantes de la familia Reydon-Joubert. Cuida de tu abuelo, ¿me oyes, jovencita? Y no te olvides de que esto es lo mínimo que te mereces. Se trata de tu legítima herencia.

Louise observó como su abuela colocaba una mano en la mejilla de Piet.

—Llévate mi amor contigo.

—Mi señora de las brumas —susurró él.

Sintiéndose inexplicablemente triste, Louise apartó la mirada.

—*Bonne chance* —oyó que susurraba luego Minou.

—¿Es que necesitaremos suerte? —preguntó Louise, notando todavía más el peso de las palabras no dichas.

Saint-Denis

A unas tres leguas al norte de París, la coronación estaba a punto de comenzar.

Frente a la basílica de Saint-Denis se agolpaba una densa muchedumbre que intentaba atisbar algo de la fiesta real. Guardias armados contenían a la multitud de espectadores, pero la atmósfera era festiva. En los estrechos callejones que había detrás de la iglesia y la abadía, rateros y buhoneros hacían su agosto con la multitud, pero, en su mayor parte, todos los ojos estaban puestos en el espectáculo de la corte real.

La Guardia Suiza, ataviada para la ocasión con chalecos de terciopelo de los mismos colores que vestía la reina —leonado, azul, carmesí y blanco—, encabezaba la procesión hacia la puerta occidental. Detrás iban unos doscientos nobles de las principales familias católicas de Francia, muchos ataviados con trajes de satén de color leonado con bordados dorados, otros con jubones de satén blanco y calzones leonados. A continuación, los gentilhombres de cámara, chambelanes y otros oficiales de la casa real, seguidos por los Caballeros del Espíritu Santo, que lucían el collar de su Orden. Un grupo de trompetistas vestidos con ropa de terciopelo azul iba detrás y, finalmente, los heraldos con la armadura completa y los ayudas de cámara con sus cetros.

Todo era de una opulencia que reflejaba al mismo tiempo la tradición centenaria de la ceremonia y el poder moderno del rey. Este no podría haber encontrado un modo más claro de demostrar cómo, bajo su reino, Francia había pasado de ser un país en bancarrota y asolado por la guerra a uno de los tronos más ricos de Europa.

Nadie reparó en el hombre pelirrojo aferrado a su bolsa de arpillera como si de un escudo se tratara. Mantenía la cabeza baja y procuraba pasar inadvertido en medio de la riada de parisinos que quería presentar sus respetos al rey hereje.

François Ravaillac echaba vistazos a derecha e izquierda. ¿Estaba observándolo alguien? Recordó a la mujer con los ojos de distinto color de la place de Grève que se había quedado mirándolo directamente.

Como si lo supiera.

La Rochelle

En La Rochelle, era una mañana de jueves normal y la gente estaba ocupada con sus cosas. Aunque el rey había repartido una gran cantidad de dinero en la capital hugonota y había otorgado a la ciudad una independencia sin precedentes, la pompa de la corte católica de Saint-Denis no les decía nada.

En un rincón del cementerio protestante, una rolliza mujer de mediana edad ataviada con capota y cuello almidonado, ambos sencillos y sucios, permanecía de pie con una niña fuertemente cogida de la mano. Esta mantenía la cabeza gacha, sintiendo la presión de los dedos de su madre en la mano. Se mordía el labio intentando no llorar mientras contemplaba cómo el diminuto ataúd descendía al interior de la tumba abierta, en cuya húmeda tierra moraban los gusanos y las arañas. Rezó en silencio por el alma de su querido hermano, esperando que ahora se encontrara en un lugar más benévolo y seguro que este.

En la cabecera de la sepultura, el pastor seguía mascullando las palabras del entierro. A la niña no le parecía que fueran muy sentidas; era como si para él no significara nada estar enterrando a una persona tan joven. A ella le habría gustado que su hermano fuera despachado al descanso eterno por alguien más devoto.

—En el nombre del Padre, del Hijo y del Espíritu Santo. Amén.

El pastor hizo la señal de la cruz, permaneció un momento inmóvil y luego se marchó.

La niña sintió un empujón en la espalda. Obedientemente, como si su mano perteneciera a otra persona, arrojó a la tumba su ramillete de flores y contempló cómo un destello de color surcaba el aire cálido y aterrizaba con un golpe sordo sobre la tapa del ataúd, llevándose con él su corazón.

—Ve con Dios —susurró, deseando por un momento yacer en la tumba junto a su hermano.

Y entonces todo terminó. Los mismos dedos huesudos rodearon su muñeca y tiraron de ella para salir del camposanto. Su madre no dijo nada, pero la niña sabía interpretar su humor, y juzgó que no estaba enfadada. Tragó saliva, aliviada. Sí, debía de haber interpretado bien el papel. Nadie la había puesto a prueba ni había sospechado que ella no fuera la persona que fingía ser.

Pero no se hacía ilusiones. El verdadero examen llegaría al día siguiente por la mañana cuando su tío acudiera a casa y su futuro se convirtiera en presente. Y todo el tiempo, las mismas seis palabras resonaban en su cabeza, repitiéndose una y otra vez como el estribillo de una cancioncilla cualquiera.

«Escoged una carta, la que queráis.»

12

París

Louise iba con la espalda bien erguida en su asiento mientras el carruaje cruzaba el pont Neuf.

—No hay razón alguna para que estés inquieta —dijo Piet, tranquilizándola.

—No lo estoy —repuso ella—. ¿Seguro que *gran'mère* se encuentra bien? No parecía ella misma esta mañana. Ni tú tampoco.

Su abuelo la cogió de la mano y le dio un apretón.

—Cada cosa a su debido tiempo. Hoy es un día muy importante, Louise.

—Ya lo sé. —Se quedó un momento callada, y luego añadió—: ¿Descubriré algo?

—¿Qué quieres decir?

—Sobre mi padre. Sobre la razón por la que me dejó en herencia su patrimonio pero dispuso que no lo recibiera hasta cumplir los veinticinco años. Sé tan poco... ¿Crees que estará presente también alguien de Chartres?

—Es posible —respondió Piet en un tono que dejaba claro que no pensaba especular.

—Porque sería...

—Louise —dijo él con seriedad—. Lo averiguaremos en un momento.

Desconcertada, ella apartó la mirada.

«¿Por qué está él más nervioso que yo?»

El traqueteante carruaje recorría las atestadas calles en dirección a la rue de Rivoli. Unos minutos después, llegaron a las oficinas del abogado y un empleado los condujo a una estancia de la segunda planta. En su interior, un abogado vestido de negro con un cuello blanco y la nariz congestionada a causa de un resfriado primaveral los saludó con un movimiento de cabeza.

—Monsieur Reydon-Joubert, mademoiselle Reydon-Joubert, sed bienvenidos. Tomad asiento, por favor.

—¿Esperamos a alguien más? —preguntó Louise.

Tanto su abuelo como el abogado se volvieron hacia ella.

—¿Eh? No. —El abogado se sorbió los mocos—. El asunto es muy simple. Vuestro abuelo ya tuvo oportunidad de echarle una ojeada al testamento años atrás, cuando... —se aclaró la garganta— acaeció el suceso.

—Cuando mis padres fueron asesinados —dijo Louise sin rodeos.

El abogado volvió a sorberse y se dirigió a Piet:

—Y vos, monsieur, obtuvisteis la custodia de vuestra nieta...

Ella lo interrumpió de nuevo.

—Yo ya vivía con mis abuelos.

—Deja que termine, Louise —murmuró Piet.

—Pensaba que, ante la ley, era importante ser rigurosos.

—Ciertamente lo es... —Esta vez, el abogado la miró a ella—. ¿Y ahora puedo continuar, mademoiselle Reydon-Joubert?

Satisfecha por haber conseguido que el abogado hubiera tomado consciencia de su presencia, Louise asintió.

—Por favor.

El abogado se pasó un pañuelo por la nariz.

—Como he dicho, el asunto es muy simple. Al alcanzar la edad de veinticinco años el decimotercer día de mayo del año de nuestro Señor 1610, es decir, hoy, mademoiselle Reydon-Joubert recibirá la suma de cincuenta mil coronas.

Louise soltó un gritito ahogado. Era mucho más de lo que esperaba.

—¿Sabías que era tanto, *gran'père*?

Piet tragó saliva ruidosamente.

—No tenía ni idea. Es mucho dinero. —Frunció el ceño—. ¿Y decís que la suma debe pagarse en coronas? ¿El testamento estipula coronas en vez de *livres tournois*?

El abogado asintió.

—Esto sugiere que lord Evreux, es decir, vuestro fallecido padre, mademoiselle, era consciente de la devaluación de esa moneda y pensó en proteger su herencia convirtiéndola a coronas.

—¿Y qué hay de las propiedades?

El abogado enarcó las cejas.

—Disculpadme, pensaba que lo sabíais. No hay nada más. Lord Evreux vendió las propiedades que había heredado de su padre en las afueras de Chartres poco antes de su muerte.

—¿Todo? ¿La casa y las tierras? —preguntó Piet con brusquedad.

—Que yo sepa, sí. No conservó ninguna parcela.

—¿Sabéis por qué? ¿O a quién se lo vendió?

—¿Acaso importa, *gran'père*?

El abogado se aclaró la garganta.

—Yo no llegué a conocer a lord Evreux, y esa transacción fue supervisada por sus propios consejeros en Chartres. Como he dicho, el asunto que nos ocupa es muy sencillo. Mademoiselle Reydon-Joubert está aquí solo para firmar los documentos que atañen a su fortuna. Cuando eso haya sucedido y el proceso haya sido debidamente atestiguado, podremos pasar a discutir cómo...

—¿Y no hay condiciones? —Louise lo interrumpió de nuevo—. ¿Recibo el dinero así, sin más?

—Bueno... Sí, así es. —El abogado se sorbió la nariz—. Aunque esperaba que considerarais la conveniencia de recibir nuestro asesoramiento sobre cómo proteger mejor esta fortuna. Seréis una mujer muy rica, lo cual puede atraer la atención de hombres sin escrúpulos. Bribones. Sería aconsejable que contarais con una buena orientación.

Louise sonrió con frialdad.

—Ya cuento con el asesoramiento de mi familia. —Señaló el escritorio—. ¿Son esos los documentos?

—Lo son.

Ella se puso de pie.

—Si tenéis a bien hacer venir a un testigo apto, monsieur, podremos concluir el asunto.

Su abuelo le colocó entonces una mano en el brazo.

—Un momento, *ma belle*. *Monsieur le Notaire*, ¿estáis seguro de que no hay que hacer nada más? ¿No es necesaria ninguna prueba de identidad ni ninguna otra cosa? ¿Absolutamente seguro?

El abogado negó con la cabeza.

—Ya os ocupasteis vos de todo en Ámsterdam, monsieur Reydon-Joubert.

—¿Y nada ha cambiado desde entonces?

Louise se quedó mirando a su abuelo, sin comprender la razón de estas preguntas. Estaba claro que el abogado sentía lo mismo.

—¿Procedemos? —propuso este con cierta impaciencia.

Piet alzó la mano.

—Es solo que han pasado quince años. Muchas cosas han cambiado en Francia, y nuevas leyes rigen ahora propiedades y herencias. ¿No hay nadie más que deba refrendar los documentos?

—El testamento es válido, monsieur —respondió el abogado

con firmeza—. Todo es tal y como debe ser. —Le tendió los papeles a Louise y a continuación también una pluma—. Si me hacéis el favor, mademoiselle...

Al cabo de media hora, Louise y Piet volvían a estar en la rue de Rivoli. Ya habían realizado todas las gestiones necesarias para la transferencia de los fondos a un banco de Ámsterdam, y los documentos habían sido firmados y sellados. No había ningún trámite pendiente.

Louise había pensado que sentiría algo. No fue así. Se quedó mirándose las manos y, sosteniendo los guantes en una, las giró como si buscara una señal, un estigma. La decepcionaba sentirse exactamente igual que al despertarse esa mañana.

«No ha cambiado nada.»

Pero su abuelo parecía haber sufrido una transformación. Ya no se mostraba taciturno o inquieto. Ahora se le veía muy animado. Y, al poco, ella se contagió de su entusiasmo. Louise se llevó una mano al relicario de su madre y, al menos por un momento, se sintió emocionada ante el final de un capítulo y el inicio de otro.

—¿Qué te parece si regresamos a la place Dauphine dando un paseo? —dijo Piet—. Siempre y cuando puedas ir a mi paso, claro está. Ya te aviso que iré lento.

—¿Estás seguro de que podrás?

—Me siento capaz de cualquier cosa —respondió él radiante—. Ya tienes tu herencia, es tu cumpleaños, el sol brilla en el cielo. Será para mí un honor pasear con mi preciosa nieta por esta maravillosa ciudad. —Piet le ofreció el brazo—. ¿Nos ponemos en marcha?

Louise sonrió.

—El honor es mío, *gran'père*.

13

París
Viernes, 14 de mayo

El día posterior a la coronación, los setos de los jardines del palacio de las Tullerías volvían a estar vivos con el resplandor de los gorriones. Sus alegres cantos se elevaban por encima de los formales parterres y los macizos de rosas y tulipanes amarillos. En una morera blanca, el mirlo seguía graznándole a su pareja. Otra bandada de vencejos, de regreso a casa procedentes de la costa berberisca, sobrevoló las tranquilas aguas del lago.

Y en la place Dauphine, Louise permanecía sentada, dándole vueltas y más vueltas en la mano al relicario de su madre después de otra noche de insomnio. Era un óvalo de plata que contenía un único mechón de pelo castaño, y se trataba de su posesión más valiosa y secreta. Nadie sabía que lo había cogido.

La sensación de bienestar que había disfrutado durante el día no había llegado a la noche. Había preparado una dosis de polvos para dormir en un vaso de agua, pero al final no se los había tomado. En consecuencia, se había pasado despierta la mayor parte de la noche pensando en la casa de huéspedes de Kalverstraat donde su madre había sido hallada. El recuerdo que tenía era incompleto, apenas tenues imágenes que iban y venían. Pero recordaba bien el suelo empapado de sangre y su desesperación por haber llegado demasiado tarde. La huella roja de una mano infantil en una pared blanca, esa era su verdadera herencia.

«Siempre demasiado tarde.»

No había llegado a tiempo de salvar a su madre. Nunca se lo perdonaría.

Louise se vistió rápidamente y volvió a salir de la casa antes de que nadie más se hubiera levantado. Por la noche, había oído a sus abuelos hablando en susurros al otro lado de la puerta de su dormitorio y había percibido el tono de alivio en la voz de su abuela. Parecía como si se hubiera quitado un gran peso de encima. Al mismo tiempo, Louise sabía que algo no iba bien. Varias veces, mientras celebraban su cumpleaños con una cena tradicional neerlandesa compuesta de tortitas y cerdo ahumado, había notado que su abuela se la quedaba mirando. Pero, cada vez que pensaba que iba a decirle algo, Minou terminaba quedándose callada. Era todo muy raro.

Louise posó la mano en la manija de la puerta de la cocina y salió a la calle bajo el sol matutino. Tal y como había llegado, su día especial ya había quedado atrás. Los documentos habían sido firmados, ahora era rica y, sin embargo, se sentía exactamente igual. Preocupada, inquieta.

Culpable.

En los pasillos del palacio del Louvre, los cortesanos iban de habitación en habitación procurando que su mirada no se encontrara con la del rey para no ser objeto de su disgusto. A pesar de que la coronación se había desarrollado exactamente según los deseos de su majestad —y la corte francesa había demostrado ser la envidia de Europa—, Enrique estaba de mal humor.

El rey había regresado de Saint-Denis a París la tarde del día anterior con la intención de poner en orden sus asuntos privados. Al día siguiente iba a tener lugar una procesión real por las calles de París. La llegada de la reina estaba programada para el domingo, y el banquete oficial para celebrar la coronación tendría lugar el martes siguiente. El miércoles, al fin, dejaría la ciudad para unirse a sus tropas en el campo de batalla. Ahora bien, para que todo esto pudiera desarrollarse tal y como estaba previsto, necesitaba contar con su mano derecha, el duque de Sully. Por desgracia, sin embargo, este había caído enfermo. Se encontraba tan mal, de hecho, que permanecía en cama en su casa del barrio del Arsenal. Su secretario había sido quien le había dado las malas noticias. Jean-Jacques hizo otra reverencia y dijo:

—Es con gran pesar que mi señor Sully desea comunicaros que no podrá asistir personalmente a su majestad. Por nada en el mundo querría ofenderos, señor, pero sus médicos le han recomendado que guarde reposo en cama, y no desearía poner en peligro la salud de su majestad presentándose con algún tipo de pestilencia o enfermedad.

A continuación esperó en respetuoso silencio, a sabiendas de que lo más sabio que podía hacer era permanecer callado. Vestido completamente de negro, Enrique comenzó a deambular con impaciencia de un lado a otro. Las pesadas hebillas de sus zapatos repiqueteaban contra el suelo y la enjoyada cruz de Saint-Esprit colgaba de su cuello en una ancha banda. Tenía el pelo casi blanco sobre la gorguera almidonada. Aun así, para tratarse de un hombre de cincuenta y siete años que apenas había disfrutado de unas pocas horas de sueño, su figura seguía siendo imponente.

—Si la montaña no va a Mahoma, Mahoma deberá ir a la montaña, ¿no es eso lo que dicen?

Jean-Jacques frunció el ceño.

—¿Cómo decís, majestad?

—Es una expresión que le oí al embajador marroquí —le explicó Enrique, e, indicándole que no le hiciera caso con un movimiento de la mano, añadió—: Es igual.

—¿Hay algún mensaje que deba transmitirle a mi señor? ¿O tal vez algunos papeles que deba llevarle para que los examine?

—Decidle... —Enrique se quedó un momento callado y luego exhaló un suspiro—. Decidle que no me siento a salvo en París.

—Si el duque estuviera aquí —se aventuró a decir Jean-Jacques—, estoy seguro de que os haría notar que en una semana os encontraréis en compañía del ejército real y lejos de París.

Enrique se desplomó en un sillón.

—Mis noches está plagadas de pesadillas, Joubert, y sin embargo de día... —dejó caer las manos— las horas se me hacen eternas.

Jean-Jacques echó un vistazo a los guardias suizos que permanecían de pie en la puerta de la cámara y a los cortesanos ataviados con sus atuendos de seda amarilla yendo de un lado a otro de la habitación, y no pudo evitar desear que regresara el ayudante de cámara del rey. No le correspondía a él recibir semejantes confidencias.

—Estoy seguro de que, para mañana, mi señor Sully ya se habrá recuperado —comenzó a decir, pero Enrique golpeó con el puño el bordado reposabrazos de su sillón.

—¡Eso no es suficiente!

—Majestad, yo solo quería decir que...

Enrique lo señaló con el dedo índice.

—Ya sé lo que queríais decir, pero esto es lo que va a pasar. Regresaréis de inmediato junto a vuestro señor y lo avisaréis de que dentro de una hora recibirá la visita de su majestad el rey.

Puede permanecer en cama, no me sentiré ofendido, pero cuento con que estará listo para recibirme.

Jean-Jacques hizo una reverencia.

—Muy bien, majestad, así lo haré. Mi señor se sentirá honrado de recibiros.

Hubo una breve pausa y luego, para su sorpresa, el rey estalló en carcajadas.

—¡Honrado! ¿Sabéis a cuántas damas he honrado de un modo semejante, Joubert? *Le Vert-Galant*, me llaman. ¿Lo sabíais?

Jean-Jacques se sonrojó, horrorizado ante la idea de tener que contestar y ofender al rey, o arriesgarse a causar de nuevo su enojo permaneciendo callado.

—Transmitiré vuestro mensaje a mi señor, majestad —murmuró finalmente al tiempo que comenzaba a retirarse.

Enrique dio una palmada y un cortesano acudió de inmediato.

—Decidle al capitán de la guardia que prepare el carruaje. ¡Iré al Arsenal a «honrar» a mi señor Sully como si de una de mis queridas se tratara!

Jean-Jacques se dio la vuelta y se marchó rápidamente de la estancia mientras la risotada procaz del rey resonaba en sus oídos.

François Ravaillac vio como el carruaje del rey salía del palacio del Louvre y le costó creer hasta qué punto Dios le sonreía. Aunque era sabido que ese sábado el rey pretendía realizar una procesión real por las calles de París, no había pensado que ese día fuera a suceder nada.

Y sin embargo...

En ese instante, las voces de su cabeza estaban calladas, y

Ravaillac se sentía agradecido por ello. Aferrado a su bolsa, comenzó a caminar junto al carruaje real, que avanzaba con un traqueteo por los adoquines de la rue Saint-Honoré. Se trataba de un vehículo de madera torpe y pesado, con unas enormes ruedas también de madera, sujeto al armazón con unas tiras de cuero y tirado por ocho caballos. Las cortinas de terciopelo estaban descorridas y, aunque había cortesanos sentados con el rey y ocho hombres a pie delante y detrás, no había señal alguna del habitual contingente de guardias suizos que solía acompañar al hereje.

Por unos segundos, Ravaillac se preguntó si no se habría equivocado. A lo mejor era otro miembro de la familia real quien iba en el carruaje. No obstante, en un momento dado, el rey volvió la cabeza y Ravaillac reconoció el distintivo penacho blanco en su sombrero negro de ala ancha y supo que tenía a su objetivo a la vista. Enrique llevaba puesto un peto sobre su jubón negro, pero no estaba atado.

—*Deus vult* —masculló por lo bajo Ravaillac, acelerando el paso.

El carruaje se detuvo con brusquedad. Había un atasco en la esquina de la rue de la Ferronnerie. Un hombre con un carro tirado por un buey había intentado girar y se había quedado atorado, bloqueando la calle en ambas direcciones. Al poco, se formó una multitud que aclamaba al rey. Ravaillac aprovechó para acercarse disimuladamente y se abrió paso hasta el frente. Los cortesanos le decían a gritos a la gente que circulara, pero había demasiados caballos y demasiados mirones. El carruaje real siguió parado.

Al doblar una esquina para tomar la rue de la Ferronnerie, Louise oyó el alboroto. Estaba a punto de dar media vuelta cuando vio que un hombre pelirrojo subía de un salto a un pequeño pilar que había a un lado de la calle. Lo reconoció.

«El alma torturada de la place de Grève.»

Iba aferrado a la misma bolsa de arpillera que sostenía el día de las ejecuciones, como si en ella portara todas sus posesiones terrenales.

Luego, todo pareció suceder a la vez.

El hombre sacó algo de la bolsa y corrió hacia el carruaje. Uno de los cortesanos del rey se volvió con un ceño fruncido que arrugaba sus suaves rasgos y, de pronto, abrió los ojos como platos y extendió los brazos. A su espalda, Louise reparó en que el ocupante del carruaje era el mismísimo rey Enrique y abrió la boca para gritar, pero no llegó a emitir ningún sonido. El hombre pelirrojo se abalanzó sobre el rey. Louise vio el resplandor de un cuchillo en la mano del desconocido.

—¡Es la voluntad de Dios! —gritó Ravaillac.

A su lado, una mujer chilló.

Louise vio como el rey alzaba un brazo para protegerse, pero dejaba el flanco izquierdo desprotegido. El asaltante hundió el cuchillo en las costillas de Enrique y luego volvió a hacerlo una segunda vez. Horrorizada, observó cómo a continuación los soldados se llevaban al hombre a rastras y le pisoteaban la mano hasta que finalmente soltaba el cuchillo. Entonces se oyó un disparo y, de repente, la calle se llenó de gritos y lloros. La gente corría en todas direcciones, intentando abrirse paso a través de la barricada de soldados armados con picas que bloqueaba la calle. Otros trataban de acercarse al rey.

El hombre pelirrojo yacía boca abajo sobre la sucia calle, inmóvil y sin hacer el menor intento de huir. Por un momento sus miradas se encontraron, y Louise se dio cuenta de que él también la reconocía a ella.

14

Una hora después, en la place Dauphine, Louise se cogía con fuerza ambas manos para evitar que temblaran. Su respiración era trabajosa. Había corrido hasta llegar a casa.

—No puede ser —repitió su abuelo.

—Sé lo que he visto.

—Debe de haber recibido únicamente una herida —insistió—. Si no, habrían tocado las campanas de alarma.

Piet calló en cuanto el carillón de la Sainte-Chapelle comenzó a sonar, seguido casi al instante por Notre-Dame y todas las iglesias a ambos lados del río, hasta que el aire estuvo completamente inundado por el clamor de las campanas.

—Ahí lo tienes —repuso Louise con el rostro pálido—. ¡El rey ha muerto!

—Debemos marcharnos mientras podamos —dijo de repente Minou. Su tono de voz era tranquilo, pero Louise podía percibir el miedo en sus ojos.

—*Gran'mère?*

—¿Minou? —Su abuelo también parecía desconcertado.

—No podemos arriesgarnos a permanecer aquí, *mon coeur*, no podemos.

—Esto no significa que la historia esté repitiéndose —señaló Piet—. No puede ser.

Louise se los quedó mirando y se dio cuenta con angustia de que sus mentes habían retrocedido a la noche de la masacre de París. Había tenido lugar treinta y ocho años atrás, pero el trauma continuaba presente justo debajo de la superficie. A pesar de la comodidad y seguridad con la que vivían, sus abuelos seguían siendo refugiados, siempre listos para huir de un momento a otro.

—Esto no es lo mismo —insistió ella, fingiendo con su tono de voz una seguridad que no sentía—. Ha sido un loco solitario, un alma perdida. Lo había visto antes. No había nadie más.

—No sabemos quién es —dijo Minou—. Dices que ha actuado solo, pero ¿y si estaba pagado por algún poderoso o ha actuado en representación de una u otra facción?

Piet negaba con la cabeza.

—El duque de Sully se apresurará a proclamar a la reina como regente. Afortunadamente, la ascendencia de María de Médici no puede ponerse en entredicho tras la coronación.

—Pero ¿será aceptada por el consejo y la corte? —insistió Minou—. Tú mismo sueles decir que París está llena de espías y conspiradores. Y no faltarán quienes cuestionen el momento en el que ha tenido lugar el asesinato, justo después de la coronación. Algunos podrían llegar a pensar incluso que la reina ha sido la responsable.

—París no es una ciudad muy honorable. —Piet se mostró de acuerdo.

—La gente oye lo que quiere oír y ve lo que quiere ver para apuntalar su propio poder, su posición —prosiguió Minou con un tono de urgencia; el miedo alimentaba sus palabras—. Aunque no haya prueba alguna que relacione a la reina con una conspiración, eso no detendrá los rumores. Tanto la facción española como los miembros supervivientes de la Liga Católica se beneficiarían de una corona débil. El delfín no es más que un niño.

Louise alargó el brazo para cogerle la mano a su abuela.

—Todo irá bien.

—Tantos años de guerra y luego tan pocos de paz —murmuró Piet—. ¿Es posible que Francia vuelva a verse arrastrada otra vez al caos con tal rapidez?

—Este no es nuestro lugar, Piet —dijo Minou—. No puedo quedarme atrapada aquí, ya lo sabes. No puedo.

Louise advirtió que los hombros de su abuelo se derrumbaban y sintió que el corazón se le encogía un poco más.

—Todo irá bien —repitió ella, aunque sus palabras no transmitían la menor convicción. Se acercó a la ventana. Fuera, la ciudad estaba bañada por los suaves y cálidos rayos del sol. Solo el incesante redoble de campanas indicaba que ese día era distinto del anterior o del que vendría mañana—. ¿Qué puedo hacer?

Su abuela se volvió con gratitud hacia ella.

—Recoge tus cosas y avisa al mozo de que nos marcharemos de inmediato.

Minou se dirigió hacia el escritorio, cogió una hoja de papel, mojó con tinta la punta de la pluma y escribió unas pocas palabras.

—Dile al muchacho que le entregue esta nota a Jean-Jacques. Estará en la residencia del duque, en el barrio del Arsenal. —Selló la carta y se la tendió a su nieta—. Ten.

—¿No deberíamos esperar a ver qué pasa? —preguntó Piet en un tono de voz carente de su vigor habitual.

—Si esperamos, podría ser demasiado tarde. La guardia no vacilará en sellar la ciudad. La gente amaba al rey. Llorarán su muerte y luego buscarán a alguien a quien culpar. Sin él, ¿quiénes seremos nosotros?

—¡Pero esto no tiene nada que ver con nosotros...! —comenzó a decir Piet.

Minou lo interrumpió.

—En los años que Enrique ha reinado ha sufrido..., ¿cuántos? ¿Diecinueve intentos de asesinato? Solo confidentes cercanos como Jean-Jacques saben que han sido tantos. Algunos fueron obra de agitadores pagados por España o miembros desafectos de la Liga. Otros, lamento decirlo, fueron financiados por protestantes extremistas. —Se detuvo un momento para recobrar el aliento—. Rezo por que Jean-Jacques esté a salvo.

—Lo estará —dijo Louise tratando de tranquilizarla—. El duque se asegurará de ello.

—Estas horas inmediatas al asesinato son las más peligrosas, Piet. Los rumores y las acusaciones se propagarán como un fuego descontrolado. Ya sabes cómo es París. Y, además, está llena de dignatarios extranjeros y representantes del papa, todos ellos todavía dentro de las murallas de la ciudad. Es un barril de pólvora. Siempre quieren echarle las culpas a alguien, y nosotros somos el blanco más obvio. Aunque no somos la única familia hugonota que se encuentra en la capital, nuestro apellido es conocido.

Louise miró a sus abuelos deseando más que nada en el mundo poder evitarles más sufrimiento. Si estaban en París era solo por ella. Era plenamente consciente de cuánto le había costado a su abuela regresar a esta ciudad. Vio como su abuelo extendía una mano. A continuación, Minou lo rodeó con los brazos y murmuró algo en la antigua lengua:

—*Si es atal es atal* —dijo—. Lo que tenga que ser, será.

Por un momento permanecieron aferrados el uno al otro como dos nadadores bregando con la corriente. Finalmente, Piet le dio un beso en la frente a su esposa y se apartó.

—Tú, Minou —murmuró—, has sido la mayor bendición de mi vida. Si crees que debemos marcharnos, lo haremos.

15

La Rochelle

En la gran ciudad portuaria hugonota de la costa atlántica, nadie se había enterado todavía de la tragedia que estaba desarrollándose en París.

La niña sintió la vara de su tío dándole unos golpecitos en la parte trasera de sus doloridas piernas y se encogió de dolor. Se sentía como un animal o una esclava en un mercado morisco, sometida a todas esas preguntas y pruebas.

—Eres algo pequeño para tu edad, muchacho.

—Pero es fuerte —aseguró su madre.

—¿Es que no sabe hablar? ¿Le ha comido la lengua el gato?

La niña volvió a oír el silbido de la vara surcando el aire.

Tanto la gorguera gris y el jubón como la elegante capa y los zapatos con hebilla que vestía su tío estaban fuera de lugar en la modesta morada en la que vivían ellas dos y contrastaban ostensiblemente con la ropa harapienta y manchada de sudor que llevaba su madre. Hasta ese momento, la niña no había sido consciente de lo rico que era este tío suyo. Se trataba de un exitoso productor y comerciante de vino. Ella había pasado muchas veces por delante de Barenton et Fils, en la rue du Temple, y había admirado el nombre en letras doradas que había encima de la puerta de entrada sin saber que eran parientes. Se preguntó qué habría causado el distanciamiento entre hermanos.

—Contesta a tu tío.

Sintiendo el pellizco de los dedos de su madre en el cuello, la niña habló en un tono de voz firme:

—Soy fuerte y puedo trabajar duro. Tengo buena vista.

Monsieur Barenton resopló, pero a ella no le pareció que su respuesta le hubiera desagradado.

—¿Y la enfermedad de su hermana? —La niña volvió a oír el silbido de la vara—. ¿No sufrirá él de la misma debilidad?

Su madre negó con la cabeza.

—Desde el nacimiento, ella fue la más enfermiza de los dos. Siempre propensa a resfriarse o sufrir aflicciones de estómago.

A la niña le maravilló la facilidad con la que su madre mentía, intercambiando las historias vitales de sus dos hijos. En realidad, ella era la mayor por diez minutos, nacida a un lado de la medianoche, y su hermano, Guillaume, al otro. Este siempre había sido el favorito de su madre. La mayor parte de los quehaceres domésticos —cortar leña, ir a buscar agua, repartir la ropa que su madre cosía para las damas ricas que vivían en la rue des Gentilshommes— siempre había recaído en ella. Mientras tanto, su hermano permanecía tranquilamente en casa. Al mismo tiempo, Guillaume solía interponerse entre ella y los castigos de su madre. Siempre conseguía calmarla, y a veces incluso aplacaba por completo su ira. Y cuando no lo lograba y su madre la encerraba en el sótano, donde las ratas correteaban alrededor de sus pies desnudos, Guillaume la ayudaba a pasar la noche hablando con ella en susurros a través de la reja si su madre se quedaba dormida después de haber bebido demasiada cerveza.

—Obviamente, está triste por la pérdida de su hermana —dijo su madre en un tono de voz más grave—. Como yo. Era el alma más dulce que haya vivido nunca. Demasiado buena para este mundo.

Su tío soltó otro resoplido.

—¿Vendrías a trabajar para mí, muchacho? Tendremos que hacer algo con tu... tu... —Señaló los deslucidos pantalones que llevaba—. No son apropiados. No lo son para nada.

La niña alzó la mirada, preguntándose cómo podía ser que ese hombre fuera tan crédulo. Después vio que la expresión de su madre se oscurecía y el leve desconcierto que se había dibujado en el rostro de su tío. No quería contestar, pero no podía no hacerlo.

—Sí, tío —dijo, y notó que los dedos de su madre se le clavaban con más fuerza en el cuello y luego la soltaban—. Lo haré lo mejor que pueda.

—Muy bien. —Su tío colocó la punta de la vara debajo de su barbilla—. Os acogeré a ti y a mi hermana. La familia es la familia. Pero si me decepcionas, o deshonras el apellido Barenton, regresaréis a esta pocilga antes de que puedas contar hasta cinco.

—Sí, monsieur. Gracias.

Su tío bajó la vara y golpeó dos veces el suelo como si hubiera cerrado un trato.

—Estamos de acuerdo, pues. —Retrocedió un paso—. Esta tarde enviaré un carro para que recoja vuestras pertenencias. ¿Hay alguna deuda pendiente por estos... aposentos?

Su madre juntó las manos. Las tenía rojas como dos gruesos cortes de carne.

—Me temo que debemos hasta final de mes, hermano. —Le dijo la cifra—. ¿Es demasiado?

La expresión del tío no se alteró.

—Lo resolveré con el casero.

—Eres muy amable.

La niña se fijó en el gesto obsequioso del rostro de su madre.

¿Quería eso decir que estaba contenta? Como coconspiradora, ella también sonrió, pero entonces reparó en el desprecio que había en sus ojos y sintió que un familiar pavor le oprimía el pecho. ¿Había vuelto a hacer algo mal? ¿Qué había hecho mal?

—Si has de trabajar para mí, he de saber tu nombre —dijo su tío.

—Se llama...

—¡Por el amor de Dios, hermana, deja que conteste él! Un niño mudo no me sirve de nada en la tienda.

Ese era el momento que la niña había estado temiendo, cuando ocupara el lugar de su hermano y ella dejara de existir. Con ello, Guillaume también lo haría. Lo que estaba haciendo era un crimen y, si la pillaban, no creía que ni su edad ni su sexo fueran a protegerla. Pero el miedo que sentía por su madre empequeñecía cualquier otra consideración, y quizá esta nueva vida sería mejor. Su tío tenía una casa grande, de modo que seguramente su madre moderaría su comportamiento. Esa era la única brizna de esperanza que le quedaba.

—Me llamo Guillaume, monsieur —contestó ella, pero el nombre de su hermano le sonó desleal en su boca y se dio cuenta de que no podría vivir con ello—. Aunque, si os parece bien...

—¿Sí...?

La mirada de la niña se encontró con la de su tío por primera vez. Todo o nada.

—Si os parece bien, monsieur, prefiero que me llamen Gilles.

La suerte estaba echada. Ahora era un varón.

16

París

Cogida de la mano de su abuela, Louise no paraba de mirar a derecha e izquierda mientras el carruaje traqueteaba sobre el empedrado del barrio universitario.

«Una puñalada. No hace falta más que eso para que el mundo se venga abajo.»

En las horas inmediatamente posteriores al asesinato del rey, la noticia se había propagado a todos los rincones de París. A ella le daba la sensación de que en ese barrio de la margen izquierda las calles no se habían dejado llevar tanto por el pánico, como si a los filósofos y los teólogos les pareciera vulgar ser presa de una emoción tan primaria. Aun así, los zapateros estaban clavando tablones de madera en sus escaparates, y no había ningún niño jugando en la calle.

—No veo nada raro —volvió a decir. Habían tardado algo más de una hora en recoger los pocos objetos de valor que habían llevado con ellos de Ámsterdam. Con sus pertenencias debajo del asiento y ocultas detrás del bajo de sus faldas, habían abandonado la casa de la place Dauphine. Iban con las cortinas del carruaje descorridas para que no pareciera que tenían algo que ocultar—. No hay soldados, al menos no más de los que esperaba. ¿Qué ves tú?

El mozo se puso de pie en su plataforma.

—Han cerrado las puertas.

Louise intentó ignorar la fuerza con la que le latía el corazón. ¿Y si ya había una orden de detener a cualquier hugonote conocido que estuviera en la ciudad?

—¿Qué quieres hacer, *gran'mère*?

—Seguir adelante —respondió Minou.

Se detuvieron en la porte Saint-Jacques. Una multitud permanecía a la espera de poder salir. Otros, al otro lado, solicitaban permiso para entrar. ¿Era posible que todavía no supieran que el rey había muerto?

Después de lo que pareció una espera infinita, llegaron al frente de la cola. El centinela alzó la mano.

—¿Cuál es vuestro propósito?

—Llevo a mis abuelos fuera de la ciudad para que tomen el aire —dijo Louise, procurando mantener su tono de voz lo más tranquilo posible—. Nos dirigimos a Troyes, a la abadía.

—Nadie puede salir de la ciudad.

—No estamos sujetos a ninguna orden general —respondió ella al tiempo que mostraba una carta con el escudo de armas del duque de Sully. Era una vieja carta de Jean-Jacques que había retocado vertiendo un poco de lacre rojo para resellarla—. Esta carta contiene instrucciones expresas del duque permitiéndonos pasar. Mi tío es su secretario y desearía que se respetaran las instrucciones de su señor.

A su espalda oyó ruido de cascos de caballos. Minou se removió en su asiento y luego le susurró a su nieta:

—La Guardia Suiza.

La multitud, mientras tanto, era cada vez mayor, y el griterío aumentaba y sonaba más iracundo. Louise sospechaba que era solo cuestión de tiempo que se impusiera un toque de queda general.

—¿Podemos pasar? —preguntó, procurando transmitir tanta seguridad en sí misma como pudo—. ¿Acaso la palabra del duque de Sully no os parece suficiente?

El joven guardia se quedó mirando la carta, demasiado intimidado para cogerla, y luego observó la opulencia del carruaje y se fijó en los dos inofensivos ancianos que iban sentados uno al lado del otro. Louise reparó en que, a continuación, echaba un vistazo a las colas de gente cada vez más inquieta que había a cada lado. El guardia podía olerse que estaba a punto de armarse una buena. Vaciló un momento más y finalmente les indicó que pasaran con un movimiento de la mano.

—Deja que pasen —le dijo a su compañero.

Louise consiguió esbozar una sonrisa.

—Que Dios os bendiga.

El mozo hizo restallar el látigo y el carruaje se puso en marcha con una sacudida y cruzó el empedrado de la estrecha abertura. Un instante después ya estaba fuera de la ciudad, dirigiéndose hacia el bosque de Saint-Michel. A su espalda, Louise oyó como volvían a cerrarse las pesadas puertas.

El ruido de la ciudad dio paso al canto de los pájaros, a los tranquilos caminos rurales y al polvoriento y cálido aire del mundo que había más allá de los muros. La noticia del asesinato del rey todavía no había llegado a los pueblos que se hallaban a las afueras de París, pero Louise sabía que no tardaría en hacerlo.

Se sentía eufórica por haber sido capaz de persuadir al guardia para que los dejaran salir, pero al mirar a sus abuelos y ver sus rostros grises y derrotados, su entusiasmo se desvaneció. Luego recordó al rey asesinado y sus ojos fríos y muertos y sintió un escalofrío.

«Si es atal es atal.»

Era una expresión que había oído cientos de veces en labios de su abuela, pero ahora Minou permanecía en silencio. Louise se reclinó y dejó que el ritmo de las ruedas aplacara su acelerado corazón.

Pasaron las horas. Cruzaron apacibles aldeas y caseríos bañados por la luz del sol. Vieron una boda rural. La novia estaba resplandeciente, ataviada como iba con un vestido rojo y un tocado con cuentas de cristal. La música de las gaitas y la flauta llenaba la pequeña plaza. Esa celebración alegre y sencilla era un recordatorio de lo que podía —de lo que debía— ser la vida, lejos de las intrigas y los politiqueos de París.

Louise no estaba segura de si Piet estaba durmiendo o simplemente tratando de conservar sus fuerzas, pero Minou parecía haber desaparecido dentro de sí misma. Durante toda su vida, su abuela había sido una persona resuelta y fuerte. Había mantenido unida a la familia a pesar de todo, en lo bueno y en lo malo. Ahora daba la impresión de haber envejecido en el espacio de unas pocas horas. Luego Louise sintió que Minou se removía a su lado y, de repente, dijo algo en voz baja:

—No me encuentro bien, Louise.

—Claro que no. Todo esto ha sido demasiado. Te sentirás mejor por la mañana.

—No. Ya hace tiempo que no me siento bien.

Louise se quedó helada.

—¿Qué quieres decir?

Nada más hacer la pregunta, sin embargo, se dio cuenta de que en su fuero interno ya sabía que algo le pasaba a su abuela. Su falta de apetito, su palidez, todas esas veces que había encontrado demasiado agotador el más breve de los paseos por la plaza. Solo que ella había estado demasiado preocupada para decir nada.

«Pensando únicamente en mí misma.»

Un estremecimiento recorrió todo su cuerpo.

—¿Es serio? —preguntó.

—Si Dios así lo quiere, aún me quedan unos pocos meses.

—*Gran'mère*... —susurró Louise en un tono de voz que parecía provenir de un lugar muy muy lejano—. ¿Sufres dolores?

—A veces. —Minou le dio un apretón en los dedos—. Lo siento. Ya sabes que no quiero abandonarte.

—Soy yo quien debería pedir perdón —dijo ella con un gimoteo—. Debería haber hecho algo; debería haberme dado cuenta...

—No digas tonterías, he hecho todo lo posible para que no te percataras.

—¿Y *gran'père*? —preguntó—. ¿Por qué no me...?

—Se lo dije hace apenas dos días. No queríamos echar a perder tu cumpleaños. Él se aferra a la idea de que todavía puedo recuperarme.

Louise ni siquiera intentó secarse las lágrimas.

—¿Qué haremos sin ti? —murmuró.

—Te irá bien, Louise, te lo prometo. Eres una joven atractiva, además de honrada y valiente. Hay gente que te quiere.

—Estaré perdida.

—No, no lo estarás. Ya has sufrido una gran pérdida en tu vida, *ma belle*, y sigues siendo igual de resuelta. Ahora bien, debes encontrar algo para expresar tus indudables talentos. Prométeme que lo harás. —Minou sonrió—. Y que cuidarás de mi anciano marido cuando yo no esté. Esto será duro para él.

Louise tuvo la sensación de que se le partía el corazón. Todo el color había desaparecido del mundo. Toda la luz.

—No puedo soportarlo —dijo entre sollozos—. ¿Lo sabe Jean-Jacques?

Minou negó con la cabeza.

—Estaba esperando a decírselo después de la coronación. Alis y Cornelia sí lo saben. Alis vino conmigo al primer médico en Ámsterdam.

—¿Tanto hace que lo sabes?

—No te enfades por que no te lo dijeran. Les pedí que no lo hicieran. —Minou cerró los ojos—. Pero me alegro de haberlo hecho al fin.

Louise percibió el alivio en el tono de voz de su abuela, y lo comprendió. ¿Acaso ella misma no había escondido un secreto a todos sus seres queridos durante la mayor parte de su vida?

Se hizo un silencio entre ambas. Louise sentía que aún había muchas cosas que quería decir y, sin embargo, al mismo tiempo, ya no había nada más que decir. El mundo sin su abuela ya no sería lo mismo.

Le cogió la mano a Minou y la sostuvo con fuerza.

El carruaje siguió adelante, sin detenerse hasta que hubo oscurecido y los caballos necesitaron descansar. A lo lejos, bajo la tenue luz crepuscular, Louise divisó un grupo de casas y la aguja de una iglesia.

—¿No quieres saber adónde vamos? —preguntó su abuela cuando ya estaban llegando a la aldea.

Louise comenzó a negar con la cabeza —tal pueblo o tal otro, qué más daba—, y luego se detuvo. Se habían estado dirigiendo hacia el sur. No, al sur no, al suroeste. Reprimió una exhalación.

—¡A Carcasona! —respondió, y obtuvo como recompensa una pálida sonrisa.

—Ah, qué bien me conoces, *ma belle*. Te lo enseñaré todo. Todos los lugares de los que te he hablado. No te creerás la belleza de la Cité y el bullicio de la Bastide. Y, si la fortuna nos sonríe, tal vez podemos visitar Puivert, donde tu querida madre pasó los primeros siete años de su vida. Hay tantas cosas que quiero enseñarte...

—Eso sería maravilloso —dijo Louise conteniendo nuevas lágrimas.

—Sí. —Minou suspiró—. Vamos a casa.

De pie en las almenas una temprana mañana de julio, con los Pirineos reluciendo a lo lejos en el horizonte, Louise apenas podía creerse que llevaran ya tres semanas en la Cité. Aunque todo estaba teñido de tristeza, Carcasona le había robado el corazón y, gracias a ello, se sentía más cerca de su abuela. Dormía en la cámara en la que antaño lo había hecho su tía abuela Alis, bien atenta por si su abuela la necesitaba. A través de la ventana abierta, podía oír el ruido que hacía la patrulla nocturna, ese ancestral paso de los hombres de armas marchando que se retrotraía en el tiempo. Una generación atrás, cien años atrás, hasta la época de los cátaros y los sarracenos. Y, antes de estos, la de los soldados de la guarnición romana que había levantado la modesta fortaleza de Carcasona en lo alto de una colina.

Cuando su abuela podía prescindir un rato de ella, Louise exploraba cada uno de los rincones de la vieja ciudad. Seguía los senderos que conducían al río, donde crecían la angélica y la hierba cana, y escuchaba la canción del agua impulsada por las palas del viejo molino del río Aude. Se imaginó a sí misma al mando de sus tropas como la reina guerrera Dame Carcas. Y cuando regresaba a casa por la tarde, le contaba a su abuela sus impresiones y, a cambio, le suplicaba que le relatara hasta el menor detalle de su infancia en la rue du Trésau.

Louise sabía que ella nunca podría asentarse en Carcasona. Estaba demasiado lejos del mar y el calor del mediodía era el más intenso que había conocido nunca. Pero allí, al menos de momento, el desasosiego que sentía en su interior parecía haberse calmado. Allí estaba libre de su pasado.

«Sin sueños. Sin recuerdos incompletos.»

Respiró hondo y descendió del muro. Con el sol matutino a su espalda, Louise se abrió paso por los callejones de la vieja ciudad en dirección a la pequeña casa con rosas silvestres alrededor de la puerta principal.

—¡Ya he vuelto, *gran'mère!* —dijo al entrar.

18

La Rochelle

Lo que la niña había aprendido después de dos meses viviendo en casa de su tío era que la gente veía lo que quería ver.

Con el pelo rapado como el de un niño y vestida con unos pantalones, un jubón y un gorro como cualquier otro sirviente de la casa, nadie dudaba que fuera quien decía ser: un muchacho llamado Gilles. Ella se aseguraba de no lavarse ni de orinar en compañía de otros, y dormía sola en el último piso de la casa. El polvo de carbón le había ennegrecido las uñas de tanto subir cajas del sótano. Imitaba a los toneleros, que hacían rodar los barriles por las calles empedradas, y se sentaba con las piernas separadas o con un tobillo sobre la rodilla de la otra pierna. También escupía en la calle y les tiraba piedras a los gatos que había en el patio de la casa de enfrente.

El hijo y la esposa de su tío habían fallecido de disentería en el invierno de 1604, y él había decidido no volver a casarse. A ella todo el mundo la había aceptado sin rechistar como el sobrino pobre de monsieur Barenton, que estaba aprendiendo el negocio del vino. Espabilado, pequeño para su edad, pero dispuesto a trabajar duro.

Con el transcurso de los días, la niña se fue acostumbrando

a su nueva identidad. Y, a pesar de que su madre siempre estaba merodeando cerca —lista para darle una bofetada o un doloroso pellizco—, ya no se encontraba tan a su merced. Como niño, podía escaparse de sus palizas. Aunque su tío rara vez se dirigía a ella directamente, había dejado caer suficientes comentarios como para que ella se diera cuenta de que él también había vivido atemorizado por su malvada hermana mayor cuando era pequeño. Este sufrimiento compartido lo predispuso a sentir cierto afecto por ella. Quería portarse como era debido con su sobrino, así que le permitía el uso de su biblioteca cuando terminaba el trabajo y había comenzado asimismo a instruirla en la elaboración del vino y en contabilidad. Gilles era un alumno entusiasta y estaba decidido a ganarse la confianza de su tío.

La niña también había descubierto que las cosas eran más fáciles para los niños en otros aspectos. Había oído historias sobre la depravación de los marineros —y, decían algunos, de los monjes de la abadía agustina—, pero, en las calles de la ciudad o alrededor del puerto, cuando llegaban los barcos procedentes de Ámsterdam o las Américas, nadie intentaba levantarle las faldas ni le sujetaba la barbilla con dedos sucios y le decía que sonriera. Ningún borracho la cogía por la cintura y bromeaba sobre los corazones que rompería cuando fuera mayor. Siendo Gilles, en cuanto terminaba el trabajo del día y la tienda cerraba, era libre para ir y venir como gustase. Siempre y cuando cumpliera con sus obligaciones, rezara sus oraciones y se mantuviera alejada de problemas, su vida era mejor de lo que había sido nunca.

A menudo bajaba al puerto con la esperanza de volver a ver al cartomántico italiano, pero nadie parecía recordar al hombre del abrigo de colores vivos. Al cabo de un tiempo, dejó de preguntar por él. Tan solo la carta de la Justicia demostraba que había estado alguna vez ahí.

Y así fueron pasando los días y las semanas. Ella apartó de su mente la idea de lo que podía suceder si su tío se daba cuenta del engaño. Puede que a causa de la carta oculta bajo su almohada, la niña sabía que su buena suerte no podía durar. Tarde o temprano el embuste sería descubierto.

19

Carcasona

Minou oyó que su nieta la llamaba y sonrió. Le encantaba que cada mañana Louise saliera a recorrer las calles de la Cité del mismo modo que ella, su hermana Alis y Aimeric, el hermano de ambas, habían hecho hacía ya casi cincuenta años.

También le proporcionaba un gran placer que su nieta se hubiera enamorado de esa forma de Carcasona. Al tomar la última curva del camino tres semanas atrás y ver la ciudadela cual corona de piedra sobre la colina verde, Louise se había puesto de pie en el carruaje y había extendido los brazos ante la gloria de esa visión. Minou se había reído y había cogido a Piet de la mano y, en ese momento, el dolor que sentía se había desvanecido como una neblina veraniega.

Pero eso no había durado.

Tumbada en la cama de su infancia con las sábanas arrebujadas y empapadas de sudor después de otra noche en vela, Minou no podía decir que se sintiera agradecida por ver otra mañana. El cáncer era como un ser vivo que proporcionaba un dolor constante. Tanto Piet como Louise estaban fuera de sí. Minou sabía lo duro que era ver sufrir a alguien a quien una ama y desearía poder ahorrárselo. No creía que hubiera gloria

113

alguna en la muerte —había presenciado demasiadas matanzas, demasiada crueldad para eso—, pero ahora rezaba cada noche para que su cuerpo la liberara. Aunque Piet todavía no lo había aceptado, ella ya se había despedido de este mundo. Louise, pensaba ella, lo comprendía. La pérdida que había sufrido de pequeña la había marcado. Para bien o para mal, le había enseñado la fragilidad de la vida.

Minou intentó encontrar una posición más cómoda. La consolaba la idea de que su madre y su padre estaban esperándola al otro lado, así como su hermano, su tía y su querida Marta. No esperaba que Alis o Cornelia pudieran dejar Ámsterdam, aunque le habría encantado ver a su hermana y sus hijos una vez más. Jean-Jacques estaba retenido en París por asuntos de Estado —la firme mano de Sully estaba asegurándose de que se produjera una transición ordenada entre el mandato de Enrique IV y el de la esposa de este y el delfín—, pero no temía por él. En cuanto a Bernarda, la hija que Minou, para su vergüenza, nunca había sido capaz de amar, se encontraba en Ámsterdam con su marido. Se habían hecho cargo del hospicio algunos años atrás, y Bernarda se tomaba sus obligaciones con demasiada seriedad como para plantearse la posibilidad de viajar para estar al lado de su madre.

Minou sabía que la pérdida y el dolor hacían que la gente retomara tradiciones familiares y encontrara refugio en las costumbres y las oraciones que habían sostenido a aquellos quienes, a lo largo de los tiempos, estaban agotados y buscaban descanso. Solo quedaban dos cosas por hacer. Una era ayudar a Piet a aceptar que quería recibir la extremaunción y ser enterrada según los preceptos de la fe católica de sus padres. Sabía que esta decisión le dolería después de lo mucho que ambos habían sufrido a causa de su religión hugonota, pero su deteriorado corazón era más determinado que su sentido del deber para con

114

la Iglesia reformada. Lo único que importaba ahora era la gracia de Dios. Deseaba que llevaran su cuerpo a Puivert y lo enterraran en el claro del bosque en el que yacía su padre. No quería monumentos, efigies ni ángeles llorosos. Solo una simple lápida en la tierra que tanto amaba.

La segunda tarea era hablar con Louise sobre el día en que sus padres murieron. Estaba claro que Piet nunca lo haría, de modo que la obligación recaía en ella. La muerte acechaba en las sombras, la arena del reloj ya había caído casi por completo. El tiempo estaba agotándose.

—¡Estoy despierta, *ma belle*! —exclamó Minou—. ¡Ven y siéntate conmigo!

En la ciudad baja, Piet recorría en esos momentos la rue du Marché. El bastón con el que andaba marcaba un contrapunto a sus pasos en el empedrado, y la gota que sufría en la pierna le dolía. Aunque el pie se le había hinchado hasta alcanzar el doble de su tamaño normal, se negaba a usar el carruaje para un trayecto tan corto.

Piet odiaba estar en Carcasona, pero eso no podía decírselo a Minou. Allí las cosas parecían prácticamente iguales que siempre; no obstante, bajo la superficie podía percibir el trauma de una población que había estado en guerra consigo misma durante una generación. Y, peor todavía, en cada esquina le daba la impresión de encontrarse cara a cara con su yo más joven: un hombre idealista y testarudo, muy seguro de sus opiniones y sus amistades, valiente y, sin embargo, rematadamente ingenuo. Estando allí, se veía obligado a hacer frente a todo aquello que no había conseguido hacer y las muchas maneras en las que había decepcionado a su familia o a sus compañeros de armas y a sus amigos. Ahora no era más que un hombre mayor en el otoño de la vida, intentando desesperadamente salvar a su esposa.

Esa mañana iba a visitar a un boticario muy recomendado para consultarle acerca del estado de Minou. A ella no le había dicho nada sobre este encuentro —no quería que se hiciera ilusiones sin razón—, pero, si el médico estaba de acuerdo, Piet esperaba convencerla para dejar Carcasona y viajar al sur hasta Puivert. El aire de la montaña le sentaría bien a Minou.

Con su sombra alargándose como si lo saludara, Piet prosiguió su doloroso peregrinaje, lamentando que el paso del tiempo convirtiera hasta la menor tarea en un desafío a la resistencia y fuerza de voluntad de uno.

Louise corrió al piso de arriba con el rostro sonrosado por la actividad de esa mañana. Su sonrisa se desvaneció al ver el aspecto de su abuela. Esta tenía la cara cenicienta y el ceño fruncido a causa del malestar que sentía. Cada día, su cuerpo parecía un poco más insustancial.

—¿Puedo ir a buscarte algo? —preguntó tan animadamente como pudo—. ¿Has dormido?

—Un poco. —Minou extendió una mano—. Dime, ¿dónde has estado esta mañana?

Louise acercó la silla y, tras sentarse en ella, entrelazó los dedos de su abuela con los suyos.

—He visto salir el sol por encima de la catedral de Saint-Nazaire. He conseguido ver el momento en el que la punta de la aguja se tiñe de dorado.

—Y la luz del sol ilumina los grotescos rostros de las gárgolas. Es maravilloso.

—¡Sí! Y luego he subido a lo alto de la muralla, ganándome unas cuantas miradas de desaprobación de los soldados, y he

116

estado contemplando los campos con su retama amarilla y sus olivos plateados. Los colores son tan vivos como me prometiste.

—Aquí todo es más vivo. La lavanda púrpura y los apocinos rosas...

—... y las uvas en las vides. Es todo tan bonito... Las golondrinas sobrevolaban los huertos de las pendientes más bajas.

—Es increíblemente hermoso —murmuró Minou.

—Debes de haberlo echado mucho de menos, *gran'mère*.

Minou exhaló un largo suspiro.

—Siempre he llevado esta ciudad en el corazón, *ma belle*. No teníamos otra elección. Tú, en cambio, si todo va bien, puedes decidir dónde quieres vivir, y cómo. A nosotros la guerra nos lo impidió: Carcasona, Puivert, Toulouse, París, Ámsterdam... Nunca pudimos decidir dónde vivir.

—Pero adoras Ámsterdam.

Su abuela sonrió.

—Le agradezco a Ámsterdam que nos acogiera. Es una ciudad maravillosa y los neerlandeses son una gente de lo más amable. La convertí en nuestro hogar a sabiendas de que nuestra familia estaría a salvo en ella. Ahora bien, ¿adorarla? No.

—Y, tras recobrar el aliento, prosiguió—: ¿Y qué hay de ti, Louise? Ámsterdam es tu hogar, pero ¿lo adoras?

—Lo único que importa ahora es lo que tú necesitas.

—No hay prisa, pero deberías decidir qué quieres de la vida. Te encuentras en una situación muy afortunada. Aprovéchala al máximo.

—Lo haré.

—Ya sé que piensas que el mundo es injusto, pero...

—¡Es que es injusto! —exclamó Louise, y luego respiró hondo—. De acuerdo, te lo diré. Si pudiera, querría estar al mando de un barco.

—Eso ya lo sé. —Minou se rio—. Ha sido tu deseo desde que

117

eras pequeña, y ese interés nunca ha flaqueado. Las cosas están cambiando, Louise, pero me temo que no con tanta rapidez como querrías. Aun así, hay muchas opciones abiertas ante ti. No te obceques en lo que no es posible, mejor concéntrate en aquello que puedas hacer en el mundo. —Hizo una pausa—. Sería más fácil con alguien a tu lado.

—No necesito a nadie.

—Hay muchos tipos de amor —siguió Minou—. Tu abuelo y yo hemos sido muy afortunados. Y Alis. Y, a su modo, también Jean-Jacques.

—Su esposa es una necia.

—Es una buena madre. Me gustaría que tuvieras a alguien con quien compartir la vida.

—No quiero compartirla.

—Un día puede que sí.

—Pero mira a *gran'père*. Deambula por la casa como un fantasma ante la idea de perderte —protestó Louise—. El coste es demasiado alto.

—El dolor y la pérdida son el precio que pagamos por el amor.

—¿Y qué hay de mi madre? —preguntó, y de inmediato se avergonzó ante la expresión que se dibujó en la cara de su abuela—. Discúlpame, *gran'mère*. No pretendía alterarte.

—Lo que tu padre sentía por tu madre no era amor —dijo Minou con firmeza—. Era obsesión, y control, y crueldad, y...

—Cuéntamelo todo, *gran'mère*. Sé que hay más. *Gran'père* y tú lleváis semanas cuchicheando.

Minou le dio un apretón en la mano.

—Cuando te lo cuente, debes comprender que tu abuelo creía estar haciendo lo mejor para ti. Y no es que no quisiéramos decirte la verdad, sino más bien que no serviría de nada. Y el dinero es legítimamente tuyo. Era lo menos que merecías. Pero he de decirte que tu padre...

—... mató a mi madre. Sí, lo sé. —Louise reparó en el desconcierto y, a continuación, el alivio en los ojos de su abuela.

—Ah, de alguna manera me lo imaginaba —murmuró Minou.

—No por aquel entonces, claro está, sino más adelante. No tenía ningún sentido que alguien los hubiera encontrado juntos en Kalverstraat por casualidad. Oí que *gran'père* le decía al abogado que habían sido víctimas de un asesinato, aunque no llegó a sugerir cuál podría haber sido el motivo más allá del hecho de que mi padre era rico. ¿Por qué nadie indagó al respecto?

Minou cerró los ojos.

—Creemos que Louis siguió a Marta a Ámsterdam para llevarte con él, privándole a tu madre de su hija, y a nosotros de nuestra nieta. Cuando ella se lo impidió, él la mató y luego se suicidó.

«¡Pero eso tampoco tiene ningún sentido!», quiso decir a gritos Louise, pero no pudo. Nadie había sabido nunca que ella estaba ahí.

Minou exhaló un suspiro.

—Pensamos que sería demasiado duro para ti.

«Me arrebataron a mi madre y desde entonces he sido incapaz de confiar en nadie o, incluso, de querer a nadie; ¿qué podría ser más duro que eso?»

—Louise —dijo Minou con determinación—. En Ámsterdam encontrarás mis diarios. Todos menos el que traje conmigo a París, que me dejé en la place Dauphine cuando nos marchamos tan apresuradamente. He guardado registro de todo: nuestras vidas, las de tu tío y tu tía, todo aquello de lo que hemos sido testigos. Hay mucho en ellos sobre tu madre, y un poco también sobre tu padre y el padre de este. Antaño fue un gran amigo de tu abuelo, ¿lo sabías?

119

Louise negó con la cabeza.

—Nunca me habéis hablado de él.

Podía visualizar con claridad los cuadernos de piel marrón, las páginas prensadas cual hojas secas bajo las cubiertas. Pensó en todas las veces que había entrado en los aposentos de su abuela en Zeedijk y la había visto sentada a la mesa que había junto a la ventana, con el pelo largo —castaño por aquel entonces— suelto y cayéndole por los hombros. Louise rodeó con los dedos el relicario de su madre que llevaba en el bolsillo y, por un instante, se imaginó confesando su propio secreto. Pero permaneció callada. ¿Cómo podía infligirle más dolor a su abuela en esos momentos?

—Te los lego, *ma belle*. Léelos cuidadosamente.

—¿Qué quieres decir?

Minou le dio un apretón en los dedos.

—Ya lo comprenderás. Es muy fácil olvidar o pasar por alto lo que importa de verdad.

Louise se dio cuenta de que su abuela estaba cansada, pero aún había muchas preguntas que quería hacerle.

—¿Todavía la echas de menos, *gran'mère*?

—Todos los días. —Minou cerró los ojos—. Echo en falta a Marta todos los días, y sé que tú también. Pero pronto la veré.

Louise tragó saliva ruidosamente.

—No quiero perderte.

—Ni yo a ti, *ma belle*, pero estoy lista. —Minou sonrió—. Ahora que ya no hay secretos entre nosotras, hay una cosa más que me gustaría que hicieras por mí.

—Ya lo sé. Cuidar del abuelo. ¿Querrá regresar a Ámsterdam?

Minou negó con la cabeza, y Louise reparó en que podía ver sus huesos bajo la fina tela de su camisón.

—Se niega a discutirlo conmigo, pero eso creo. Ámsterdam siempre fue más su casa que la mía. Pero no, lo que quería decirte es lo siguiente: asegúrate de que esté bien, pero luego márchate si quieres. No te sacrifiques, Louise. Las mujeres siempre lo hacen. No quiero que esté solo, pero Alis y Cornelia cuidarán de él. Y Bernarda también, a su modo.

Minou extendió la mano hacia su mesita de noche.

—Estas son mis últimas cartas: una para Bernarda, una para Jean-Jacques, una para Piet y una para ti. Para cuando ya no esté. A mi querida Alis ya le he escrito.

—Me aseguraré de que las reciban. —Louise tenía los ojos repletos de lágrimas.

—Gracias. —Minou hizo una pausa—. Y una cosa más. A tu abuelo le costará aceptarlo, pero me gustaría que fueras a buscar un sacerdote.

—¿No es a eso a lo que ha ido *gran'père* esta mañana?

Minou sonrió con resignación.

—Me temo que ha ido en busca de otra cura.

—Debería estar aquí contigo.

—No lo juzgues con tanta dureza. Lo lleva lo mejor que puede. En cualquier caso, no me refiero al pastor del templo, sino a un sacerdote.

—¿Te refieres a uno católico?

—Me queda poco tiempo, Louise. Me gustaría recibir la extremaunción.

Louise se reclinó en su asiento, incapaz de creer lo que estaba oyendo.

—No lo entiendo. ¿Después de todo lo que has sufrido, lo que hemos sufrido, todos estos años, ahora regresas a la Iglesia católica?

—Yo tampoco estoy segura de comprenderlo —dijo Minou en voz baja—, pero quiero morir según los preceptos de la fe de mi madre y de mi padre. Quiero descansar con ellos. —Hizo una pausa—. ¿Irás a buscarlo? Vive en la plaza que hay al lado de Saint-Sernin.

El día en que murió su madre, Louise dejó de creer en un dios benévolo, o en un dios justo. Su familia había sido expulsada de su casa por la religión, y había visto a sus amigos y familiares asesinados en nombre de esta. Francia estaba marcada por la sangre de cristianos derramada por cristianos. No obstante, Louise siempre había creído que la fe de su abuela era el pilar de su vida. Ahora, sin embargo, tenía la impresión de que no había entendido nada.

—¿Estás segura?

—Sí, sí. —Un último apretón en la mano—. Después de Piet, tú eres la mayor bendición de mi vida, Louise. Encuentra un propósito. Encuentra tu lugar en el mundo. Haz que tu vida valga la pena.

—¿No puedo enviar a otra persona? No quiero abandonarte.

—Ya lo sé, *ma belle*. Pero estaré aquí cuando regreses.

Louise se inclinó hacia delante y le dio un beso a su abuela en la frente. Luego, con las manos fuertemente cerradas en un puño, se marchó. Cada paso que daba la hacía sentir como una traidora, pues la alejaba de la persona que más quería en el mundo. Tras descender la escalera, volvió a salir a la calle ese radiante día de julio. El corazón le latía al doble de la velocidad normal. Tenía la sensación de que apenas podía respirar.

Miró con incredulidad a la gente que había en la calle. ¿Cómo podía ser que el mundo continuara igual que siempre? Las mujeres seguían adelante con sus asuntos como si no sucediera nada. Los niños se reían. ¿Por qué no estaban repicando las campanas? ¿Por qué la rue du Trésau no estaba engalanada de negro?

«¡Mi abuela se está muriendo! —quería gritar—. Mi mundo

está a punto de acabarse y, sin embargo, vosotros seguís en las calles como si se tratara de un día normal.»

«Érase una vez una niña valiente.»

Louise comenzó a correr. Cuanto antes encontrara al sacerdote, antes estaría de vuelta junto a su abuela.

«Una niña valiente con el corazón roto.»

20

Minou se despertó con un sobresalto. Había vuelto a quedarse dormida. Por un momento, entró en pánico. ¿Dónde estaba Piet? ¿Dónde estaba Louise?

Tocó la campanilla. No acudió nadie.

Volvió a tocarla, preguntándose si la criada también se habría marchado. El eco pareció resonar en la casa vacía.

Armándose de valor, se dio la vuelta poco a poco y colocó los pies en el suelo, con la que ya era su habitual sensación de mareo y el dolor que le aguijoneaba los huesos. No debía hacer ningún movimiento brusco. Esperó hasta que su respiración se hubo calmado, y luego se puso de pie con mucho cuidado. Aferrada a un pilar de la cama, metió los pies en sus pantuflas procurando no caerse. No soportaba sentirse tan indefensa.

«Y vi a los muertos, grandes y pequeños, de pie ante Dios; y los libros fueron abiertos, y luego otro libro fue abierto, el libro de la vida; y los muertos fueron juzgados según aquello que había escrito en los libros, según sus obras.»

Minou recitó despacio las palabras que su padre tanto apreciaba para alejar el dolor de su mente. Pertenecían al Libro de las Revelaciones. Suponía que era natural que en esos momentos pensara en juicios. Rezó por que, a pesar de todos sus pecados, no se la considerara indigna y le fuera concedida la paz.

Cruzó lentamente sus aposentos, apoyándose en todo mueble que encontraba en su camino, y salió al pasillo. Al llegar a lo alto de la escalera, se detuvo un momento para aplacar su debilitado corazón, y luego, al colocar una mano en el pasamano de madera, resbaló y cayó, sumergiéndose en la nada.

Cuando regresaba con un cubo de agua, la criada encontró a Minòu inconsciente al pie del estrecho tramo de escalera. Todavía respiraba, pero tenía una herida abierta en la cabeza a causa del golpe que se había dado con el pilar de la barandilla y un charco de sangre se extendía en las baldosas.

Flotando grácilmente en el interior de su propia mente, Minou era consciente de todo lo que sucedía a su alrededor, aunque ya no podía hablar. No temía a la muerte. Ella era fuego, era fuego. Ya no sentía dolor, ya nada la ligaba a la tierra. En ausencia del sacerdote, ella misma murmuró sus palabras de liberación y transición. Polvo eres y en polvo te convertirás.

Aunque a su lado no se encontraba ninguna de las personas que más quería, no se sentía sola. Sabía que su madre y su padre estaban esperándola, así como su hermano Aimeric y su tía Salvadora. Y también su adorada Marta. Y, atesorando en su corazón el recuerdo de los rostros de su hermana y su hijo, de su querido marido y su indómita y preciosa nieta, rezó para que encontraran la fortaleza para consolarse mutuamente.

A continuación, incluso esos pensamientos empezaron a disiparse. Ahora era niebla, era aire. Flotaba ya sin ataduras. Mientras las campanas de Saint-Nazaire comenzaban a repicar indicando que había llegado el mediodía, Minou Joubert exhaló su último aliento y su alma alzó el vuelo.

Puivert
Viernes, 16 de julio de 1610

Una semana después, Louise se encontraba en los bosques de Puivert, donde sus abuelos habían comenzado su vida juntos después de casarse. Tenía el rostro demacrado y pálido, pero sus mejillas estaban secas. Ya había llorado todo lo posible en Carcasona. Ahora ya no sentía nada. A pesar del calor del día, tenía el cuerpo entumecido y frío, como si ya nunca más fuera a ser capaz de albergar calidez.

Ese era el lugar donde su madre, Marta, había sido tan querida y había jugado con su hermano pequeño, Jean-Jacques. Todo era exactamente como su abuela había descrito: sombras moteadas en el claro donde su familia solía hacer pícnics en verano, retamas de puntas amarillas y cipreses púrpuras en las colinas.

—*Gran'père* —dijo ella tocándole el brazo.

Piet era como un espectro. Apenas había dormido ni comido desde aquella mañana en la que regresó a la rue du Trésau creyendo que había encontrado un remedio para salvar a su esposa y descubrió que había fallecido. Louise sabía que se culpaba a sí mismo por no estar presente al final y que la culpaba también a ella por haber dejado sola a Minou en sus últimos momentos. Que Louise estuviera cumpliendo con los deseos de su abuela daba igual. Cuando Piet llegó y se topó con un sacerdote católico esperando en la entrada, le ordenó que se marchara y se puso a llorar.

Louise inclinó la cabeza cuando el sencillo ataúd de madera comenzó a descender al interior de la tierra. Las águilas sobrevolaban sobre sus cabezas surcando el cálido aire de julio, indiferentes a la tragedia que tenía lugar abajo.

—*Gran'père* —volvió a decir al tiempo que le tendía una corona funeraria de flores silvestres.

Él la rechazó, de modo que Louise la arrojó ella misma. Un destello azul y rosa cayó sobre la tapa del ataúd.

Luego cogió a su abuelo del brazo. Él no la miró ni dijo nada, pero dejó que lo guiara al carro que los llevaría al pueblo y después al carruaje para regresar a Carcasona. A sus espaldas, los trabajadores empezaron a echar tierra a la tumba con sus palas.

Louise se detuvo un momento y, volviendo la cabeza, echó un vistazo a las dos lápidas que había en el centro del claro. Había sido deseo de su abuela ser enterrada junto a su padre, Bernard Joubert, que había muerto en Puivert casi cuarenta años antes. Louise había hablado con el marmolista y había acordado con él los detalles, pero no creía que las palabras que Piet había escogido hicieran justicia a la vida que había llevado su abuela.

Minou Reydon-Joubert

Amada esposa, madre y abuela

31 de octubre de 1542 - 10 de julio de 1610

Que Dios la tenga en su gloria

—Adiós, *gran'mère* —murmuró entonces al aire vacío—. Ve con Dios.

Su abuelo no la miró ni dijo nada cuando ella subió al carro y se sentó a su lado.

—¡Adelante! —exclamó ella.

El carro se puso en marcha con una sacudida. Aunque no tenía ni idea de qué iba a depararle el futuro, Louise estaba segura de tres cosas: en primer lugar, que nunca regresaría a Puivert; en segundo lugar, que su abuelo no permanecería mucho tiempo en este mundo sin su querida esposa, y, en tercer lugar, que el coste de amar a alguien era demasiado alto si el resultado era un corazón roto sin remedio.

SEGUNDA PARTE

Diez años después
LA ROCHELLE
Octubre de 1620

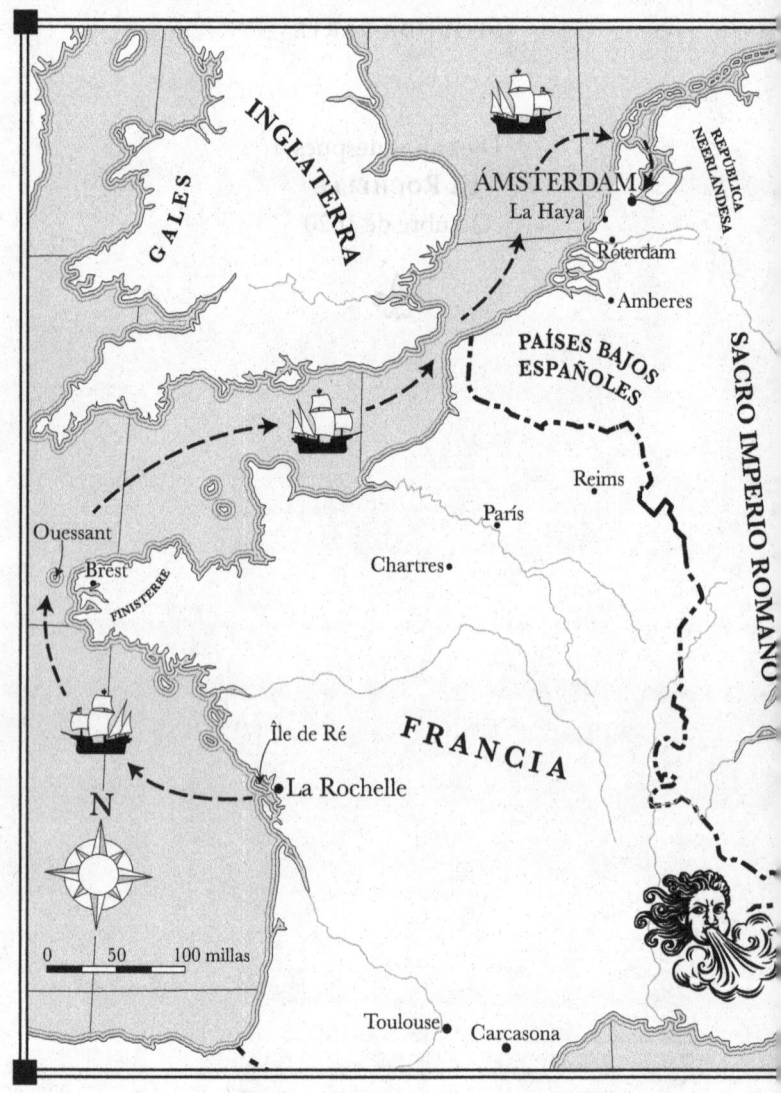

22

La Rochelle
Miércoles, 7 de octubre de 1620

En el puerto de La Rochelle, una gaviota surcaba el húmedo aire. Con las alas extendidas, planeaba sobre las hileras de cañones que había en las murallas que daban al mar como si estuviera inspeccionando la fortaleza. En un momento dado, descendió en picado entre la tour Saint-Nicholas y la tour de la Chaîne, los dos apóstoles que protegían la entrada al puerto, y luego volvió a ascender aún más alto, impulsada por una ráfaga de viento.

Desde la popa del *Old Moon*, Louise Reydon-Joubert seguía con la mirada el vuelo del pájaro hasta que no fue más que una lejana cruz blanca en el cielo gris. De pie en el alcázar y ataviada con botas y guantes negros, era la única mujer en un mundo de hombres. Ese día, el mar, muy agitado, era de color turquesa, y las olas se alzaban con furia. Louise se aseguró de cubrirse bien los hombros con la capa, pues el frío viento era cortante como un cuchillo. La espuma blanca salpicaba el casco a causa del cabeceo del barco en las olas, y tenía que cogerse con fuerza al pasamano de la borda para no perder el equilibrio.

El *Old Moon* medía treinta metros de eslora y era bastante

estrecho. Había sido diseñado para llevar el máximo de carga posible. Tenía tres mástiles y una gran bodega bajo la cubierta principal, sobre la cual se elevaba el castillo de proa en la parte delantera y el alcázar en la popa. Había un pañol para cabos y demás material en la proa, junto a la cocina, y otro en la popa junto al compartimento del timonel. Del palo mayor y el trinquete colgaban dos velas cuadradas. Del tercero, una vela latina de un desvaído color blanco. Cuando el barco estaba cargado al máximo, su calado era de un poco más de siete pies, aunque ese día apenas llevaban noventa barriles de vino canario procedentes de Las Palmas de Gran Canaria.

Aunque el *fluyt* todavía formaba parte de la flota Van Raay y navegaba con la bandera de la Compañía Neerlandesa de las Indias Orientales, la VOC, en realidad ahora pertenecía a Louise. Esta había convencido a Cornelia para que le dejara comprar el *Old Moon* cuando recibió su herencia diez años atrás, y nunca se había arrepentido de ello.

Lo que Louise deseaba más que nada en el mundo era estar al mando de un barco. No ir como pasajera o representante de la compañía, haciendo breves viajes entre los puertos en los que amarraban sus barcos, sino ser una auténtica marinera. Quería prestar juramento con una mano sobre la Biblia y su enjoyada daga de afiladísima punta en la cintura, bailar en la cubierta al caer la noche al son del violín y la flauta, armar jolgorio y apostar, entumeciendo sus emociones con la embriagadora mezcla de ron, agua, azúcar y nuez moscada que la tripulación llamaba «*bumboo*». Siempre había soñado con viajar a *terra incognita*, navegar siguiendo las estrellas y los vientos, y ver ballenas, que tanto le recordaban a esas asombrosas imágenes de monstruosos cerdos marinos y sirenas que decoraban el globo terráqueo que Cornelia tenía en el salón de su casa en Warmoesstraat y que la habían maravillado de niña a pesar de tratarse de monstruos que conducían a la muerte a los hombres tras seducirlos. Aun así, incluso en los tiempos actuales se consideraba mala suerte que hubiera una mujer a bordo, y, a pesar de que Louise viajaba con la flota cuando podía, sabía que a algunos de los marineros les molestaba su presencia.

De todas formas, su riqueza y su posición como amiga de Cornelia Van Raay le proporcionaban privilegios denegados a la mayoría de las mujeres. Dos horas atrás, había sido transportada en bote hasta el *Old Moon* para recibirlo en pleno océano Atlántico y poder navegar con él hasta el puerto. El mar estaba agitado, sí, pero su estómago podía soportarlo y merecía la pena. Su vista favorita de La Rochelle, su hogar desde hacía casi una década, era la que se veía al aproximarse al puerto desde el mar.

No era suficiente, nunca lo era, pero mejor eso que nada.

A su alrededor, el barco bullía de actividad. El capitán y la tripulación se afanaban para que la nave llegara de vuelta a casa sin incidentes. Se acercaba el final de la temporada. Pronto, tanto el clima como el mar serían demasiado hostiles, y la travesía demasiado peligrosa. Louise echó un vistazo a popa y vio que unas nubes de tormenta se extendían a lo largo del horizonte amenazando lluvia.

Permaneció en posición mientras los marineros arrojaban la guía al muelle. Los hombres de tierra la cogieron y tiraron de ella. Luego anudaron el cabo de amarre al que estaba sujeta alrededor del noray del embarcadero para asegurar la proa. El mismo proceso se repitió a popa y, finalmente, el barco atracó. De inmediato, los marineros recogieron los cañones y cerraron de golpe las dos portas de madera de las troneras haciendo un ruido que recordaba a un disparo.

El *Old Moon* era un barco mercante, no de guerra, de modo que los dos cañones que había en la cubierta superior ofrecían una protección muy básica. En este viaje, Louise sabía que no habían sido necesarios. Se sentía aliviada. Cornelia había perdido su buque insignia diez años atrás en un asalto pirata que había tenido lugar cerca de la costa berberisca, y vivía con miedo de volver a sufrir una pérdida semejante. Esa tempestuosa tarde de octubre, sin embargo, el *Old Moon* había llegado de una pieza a casa, a la ciudad hugonota más poderosa y exitosa de Francia, la puerta al nuevo mundo. En La Rochelle se comerciaba con vino y sal, con pieles procedentes de San Lorenzo, en las Américas, y con azúcar del mar Caribe.

El puerto estaba repleto de ruidos. Los marineros se gritaban entre sí, las monedas tintineaban y el vocerío de los toneleros con sus carros se intensificó cuando descargaron en el muelle el primer barril del *fluyt*.

¡Resultaba todo tan familiar!

Salvo que, a pesar de que la escena del puerto parecía discurrir igual que siempre, Louise sabía que, por debajo de las apariencias, una amenaza acechaba cual corriente de las profundidades. A puerta cerrada, mercaderes y líderes religiosos por igual comentaban el poder ascendente del principal consejero del rey, el cardenal Richelieu, y el cambio de dinámica que se había producido en la corte. Sin duda, la independencia de La Rochelle estaba viéndose deteriorada. Una vez más, los hugonotes eran retratados como el enemigo interior. Para contrarrestar eso, era un secreto a voces dentro de las murallas de la ciudad que se estaba elaborando un plan para organizar una asamblea nacional de las Iglesias reformadas y crear un ejército que protegiera sus intereses cuando llegara ese momento, si es que lo hacía. La Rochelle se veía como un Estado dentro de un Estado. A juzgar por la última carta que había recibido de su tío —ahora al servicio del líder hugonote Enrique de Rohan, después de que el duque de Sully se hubiera retirado a la finca que tenía en el campo—, Louise sabía que la amenaza era seria.

¿Y qué había de los demás habitantes de su ciudad de adopción? Louise estaba segura de que todos los hombres, mujeres y niños de La Rochelle eran conscientes de que el tiempo se estaba agotando, pero la mayoría seguía enfrascada en su próspero día a día. Eran burgueses con vidas confortables y exitosas. No creían ser el tipo de gente al que la historia pisotea.

Louise, sin embargo, sabía que las cosas no iban así. Se acercaba un cambio, lo intuía. Podía olerlo en el puerto, en las húmedas hojas caídas que cubrían las pendientes más allá de las murallas de la ciudad. No tenía claro en qué consistía exactamente, solo que algo iba a suceder.

—¿Madame Reydon-Joubert? ¿Me permitís que os ayude a desembarcar?

Louise se volvió.

—Os lo agradezco, capitán Janssen. Y también vuestra amabilidad al dejarme que me uniera a vos.

El viejo capitán hizo una reverencia.

—Vos amáis este barco.

—Así es.

Esa noche Louise recibiría el informe del capitán. Era el último viaje que este realizaba para la flota Van Raay, y ella había organizado una cena en su honor. Después de toda una vida de servicio, Janssen se retiraba de la navegación para regentar una taberna en la ciudad. Su esposa, Marie, no podría ir a la cena —estaba esperando su sexto hijo—, pero el capitán le había pedido permiso para llevar a otra pariente, una prima, en lugar de a madame Janssen. Louise ya sabía que no se habían producido incidentes significativos en la travesía del puerto de Las Palmas de Gran Canaria a La Rochelle —ninguna tormenta en el golfo de Vizcaya, ni corsarios en el Atlántico, ni tampoco percebes adheridos al casco que ralentizaran el avance del barco—, de modo que esa noche podrían celebrar su retiro.

Louise permitió que el viejo capitán la acompañara al lateral del barco, pero rechazó su mano. Descendió al muelle con cuidado de no resbalar y con la cabeza bien alta.

—Hasta esta noche, capitán.

23

Gilles Barenton observaba a madame Joubert después de haber distinguido desde lejos su característica capa con capucha de color esmeralda. Al verla de pie en la cubierta, a él le pareció que era como un mascarón de proa pintado: imponente, inescrutable, indomable.

Esa mujer alta y atractiva de unos treinta y cinco años tenía reputación de ser justa y no tolerar a los necios. Gilles sabía que era rica por derecho propio —algunos decían que gracias a la herencia de un marido fallecido tiempo atrás, otros que ese legado procedía de su padre—, y que todavía no se había casado. Vivía en una de las mejores casas de la rue des Gentilshommes, pero no se trataba demasiado con las demás familias importantes de La Rochelle. Su intervención en los asuntos de la ciudad estaba vetada a causa de su sexo, pero se la conocía por ser una hábil negociadora que no daba su brazo a torcer fácilmente. Algunos la odiaban y solían buscar la menor oportunidad para socavar su autoridad o sabotear un acuerdo. Gilles no era uno de esos.

¿Tenía la valentía necesaria para acercarse a ella sin más?

La tienda de vinos de su tío iba bien, pero no dejaba de ser un productor relativamente pequeño, y a Gilles le parecía que podría ir mejor. En una ciudad abarrotada de Cognac y Pineau des Charentes, costaba mucho que prestaran atención a sus vinos. Gilles había ideado un plan para que Barenton et Fils se convirtiera en el único proveedor de vino de la flota Van Raay. Si conseguían obtener algún tipo de garantía, tendrían la oportunidad de crecer. Su tío, reticente al principio, al final había accedido.

Gilles se preguntó si no podría tan solo acercarse a madame Reydon-Joubert y explicarle su propuesta. Dudaba que tuviera ocasión de hacerlo más tarde, en la cena. A su tío le parecería una vulgaridad mezclar negocios y placer.

Durante los poco más de diez años que llevaba en casa de su tío, había ido ascendiendo y aprendiendo todos y cada uno de los aspectos del negocio. Ahora era el embotellador jefe de la tienda y se encargaba de transferir el vino de los barriles a las botellas decoradas con el blasón familiar que los sirvientes llevaban para rellenar. Tenía una caligrafía delicada, de modo que también dibujaba las etiquetas y había diseñado asimismo un emblema para los recibos (una letra B mayúscula, de Barenton, con una vid entrelazada). Era simpático, decantaba el vino con pulso firme y recordaba las caras de todo el mundo. Alto y de espalda ancha, Gilles había heredado los hombros y los rasgos duros de su madre, que lo habrían convertido en una mujer anodina pero le proporcionaban una apariencia atractiva como hombre. Al rey Luis XIII le gustaba llevar el pelo largo, un estilo que favorecía a Gilles y con el que disimulaba su falta de barba. A las mujeres, en particular, les gustaba especialmente que les sirviera él.

Se había pasado despierto la mayor parte de la noche practicando su discurso. La idea era invitar a madame Reydon-Joubert a la bodega de Barenton et Fils, de paredes revestidas de madera de roble y repleta de tanques de cobre y barricas de madera. Permitiría así que los inimitables aromas de la fermentación ejercieran su magia mientras él le explicaba cómo preparaban su Pineau. Le contaría cómo, según la leyenda, en la cosecha de 1589 un productor de vino decantó de forma accidental zumo de uva en un barril que contenía *eau-de-vie* y que, más adelante, cuando la mezcla hubo fermentado, el producto final se consideró exquisito, con lo que nació la bebida distintiva de la zona. Y argumentaría que su Vieux Pineau era excepcional —rojo y dulce—, digno de la mesa de cualquier capitán.

Lo había decidido. Iba a acercarse a ella. Pero, de repente, todo cambió.

—¡Aquí estás!

El estómago se le encogió de golpe. Hacía años que Gilles no oía esa voz, pero bien podría haber sido el día anterior. Se había permitido abrigar la esperanza de que su dueña hubiera fallecido. Notó que se le aceleraba el corazón. Tenía veinte años y ya no era una niña indefensa, sino un hombre, pero los años de palizas y castigos lo habían dejado marcado. Que no hubiera visto a su madre en ocho años no importaba.

—Tú —dijo él.

Ella entrecerró los ojos.

—¡Vaya! ¿Así es como me recibes?

—Estoy trabajando.

—Estabas holgazaneando —repuso ella—. Aquí de pie sin hacer nada. Llevo un rato mirándote.

Desde hacía algún tiempo había estado sintiendo una especie de inquietante cosquilleo bajo la piel y había comenzado a temer que su bienestar estuviera a punto de irse a pique. Había intentado culpar de ese desasosiego a los tambores de guerra, pero la sensación parecía tener un origen más visceral y personal. Ahora, en el instante transcurrido desde que había oído la odiada voz de su madre y él había encontrado la suya, se dio cuenta finalmente de cuál era la razón de su intranquilidad. Nunca conseguiría librarse de ella.

—Déjame pasar.

—¿Es que no te alegras de ver a tu madre? —dijo ella cogiéndolo del hombro y tirando de él—. Vamos a tener una pequeña conversación, tú y yo.

—No tengo tiempo —protestó él, pero ella ya estaba desviándolo de la vía principal y arrastrándolo hacia uno de los estrechos y oscuros callejones que había entre los edificios que rodeaban el puerto.

Gilles se odió a sí mismo por ir con ella, pero no pudo evitarlo. Cuando era una niña, la amenaza era siempre de violencia y humillación. Ahora era distinto. Cuanto mayor fuera la confianza que su tío depositara en él, mayor sería el poder de su madre para echarlo todo a perder. De pequeña temía su ira. Ahora que había vuelto de repente, de inmediato se sintió aterrorizado por el caos que pudiera causar.

Gilles no se hacía ilusiones. Su tío era un hombre decente y firme, además de orgulloso. La muerte de su propio hijo muchos años atrás lo había dejado sin heredero. En los últimos diez años, Gilles no había ocupado exactamente el lugar de ese niño fallecido, pero sí que le había proporcionado a su tío el consuelo de saber que el negocio seguiría en la familia. La traición que Achilles Barenton sentiría al descubrir que había sido engañado echaría por tierra todo eso, así como el discreto afecto que había surgido entre ambos.

Gilles dio un traspié y resbaló en el grasiento empedrado.

—¿Adónde vamos? —preguntó, odiando lo dócil que sonaba su tono de voz.

—Sigue andando.

Era la misma voz fría que todavía atormentaba sus sueños por las noches. ¿Qué hacía ahí su madre? La habían echado de la casa de su tío ocho años atrás, después de haber sido descubierta por enésima vez metiendo mano en las existencias de vino. Le dieron dinero suficiente para que se fuera a vivir más allá de los límites de la ciudad con la condición de que no regresara ya nunca más. Su tío temía la falta de respetabilidad por encima de todo.

¿Y ahora? A juzgar por su impresión inicial, Gilles podía ver que había mejorado su posición social. Es decir, debía de haber mentido, engañado o embaucado a otro idiota. Su ropa indicaba cierto nivel de confort y respetabilidad: mangas amplias, cuello erguido, algodón de buena calidad.

—Si me dejas marchar, diré...

Un cachete en un lado de la cabeza lo silenció. Él era ya más alto que su madre, y también más fuerte, pero el perverso poder de su progenitora no había disminuido.

—Estoy trabajando —volvió a decir.

—¿Y...?

—No quiero que mi tío se enfade...

Un segundo cachete. Gilles sintió el ardor de la mano de su madre en la mejilla.

Luego lo empujó contra la pared.

—Lo sé todo sobre ti. Todo lo que tienes se lo debes a mi bondad y mi buena fe. Harás lo que te diga —espetó clavándole el índice en el pecho, y luego se rio—. Como una tabla. Muy convincente.

Él se sonrojó. Las prostitutas de un burdel le habían enseñado a envolverse con una faja para ocultar de forma efectiva toda indicación de su sexo de nacimiento. También le habían explicado qué hacer con las menstruaciones.

—No te preocupes por tu tío, lo que deberías temer es que yo me enfade.

Su madre dejó ahí su amenaza. No había necesidad de decir

más. Doblaron hacia la izquierda para tomar la rue du Port, que iba de los muelles a la ciudad. A tiro de piedra del lugar en el que habían vivido cuando Gilles era una niña.

—¿Qué es lo que quieres? —preguntó él, asqueado por el tono de derrota perceptible en su voz. Sonaba apagado y sumiso.

—Presentarte a un amigo mío. Bueno, a mi marido. Es posible que puedas hacer algo por él.

Luego se inclinó hacia delante y le susurró algo al oído.

24

La madre de Gilles aporreó con el puño una puerta baja que había en un oscuro callejón. Finalmente, se abrió. Sin decir una palabra, la mujer metió dentro a empujones a su hijo.

Las lámparas estaban apagadas, pero unas rendijas que había en lo alto de las paredes permitieron a Gilles ver a un sirviente salir por una puerta que se hallaba al fondo de un estrecho pasillo.

—No puedo hacer lo que me pides —repitió—. Mi tío se ha portado muy bien conmigo.

—Mantén la boca cerrada.

El aliento de su madre era agrio y él intentó apartarse de ella. Pensó entonces que la suciedad del callejón le habría salpicado las calcetas y que a su tío no le gustaría. Achilles Barenton era un hombre quisquilloso.

—¿Por qué estamos aquí?

—Como te he dicho, para que conozcas a mi marido. ¿Tan poco me sientes tu madre que no te importa que tenga sustento? No has mostrado el menor interés en mí ni pareces albergar sentimiento filial alguno. —Esbozó una sonrisa—. Si es que esa es, en efecto, la palabra correcta..., ¡filial! —Volvió a reírse.

Gilles no dijo nada. Había aprendido bien la lección en su infancia. Una palabra fuera de lugar siempre acarreaba una torta.

—Roux te dirá lo que vas a hacer.

Gilles cerró los ojos. Tenía que plantarle cara. De alguna forma, tenía que encontrar el valor para ser leal al hombre que lo había acogido y le había dado una casa y enseñado un oficio.

—No haré lo que me pides.

Gilles oyó el crujido del hueso de su dedo meñique segundos antes de que el dolor se extendiera por todo su brazo. Reprimió un grito.

—Te he advertido que no me provoques —dijo ella entre dientes.

—Lo siento —susurró él, odiándose a sí mismo por su mansedumbre.

Delante de ellos, se oyó el ruido de una puerta abriéndose y un rectángulo de luz se proyectó en el pasillo.

—Ya era hora —masculló su madre, y adoptando un tono de voz zalamero añadió—: Monsieur Roux, marido mío, aquí estás.

En la puerta había un hombre con aspecto de comadreja. Tenía los ojos demasiado juntos y una nariz delgada y picada de viruelas. Llevaba el pelo lacio sin lavar y la barba y el bigote pelirrojos muy descuidados. La ropa que vestía parecía demasiado grande para él y, por alguna razón, también demasiado buena. Una camisa de algodón con puños de encaje, calcetas de lana por encima de la rodilla y sujetas con una jarretera, pantalones anchos y un alzacuellos que antaño había sido blanco. Por encima, llevaba puesto un abrigo marrón de fieltro con botones de latón sobre un chaleco largo y un tricornio de ala ancha.

—¿Lo has encontrado?

—Tal y como te prometí. Permíteme que te presente a mi hijo.

A Gilles no le quedó claro si al decir eso su madre quería insinuar que Roux también sabía quién era en realidad o si el énfasis solo pretendía advertirlo a él, pero en cualquier caso sabía que se encontraba en un brete. Si no hacía lo que querían, ella revelaría su secreto y lo perdería todo. Por otro lado, si aceptaba traicionar a su tío, lo perdería todo igualmente. No había escapatoria.

—¿Ya sabe el mozuelo este lo que queremos que haga?

—Lo sabe —contestó ella en el mismo tono cariñoso.

El hombre dio un paso adelante y, sin que Gilles llegara siquiera a percibir el movimiento de su mano, sintió de repente la punta de una daga en la base de la garganta.

—¿Comprendes lo que sucederá si intentas prevenir a tu tío?

Gilles observó la crueldad del hombre en su mirada. ¿Y si encontraba algún modo de hablar con su tío y persuadirlo para que no asistiera a la cena? Así conseguiría evitar la crisis. Al menos por ese día.

Como si Roux pudiera leerle la mente, presionó con más fuerza la punta de la daga contra la piel de Gilles hasta que este notó que manaba una gota de sangre.

—No te equivoques. No me importa quién o qué seas. En deferencia a tu querida madre procuraré no hacerte ningún daño, pero... Ya me comprendes.

—Sí —consiguió decir.

—Entonces nos entendemos. —El hombre guardó de nuevo la daga en su funda y se volvió hacia la madre de Gilles—. ¿A qué hora comienza la celebración?

—A las ocho en punto. En la rue des Gentilshommes. Ya lo he hablado todo con Janssen. Le he pagado bien. El tipo tiene cinco mocosos a los que alimentar, y la mayoría son niñas.

Hubo una pausa y luego una taimada sonrisa se dibujó en el rostro de Roux. Agarró la falda de la madre de Gilles y le subió un puñado de tela por encima de las rodillas.

—Se me ocurre qué podemos hacer mientras tanto para ocupar el tiempo.

Ella se rio.

—¿Y qué hay de él?

El hombre había empezado a manosear el canesú de la mujer. Asqueado, Gilles apartó la vista.

—Enciérralo —dijo el hombre cogiendo una llave del bolsillo—. Lo llevaré conmigo cuando vaya a la cena.

—¡No! No avisaré a mi tío —dijo Gilles desesperado—. Te doy mi palabra.

—¡Tu palabra! —se burló su madre—. ¿Qué te hace pensar que la palabra de un invertido como tú tiene algún valor?

A empujones ella lo hizo pasar a una oscura habitación y cerró la puerta de golpe. Gilles se encontró tirado en el suelo de una estancia vacía. Diez años de vida normal estaban a punto de esfumarse como si nunca hubieran tenido lugar. Desde ahí dentro podía oír el graznido de las gaviotas y las risas de los marineros en la taberna de la esquina. Estaban brindando por haber regresado del mar sanos y salvos. Poco después, los ruidos se volvieron más desagradables. Gilles deseó poder estar con los marineros.

Se tapó los oídos para no oír los gemidos de su madre y Roux haciendo la «bestia de dos espaldas», tal y como Rabelais lo había expresado. En la biblioteca de su tío, había leído la historia de Gargantúa en la que el gigante ataba a su hijo Pantagruel a la cuna con una de las cadenas que se tendían cada noche en el puerto de La Rochelle.

Su tío se lo había dado todo: una casa, comida, educación, la posibilidad de una vida mejor. ¿Cómo podía traicionarlo? Sentado en el suelo, Gilles se llevó las rodillas al pecho, apoyó la cabeza en las manos y lloró.

25

—¿Quién ha traído esto? —Louise alzó la carta, agitándola, y unos trocitos de lacre rojo cayeron al suelo.

—Un muchacho cualquiera, madame.

Su mayordomo era un individuo íntegro y devoto. Venía con la casa cuando la adquirió unos diez años atrás, y no había encontrado razón alguna para reemplazarlo. Trabajaba, iba a la iglesia, dormía y no tocaba el alcohol.

—Bueno, ¿y quién se la ha dado a este para que me la entregara?

—Lamento deciros que no lo he preguntado.

—¿Y se puede saber por qué no?

—No me ha parecido necesario. Le he dado un *sou* y le he indicado que se marchara.

Al darse cuenta de que el mayordomo seguía esperando, Louise le dijo que podía retirarse. Luego arrojó la carta sobre la mesa y continuó deambulando de un lado a otro de la estancia.

La noche había caído sobre La Rochelle. Las antorchas ardían en las fachadas de los imponentes edificios de la rue des Gentilshommes, proyectando sombras bailarinas sobre los elegantes muros de piedra. A pesar de haber visitado el castillo de Puivert en una sola ocasión, Louise había oído suficientes historias de su abuela como para querer trasladar algo de los Pirineos a La Rochelle. Su casa tenía un torreón que se elevaba sobre las columnatas que daban al oeste y al sur, proporcionándole al edificio el aspecto de un castillo de Languedoc. No tenía ninguna duda de que a su abuela la casa le habría parecido excesivamente ostentosa, pero sospechaba que su madre, Marta, la habría apreciado.

Louise se calmó y se sentó. Volvió a mirar la carta: buen papel de color crema, el blasón familiar de los Evreux en la cabecera, el sello de lacre rojo que había roto para leerla. Evreux era la finca de su fallecido padre, situada a las afueras de Chartres y vendida muchos años atrás. ¿A quién pertenecería actualmente? ¿Cómo diantres había llegado hasta ella la carta? La Rochelle estaba muy lejos de Chartres.

«¿Es legítima la demanda?»

Necesitaba tiempo para poner en orden sus pensamientos. Debía intentar averiguar si la carta era genuina y, en caso de que lo fuera, qué iba a hacer ella al respecto. En esos momentos, sin embargo, sus invitados estaban a punto de llegar. A Louise no le importaba demasiado la opinión de la gente —su riqueza la protegía de la necesidad de agradar o adular a los demás—, pero el capitán Janssen se merecía un banquete de despedida. Siempre le había dado la bienvenida en el *Old Moon* a pesar de no saber que en realidad era ella la propietaria del barco. Era uno de los pocos hombres en La Rochelle que aceptaba su presencia en el puerto, y por eso ella le tenía cierto afecto.

Janssen había trabajado para Cornelia durante muchos años. Había comenzado como mero grumete y había ido ascendiendo hasta llegar a capitán. En 1602, había ayudado a Cornelia y Alis a formar parte de la recientemente creada VOC y había permanecido a su servicio desde entonces. En 1610, estuvo en la tripulación del *White Dove*, el buque insignia de Cornelia en aquella época, cuando fue capturado por los corsarios berberiscos, y más

148

adelante fue uno de los pocos que consiguieron escapar del mercado de esclavos de Salé y vivir para contarlo, algo que le agradaba hacer a menudo. La lealtad y el talento de Janssen habían sido cruciales para el éxito de la flota Van Raay, pero el nuevo gobernador general de la VOC tenía planes de expandirse a Oriente y un año atrás había establecido la sede regional en Batavia. A Janssen no le había gustado lo que había oído de la expedición y había decidido que esa sería su última temporada de navegación.

Louise no era una mujer sentimental. Ciertamente, el viejo capitán disfrutaba quizá un poco demasiado dándole a la botella y no siempre juzgaba bien a las personas. Pero lo echaría de menos. Esa era la razón por la que estaba dispuesta a soportar una velada de cháchara y chismorreos junto a un grupo de hipócritas mercaderes y sus pintarrajeadas esposas, unos veinte importadores y exportadores locales que solicitarían su apoyo y querrían cotillear sobre los nuevos términos comerciales de la VOC. Louise ya sabía de antemano cómo se desarrollarían todas y cada una de esas conversaciones.

«Y ahora voy y recibo esto.»

Volvió a mirar la carta como si, de algún modo, sus devastadoras palabras pudieran haberse desvanecido.

—*Madame, s'il vous plaît?*

Louise se giró y vio que su ama de llaves, una adusta mujer de expresión ceñuda, permanecía en la puerta de la estancia.

—¿Qué sucede?

—El primero de los invitados acaba de llegar.

Louise cogió su cuello de encaje y le dio la vuelta en los dedos.

—Ahora mismo bajo.

El ama de llaves echó un vistazo a la cama, sobre la cual yacía el vestido de noche de Louise.

—¿Queréis que haga venir a la criada para que os ayude a vestiros, madame?

—No, puedo arreglármelas yo sola.

Louise se acercó a la ventana. Ojalá pudiera hablar con Alis o Cornelia. O incluso con su tío. Cualquiera de ellos sabría si la demanda que se hacía en la carta tenía alguna legitimidad. Pero se encontraban todos a varias semanas a caballo.

Entonces tuvo una idea. ¿Y los diarios de su abuela? Los había leído todos la última vez que estuvo en Ámsterdam, durante los funestos meses posteriores al fallecimiento de su abuelo (Piet había seguido a su querida esposa a la tumba apenas unos pocos meses después de la muerte de esta). Por aquel entonces, sin embargo, todavía estaba llorando la muerte de su abuelo, así como la de Minou. Cabía la posibilidad de que se le hubiera escapado algo.

Con la áspera mano de Roux tirando de su brazo, Gilles avanzaba a trompicones hacia la casa de la rue des Gentilshommes como si fuera un prisionero que estuviera siendo llevado al patíbulo. Su madre le había entablillado el dedo meñique para mantenerlo recto, pero todavía le palpitaba cruelmente.

Durante semanas, Gilles había estado esperando con impaciencia la llegada de esa velada en la que acompañaría a su tío. Había pasado por delante de la casa de la rue des Gentilshommes en innumerables ocasiones y siempre había admirado la elegancia de su arquitectura y la precisión única del torreón, así como la imponente puerta de doble hoja que daba a la calle, con una aldaba de latón con la forma de una carraca con las velas desplegadas, y las estrechas ventanas con marcos de madera que había en sus cinco plantas, detrás de las cuales podía divisarse el titileo de las velas. Sin duda se trataba de una de las más distinguidas del *quartier* norteño. Siendo alguien que se había criado en el peor lugar posible, Gilles siempre había mirado más allá de su miserable existencia en busca de la belleza, y la había encontrado en las casas elegantes, las iglesias, los campanarios y los conventos de La Rochelle. Y, además, se moría de ganas de conocer a madame Reydon-Joubert, la única mujer en este mundo de hombres.

En ese instante, sin embargo, habría deseado estar en cualquier otro lugar. Apenas podía respirar. La faja de algodón que llevaba alrededor del pecho se había convertido en una venda de acero. Se sentía como si de un momento a otro sus costillas fueran a resquebrajarse y partirse. Se imaginaba que la marca de Caín era visible en su frente. No, de Caín no: de Judas. Ese era su papel. El querido discípulo que traicionaba a su señor.

Gilles se sentía atenazado por una desesperación tan intensa que se habría tirado de lo alto de la tour de la Lanterne sin la menor consideración por su alma inmortal. Solo así conseguiría borrar toda culpa, toda responsabilidad. Porque, incluso si el engaño de esa noche se desarrollaba sin que su tío llegara a darse cuenta de que él formaba parte del embuste, sabía que la cosa no terminaría ahí. El chantaje proseguiría.

Las horas que había pasado encerrado no le habían aclarado qué hacer a continuación. ¿A lo mejor podía buscar un trozo de papel y escribirle una nota a su tío? No, Roux estaba pendiente de cada uno de sus movimientos. Gilles no entendía cómo se las había arreglado el hombre para obtener una invitación. Rápidamente, sin embargo, se acordó de lo que su madre había dicho: habían sobornado a alguien. Janssen, creía recordar que se llamaba.

Nunca lograría librarse de ella.

«Ojalá estuvieras muerta... —se decía mentalmente una y otra vez—. Ojalá estuvieras muerta.»

Louise se detuvo un momento en lo alto de la escalera y se ocultó detrás de una columna para que nadie pudiera verla.

El salón de abajo ya estaba lleno y sus invitados deambulaban de un lado a otro. Una larga mesa de nogal había sido colocada en el centro. Estaba cubierta por un mantel blanco y dos candelabros de plata iluminaban la comida: ostras servidas en una fuente de peltre, buccinos y cangrejos, dos enormes lubinas y varias langostas. Mollejas, barras de pan blanco y bandejas con aceitunas verdes y negras completaban el banquete. Las copas de vino hechas de cristal veneciano resplandecían bajo la luz de las velas, listas para servir en ellas el Pineau local, aunque Louise había dado instrucciones a la cocina para que también hubiera un suministro de ron para el capitán Janssen.

«Veintiún invitados para la cena.»

Distinguió unos cuantos cuellos Médici y algunas mangas acuchilladas, pero en general la sobriedad y la austeridad protestante eran evidentes en los trajes de las mujeres. Sosas gorgueras blancas, tejidos adamascados y terciopelos del color de las hojas de otoño resplandecían bajo la parpadeante luz de las velas. Janssen y la mayoría de los mercaderes iban ataviados con jubones de fieltro y calzones de algodón.

Achilles Barenton, propietario de uno de los viñedos más pequeños de la ciudad y de una tienda de vinos en la rue du Temple, parecía incómodo. Louise se preguntó si habría sido él quien había suministrado el vino de la velada. Cerca de la puerta, divisó a un joven de rasgos delicados, pelo largo y con un vendaje improvisado en un dedo meñique. Daba la impresión de que estuviera a punto de salir corriendo de un momento a otro. Estaba muy cerca de un hombre enjuto de pelo y barba rojos y ataviado con ropa que no parecía de su talla y que conversaba con el capitán Janssen. Louise supuso que se trataba del primo de este. De repente, sintió una inesperada punzada de nostalgia al recordar las historias que le contaba su abuelo sobre los problemas que en su juventud le había causado su pelo rojo.

Algunos lo consideraban la marca del diablo, y otros la prueba de que no era verdaderamente francés, de modo que Piet se había visto obligado a oscurecérselo con hollín.

A continuación acudió a su mente una imagen de su padre: pelo negro con un mechón blanco.

Louise apartó el recuerdo de su cabeza y dejó que sus ojos siguieran recorriendo el salón hasta que atisbó al pastor hugonote y su leonina cabeza coronada por una masa de pelo blanco bajo el gorro negro. Largos puños de encaje ocultaban con elegancia el muñón que tenía en lugar del índice izquierdo. Era un hombre ambicioso.

—*Post tenebras lux* —murmuró. El lema calvinista: «Después de la oscuridad, la luz».

Armándose de valor, Louise salió de las sombras y descendió la escalera. Llevaba un cuello erguido y un corpiño escotado que dejaba a la vista la esmeralda que colgaba de una cadena. Era su piedra natal. Se había vestido para recordar a sus invitados cuál era su estatus en La Rochelle. Terciopelo y encaje, mangas acuchilladas y lazos verdes. Tal y como su tío había predicho en París el día anterior a su cumpleaños, ahora Louise podía permitirse todos los lazos que quisiera.

Uno a uno, los invitados fueron callándose. El mayordomo de Louise se encontraba en su puesto, detrás de la silla de esta, mientras que los sirvientes, ataviados con librea, permanecían a la espera. Ella no dijo nada. No había ninguna necesidad. Se limitó a ocupar su sitio a la cabeza de la mesa. Con un simple gesto de una mano, invitó al pastor a decir las oraciones. Todo el mundo inclinó la cabeza y murmuró las respuestas.

—Amén —dijo a su derecha Janssen en voz alta—. Amén.

Y entonces Louise por fin habló:

—Capitán Janssen, honorables invitados, damas y caballeros, sed bienvenidos. Por favor, sentaos.

26

Gilles retiró la silla de su tío de la mesa para que este pudiera sentarse, y luego se sentó él en la suya.

Después de expresar su decepción por el hecho de que su sobrino no se hubiera presentado en la tienda tal y como habían quedado, Achilles Barenton no había vuelto a dirigirle la palabra. Con Roux pegado a su lado, Gilles no había tenido la oportunidad siquiera de susurrarle al oído para advertirlo acerca del hombre con el que estaba charlando sobre el negocio del vino.

Colocaron una ostra en su plato. El olor del mar, a sal y salmuera le resultó abrumador; el goteo de líquido, el repiqueteo de las cucharas... Gilles sintió que se le revolvía el estómago y se llevó la servilleta a la boca, haciendo una mueca a causa del dolor que sentía en el dedo. Levantó la vista y vio que Roux lo miraba mientras chupaba un trozo de carne de una pinza de cangrejo.

Comenzó a sentir náuseas. Incapaz de aguantarlo más, arrastró la silla atrás y se puso de pie.

Louise observó al joven de pelo largo y católico alejarse a trompicones de la mesa. Monsieur Barenton, que estaba sentado al lado de ella, hizo amago de levantarse.

—Vuestro sobrino tiene una constitución delicada, monsieur.

—Permitid que os pida disculpas. No entiendo qué diantres le pasa al chico. Normalmente no es tan... —Su voz se fue apagando hasta quedarse callado.

Louise reparó en que el hombre pelirrojo también se había levantado de la mesa y había ido detrás del chico, y se preguntó la razón.

—No tiene ninguna importancia, solo espero que vuestro sobrino mejore. —Echó un vistazo a la puerta—. ¿Y ese caballero? ¿Está también a vuestro servicio?

Barenton frunció el ceño.

—Lo cierto es que no, madame. Nunca lo había visto antes. Creo que es un primo del capitán Janssen.

—¿Ah, sí? Parece muy preocupado por vuestro sobrino.

Barenton volvió a fruncir el ceño.

—Pues sí, eso parece, aunque no podría deciros la razón.

—Quizá deberíais ir a ver si necesita ayuda. Me refiero a vuestro sobrino. Incluso en La Rochelle, las ostras pueden ser traicioneras. —Se quedó un momento callada y luego preguntó—: ¿Cómo se llama el muchacho?

—Gilles, madame. Su madre, mi hermana... Bueno, no era una tutora adecuada. Vive conmigo desde hace unos diez años y nunca he lamentado haberlo acogido.

—Le proporcionasteis una casa y un oficio, eso es ciertamente encomiable.

Barenton sacó pecho.

—Es un muchacho que no deja de esforzarse para mejorar. Siempre está leyendo. Y, además, tiene también buen pulso. Él es el responsable de nuestro emblema. ¿Lo habéis visto?

Louise inclinó la cabeza.

—Razón de más para averiguar si necesita ayuda.

Atrapado entre la vergüenza y la preocupación, Barenton dejó su servilleta en la mesa y se puso de pie.

—Sois muy atenta, madame Reydon-Joubert. Por favor, aceptad mis disculpas por esta injustificada interrupción.

Gilles cruzó la cocina a toda velocidad, obligando a los sirvientes a apartarse de su camino de un salto. Llegó al callejón que había detrás de la casa justo a tiempo antes de doblarse. La desesperación de las últimas horas le ardía en la garganta.

Cayó de rodillas y estuvo tosiendo y devolviendo hasta que tuvo la sensación de que las entrañas se le habían vuelto del revés. Notaba como el sudor se le acumulaba en la zona lumbar, húmeda bajo la faja. Otro espasmo le sacudió el estómago. Se sentía casi aliviado por que las arcadas hubieran interrumpido sus atribulados pensamientos. Cuando oyó los pasos de dos personas acercándose, uno por la espalda y otro procedente de la calle, ni siquiera pudo hacer el acopio de fuerzas necesario para alzar la cabeza.

—¿Qué demonios está pasando? —preguntó entre dientes su madre.

Gilles se encogió de dolor cuando Roux lo empujó con la bota.

—Pregúntale a él.

Su madre lo agarró de la chaqueta.

—¿Y bien? ¿Has conseguido las llaves?

Gilles sintió otra náusea y vomitó en los zapatos de su madre, disfrutando de ese involuntario momento de rebelión antes de que Roux le diera una patada y cayera sobre la tierra.

—¿Qué vamos a hacer? —preguntó ella.

—Llévalo de vuelta a nuestro alojamiento —dijo Roux—. Ya volverá a intentarlo mañana.

Gilles notó que lo ponían de pie. No tenía fuerzas, las piernas apenas podían sostenerlo, se sentía completamente desfallecido. Pero era libre. Ya no le importaba lo que pudieran hacerle. Prefería el dolor a la traición.

—Sobrino, ¿qué sucede? —se oyó de repente.

—¡No!

Gilles no sabía si había llegado a decirlo en voz alta, pero su fugaz sensación de alivio desapareció al oír la voz de su tío y el golpeteo de su bastón acercándose. Quiso decirle a gritos que se marchara, pero fue incapaz de pronunciar palabra alguna. Luego, a pesar de la tenue luz del callejón, Barenton reconoció a su hermana.

—Tú —dijo con incredulidad—. ¿Y vos, señor? Estabais en la cena. ¿Quién sois?

—Esto no tiene nada que ver contigo, viejales.

Barenton se acercó a él.

—¿Se puede saber qué significa todo esto? ¿Qué le estáis haciendo a mi sobrino?

—¡Sobrino! —gritó burlonamente su madre.

Esa fue la gota que colmó el vaso. Gilles se soltó y se abalanzó sobre ella.

—¡Deteneos! ¡Deteneos ahora mismo!

Gilles percibió la confusión en el tono de voz de su tío, pero no importaba. Ahora tenía el poder de diez hombres. Estaba sentado a horcajadas sobre su madre y tenía las manos en su garganta. Quería matarla. Sabía que lo colgarían por ello, pero era el único modo. Solo entonces lograría estar en paz. Había sido un idiota por pensar otra cosa.

Entonces vio el resplandor de un cuchillo: su hoja metálica reflejó el parpadeo de las antorchas que había en la puerta. Roux arremetió, pero falló. No consiguió clavárselo a Gilles e hirió en cambio a su madre en el cuello. Esta chilló de dolor. El tío no paraba de gritar. Roux atacó de nuevo. Esta vez acertó. Gilles sintió una súbita explosión de dolor en el hombro, pero siguió sin soltar el cuello de su madre.

—Sobrino, ¿es que acaso quieres que te ahorquen? No dejes que esa mujer sea causa de más...

Las palabras de su tío quedaron interrumpidas cuando Roux se dio la vuelta y le cercenó la garganta.

—¡No! —exclamó Gilles.

Por un momento, Barenton permaneció inmóvil como una marioneta suspendida por unos hilos. Bajó la mirada y pareció registrar la mancha de sangre que estaba extendiéndose en su jubón. Luego sintió como si el tiempo enlenteciera, comenzó a balancearse y cayó al suelo.

Gilles saltó para sostener al hombre que nunca le había mostrado otra cosa que no fuera amabilidad y respeto. Intentó contener la sangre que manaba de su herida mientras su cuerpo se volvía cada vez más pesado. Roux dejó caer el cuchillo y, resbalando en el empedrado manchado de sangre, salió corriendo.

—Tío —susurró Gilles—. No te mueras. Ahora llegará la ayuda. —Se volvió hacia su madre—. ¡Ve a buscar a alguien! —gritó—. ¿No ves que está muriéndose?

Respirando con dificultad y aferrada a su garganta ensangrentada, la madre consiguió ponerse de pie y, con paso tambaleante, se marchó detrás de su marido sin echar la vista atrás.

De cuclillas, Gilles sostuvo la cabeza de su tío. Mientras la vida de este se extinguía y comenzaba a caer una ligera lluvia, no dejó de murmurar las mismas palabras una y otra vez:

—Lo siento, lo siento.

27

Las velas ya casi se habían consumido y la cera se acumulaba alrededor de la base de plata de los candelabros, formando una costra dura como el caparazón de un cangrejo.

Louise miró con impaciencia hacia la puerta. Cuando le había dado permiso a Barenton para levantarse de la mesa, no había imaginado que tardaría tanto en regresar. Su sobrino y el hombre pelirrojo tampoco habían vuelto. La ausencia continuada de todos ellos no solo era una falta de respeto para con el capitán Janssen, sino también un insulto a su hospitalidad.

El pastor seguía siendo el centro de atención al otro extremo de la mesa. Louise se dio cuenta de que, si retrasaba mucho más los discursos, el pastor estaría demasiado ebrio para hablar con un mínimo de medida y propiedad. Pensó entonces en lo mucho que le desagradaba ese hombre que se dedicaba a predicar desde el púlpito cada domingo sobre el pecado y las tentaciones de la carne cuando, según se decía, se pasaba la mayor parte del tiempo en un antro del puerto.

Llamó a su mayordomo.

—¿Alguna señal de monsieur Barenton? Me da la impresión de que deberíamos dar comienzo a la parte formal de la velada a la mayor brevedad posible.

El mayordomo echó un vistazo al pastor.

—Efectivamente, sería lo más aconsejable, madame.

Louise se volvió hacia Janssen, que también había estado bebiendo en exceso. Antes le había expuesto su informe de forma sucinta y con admirable claridad, pero ahora arrastraba las palabras. La historia sobre cómo había sido capturado por los corsarios berberiscos, así como otra descabellada e inconexa sobre un barco fantasma tripulado por cadáveres que lo había perseguido cerca de la costa de Marruecos, se volvían más y más elaboradas cada vez que las contaba. Louise ya había tenido más que suficiente de todos ellos y solo quería que se marcharan de una vez, sin importar las sillas vacías.

Se puso de pie y, de inmediato, el barullo de voces cesó. Incluso el pastor dejó de hablar.

—Damas y caballeros, honorables invitados, nos hemos reunido aquí para celebrar el largo servicio del capitán Hans Janssen a la familia Van Raay y la VOC. Muchos reciben la llamada del mar, una arriesgada y peligrosa ocupación, pero el capitán Janssen ha demostrado que, con fortaleza y buen compañerismo...

—Madame...

El mayordomo la interrumpió. Louise no daba crédito. El sirviente permanecía en la puerta y, aunque su comportamiento parecía igual de profesional, su rostro había palidecido.

—¿Qué sucede?

—Si pudierais venir un momento...

Louise se lo quedó mirando con incredulidad, y luego se volvió hacia sus invitados.

—Parece que hay un asunto urgente que solo mi atención puede remediar. —Una educada risa se extendió por los invitados—. Estoy segura de que no es nada. Si me disculpáis, capitán. Pastor, ¿podría pediros que, en mi ausencia, dierais comienzo a vuestro discurso?

160

—Por supuesto —respondió el clérigo con el rostro enrojecido—. Será un honor.

En el callejón que había detrás de la casa, Gilles se balanceaba adelante y atrás, todavía con la cabeza de su tío en el regazo. La llovizna otoñal le había empapado el jubón y los calzones, y los mechones de pelo mojado le caían alrededor de la cara, pero no podía parar. Tenía la camisa entera manchada de sangre, aunque no sentía más que un apagado dolor en el punto del hombro en el que Roux le había clavado el cuchillo. A su alrededor, un charco carmesí se extendía por el empedrado mojado mientras la lluvia seguía cayendo silenciosamente.

En un momento dado, se dio cuenta de que ya no estaba solo. Levantó la mirada y vio a una mujer que proyectaba una larga sombra desde la puerta de la casa y a un hombre ataviado de negro a su lado. Su mente registró que se trataba de la mismísima madame Reydon-Joubert y su mayordomo.

—¿Habéis sido vos quien ha hecho esto, Gilles? —preguntó ella.

Oír su nombre lo desconcertó. No era consciente de que ella lo conociera.

—Yo quería a mi tío —se limitó a decir.

—Los hombres matan tanto por amor como por odio o avaricia.

Gilles alzó la cabeza.

—No he sido yo quien lo ha matado.

—¿Me dais vuestra palabra?

Él soltó una leve risa ahogada.

—¿Por qué habría de tener algún valor mi palabra?

—¿Por qué no habría de tenerlo?

Sus miradas se encontraron y en la expresión de la mujer él

percibió comprensión e, incluso, conmiseración. Gilles no era capaz de entender cómo podía estar tan tranquila o por qué siquiera le mostraba compasión.

—¿Queréis entrar?

Él negó con la cabeza.

—No puedo dejarlo, no...

—Haré que entren su cuerpo en casa —dijo Louise al tiempo que le hacía una seña a su mayordomo—. O pueden llevarlo a su propia casa, si preferís.

Por primera vez, Gilles cayó en la cuenta de que Roux y su madre tal vez habían ido directamente a Barenton et Fils, incluso sin las llaves que querían que él robara, para tomar por la fuerza lo que querían. Un violento estremecimiento sacudió su cuerpo.

—¡No!

—Tenéis frío —dijo ella malinterpretándolo—. Habéis sufrido una conmoción espantosa.

A Gilles le pareció que sonaba amable. ¿Por qué estaba siendo amable con él?

Bajó la vista al rostro de su tío, carente ya de toda vida. A un lado, el mayordomo esperaba con una sábana en los brazos. Y, detrás de este, dos sirvientes de la cocina curioseaban con los ojos como platos. No dejaban de lanzarse disimuladas miradas el uno al otro, sin duda planeando ya cómo venderían su historia por un cuarto de cerveza.

Gilles seguía meciéndose. Ahora ya con más lentitud, como un reloj que estuviera quedándose sin cuerda. La llovizna continuaba cayendo, silenciosa y plateada, pintando el mundo de una luz acuosa. Con suavidad, Gilles depositó la cabeza de su tío en el suelo. Luego, cual padre con su hijo dormido, retiró lentamente las manos de debajo de su cuerpo. La herida que Barenton tenía en el cuello se abrió.

Uno de los muchachos de la cocina masculló un reniego.

—Cierra el pico —lo regañó el mayordomo.

Gilles bajó la mirada y vio que tenía toda la camisa llena de sangre. Se puso de pie con dificultad. El brazo izquierdo le colgaba inerte a un costado y le temblaban las piernas, pero se esforzó en poner un pie delante del otro y caminar hacia la puerta de la cocina. A su espalda, oyó como el mayordomo cubría el cadáver de su tío con la sábana y daba instrucciones en voz baja a los otros sirvientes.

—Buscadle algo de ropa al muchacho —dijo madame Reydon-Joubert.

Gilles apenas la oyó. Su mente había viajado a otro tiempo y otro lugar.

«Escoged una carta, la que queráis...»

Otra vez el mismo recuerdo. El cartomántico leyendo la fortuna de la gente con una baraja de cartas del tarot. Aquel día se había detenido, seducido por los vívidos colores rojo, amarillo y azul de las cartas: *le Mat*, el Loco, dibujado con un pequeño perro mordisqueándole los talones; o la que Gilles había robado, *la Justice*. Todavía la tenía. Era la única posesión que guardaba de su antigua vida. ¿Había sido en abril, quizá? No, claro, en mayo. El día anterior al funeral de su hermano. Dos días antes de que él se convirtiera en un chico.

Apoyó una mano en el marco de la puerta. ¿Estaba escrito el destino de una persona, o tenía el poder de cambiarlo? La doctrina protestante era clara al respecto. Únicamente la gracia de Dios podía salvar al hombre. Este era capaz de sostenerse, pero libre de caer. Y, sin embargo, ese día de primavera había sentido que algo distinto era posible.

—¿Ha sido culpa mía? —susurró.

—Vos no lo habéis matado —dijo madame Reydon-Joubert—. Me habéis dado vuestra palabra, ¿no es así?

163

Él levantó la mirada hacia ella y se sintió sobrecogido por la compasión que halló en sus ojos.

—No, no lo he matado yo.

—Está bien, pues —dijo ella en voz baja—. Venid adentro.

Gilles la siguió obedientemente al interior de la casa. ¿Estaba su tío destinado a morir en un callejón una lluviosa noche de octubre u otra historia podría haber tenido lugar? ¿Era eso culpa suya? Tras diez años de engaño, ¿era esto el juicio del Señor?

28

El cadáver de Barenton fue trasladado a una pequeña antecá-
mara situada al lado del salón principal y depositado sobre una
mesa bajo una sábana limpia. Louise observó al muchacho, que
permanecía arrodillado junto a su tío con la cabeza inclinada.

—No me deja examinarlo, madame —murmuró el médico
al que el mayordomo había hecho avisar—. Además de la herida en la parte superior del brazo, tiene un dedo roto.

Louise asintió.

—¿Cuántos años tenéis, Gilles?

Este levantó la vista y se la quedó mirando inexpresivamente, como si ella le hubiera hablado en una lengua extranjera,
pero contestó:

—Veinte veranos, madame.

Louise enarcó las cejas. Pensaba que era mucho más joven.

—En ese caso, sois lo bastante mayor para comprender que
si esa herida no se trata podría infectarse. No hay nada que podáis hacer ya por vuestro tío. Dejad que os ayudemos.

—¡No! ¡Nadie puede tocarme!

Louise alzó las manos.

—Nadie os va a hacer daño.

El muchacho seguía negando con la cabeza.

—No necesito nada.

Louise se volvió hacia el médico, que se encogió de hombros.

—¿Por qué no tomáis al menos un trago de brandy? Os ayudará con la conmoción.

Gilles asintió de forma apenas perceptible y Louise le hizo una seña al mayordomo, que fue a buscar una copa al salón.

—Aquí tenéis —dijo ella con suavidad, depositándolo cuidadosamente en las manos del muchacho.

El líquido de color ámbar le salpicó los dedos, pero bebió un poco sosteniendo la copa con su tembloroso pulso hasta que, aliviada, Louise comprobó que algo de color regresaba a las mejillas del muchacho.

—Y si no queréis cambiaros de ropa, al menos cubríos. Si no, cogeréis un resfriado.

De nuevo, el muchacho levantó la mirada y luego asintió. El mayordomo le dio una manta a Louise y esta se la pasó a Gilles muy despacio, como si se tratara de un caballo que pudiera salir huyendo en cualquier momento.

—Permitid que mi médico os entablille bien el dedo —dijo con cautela—. No os tocará en ningún otro lugar.

—No merezco todo esto —susurró él.

Louise mantuvo su tono de voz calmo.

—Os han atacado y vuestro tío está muerto. Merecéis toda la amabilidad que os pueda ofrecer.

Luego esperó hasta que, de nuevo, él asintió. El médico abrió su maletín.

—Levantad la mano, Gilles.

El muchacho hizo lo que le pedían. Louise observó cómo el médico le vendaba los dedos.

—No es una fractura grave —dijo el doctor—. Debería estar curada en un par de semanas.

—Si nos dejáis un poco de ungüento y una venda, el propio

166

monsieur Barenton se tratará la herida del hombro. ¿Os parece bien, Gilles?

El médico frunció el ceño, como si estuvieran poniendo en entredicho su competencia, pero de todos modos cogió un paño, vertió un poco de alcohol en él y lo depositó sobre la mesa junto a una venda limpia.

—Cambiáosla dos veces al día —indicó secamente—. Cualquier bebida espirituosa blanca servirá. O brandy, si no tenéis otra cosa. Parece un corte limpio. Si Dios quiere, no tardaréis en recuperaros por completo.

Louise le dio las gracias.

—Mi mayordomo os acompañará a la salida. Gracias por acudir a estas horas intempestivas. Seréis debidamente compensado.

La puerta se cerró y se quedaron a solas. En la estancia no había ninguna chimenea encendida y las velas apenas proporcionaban calor, de modo que su aliento formaba nubes de vapor en el húmedo aire nocturno.

—¿Qué podéis decirme, Gilles? ¿Quién ha hecho esto?

Él no contestó.

—Mi mayordomo me ha dicho que el hombre con quien habéis venido se llama Roux. ¿Es amigo vuestro?

Gilles negó con la cabeza.

—Pero habéis llegado con él —insistió Louise—. Y luego, cuando os habéis levantado de la mesa, él os ha seguido —añadió, y esperó a que él se explicara.

—Venía de parte del capitán Janssen —dijo finalmente Gilles en un tono tan bajo que Louise apenas podía oírlo—. Lo había engañado.

—¿Engañado cómo? —preguntó Louise—. ¿Había alguien más en el callejón con Roux?

Esta vez, una inequívoca expresión de miedo fue perceptible

en el rostro del muchacho. Louise no sabía cómo interpretarla. ¿Por qué querría el muchacho proteger al asesino de su tío?

—Esta cena se celebraba en honor al capitán Janssen. Ha navegado para la flota Van Raay durante muchos años. Acaba de hacer su última travesía con el *Old Moon*.

Louise siguió hablando con la esperanza de que sus palabras consiguieran que el muchacho bajara la guardia. Por la mañana tendría que denunciar el asesinato al *prévôt* —en realidad, debería haberlo hecho ya—, pero antes quería tener claros todos los hechos.

Gilles no respondió. Ella todavía no comprendía el impulso que la estaba empujando a tomar semejantes riesgos, pero había algo en él que la impelía a ello. No significaba nada para ella, y sin embargo no había podido evitar sentirse conmovida por su situación al verlo sostener en sus brazos el cadáver de su tío. Una *pietà* manchada de sangre. Puede que no fueran María y su hijo muerto, pero se trataba de una escena igual de emotiva. Luego, otra imagen acudió a su mente: ella de niña con la cabeza de su madre en su regazo, levantando la mirada hacia un hombre que estaba de pie a su lado con el pelo negro y un mechón blanco. Negó con la cabeza, pero ya no consiguió evocar nada más.

«Recuerdos vagos.»

—A los demás invitados se les ha dicho que ha tenido lugar un accidente —explicó ella para tranquilizarlo, aunque su voz sonó excesivamente alta en la silenciosa estancia—. Ya no hay nadie más aquí, no debéis preocuparos.

En realidad, Louise era consciente de que no había posibilidad alguna de cortar de raíz las habladurías que surgirían. La Rochelle era una ciudad a cuyos habitantes les encantaba desprestigiar reputaciones. Aquellos que desaprobaban la influencia que ella tenía aprovecharían este desgraciado suceso para atacarla. Una mujer soltera que tenía su propia casa..., ¿quién podía saber a qué tipo de bribones y pervertidos podía atraer una persona así? No había humo sin fuego, ¿no era eso lo que decían?

—Ahora os dejaré —dijo—. Si necesitáis cualquier cosa, mi mayordomo os atenderá. Y, si queréis, tengo unos polvos que pueden ayudaros a dormir.

Gilles levantó sus apagados ojos hacia ella.

—Nunca olvidaré vuestra amabilidad. Nunca.

En el aposento de Louise la chimenea estaba encendida. En La Rochelle no solía hacer frío en octubre, pero el aire húmedo parecía filtrarse por las rendijas de los tablones del suelo. ¿O acaso el frío estaba en su interior?

Ya casi era medianoche. Louise estaba sentada a la mesa con la carta procedente de Chartres delante y una copa de vino a la altura del codo. Los violentos acontecimientos de la velada habían conseguido que se olvidara de ella durante un rato. Volvió a hacerse la misma pregunta.

«¿Es legítima?»

Le dio un trago al vino, provocando que perlas de luz refractada se reflejaran sobre la madera pulida, y luego depositó la copa en la mesa. Necesitaba mantener la mente despejada. Se acercó a la ventana y miró a la calle, dejando una leve huella de su mano en el cristal. Todavía caía una llovizna que envolvía las calles de una tenue neblina. Cruzó la estancia para meter otro leño en la chimenea y pensó en el afligido joven que estaba velando a su tío en el frío aposento que había justo debajo del de ella. ¿Se quedaría hasta el amanecer? Esperaba que lo hiciera.

Louise siguió deambulando de un lado a otro. Mientras contaba sus pasos, se sintió repentinamente sola. Una oleada de nostalgia atravesó su cuerpo. De repente sintió la intensa necesidad de ver a su tía abuela Alis, a Cornelia, a su tío Jean-Jacques, y también a la hija de este, Florence. E incluso a su tía Bernarda, que nunca la había aceptado por haber sido concebida fuera del matrimonio.

Regresó a la mesa y, al tiempo que alisaba la carta, se preguntó si habría alguien que pudiera saber si la demanda que se hacía en ella era legítima. Y, si lo era, por qué habían esperado hasta ese momento. El testamento de su padre había sido validado diez años atrás y nadie lo había impugnado. A continuación, un escalofrío le recorrió la columna y se sentó, recordando de repente lo nervioso que estaba su abuelo aquel día y las extrañas preguntas que le había hecho al abogado. ¿Acaso sabía que algo no iba bien? Louise intentó poner en orden sus pensamientos. Aunque ese hubiera sido el caso, ningún otro heredero legítimo había aparecido ese día para reclamar la herencia. ¿Por qué ahora sí, pues? No pudo evitar estremecerse al tomar consciencia de la magnitud de lo que podía suceder.

«Podría perderlo todo. Todo.»

Su independencia, esa casa, su libertad. Y, por encima de todo, el *Old Moon*. Louise cogió la copa y, esta vez, la vació de un solo trago.

29

Gilles tenía frío. No estaba seguro de si se debía a la culpa o al dolor. Durante su vigilia, sus pensamientos se habían aclarado y agudizado. Sentía una renovada determinación. Supuso que en la casa todos los demás estarían durmiendo.

Colocó una mano suavemente sobre el pecho de su tío como si lo bendijera y retiró la sábana. Tenía la piel de un color marmóreo y los labios azul pálido. Parecía una figura de cera. Gilles se inclinó y le dio un beso en la fría frente. Luego cogió las llaves que llevaba en el bolsillo y volvió a cubrirlo. A continuación se quitó la manta que se había puesto antes sobre los hombros, la dobló y la dejó en una silla. A pesar de su debilitado hombro derecho y del dedo entablillado, todos sus movimientos eran precisos y meticulosos. Madame Reydon-Joubert se había portado más que bien con él y no quería que lo tomara por un ladrón.

Gilles casi se rio. Si su madre hablara, se descubriría que era algo mucho peor que un ladrón.

Cruzó el oscuro salón y descorrió el cerrojo de la puerta principal. No tenía ningún plan concreto en mente, solo sospechaba que su madre y Roux intentarían hacerse con el oro que su tío guardaba en la caja fuerte esa noche, con o sin llaves. Luego seguramente se colocarían en los primeros puestos de la cola que se formaba ante las puertas de la ciudad antes de que las abrieran por la mañana y saldrían antes de que nadie pudiera detenerlos.

—Justicia —susurró.

En el aposento que había en el piso de encima, mientras permanecía con las manos extendidas hacia la chimenea para calentárselas con el fuego, Louise oyó el crujido de la puerta principal. Corrió a la ventana justo a tiempo de ver una sombra que desaparecía en la niebla y, aunque no pudo distinguirla con claridad, sabía que se trataba del muchacho. De repente, otro vago recuerdo acudió a ella. Ella de niña siguiendo a su madre por las calles de Ámsterdam.

Louise cogió su capa y fue detrás de él.

Hacía mucho que Gilles no recorría cual zorro las calles de La Rochelle de noche, pero todavía se acordaba de cada atajo y cada callejón abandonado. Sus músculos habían conservado el recuerdo de su pasado mucho mejor de lo que podría haberlo hecho cualquier mapa. En silencio, regresó al edificio de la rue du Temple que había sido su hogar durante la pasada década.

Con qué facilidad había vuelto a sus viejas costumbres. Los diez últimos años de respetabilidad habían desaparecido de golpe como si no hubieran existido jamás. ¿Cómo podía haber creído que un engaño semejante podía durar? Este era su castigo por haberse creído merecedor de un refugio, un hogar, un futuro.

Al oír de repente las voces de unos tipos que salían de una taberna cercana, Gilles se escondió en las sombras. Esperó a que los marineros borrachos se hubiesen alejado, caminando con paso tambaleante y sosteniéndose el uno al otro, antes de seguir adelante por las familiares calles.

Si bien su tío le había hecho creer que sus necesidades estarían cubiertas, Gilles no tenía ni idea de qué quería decir con eso exactamente. En cualquier caso, no se merecía nada, así que daba lo mismo. Tanto el chantaje de su madre como la conversación que Roux y ella habían mantenido entre susurros sugerían que en la caja fuerte había unos documentos que querían, además del lingote de oro que su tío había recibido como pago anticipado por un cargamento de vino que iba a ser enviado a Nantes.

Gilles se detuvo y levantó la mirada al letrero que había sobre la puerta: BARENTON ET FILS. La tienda de vinos estaba a oscuras y no parecía que hubiera ninguna vela encendida titilando entre las botellas y los barriles. La mayoría de los empleados de su tío —un contable y los hombres que trabajaban en las prensas— vivían en alojamientos contiguos a la bodega que tenían en las afueras de la ciudad. Solo había un par de empleados que pasaban la noche en la casa. Un chico para todo, Antoine, y una cocinera y ama de llaves que no estaba ahí porque, según sabía Gilles, el día anterior le habían dado permiso para que fuera a visitar a una hija enferma.

Posó la mirada en la primera planta casi esperando ver la silueta de su tío recortada en la ventana. Más arriba vio su propia habitación en el piso más alto. Había sido su refugio, un lugar donde podía sentirse seguro y en calma, con una pequeña ventana que daba al oeste y desde la que se veía el amplio océano que había más allá.

Sus dedos encontraron las llaves hurtadas que guardaba en el bolsillo. La puerta principal tendría el cerrojo descorrido, puesto que su tío había salido a cenar fuera. Antoine dormía en la cocina, de modo que si Roux y su madre habían intentado entrar por ahí habrían llamado su atención.

Atreviéndose a confiar en estar equivocado, Gilles metió la llave en la cerradura, la abrió procurando no hacer ruido y entró en la casa.

30

Louise vio que Gilles desaparecía en el interior de la casa del vinatero. Se sentía dividida. El muchacho no significaba nada para ella y, sin embargo, le preocupaba lo que pudiera sucederle. Por qué razón se sentía así respecto a alguien a quien acababa de conocer, no lo sabía.

«Es un hombre, no un muchacho.»

Espero y esperó. El reloj de la ciudad dio las dos. Hacía unos quince minutos que Gilles había entrado. ¿Qué diantres estaba haciendo? Louise vaciló un poco más y por último se acercó al edificio estrecho y alto, y empujó la puerta. Esta se abrió, dejando escapar el olor de una casa fría en una noche húmeda.

Sus ojos tardaron un momento en adaptarse. Un candelero metálico con una vela prácticamente consumida proyectaba una danza de sombras en la pared. A su derecha, una puerta pintada de negro estaba abierta. Louise echó un vistazo. Era la tienda: barriles y botellas vacías que debían ser rellenadas y, a su lado, una hilera de tapones de cristal. En una bandeja de madera descansaba una pila de pagarés y recibos esperando a ser procesados.

El aire estaba inmóvil y estancado. Ahí no había entrado nadie.

Louise regresó al pasillo y esta vez reparó en las gotas de sangre que había en las baldosas del suelo y que, cual sarta de rubíes, conducían al interior de la casa. ¿Era sangre de Gilles o de otra persona? La mujer se llevó la mano a la empuñadura de su cuchillo y siguió adelante. Al llegar al final del pasillo, abrió una puerta. Esta daba a la cocina.

El olor fue lo primero que percibió. Un cálido y metálico aroma a sangre reciente. Se detuvo en el umbral y miró en derredor. En una chimenea relucían unas ascuas sobre las que pendía una tetera oscurecida por el hollín y el fuego. Unas sartenes colgaban de una repisa que había sobre una mesa, encima de la cual descansaban unos tarros que contenían harina, cebada y miel. Era una cocina corriente, salvo por el cuerpo de un niño acurrucado junto a una pared con el cuello rebanado de oreja a oreja. Louise exhaló para calmarse. El niño tenía los ojos abiertos como platos, como si lo hubieran sorprendido en el momento de su muerte. Louise tocó con un dedo la sangre y confirmó que todavía estaba caliente. Una muerte rápida. Cerró los ojos del niño y miró a su alrededor. En el suelo divisó unas astillas de madera. Pertenecían a la puerta trasera, que había sido forzada. Gilles no había tenido necesidad de forzar ninguna puerta para entrar. Así pues, ¿quién lo había hecho? ¿Roux? ¿Habría ido él allí?

Louise reparó entonces en que el reguero de gotas de sangre seguía escalera arriba. Desesperada por no delatar su presencia, subió tan cuidadosamente como pudo, colocando los pies en el borde de cada escalón, hasta llegar al generoso descansillo del primer piso. La plateada luz de la luna, difuminada por la neblina y refractada por el cristal de la ventana, reveló un pesado arcón para mantas hecho de madera de roble, una mesilla con un candelabro de plata sin encender y una alfombra arrugada, como si la bota o la zapatilla de alguien hubiera tropezado en ella.

Y el mismo hedor. A pesar de las fuertes pulsaciones de su propia sangre en las venas y los acelerados latidos de su corazón, Louise entró en la estancia. Las paredes estaban cubiertas por estanterías repletas de libros. Luego distinguió un gran escritorio con un tintero, una pluma y papel secante manchado de tinta. Y, en el suelo, un pequeño reloj de cuerda hecho trizas. Louise reconoció el diseño. Era de un relojero de la rue des Bonnes Dames. Ella misma tenía uno. Se trataba de una habitación meticulosa y ordenada en la que alguien había sembrado el caos. Había papeles por todo el suelo, faltaban libros de los estantes y los cajones del escritorio habían sido abiertos. Detrás de la silla, en el lugar donde Barenton debía de sentarse para estudiar sus cuentas, había un hueco en la pared. La portezuela de madera protectora estaba abierta y colgaba de sus goznes rotos como un hueso arrancado de su cavidad.

Entonces oyó un ruido —un leve sollozo— y siguió adelante. Alguien estaba tumbado en el suelo boca abajo. Reconoció la ropa y el largo pelo, ahora apelmazado a causa de la sangre.

«Está sucediendo de nuevo.»

Le dio la vuelta. Gilles sangraba profusamente de una sien y la herida del hombro se le había abierto.

—He intentado detenerlo... —susurró el muchacho.

—No malgastéis vuestras fuerzas. Iré a buscar ayuda.

—¡No!

Su voz sonó sorprendentemente alta en la estancia silenciosa. Louise tuvo una sensación de *déjà vu*, como si la conversación que habían mantenido antes estuviera repitiéndose.

—Necesitáis un médico. Primero vuestro hombro y ahora esto. —Louise le tocó la frente y el muchacho se encogió de dolor.

—No puede enterarse nadie.

Louise le colocó una mano en el pecho.

—¿Ha estado Roux aquí?

Gilles asintió.

—Lo he sorprendido... He intentado...

Louise miró el hueco que había en la pared.

—¿Se ha llevado la caja fuerte de vuestro tío? ¿Sabéis qué es lo que estaba buscando?

El muchacho seguía aturdido. Sus delicados rasgos eran casi traslúcidos, casi como si ya no quedara más sangre en él. Louise sospechaba que iba a mentirle, pero a continuación percibió un cambio en él, como si ya no le quedaran más fuerzas y se derrumbara anímicamente.

—Oro —contestó—. Y también unos documentos, creo.

Louise dejó que el silencio que se hizo entre ambos se prolongara. En ese momento, nada parecía más importante que el hecho de que ese muchacho desconocido, ese extraño, decidiera confiar en ella. Pero ¿lo haría?

—¿A quién estáis protegiendo? —le preguntó ella en voz baja.

Sus palabras parecieron quedar suspendidas en el aire. Pasaron los segundos y Louise se dio cuenta de que estaba conteniendo el aliento.

Finalmente Gilles exhaló.

—Mi madre...

Louise le tendió una mano.

—Contádmelo todo —le dijo.

178

31

A las ocho en punto de la mañana siguiente, Louise estaba en la entrada principal del Hôtel de Ville.

«¿Cómo es posible que alguien tratara a un niño de ese modo?»

Louise estaba segura de que Gilles no se lo había contado todo, pero sí suficientes cosas como para que quisiera ver a madame Roux entre rejas durante el resto de su vida. Lo que no comprendía era por qué Gilles le había suplicado que no le contara al *prévôt* que su madre también había estado con Roux en el callejón la pasada noche. Había insistido con tal desesperación que al final se lo había prometido. Ya de vuelta en casa poco antes del amanecer, el muchacho había aceptado el láudano que ella le había ofrecido y se había quedado durmiendo.

El majestuoso edificio principal del ayuntamiento se encontraba detrás de una muralla construida más de cien años atrás que incluía torres, almenas y gárgolas. Por encima se elevaba la torre del campanario, en la que destacaban dos escudos de armas alojados en una cartela gótica. El superior era el de la monarquía, con el cordón de la Orden de Saint-Michel sostenido por dos ángeles. La ostentosa puerta de entrada era de arco apuntado y sobre ella podía verse el escudo de armas de La Rochelle: un barco de tres mástiles con una pequeña figura trepando por la jarcia. Debajo, sobresalían las figuras talladas de unos pequeños animales con rostro humano. Todo transmitía prosperidad, ostentación y estatus, y constituía un deliberado desafío a la autoridad de la corona. A Louise le parecía una actitud ridícula.

—El *prévôt* os recibirá ahora.

Louise siguió al sirviente al patio interior. Tras dejar atrás el Pavillon Nord, se adentraron en la Grande Gallerie. La tranquila expresión de su rostro enmascaraba los nervios que sentía. El interrogatorio requeriría pericia, y los acontecimientos de la noche anterior y la falta de sueño la habían dejado exhausta. Al recorrer las arcadas, levantó la mirada hacia el techo y vio los monogramas de Enrique IV y María de Médici. Esos días formaban parte del pasado.

—Madame Reydon-Joubert —anunció el sirviente, y Louise entró en el despacho.

Ya llevaban hablando un buen rato.

No dejaban de hacerle las mismas preguntas una y otra vez, y a Louise le estaba costando mantener la templanza. Seis hombres estaban sentados en un banco. Ella en una silla colocada enfrente, como si estuvieran juzgando a una Juana de Arco contemporánea. Los conocía a todos, y algunos incluso tenían razones para sentirse en deuda con ella, incluido el pastor de la Asamblea Hugonota, que parecía algo indispuesto. El *prévôt* Arnaud, sin embargo, era conocido por sus opiniones calvinistas sobre las mujeres, y todos y cada uno de los poros de su piel rezumaban desaprobación.

—Hemos oído lo que habéis dicho, madame Reydon-Joubert —repitió—, pero os confieso que todavía no comprendo por qué no habéis reportado este lamentable suceso hasta esta mañana. Un ilustre ciudadano fue asesinado la pasada noche y un sirviente suyo unas pocas horas después. ¿Por qué no os habéis decidido a informar a las autoridades hasta ahora?

Louise levantó la mirada hacia él.

—Como he dicho, al principio fue por consideración a mis invitados.

—¿Consideración?

—Estaba celebrando una cena en honor de un experimentado capitán de la flota Van Raay, tal y como vuestro eminente colega sabe, pues fue muy amable al honrar mi casa con su presencia.

El pastor, claramente mareado, se irguió en su silla.

—Así es, así es...

Louise mantenía la atención puesta en el juez.

—Y, además, me sentía muy angustiada.

Arnaud echó un vistazo al pastor, y luego a los *intendants* que había a su lado en el banco.

—Madame, estar en posesión de una naturaleza tan delicada es un motivo de alabanza, desde luego, pero la ley es la ley. ¿Por qué no enviasteis de inmediato a vuestro mayordomo para que diera la alarma?

—Estaba bajo la impresión, errónea al parecer, de que tanto vos como el resto de los estimados caballeros no desearían que los despertaran de su sueño a una hora tan intempestiva. —Lo miró a los ojos, desafiándolo a que se lo reprochara—. *Mea culpa.*

—Estoy seguro de que hicisteis lo que considerasteis mejor, madame —intervino el pastor—. Solo desearía que hubierais confiado en mí. Podría haberos proporcionado ayuda y consejo.

—No quería abusar más de vos.

Louise se preguntó si sus halagos no serían excesivos, pero él pareció no reparar en su insinceridad, pues creía ser merecedor de dicha cortesía.

—Por supuesto, por supuesto. En cualquier caso, estoy a vuestras órdenes.

—¿Y dónde se encuentra ahora el cadáver de monsieur Barenton? —los interrumpió Arnaud, advirtiendo que se le estaba escapando el control del interrogatorio.

—Sigue en mi casa.

El juez rebuscó en sus papeles.

—¿Y el sirviente? Su nombre era Antoine, ¿no?

—Mi mayordomo fue a buscar al ama de llaves de monsieur Barenton a casa de su hija. Ella se encargó de supervisar el traslado del cadáver de Antoine a la morgue.

—Debería haber permanecido *in situ*.

—Puesto que no había ninguna duda sobre la causa de la muerte, no parecía haber razones para retrasar dicho traslado. —Louise lo dejó ahí, esperando que, en ese momento, permanecer en silencio le hiciera más bien que seguir hablando.

Arnaud quería castigarla, pero no parecía ser capaz de encontrar el modo de hacerlo, y ella había notado que el apoyo con el que el *prévôt* contaba en el banco estaba menguando.

—Y ese sobrino, Gilles Barenton... —prosiguió Arnaud—. Todavía no me ha quedado claro su papel en todo este asunto.

Louise hizo ver que lo sopesaba.

—Como he dicho, mi férrea convicción es que el asesino fue ese hombre llamado Roux, una persona que, al parecer, se las arregló para ser invitado a mi casa haciéndose pasar por un primo lejano del capitán Janssen. —Hizo un gesto con la mano como quitándole importancia—. El buen capitán es un hombre simple y honesto, y se siente profundamente afligido por haber sido la causa de semejante desastre. Ha admitido que no había visto antes a Roux, pero que no tenía razón alguna para dudar de sus credenciales.

182

—Entonces ¿ese hombre no se llamaba Roux? —preguntó uno de los *intendants*.

—No tengo ninguna razón para pensar que no se llama así —respondió ella lentamente, como si hablara con un idiota—. Pero no es el primo del capitán Janssen.

—Hemos emitido una orden de arresto. Quienquiera que sea, lo encontraremos —dijo Arnaud.

—No lo dudo, monsieur.

El *prévôt* la miró inquisitivamente.

—Volviendo al sobrino. Sus actos siguen pareciéndome bastante cuestionables. Me gustaría que se presentara ante el tribunal.

—Me temo que eso no será posible.

Arnaud se sonrojó.

—Os olvidáis, madame Reydon-Joubert, de que no estáis en posición de darle instrucciones al tribunal. ¿Dónde está el sobrino?

Louise alzó una mano.

—Me habéis malinterpretado. No tengo ninguna duda de que el joven desearía colaborar con el tribunal en todo lo que pudiera. Pero, como he dicho, fue herido intentando defender a su tío. Más adelante, Roux le propinó un golpe en la cabeza que lo dejó inconsciente. Mi propio médico está atendiéndolo, pero tiene fiebre alta y todavía no ha recuperado la capacidad de hablar.

El *prévôt* la fulminó con la mirada.

—No me digáis.

—Podría tardar horas en hacerlo, o tal vez días. Quería tanto a su tío... —Se interrumpió, como si de repente se le hubiera ocurrido otra cosa—: Además, es importante mantener a salvo al muchacho hasta que el asesino haya sido capturado.

El pastor asentía.

—¿Creéis que Roux podría regresar?

—Gilles Barenton es el único testigo de un vil asesinato, además de haber sufrido un cobarde ataque por parte del culpable. Su testimonio podría llevar a Roux a la horca, de modo que sí, creo que hay que temer esa posibilidad.

Arnaud volvió a sonrojarse, pero, antes de que pudiera decir nada más, Louise se puso de pie. Cogido por sorpresa, al *prévôt* se le cayó la pluma y salpicó de tinta la superficie de un documento.

—Messieurs, tenéis mi gratitud por la forma en la que me habéis prestado atención. Lamento mucho no haber acudido antes a vosotros para beneficiarme de vuestra sabiduría y experiencia. Me doy cuenta ahora de que habría sido más juicioso por mi parte.

Frotando inútilmente el papel manchado, Arnaud alzó la voz.

—Debo hablar con el sobrino de Barenton.

Louise lo ignoró.

—Soy consciente de cuántas demandas recibís de vuestro valioso tiempo, caballeros. Este sórdido asunto apenas debe de pareceros merecedor de vuestra atención en un momento tan crítico para nuestra ciudad.

Los hombres se removieron en el banco, complacidos por el hecho de que se comprendiera la dificultad de la situación actual y, al mismo tiempo, molestos por el hecho de que una mujer los sermoneara acerca de sus responsabilidades civiles.

—Me gustaría iniciar las gestiones para que monsieur Barenton sea enterrado —prosiguió ella—. Pastor, ¿podríais venir a verme este mediodía?

Este alzó una flácida mano.

—Claro que sí, querida dama.

Ella asintió a modo de agradecimiento.

—Debo acudir a una cita con el práctico del puerto y el capitán Janssen a las diez en punto. Imagino que no hay ninguna objeción al respecto.

—Supongo que no. —Arnaud seguía frotando su pañuelo para limpiar el manchurrón de tinta—. ¿Os encontraréis en casa más tarde, por si necesitamos volver a hablar con vos?

—Estoy a vuestro servicio, *prévôt* Arnaud.

Louise hizo una leve reverencia y luego salió de la estancia, dejando a los hombres con la impresión de que eran ellos, no ella, quienes habían sido convocados a dar explicaciones. Aun así, Louise tuvo que contenerse para no echar a correr mientras rehacía sus pasos a través del ornamentado edificio. Solo cuando hubo salido por la puerta principal y se encontró al fin en la rue des Gentilshommes, se detuvo un momento para recobrar el aliento.

32

—¿Necesitáis algo? —preguntó el mayordomo.

Gilles alzó lentamente la mano.

—¿Una copa de brandy, algo para comer?

Al fin lo comprendió.

—No, no, gracias.

El mayordomo miró el hogar.

—¿Queréis que encienda la chimenea?

Gilles sintió que su pánico aumentaba. Nada tenía sentido.

—No necesito nada. —«No merezco nada», añadió mentalmente.

No entendía lo que estaba pasando. No se lo había contado todo a madame Reydon-Joubert, pero se había sorprendido a sí mismo desvelándole muchas cosas de su vida: la pobreza de su infancia, el maltrato a manos de su madre, el discreto afecto y amabilidad de su tío. Solo se había callado una cosa, la razón por la que su madre todavía ejercía un poder tan grande sobre él.

Sin embargo, ella parecía haber sobreentendido las lagunas entre lo que había dicho y lo que no. No lo había juzgado, ni tampoco lo había compadecido de un modo que él no habría podido soportar, sino que se había limitado a escucharlo con respetuosa imparcialidad. Luego se había marchado al Hôtel de Ville antes de las ocho y todavía no había regresado. Él había depositado toda su confianza en ella y esperaba no haber cometido una equivocación. No estaba del todo seguro, aunque, claro, ¿cómo iba a estarlo? Lo único que quería era proporcionarle a su tío el entierro que se merecía, y creía que ella podía ayudarlo a hacerlo.

Tras salir del Hôtel de Ville, Louise se dirigió directamente al puerto, donde el práctico la esperaba para ser testigo del papeleo necesario para eximir al capitán Janssen de su servicio.

En las cómodas oficinas de la primera planta, que olían a cuero y a cera, los papeles ya se encontraban sobre el escritorio. Con fecha del día octavo del mes de octubre del año 1620, el documento ratificaba la renuncia de Janssen al mando del *Old Moon*.

«¿Es lo que estoy haciendo insensato? ¿O peligroso, incluso?»

Louise vaciló en el umbral, sin tener claro todavía si su plan no sería absurdo. No formaba parte de su naturaleza actuar de un modo precipitado e irresponsable, pero parecía el único plan de acción que tenía sentido. Durante la larga noche, sus pensamientos se habían concretado. Podría matar dos pájaros de un tiro: ayudar a proteger al muchacho de su madre y, al mismo tiempo, averiguar si la carta de Chartres era genuina.

Si lo era, Louise sería privada de su futuro. Dependería de Alis y Cornelia o, peor, de la caridad de su tío y la idiota de su esposa. Y ya se imaginaba a Bernarda criticando lo bajo que había caído y diciéndole que era el precio a pagar por sus pecados. No, tenía que hacer todo lo que pudiera para proteger su posición, y eso empezaba por descubrir si había alguna verdad en la alegación de que su padre tenía un descendiente legítimo.

Con renovada determinación, Louise entró en la habitación.

—Buenos días, messieurs.

El práctico se puso de pie de un salto.

—Sed bienvenida, madame Reydon-Joubert. Por favor, poneos cómoda. —Con un movimiento de brazo le señaló la silla situada enfrente del escritorio y luego le indicó al capitán que se acercara.

A Janssen se le veía algo perjudicado. Su paso al entrar en las oficinas sugería que la combinación ingerida la noche anterior de Pineau, brandy y, sin duda, también ron en alguna taberna hasta altas horas de la madrugada todavía no había abandonado del todo su cuerpo.

—Permitidme que vuelva a pediros disculpas, madame Reydon-Joubert. Era una apuesta. Roux me prometió que..., es decir... —Sus palabras fueron apagándose.

—Os pagaron para que lo invitarais —dijo ella en un tono más afirmativo que inquiridor—. Anoche lo admitisteis.

El rostro del viejo marino se sonrojó intensamente.

—No puedo disculparme lo...

—Fuisteis engañado, capitán. Estoy dispuesta a aceptarlo.

El hombre, ya mayor, exhaló un suspiro de alivio.

—Soy demasiado confiado, ese es mi...

—Los documentos están listos para la firma —los interrumpió el práctico, sin comprender bien qué era lo que estaban discutiendo.

Louise sonrió.

—Me temo que voy a tener que importunaros un poco.

El hombre se inclinó hacia delante.

—¿Hay algún problema?

—No es culpa vuestra, monsieur, pero ha habido un cambio de planes. Si el capitán Janssen me lo permite, claro.

Este parpadeó confundido.

—¿Cómo decís, madame?

—Teníamos intención de dejar amarrado el *Old Moon* aquí durante el invierno —comenzó a decir—. En tanto que el destino último de su cargamento era La Rochelle y las ciudades del litoral occidental, no parecía necesario que navegara de vuelta a Ámsterdam. Toda reparación que requiriera podía realizarse aquí. Y el barco estaría listo para volver a unirse al resto de la flota Van Raay cuando esta navegara vía La Rochelle en primavera.

El práctico asintió.

—Así es.

Louise se volvió hacia el capitán Janssen.

—Vos tenéis intención de retiraros aquí en La Rochelle, ¿no es cierto?

El viejo marino asintió.

—Mi esposa es francesa, madame, y prefiere el clima moderado de esta ciudad. Había pensado en hacerme cargo de una taberna.

—Una mujer sabia —dijo Louise echándose hacia atrás para escapar del tufo a brandy amargo del aliento del capitán—. Sin embargo, las cosas han cambiado. Gracias a vuestro informe de anoche, capitán, me consta que el *Old Moon* se encuentra en buenas condiciones y que podría emprender una travesía de inmediato.

—Sí, madame. Están carenando el casco para quitarle los percebes y las algas, pero por lo demás el barco está en perfecto estado. Solo se requieren unas pocas reparaciones menores en la jarcia y las velas, nada más.

Tras una breve pausa, Louise dijo:

—He aquí, messieurs, el problema. Anoche me informaron de que mi presencia es requerida con urgencia en Ámsterdam. Me llevaría algún tiempo encontrar a otro capitán que se hiciera cargo de la embarcación, de modo que, ahora que todavía podemos contar con la tripulación, algunos de cuyos miembros, estoy segura, agradecerán algunas monedas más en sus bolsillos, me preguntaba si, a cambio de una justa remuneración, estaríais dispuesto a seguir un poco más con el mando del barco y navegar de vuelta a Ámsterdam.

Los ojos inyectados de sangre de Janssen se abrieron como platos.

—No estoy seguro de que mi esposa...

Louise se lo quedó mirando fijamente.

—Estoy convencida de que vuestra esposa es una mujer sensata, capitán. Sé que tenéis una familia cada vez más extensa a la que mantener, y después de lo de anoche...

Comprendiendo al fin que en esto consistía su penitencia por haber llevado a Roux a su casa, el capitán se limitó a asentir.

—Estoy en deuda con vos, capitán. Imagino que, sin cargamento y con solo dos pasajeros, no será necesaria la tripulación completa, ¿verdad?

—No, señora. Siempre y cuando pueda seguir contando con mis dos tenientes.

—Muy bien. Si venís a verme esta tarde, digamos que a las tres, os proporcionaré los fondos que necesitéis para poder contar con el servicio de vuestros hombres, y también para cubrir cualquier gasto en el que pudierais incurrir estos próximos días.

—De acuerdo, señora.

El práctico acercó la vela hacia sí y colocó el documento sobre la llama. Los papeles ardieron rápidamente y luego el hombre se levantó para tirar los restos a la fría chimenea.

—Agradezco asimismo vuestra comprensión, monsieur —añadió Louise dirigiéndose a este—. Soy consciente de que el puerto perderá los ingresos del amarre invernal, pero no desearía que salierais perdiendo. ¿Quizá podríais sugerirme una compensación adecuada?

—Sois muy amable, madame Reydon-Joubert. —Hizo una pausa—. Siempre que el tiempo lo permita, ¿cuándo tenéis intención de partir?

—El próximo lunes. —A Louise le pareció que tendría tiempo suficiente para poner en orden todos sus asuntos, llevar a cabo los preparativos del funeral de Barenton y convencer al muchacho para que fuera con ella—. ¿Eso es todo?

—Una última cosa —dijo el práctico acercando hacia sí el libro mayor—. Habéis dicho que en el barco irán dos pasajeros. ¿Podríais decirme el nombre de la persona que viajará con vos?

—¿Es necesario?

—Ya sabéis que estamos obligados a llevar un registro exhaustivo de todo aquel que entra o sale del puerto —se apresuró a explicar.

Louise vaciló un momento, y luego asintió.

—Gilles Barenton.

El práctico levantó la mirada.

—¿El sobrino del mercante de vinos?

—El mismo.

Bajando el tono de voz, el práctico añadió:

—Corre el rumor de que Barenton ha sufrido algún tipo de desgracia.

Louise detestaba los cotilleos. Odiaba el modo en que los ojos de algunos hombres brillaban cuando estaban a punto de regodearse en la tragedia de otros bajo el pretexto de su preocupación cristiana. En su experiencia, eran peores que las mujeres. Por otro lado, necesitaba que el práctico siguiera cooperando, y todo el mundo en La Rochelle se enteraría de los asesinatos en breve.

Louise inclinó la cabeza.

—Lamento decir que es cierto. Fue asesinado anoche, poco después de acudir a un banquete celebrado en mi casa en honor del capitán Janssen.

—¡No! —Al práctico los ojos casi se le salieron de las órbitas—. ¿Estabais al corriente de esto, Janssen?

El viejo capitán asintió.

—Y he oído que uno de los sirvientes de Barenton también ha muerto.

—Esta mañana he dejado el asunto en manos del *prévôt* Arnaud. Sin duda él llevará al perpetrador ante la justicia.

—¿Saben quién...?

—Buen día, caballeros. —Louise se volvió para marcharse. Al descender la escalera, oyó que Janssen arrastraba su silla para acercarla al escritorio y comenzaba a contar su versión de la sórdida historia.

«Peores que las mujeres.»

33

Lunes, 12 de octubre

En una apacible y húmeda mañana, cinco días después, el *Old Moon* estaba listo para zarpar. Desde el amanecer habían estado esperando a que la marea y el viento fueran los adecuados, y las condiciones eran en esos momentos todo lo buenas que cabría esperar a esas alturas de la temporada. Con un ligero viento sur-suroeste y buena visibilidad, recorrerían la extensión de aguas poco profundas hasta llegar a mar abierto, y luego emprenderían la travesía hacia el norte.

Por invitación del capitán, Louise aguardaba en su camarote, situado en la popa del navío, mientras se llevaban a cabo los preparativos. Cuando oyó la orden de levar anclas, salió a cubierta para despedirse de La Rochelle. En temporada alta podía haber hasta cuatro barcos esperando a que cambiara la marea. A esas alturas del año, solo había uno. Louise buscó con la mirada a Gilles y lo encontró junto al mástil principal, procurando que su presencia no estorbara a la tripulación. Durante las conversaciones en las que lo había convencido para que la acompañara a Ámsterdam, a ella le había sorprendido descubrir que, a pesar de haber vivido en La Rochelle toda su vida, Gilles no había puesto nunca un pie en un bote, y ya no digamos en un barco. Todo lo que sabía del mar lo había aprendido en las páginas de los libros de la biblioteca de su tío o escuchando las historias que los marinos contaban en los muelles al anochecer.

Al mirarlo, Louise reconoció en la expresión de su rostro una mezcla de inquietud e ilusión. Parecía tener menos de veinte años. En Ámsterdam, los niños crecían rodeados de agua. Vivían junto a estrechos canales y jugaban en los pontones flotantes del puerto. Antes incluso de que la llevaran al IJ para visitar el *Old Moon* por primera vez, Louise era incapaz de recordar una sola ocasión en que no se sintiera parte del mar.

«Mi hogar.»

Cuando subía a bordo de uno de los barcos de Cornelia seguía sintiendo el mismo entusiasmo palpitante debajo de las costillas. Cada nuevo viaje suponía una posibilidad, incluso uno como este de La Rochelle a Ámsterdam, que había realizado como pasajera distinguida varias veces. Si todo iba bien y no se lo impedían los corsarios ingleses o alguna tormenta, deberían llegar a Ámsterdam en once o doce días.

—¿Es impresionante o no? —preguntó ella.

—Sí, madame —respondió Gilles acercándose al lugar en el que se encontraba ella.

—El *Old Moon* es el primer barco al que me subí. Tenía diez años y me llevó mi abuelo cuando estaba amarrado en el puerto de Ámsterdam.

A Louise le complació ver que el interés relucía en los ojos del muchacho.

—Este barco es importante para vos.

—Sí. —Vaciló unos segundos—. De hecho, es mío. Algo que muy poca gente sabe.

—Es un barco precioso.

Otra señal, pensó ella: el muchacho no había hecho ningún

comentario sobre el hecho de que una mujer fuera la propietaria de un navío semejante.

—Lo es. —Louise se quedó un momento callada, y luego añadió—: Es posible que el mar esté algo agitado en el golfo de Vizcaya. En ese caso, deberéis retiraros a vuestra litera hasta que haya pasado lo peor. Puede que todavía tardéis un poco en adaptaros al mar.

—Sí, madame —dijo él educadamente, pero ella comprobó que algo de vida había regresado a sus ojos.

Louise lo dejó en cubierta. Después de haber hablado sin reservas con ella la noche de los asesinatos, Gilles apenas había abierto la boca. Se mostraba cortés y humildemente agradecido por su ayuda, pero el dolor lo había vuelto casi mudo. Ella recordaba que a su abuelo le había pasado lo mismo tras la muerte de su abuela, se convirtió en un mero fantasma que deambulaba por la casa. Gilles se había retirado a un lugar en su interior en el que su tío no estaba muerto y su madre no podía hacerle daño.

«Eso también lo comprendo.»

De Roux no había noticias, a pesar de que Arnaud había emitido una orden de arresto. Louise le había pedido al *prévôt* que la mantuviera informada, aunque no esperaba que respetara sus deseos. En realidad, no había ninguna razón para que tuviera que hacerlo. Ella había acogido al muchacho bajo su ala, pero este no era un miembro de su familia.

Gilles había accedido a ir con ella voluntariamente. No parecía importarle lo que le sucediera. Louise justificó su presencia ante Janssen diciéndole que se trataba de su secretario y factótum general. Desde luego, el joven tenía una mano excelente y era muy espabilado. Cuando llegaran a Ámsterdam, haría lo posible para que Cornelia le consiguiera un puesto hasta que encontraran el testamento de su tío, que había desaparecido con la caja fuerte que había robado Roux. Hasta que lo recuperaran, no estaba claro qué iba a suceder con el negocio, ni tampoco con el propio Gilles.

El capitán Janssen se hallaba en el puesto de mando, dando a voces las últimas órdenes antes de zarpar y navegar por la estrecha salida del puerto interior. Como soplara una ráfaga de viento procedente de alguna dirección inesperada, corrían el riesgo de desviarse y chocar con la muralla defensiva. Janssen ordenó que izaran las velas. Las pocas personas que miraban desde el muelle los jalearon y comenzaron a despedirse de ellos con la mano. Entonces, con una suave sacudida, el *Old Moon* empezó a navegar. La bandera neerlandesa ondeaba en la popa, mientras que la insignia verde y dorada de la flota Van Raay lo hacía en la proa. Debajo de esta, también podía verse la bandera privada de Louise, una única gota de color verde esmeralda sobre un fondo plateado. Restallando en lo alto de cada uno de los tres mástiles cual banderines en una justa, estaba la bandera roja, blanca y azul de la VOC.

Louise sintió que su espíritu se elevaba.

—Id hacia la popa y mirad por estribor, tendréis mejores vistas —le dijo a Gilles. La expresión del rostro del muchacho le indicó que no había entendido nada de lo que le había dicho—. Estribor es el lado izquierdo mirando hacia la proa; esto es, hacia delante. Babor es el derecho. La parte posterior de la embarcación es la popa. Los barcos tienen su propio lenguaje. Al principio puede resultar confuso, pero pronto lo aprenderéis.

Mientras el *Old Moon* surcaba sin dificultad las aguas empujado por el viento del suroeste, Louise fue señalándole al muchacho los distintos lugares de referencia de la zona: las torres gemelas, el faro, la Île de Ré. El mar era de un verde profundo, púrpura en algunos sitios, y en la cresta de las olas relucía la espuma blanca. Desde la distancia podían distinguirse las murallas de la fortaleza de La Rochelle. Sus poderosos bastiones se elevaban en las esquinas de sus murallas defensivas.

Louise se preguntó cuándo regresaría. Luego miró a Gilles, que permanecía junto a la borda inmóvil como una estatua, y se preguntó si estaría pensando lo mismo.

Al día siguiente, el sol salió en un cielo lechoso y más tarde se puso en un océano infinito.

Gilles no había tenido nunca una sensación semejante de aislamiento, rodeado como estaba por todas partes por el oscuro y cambiante océano. Ocasionalmente, a lo lejos, podía distinguir los bienvenidos haces de luz de algún faro que prevenía a los barcos de las rocas. Desde el atardecer hasta el amanecer, veía cómo el cielo pasaba de un intenso azul regio a un gris neblinoso.

Los marineros lo advirtieron de que en el golfo de Vizcaya las tormentas podían formarse de forma repentina, sobre todo si el viento soplaba del sureste. Y también que había peligrosas zonas de aguas poco profundas en las que el barco podía encallar. Incluso los más experimentados se santiguaban al ver nubes acercándose desde el Atlántico.

Gilles comenzó a reconocer a los distintos marineros, aunque nunca hablaba con ellos a no ser que se dirigieran a él. Era un mundo que nunca dormía. Se enteró de que se trataba de una tripulación pequeña porque no llevaban cargamento, si bien el barco había sido lastrado para asegurarse de que no se bamboleara excesivamente en aguas agitadas. Le explicaron que no debía acercarse al camarote del capitán sin invitación expresa y que el mayor peligro, aparte del mal tiempo o un ataque pirata, era el fuego. Así pues, bajo cubierta no había velas encendidas sin fanal ni pipas sin tapa. Descubrió que cuando el mar estaba en calma a menudo había música y que el cocinero era alguien con quien era mejor estar a buenas. También que a Janssen se le consideraba un buen capitán, aunque con tendencia a quejarse del tamaño de su familia cuando había bebido en demasía, así como a contar cuentos chinos sobre viajes anteriores. Aprendió que la corredera, que se guardaba en la cubierta superior, cerca del cañón que había al final del combés, era el instrumento para medir la velocidad: una tablilla de madera lastrada en el borde inferior para que flotara en posición vertical y sujeta a un largo cordel. Luego examinó un cuadrante de latón y se maravilló ante la sabiduría de los hombres que, muchos miles de años atrás, habían creado un instrumento semejante para calcular la latitud. También descubrió que era muy inusual que una mujer viajara a bordo de un barco como ese (traía mala suerte, pensaban algunos). Aun así, los marineros del *Old Moon* admiraban a madame Reydon-Joubert. Tenía las agallas de un hombre, decían. Finalmente, advirtió que los marineros eran muy supersticiosos y que cada uno tenía sus propios trucos y talismanes, sus oraciones a san Nicolás o san Cristóbal, y que por todas partes veían señales y presagios.

Gilles seguía teniendo la sensación de que se encontraba en un sueño, como si en realidad todo estuviera sucediéndole a otra persona. Se sentía fascinado por el incesante movimiento de hombres y del barco, el modo en que cada parte del navío parecía hablar: chirriando, meciéndose, moviéndose, quejándose, subiendo y bajando con las olas, cabeceando contra la corriente. El barco había cobrado vida. Iba con las rodillas parcialmente protegidas, consciente de que, para sobrevivir a bordo, en vez de resistirse al movimiento del navío debía entregarse a él. Oía los chiflidos e intentaba comprender qué quería decir cada sonido. Descubrió que el tiempo se medía de otro modo:

ocho campanadas, una por cada media hora de una guardia de cuatro horas, sonaban cada vez que se le daba la vuelta al reloj de arena. Y siempre había alguien de guardia, alguien al timón, alguien arriando las velas. Nadie estaba nunca quieto.

El mar fue embraveciéndose cada vez más a medida que se acercaban al canal de la Mancha, obligándolos a avanzar en zigzag con el viento de popa. Poderosas olas procedentes del Atlántico, altas e implacables, hacían que el barco se bamboleara como un corcho y arremetían con fuerza contra el casco, dejando la cubierta de madera resbaladiza y peligrosa.

En general, los marineros lo dejaban solo con un trago de ron para calmar su malestar estomacal, y él aprovechaba cuando no había nadie en la parte delantera del barco para ir a hacer sus necesidades. Cuando el mar volvió a estar en calma, le permitieron escuchar sus historias de naufragios y monstruos de las profundidades, así como de barcos deliberadamente atraídos hacia las rocas de la costa. No había hombre sin su pipa de arcilla con repugnante tabaco. Gilles lo probó en una ocasión, y se puso a toser como un poseso. También le explicaron que solían surgir tensiones cuando el viaje era largo, el tiempo inclemente y el capitán demasiado duro, pero en esa travesía la mayoría de la tripulación era neerlandesa, de modo que se trataba de un viaje de vuelta a casa y no había muchas ganas de conflictos.

Los días transcurrían con tranquilidad.

Al pasar por delante de las rocosas costas de Bretaña y Normandía, que quedaban en algún lugar fuera de la vista de Gilles, el *Old Moon* fue bendecido con un viento del oeste en su travesía hacia Ámsterdam. Los marineros le contaron que, durante el reinado de la última reina de Inglaterra, estas aguas estaban infestadas de piratas y que muchos barcos se veían obligados a desviar su ruta e ir por Irlanda y la costa norte de Escocia para conseguir llegar a Holanda por el mar del Norte. Últimamente, sin embargo, el canal era menos peligroso.

Dos días más tarde, Gilles vio con asombro como, al pasar por la zona más estrecha del canal, aparecían a estribor unos majestuosos acantilados de piedra caliza blanca. Después, mientras seguían el llano litoral de los Países Bajos españoles, el viento volvió a soplar con más fuerza. Violentas olas golpeaban el alcázar haciendo que el barco se bamboleara y cabeceara en las aguas, y fue necesario que toda la tripulación acudiera a cubierta para arrizar la vela mayor. Luego el viento dejó de soplar con la misma rapidez con que había comenzado a hacerlo y la travesía prosiguió.

Cada noche, cuando el cielo estaba cubierto de estrellas blancas y plateadas, Gilles regresaba a la hamaca que le habían asignado en la bodega, donde descansaban los marineros. Ahí, arrullado por el movimiento de las olas y reconfortado por el intenso ajetreo que había a su alrededor, se hacía un ovillo y dormía. No tenía nada propio, salvo la ropa que llevaba puesta y la carta de la Justicia que escondía en el forro de un zapato. Pero, por primera vez desde que su tío había muerto, sintió que podía confiar en la providencia y vivir.

Era libre.

Tercera parte

ÁMSTERDAM
Noviembre de 1620 – marzo de 1621

34

Ámsterdam
Domingo, 8 de noviembre de 1620

Fue con alivio que Louise cruzó el centro de Ámsterdam en dirección a la casa que compartían Cornelia y Alis. Estas no la esperaban hasta la primavera y se encontraban fuera de la ciudad cuando el *Old Moon* atracó. Así pues, a pesar de la mutua antipatía que se profesaban, durante los últimos catorce días Louise se había visto obligada a alojarse con su tía Bernarda y el marido de esta, Frans, en la vieja casa familiar de Zeedijk.

Bernarda no había dejado de hablar de sus deberes como cristiana ni de hacer un drama por todo, especialmente en lo que respectaba a Gilles y su posición en su casa. ¿Era este un invitado, un sirviente o un pariente pobre? El respeto por el estatus y la jerarquía eran las reglas por las que se regía su tía, y sobre su base dirigía el hospicio. Minou y Piet habían fundado el *hofje* para hacerse cargo de la gran cantidad de niños desplazados —víctimas inocentes de las guerras en Francia y las provincias neerlandesas— que llegaban a Ámsterdam. Refugiados como ellos. Había sido su forma de expresar su gratitud por la ciudad que les había ofrecido asilo. En la actualidad, los niños estaban vestidos y alimentados, sí, y también eran responsables y obedientes, pero a Louise le parecía que en el *hofje* había menos risas que antaño.

Puesto que Gilles no hablaba neerlandés, estaba a salvo de la lengua viperina de Bernarda, pero no de sus miradas críticas. Para Louise, el tiempo en esa casa pasaba con exagerada lentitud y no podía evitar sentir la ausencia de sus abuelos en cada estancia. Finalmente, sin embargo, esa mañana le había llegado un mensaje anunciándole que Cornelia y Alis habían regresado a Ámsterdam y que estarían contentas de recibirla esa tarde. Louise esperaba que la invitaran a pasar en su casa el resto del tiempo que permaneciera en la ciudad.

Muchas cosas habían cambiado desde la última vez que había estado en su ciudad natal. En los últimos diez años había pasado apenas unas pocas semanas en ella y había optado en su lugar por establecerse en La Rochelle, donde no había fantasmas que la atribularan ni ningún recuerdo vago que la turbara.

Ámsterdam había crecido significativamente tanto hacia el este como hacia el oeste. Todo tenía una escala mucho más grande. Al oeste del Singel, tres nuevos canales de gran tamaño y con majestuosas casas a cada lado estaban en distintas etapas de construcción. Las fortificaciones de la ciudad habían sido mejoradas, el Stadhuis que se elevaba en Plaats había sido renovado, y los domingos todas las iglesias estaban llenas de los burgueses calvinistas que acudían con sus esposas y dejaban pesadas monedas en el cepillo. Los alrededores del puerto siempre habían sido un babel de lenguas y nacionalidades y, aunque todavía no lo había visitado, Louise no tenía ninguna duda de que la zona marginal que había detrás de Sint Nicolaas seguía existiendo; el extremo más lejano de Zeedijk se consideraba un «nido de ratas» por la cantidad de carteristas, tabernas de mala muerte y burdeles que había en sus bulliciosas calles. Pero el Ámsterdam burgués había madurado.

Por todas partes había señales de la influencia de la Compañía Neerlandesa de las Indias Orientales, la VOC, así como pruebas del modo en que un puerto modesto, aunque ambicioso, y que había sufrido mucho durante las largas guerras contra los españoles, se había transformado hasta rivalizar con los mejores del mundo: lúpulo, queso, pescado, cerveza, vino, tela, jabón, cáñamo, madera, clavos, cuerda... En esa gran ciudad, cualquier cosa podía ser intercambiada y vendida. Los buques de carga de los mercantes que comerciaban con los países bálticos y Francia descansaban junto a los clíperes y los *fluyts* que iban a las Islas Afortunadas, el océano Índico y Batavia. Fue desde la Schreierstoren, la torre de las lágrimas, que Henry Hudson había zarpado en 1609 en busca de una ruta más rápida hacia las Indias Orientales y, en su lugar, descubrió un nuevo mundo en las Américas.

Louise se detuvo un momento para ver cómo un afilador de cuchillos trabajaba con su piedra y luego siguió adelante en dirección a Warmoesstraat. Algunas de las casas de ladrillo rojo de los mercantes tenían hasta cinco pisos de altura y la mayoría exhibían elegantes hastiales y ornamentados frontones. Unos pequeños tramos de escalera conducían de la calle a estrechas puertas de entrada con alargadas ventanas de vidrio de plomo a un lado. Sobre cada una de esas puertas, destacaban baldosas decorativas de yeso pintado con números bañados en oro en los que podía verse el año de construcción. En esta ciudad de vendedores y mercantes, el éxito tenía que ser visible. Las apariencias importaban.

Louise se detuvo enfrente de la casa de Cornelia y levantó la vista. Un azulejo decorado que había entre las ventanas con arco de piedra mostraba a un hombre elegantemente vestido que permanecía de pie ante un buque de carga con la insignia familiar. En sus manos sostenía unos puñados de grano que se

205

le escurrían de los dedos y caían en un cesto. Ella hizo una mueca. A su parecer, a estas alturas ese azulejo debería haber sido reemplazado por otro con la imagen de una mujer al mando de la flota. Aunque, claro, eso no habría sido propio de Cornelia. Detestaba la ostentación.

Ascendió la escalera, llamó con los nudillos y una criada con la piel irritada la hizo entrar en un salón. Louise sonrió. Ahí estaba el viejo globo terráqueo, aunque con la superficie algo más amarillenta. Pasó los dedos por la estructura de madera que lo sostenía con la mirada puesta en la *terra incognita*, que seguía fascinándola del mismo modo que cuando era niña.

«Todo está exactamente igual.»

Luego, la puerta del salón se abrió y apareció su tía abuela Alis con los brazos extendidos. Ya en su sexagésimo sexto año, era una mujer enjuta con una espesa cabellera rizada encanecida por los años que llevaba bajo una capota blanca. Sus ojos seguían siendo tan radiantes como siempre.

—¡Cuánto te he echado de menos, *lieveling*! Lamento mucho que no estuviéramos en la ciudad cuando llegaste.

Louise dejó que Alis la enterrara en un abrazo.

—Y yo a ti.

Cornelia apareció detrás de ellas. Algo mayor que Alis, se trataba de una mujer de constitución corpulenta y fornida cuyo rostro era un mapa de los años que había vivido. Sus pobladas cejas se habían vuelto blancas, pero su dura mirada seguía siendo igual de intensa, lo cual le proporcionaba un aire enojado aunque en realidad estuviera completamente tranquila.

—Querida, querida Louise, ven y siéntate al lado de la chimenea. ¿Ha estado volviéndote loca Bernarda?

Louise se rio.

—No te lo puedes ni imaginar.

Como ocurre con los viejos amigos que llevan algún tiempo

sin verse, la conversación tardó un poco en distenderse. Sirvieron cerveza neerlandesa, tortitas y arenques curados, unos sabores típicos de Ámsterdam que Louise agradeció después de tanto tiempo tomando Pineau y ostras de La Rochelle. Aunque era muy consciente de la carta de Chartres que llevaba en el bolsillo, notó como la tensión que había estado sintiendo las últimas semanas se desvanecía a medida que iban poniéndose al día de las noticias de los últimos meses. Durante el verano, Cornelia había perdido otro barco, el *New Star*, en una tormenta acaecida cerca del estrecho de Gibraltar. Eso había supuesto un duro golpe financiero y, además, también estaba teniendo problemas con las tasas que estaba obligada a pagar a la VOC. Louise se mostraba interesada y comprensiva, pero al mismo tiempo no dejaba de ser consciente de que estaba posponiendo sus propias noticias. Sí les contó, sin embargo, lo sucedido en el banquete que había celebrado para el capitán Janssen en La Rochelle.

—Apenas puedo creerlo —dijo Alis después de que Louise hubiera explicado los acontecimientos de aquella noche—. Pobre joven. ¿Y no han capturado al hombre ese, Roux?

—Cuando zarpamos todavía no lo habían hecho.

—¿Y dices que has traído al muchacho contigo? —preguntó Cornelia mirándola por debajo de sus cejas blancas—. Eso resulta..., ¿cómo podría decirlo?, ¿sorprendente?

Louise notó que se sonrojaba.

—Su situación no estará clara hasta que encuentren el testamento de su abuelo. No podía abandonarlo.

Cornelia se la quedó mirando fijamente.

—Sí que podrías haberlo hecho. No es tu responsabilidad.

—Si supierais cómo lo trataba su madre... Incluso ahora sigue temiéndola.

—¡Bah! —Cornelia soltó un resoplido—. No habrías venido

sin un buen motivo, eso lo tengo claro. He aquí mi pregunta, pues: ¿por qué estás aquí, en Ámsterdam?

Louise le sostuvo la mirada un momento y luego sacó la carta de su bolso y se la tendió a las dos mujeres.

—Por esto.

Tras haber pasado casi dos semanas en el mar, a Gilles le resultaba difícil acostumbrarse a estar en tierra firme. Había disfrutado de la camaradería de los marineros y la tripulación, y con ellos se había sentido aceptado y a salvo. Ahora volvía a encontrarse en una situación de incertidumbre y, al desconocer el severo idioma neerlandés, se sentía constantemente desubicado.

Sospechaba que a madame Reydon-Joubert le ocurría lo mismo. Estaba claro que ella y su tía no se apreciaban demasiado; estaban hechas de distinta pasta. Bernarda Gerritsen era austera y criticona, y parecía disfrutar señalando los defectos de los demás. Su marido Frans, un hombre corpulento como un oso, era amable, pero también de pocas palabras. Al atardecer le llevaba a Gilles un cuarto de cerveza y se sentaba con él en el porche, conforme con el silencio.

Pero a Gilles le gustaba la casa, y también imaginarse a madame Reydon-Joubert criándose en ella. Tenía cuatro pisos y se encontraba en el extremo oriental de Zeedijk, uno de los diques originales de la ciudad medieval que se curvaba a lo largo de la linde norte de la ciudad con el puerto. Pero, sobre todo, a Gilles le encantaba el pequeño vergel que había en el patio trasero de la casa, donde los niños del hospicio jugaban por las tardes y, por las noches, dormían en un viejo establo reconvertido. Si bien Ámsterdam era una ciudad próspera, todavía había refugiados hugonotes que huían de la persecución en Francia y muchos niños abandonados sin casa ni padres que cuidaran de ellos. Aunque no podía entenderlos, ni ellos a él, parecían sentir cierta afinidad mutua.

Gilles procuró ser de utilidad.

—¿Qué? —preguntó Louise al ver la mirada que intercambiaban Alis y Cornelia—. Leí todos los diarios de mi abuela el verano posterior a su muerte y a la del abuelo. No había nada en ellos que sugiriera que mi padre se hubiera casado y hubiera tenido otro hijo. Nada.

—Normal. —Cornelia negó con la cabeza—. Minou no se enteró del rumor hasta que estuvo en París.

Louise se quedó estupefacta.

—Cuando fui a firmar los documentos, ¿*gran'mère* tenía conocimiento de esto?

Cornelia asintió.

—Cuando ya estaba muriendo, Minou nos escribió. En su carta contaba que tu tío había ido a verla el día anterior a tu veinticinco cumpleaños para explicarle que corrían rumores acerca de un heredero legítimo del legado de lord Evreux. Esa primavera, uno de los consejeros del rey había estado en Chartres y había llevado esa historia con él de vuelta a París. Jean-Jacques tenía intención de investigar su veracidad, pero obviamente las circunstancias cambiaron.

Louise se puso de pie.

—¿Por qué no me lo contó?

—Supongo que se debió a que no hubiera la menor insinuación de que tu herencia fuera a ser impugnada cuando fuiste con Piet a ver al abogado. Tus abuelos debieron de pensar que se trataba de un mero rumor sin base alguna.

Louise se quedó un momento callada y rememoró lo repentinamente feliz que pareció sentirse su abuelo esa tarde cuando salieron del despacho del abogado. Y aliviado. Y luego, esa noche, cómo reían sus abuelos tras la puerta de su dormitorio después de la cena celebrada por su cumpleaños.

—¿No le preguntasteis nunca nada a Jean-Jacques?

—No llegó a surgir la ocasión —respondió Alis—. El asesinato del rey lo retuvo en París y, como ha dicho Cornelia, cuando el testamento fue validado, supongo que él también consideró que se había tratado de una mera falsa alarma.

—Pero, en ese caso, ¿por qué *gran'mère* os lo mencionó a vosotras?

—Minou estaba muy enferma y todo esto suponía una gran carga para ella. Puesto que no se había demostrado nada, no quería causarte ninguna inquietud —le explicó Cornelia en un tono medido—. No te enojes.

—No estoy enojada. Pero deberíais habérmelo contado antes. Y Jean-Jacques también. —Agitó la carta en el aire—. Antes de que recibiera esto.

Louise cogió su vaso y lo encontró vacío.

Esperó mientras Cornelia hacía sonar la campanilla y la sirvienta llevaba una segunda jarra de cerveza antes de proseguir.

—En sus cuadernos, *gran'mère* escribió que mi madre siempre se negó a decir quién era mi padre.

—Eso es cierto —dijo Alis—. Pero luego todos viajamos a Chartres para la coronación del viejo rey en febrero de 1594 y, cuando Marta lo vio ahí, todo salió a la luz.

Cornelia asintió.

—Minou se dio cuenta. El comportamiento y la expresión de Marta se lo confirmaron. Y supuso que tu nombre, Louise, se debía al suyo, Louis.

Louise frunció el ceño. Nunca se lo había planteado.

—Y entonces ¿qué pasó?

—Después de eso, Marta cambió —dijo Alis—. Se obsesionó

con la idea de que él, Louis, pudiera enterarse de tu existencia y quisiera llevarte con él.

—¿Podría haberlo hecho?

Cornelia soltó una risa irónica.

—Desde luego que sí. Como hombre, la ley estaba de su lado. Y había una complicación añadida. El padre de Louis era un viejo adversario de Piet. Eran primos lejanos, y se decía que parte de la riqueza de Vidal tal vez pertenecía legítimamente a tu abuelo.

—Sí, *gran'mère* también escribió sobre eso.

Cornelia prosiguió.

—Durante un tiempo, fue de lo único de lo que hablaban Minou y Piet. Pero, en realidad, todos pensábamos que sería imposible de demostrar. Resulta difícil comprender hoy en día cómo eran las cosas en aquella época. Lo más probable es que cualquier documento que hubiera podido probar la legitimidad de tu abuelo se hubiera perdido en medio de las guerras entre hugonotes y católicos.

Louise depositó cuidadosamente la carta sobre la mesa.

—¿Y luego?

—Y luego —respondió Alis—, Louis dio con Marta.

Louise exhaló.

—¿Crees que conocía mi existencia antes de vernos en la catedral de Chartres? Porque entiendo que es ahí donde nos vio, ¿no?

—Sí. Marta lo vio primero, y después, cuando el servicio ya estaba terminando, él reparó en ella. —Alis se encogió de hombros—. Pero nunca llegamos a saber si se había dado cuenta de quién eras tú.

«Y ese encuentro casual condujo a un asesinato.»

Louise apartó de su cabeza el recuerdo con la sempiterna sensación de que había una parte crucial de la historia que desconocía.

—Volviendo a la carta que he recibido —dijo—. Hay dos cosas que no comprendo. Si la demanda es legítima, ¿por qué esperar tanto tiempo? Aunque hubiera rumores, mi tío los oyó hace diez años. Por tanto, ha pasado mucho, mucho tiempo desde el acontecimiento. ¿Es posible que nadie supiera que mi padre se había casado?

—Por supuesto —contestó Alis—. Pero él sí lo habría sabido.

—A los ricos y poderosos les resulta fácil esconder sus secretos —añadió Cornelia.

—O también podría ser que su esposa se hubiera distanciado de Louis —prosiguió Alis—, y este no hubiera tenido noticias de ese nacimiento. Tal vez esa es la razón de la condición de que no pudieras heredar hasta que hubieras cumplido veinticinco años.

Cornelia consideró esa posibilidad.

—¿Proporcionarle tiempo a Louis para encontrar a ese posible descendiente legítimo? Sin duda, podría ser una explicación.

Louise negó con la cabeza.

—¿De verdad estamos dispuestas a admitir que en dos ocasiones este hombre, mi padre, tuvo descendencia sin enterarse de ello? ¿O que, con independencia del motivo del distanciamiento entre ambos, una mujer que estaba legalmente casada con un hombre tan rico no se habría presentado al instante al enterarse del fallecimiento de mi padre? —Entonces Louise se quedó callada al recordar de pronto a su abuela esa última mañana en Carcasona. Intentó recordar las palabras exactas que Minou había usado. Levantó un dedo—. *Gran'mère* me dijo que se había dejado el último diario en París cuando huimos después del asesinato del rey. ¿Es posible que escribiera en él acerca de esos rumores de la existencia de un heredero legítimo, pues siempre era honesta en sus diarios, y alguien lo encontrara?

212

Alis asintió.

—¿Y crees que ahora esa persona está intentando dar uso a esa información?

—La misma objeción continúa siendo válida —señaló Cornelia—. ¿Por qué esperar tanto? En ese caso, habrían usado la información hace ya mucho. Ninguna de nuestras conjeturas explica este largo lapso de tiempo. —Extendió una mano y se acercó la carta—. Esta carta tiene el sello de los Evreux, pero no está firmada. ¿Me oyes, Louise?

Esta se dio cuenta de que no estaba escuchando.

—Perdona, ¿qué has dicho?

—Que la carta no está firmada, de modo que no tenemos ni idea de si la ha enviado este supuesto demandante u otra persona. Un sirviente, o tal vez un representante, como por ejemplo un abogado.

—O alguien que quisiera causar problemas —dijo Alis.

Louise se encogió de hombros.

—Podría ser. En la carta simplemente se me solicita que acuse su recibo y que acceda a celebrar un encuentro.

Cornelia negó con la cabeza.

—No debes hacerlo. No hasta que sepamos más.

Se hizo el silencio en la estancia. Alis rellenó los vasos y encendió las lámparas, pues hacía ya mucho que el débil sol de noviembre había desaparecido del cielo.

—Puede que tenga un medio hermano o una media hermana —dijo de repente Louise, y luego sonrió al ver las expresiones de horror de las mujeres—. Ah, sí, ya he pensado en eso. Y también en lo que significaría que la demanda sea legítima. Podría perder toda mi herencia. Lo único que me quedaría es lo poco que me dejaron mis abuelos.

—Me resulta increíble que pueda llegar a suceder eso —declaró Alis.

—Podría ocurrir. Siempre y cuando demuestren su legitimidad.

—Los diarios de tu abuela están aquí —dijo Cornelia—. ¿Por qué no vuelves a echarles un vistazo? Es posible que, ahora que estás buscando indicios, puedas advertir algo que se te pasara por alto.

Louise pensó que eso era cierto. Los había leído en los meses en que estaba llorando la muerte de su abuela y mientras el estado de su abuelo se deterioraba lentamente.

«El precio del amor es demasiado alto.»

—¿No los tiene la tía Bernarda en Zeedijk?

Alis y Cornelia intercambiaron una mirada.

—Creo que Minou pensó que estarían mejor bajo nuestra custodia —explicó Cornelia—. Alis se hizo con ellos y los trajo aquí.

—Hay muchas cosas que mi sobrina no aprueba —añadió Alis—. ¿Qué opinas, *lieveling*?

Louise dejó caer las manos.

—Que la carta es un engaño.

—¿Con qué intención?

—Como has dicho, la de robarme lo que es legítimamente mío.

—Pero, como has dicho tú, ¿por qué esperar tanto tiempo?

Louise puso en orden sus pensamientos.

—Creo que alguien cercano a la familia Evreux que, por alguna razón, no pudo decir nada en su momento, ahora sí puede hablar. Tengo intención de responder la carta y ver qué pasa.

—No estoy segura de que eso sea sensato —dijo rápidamente Cornelia.

—¿Qué otra cosa puedo hacer? Aunque ignore la carta, la seguiré teniendo presente.

Cornelia asintió.

—De acuerdo. Me encargaré de organizarlo.

—También existe otra posibilidad —añadió Alis—. Podría ser que alguien estuviera presente cuando murió tu madre, alguien que tal vez oyó algo.

A Louise se le heló la sangre en las venas y no pudo evitar que los pensamientos se le aceleraran ante la idea de una nueva amenaza.

«¿Era posible que, todos esos años atrás, alguien la hubiera visto en Kalverstraat el día que murieron sus padres?»

35

—¿Qué significa esto?

Gilles se apresuró a ponerse de pie.

—Mevrouw Gerritsen, *excusez-moi*.

Bernarda hablaba francés con un fuerte acento neerlandés, pero no podía hacer ver que no la había entendido.

Miró el rostro redondeado de la mujer, en esos instantes con la pálida piel enrojecida de rabia, y luego la carta de tarot que tenía en la mano. Gilles apenas se había sentado un momento en la terraza de Zeedijk bajo el pálido sol de noviembre después de jugar con los niños del hospicio. Madame Gerritsen y su marido habían ido a la iglesia por segunda vez ese día. Debía de haberse quedado dormido. Ahora la tenía delante, sosteniendo la carta de la Justicia como si fuera veneno.

—No permitiré la presencia de material blasfemo en mi casa. Es un insulto a la decencia.

—No pretendía causar perjuicio alguno.

Ella dio un paso hacia él.

Gilles notó que retrocedía ligeramente. Allí carecía de posición o influencia. Sin madame Reydon-Joubert, no era nada.

—*Vrouwlief*, querida, ¿sucede algo?

Frans Gerritsen, el amable gigante que vivía bajo la sombra del mal humor de su mujer, salió al jardín. Gilles no entendía sus palabras, pero su mirada era bondadosa.

—Esta persona ha traído esta abominación a nuestra casa —dijo ella pasando al neerlandés.

—¡Ah! —Frans cogió con cuidado la carta de tarot de la mano de su esposa—. Estoy seguro de que lo ha hecho sin mala intención —afirmó en un cordial y sencillo francés al tiempo que se la devolvía a Gilles—. Escóndela bien, ¿de acuerdo? Guárdala donde nadie pueda encontrarla.

—*Oui, merci, monsieur* —dijo Gilles, y a continuación intentó disculparse de nuevo con madame Gerritsen—: *Het spijt me.* Lo siento.

Ella lo miró con indignación y luego se marchó.

Frans dejó caer amigablemente una mano sobre su hombro.

—Es una buena mujer —dijo con tristeza, y luego siguió a su esposa al interior de la casa.

Gilles se quedó en la penumbra del jardín preguntándose qué podía hacer. Siempre era un estorbo. Cuando madame Reydon-Joubert estaba presente, podía escribir cartas en su nombre, hacer recados y, pese a que Ámsterdam no era una ciudad vinícola, había mercaderes franceses a quienes había podido prestar algún servicio. Sus conocimientos eran superiores a los de hombres que le doblaban la edad. Cuando no estaba con ella, sin embargo, Gilles se sentía perdido.

Volvió a guardar la carta en su zapato. A Gilles le habría gustado poseer la valentía necesaria para preguntarle a madame Reydon-Joubert cuáles eran sus intenciones, pero temía la respuesta. Por supuesto, agradecía que no estuviera demasiado encima de él. Gilles estaba contento a su servicio, del mismo modo que lo había estado con su tío. Ella lo había salvado. Pero soñaba con regresar al mar. Las casi dos semanas que había pasado en el *Old Moon* navegando de La Rochelle a Ámsterdam le parecían ahora las más felices de su vida. El barco era un mundo en sí mismo, con sus propias leyes, su propio tiempo, sus propias costumbres. No tenía intención de abandonar a madame Reydon-Joubert después de la amabilidad que le había mostrado, pero lo que quería más que nada en el mundo era acompañarla en su siguiente travesía.

—Tu comportamiento deja mucho que desear, Louise.

Enojada por el hecho de que su marido se hubiera puesto de parte del muchacho, Bernarda la había tomado con su sobrina. Esta había regresado de Warmoesstraat y tenía el aspecto de haber estado caminando por las calles con la cabeza descubierta en pleno *sabbat*. Eso le proporcionó la excusa que necesitaba.

—¿Qué pensará la gente? —la provocó Bernarda—. Que no me hayas acompañado a la iglesia ya es grave, pero que no muestres la menor consideración por las costumbres de esta casa resulta intolerable.

Louise se la quedó mirando como si su tía hubiera perdido el juicio.

—Claro que me he cubierto la cabeza en la calle. Y, por mi parte, me ofende tu insinuación de que no sé cómo comportarme. Ámsterdam es mi hogar tanto como el tuyo.

—*Vrouwlief*, ¿puedo hablar un momento contigo sobre las cuentas? —dijo Frans inútilmente.

—Los libros pueden esperar —le soltó ella, y luego se volvió hacia su sobrina—. En esta casa eres una invitada. Harías bien en recordarlo.

—Se te olvida, tía, que esta también es mi casa.

Bernarda sonrió levemente.

—Y a ti se te olvida que mi madre y mi padre me dejaron

la casa y el *hofje* a mí. —Y, señalando a su sobrina con un rechoncho dedo, añadió—: Estás aquí a regañadientes.

—Querida... —murmuró Frans.

Louise se rio. Sus ojos disparejos relucían furiosos.

—Eso al menos es algo en lo que estamos de acuerdo. —Dio un paso hacia Bernarda, haciendo que esta chocara con el aparador al retroceder—. Pero no hace falta que sigas preocupándote. Ya que mi presencia aquí supone tal ordalía para ti, tengo el placer de informarte de que voy a marcharme. Había pensado esperar hasta mañana, pero creo que será mejor para todos si lo hago sin mayor dilación.

Frans se apresuró a intervenir.

—Vamos, Louise, estoy seguro de que mi esposa no pretendía que te marcharas. ¿Verdad, querida mía? Formas parte de la familia. Siempre eres bienvenida aquí.

Louise sonrió a Frans, quien siempre le había caído bien. Había sido uno de los primeros niños que sus abuelos habían acogido en el hospicio, y ya nunca se había marchado.

—*Dank u*, pero pasaré el resto de mi estancia en Ámsterdam con Alis y Cornelia. Me han extendido su invitación esta tarde.

El rostro de Bernarda enrojeció.

—Pues ya puedes llevarte a ese «sirviente» contigo.

La sonrisa desapareció de los labios de Louise. Se acercó otro paso a su tía y tuvo el placer de detectar un atisbo de alarma en su rostro.

—¿Se puede saber qué quieres decir con eso?

Los ojos de Bernarda relucieron con malicia.

—No es apropiado que tengas un sirviente varón, y menos aún tan joven. La gente habla.

Frans colocó una mano en el brazo de su esposa.

—Querida mía, te suplico...

Ella apartó el brazo.

—Esto no es asunto tuyo.

—Dices que la gente habla... —respondió Louise en un frío tono de voz—. ¿Y qué clase de cosas dice esta gente, *tante*?

Pronunció la palabra en francés deliberadamente para sacar de quicio a su tía, que sentía un violento odio por todo aquello que no fuera neerlandés. Y, a pesar de su legado mestizo, despreciaba en particular a los franceses, a quienes consideraba decadentes e inmorales.

Envalentonada por su rectitud, Bernarda se encaró con su sobrina.

—Sabes muy bien lo que quiero decir. Eres una mujer soltera y, aun así, te comportas con imprudencia viniendo a este decente hogar cristiano con un hombre joven cuya condición no está nada clara. ¿Se puede saber cómo ha llegado a tu servicio? Hay algo extraño en él. Siempre anda merodeando como un gato. Y, en cuanto a la perversidad que supone haber traído semejante imagen idólatra a una casa decente como esta en la que viven niños inocentes e impresionables, apenas puedo...

—No tengo ni idea de a qué te refieres.

—Tu tía ha encontrado una carta del tarot que le pertenece —le explicó Frans con tristeza.

—Es antinatural —prosiguió Bernarda alzando cada vez más la voz—. ¿Qué puedes decir al respecto?

Louise se negó a caer en la provocación.

—Lo que digo, querida tía, es que tienes la mente sucia como una cloaca.

—¡Cómo te atreves! —Bernarda se abalanzó sobre su sobrina y Frans se interpuso entre ambas.

—Señoras, por favor. Por favor.

—¡Vete de mi casa! —exclamó Bernarda. Unos pocos mechones de pelo castaño se le habían escapado de debajo de la capota blanca.

220

Louise se rio.

—Nada podría hacerme más feliz. Solo añadiré que a mis abuelos les apenaría ver lo que has hecho aquí. Has convertido un lugar de luz y calidez en algo deprimente. Si esa es tu fe, ya puedes quedártela. La soberbia es un pecado y tú, querida tía, eres una presuntuosa. —Hizo una reverencia formal—. Frans, gracias por tu amabilidad. Tía, en una hora me habré marchado. Gracias por tu caridad cristiana, pero no volveré a acudir a ti. Ya no mancharé más tu reputación. —Y, esbozando una gélida sonrisa, añadió—: No tengo ninguna duda de que todo aquel en Ámsterdam que tenga la mala suerte de conocerte comprenderá mi decisión.

—¡Largo de aquí! —chilló Bernarda, y Frans la rodeó con los brazos para evitar que, presa del enojo, le pusiera una mano encima a su sobrina.

Louise salió al pasillo, más alterada por el encuentro de lo que le habría gustado admitir. Demasiadas cosas que le había dicho Bernarda le habían dado motivos de reflexión. Al llegar al pie de la escalera casi choca con Gilles, y notó que se sonrojaba.

—Aquí estáis —dijo ella para ocultar su vergüenza—. Nos marchamos inmediatamente. Por favor, recoged mis cosas, y también las vuestras.

—*Oui, madame.*

Louise observó cómo subía la escalera y luego siguió sus pasos sobre los tablones de madera y oyó el ruido de los cajones de la cómoda de su cuarto abriéndose y cerrándose. Sabía que Gilles no podía haber entendido las acusaciones que había hecho su tía, pero el tono había sido claro. ¿Había dicho su nombre Bernarda? Creía que no.

Ella estaba acostumbrada a ser objeto de chismorreos y especulaciones en La Rochelle, y había aprendido a no prestarles atención. Su riqueza la protegía, y en los hogares franceses no era inusual que una mujer tuviera sirvientes varones. Pero en Ámsterdam, una ciudad calvinista, las cosas eran distintas. Había muchas personas como su tía que se pasaban la vida señalando los pecados de los demás. ¿Había sido demasiado ingenua?

Louise cogió su capa del colgador que estaba detrás de la puerta, algo que había hecho miles de veces antes, y de repente cayó en la cuenta de que posiblemente ya no volvería a poner un pie en el hogar de su infancia. Ese era el escenario de todos los recuerdos que tenía de su madre (salvo uno): allí estaban los rincones secretos en los que se habían sentado ambas, la mesa en la que habían comido, la terraza en la que Marta le contaba sus historias de París y le acariciaba el pelo.

Oyó un crujido en la escalera. Gilles bajaba con su baúl de viaje, hecho de madera, en las manos. Se lo quedó mirando como si lo hiciera por primera vez. Se trataba de un joven alto y de hombros anchos, de rostro delicado y con unos ojos vivos e inteligentes. Las palabras de su tía todavía resonaban en sus oídos. Era alguien cuya presencia honraría cualquier salón. Educado, cortés, culto. Cuando llegó a la planta baja, sus ojos se encontraron y, por un instante, se miraron el uno al otro como si estuvieran en igualdad de condiciones. Luego Gilles bajó la vista, comportándose de nuevo como el perfecto sirviente.

—Disculpad, madame, si he sido la causa de alguna fricción.

«De modo que sí lo ha entendido.»

—La culpa no es vuestra —dijo Louise en un tono teñido de una emoción que la confundió—. Vamos.

Frans se encontró con ellos dos junto a la puerta y los acompañó a la calle. En la lúgubre expresión de su cara se podía percibir una disculpa muda.

—Tu tía no tiene mala intención. Dale algo de tiempo y verás como se le pasa el enfado. No pretendía que te marcharas.

Louise sonrió.

—Querido Frans. Estaré con Alis y Cornelia si mi tía desea disculparse, aunque lo considero poco probable. Gracias otra vez por tu amabilidad.

Louise caminaba con Gilles en silencio por las frías calles de noviembre. En ese momento era muy consciente de la escasa distancia que había entre ambos. Recorrían los canales y los estrechos y arqueados puentes de vuelta a Warmoesstraat. Varias veces estuvo a punto de preguntarle por la carta de tarot, pero se contuvo. No quería fisgonear.

—La carta es un recuerdo de mi infancia —dijo él de repente como si le hubiera leído la mente—. Lamento haber ofendido a madame Gerritsen.

Louise se detuvo.

—Se ofende fácilmente.

—Se trata de la carta número ocho. La Justicia —dijo Gilles en voz baja—. Es la única cosa que guardo de mi vida anterior. —Se quedó un momento callado—. El dibujo que la decora me recuerda a vos.

Louise tuvo la sensación de que unas palabras sobreentendidas permanecían flotando entre ambos. Sin previo aviso, la historia del primer encuentro entre sus abuelos acudió a su mente: febrero del año 1562, en Carcasona, la enorme silueta de la catedral de Saint-Nazaire elevándose en la oscuridad. Una chica católica que corría de vuelta a casa, un joven hugonote que huía por los callejones de la Cité al amparo de la niebla nocturna. Esa era la razón por la que su abuelo siempre llamaba a Minou su «señora de las brumas».

Louise apartó la vista y la posó sobre las oscuras aguas del canal. Sintió una punzada de dolor por aquellos a los que había amado y perdido. Y también un profundo anhelo por la posibilidad de una devoción como la que su abuelo y su abuela habían compartido. A pesar de todo lo que habían tenido que padecer, habían disfrutado del amor verdadero.

De repente, de pie bajo la gris luz de un atardecer de noviembre, Louise quiso preguntarle de nuevo a este muchacho qué había querido decir y por qué una carta del tarot era tan importante para él.

—Gilles, ¿podríais decirme...?

Él alzó la mirada, pero entonces Louise vio solo a un comedido y obediente secretario, no a un muchacho que fuera a compartir sus secretos con ella. La embargó la decepción. Señora y sirviente desde hacía ya casi un mes, y sin embargo él todavía no confiaba en ella.

36

Lunes, 9 de noviembre

Cornelia era una mujer de palabra. A las once en punto de la mañana siguiente, se presentó en Warmoesstraat el mensajero que llevaría la respuesta de Louise a Chartres.

—Gracias por encargarte de esto, Cornelia —dijo Louise.

—¿Estás segura de que es lo correcto?

Ella asintió.

—Si no hago nada, la incertidumbre me martirizará. Todos los días estaré pendiente de si llega otra petición.

—Mejor saberlo —dijo Alis.

—Mejor saberlo.

—Pero si decidieras no ponerte en contacto con ellos, tampoco sabrían dónde encontrarte —explicó Cornelia—. No hay ninguna razón para pensar que alguien se ha enterado de que estás en Ámsterdam, y la comunicación original fue enviada a La Rochelle.

Louise se rio.

—Solo lo sabe toda la tripulación del *Old Moon*, y nuestro querido capitán Janssen. Te es leal, y también a mí, pero tiene tendencia a irse de la lengua cuando ha bebido, una condición que, en mi experiencia, es habitual en él.

Cornelia asintió.

—Me temo que tienes razón.

El rostro de Louise se volvió serio.

—Si la demanda es legítima, perderé todo lo que tengo —dijo, repitiendo el miedo que la angustiaba por las noches desde que había recibido la carta—. Un descendiente nacido fuera del matrimonio tiene pocos derechos, sobre todo si es una niña.

Cornelia la tomó de la mano.

—Eso no pasará —dijo con firmeza—. No lo permitiremos.

Louise asintió, aunque era perfectamente consciente de que Cornelia no podía garantizar algo semejante. Su negocio no iba mal que se dijera, pero mantener la rentabilidad de una flota tan pequeña costaba mucho. La pérdida del *New Star* había supuesto un duro golpe, y, si se daba el peor de los casos, Cornelia tendría problemas para mantener a Louise además de a sí misma y a Alis. Todas lo sabían.

«Me vería obligada a vender el *Old Moon*.»

—¿Qué tienes pensado hacer esta mañana? —preguntó Alis interrumpiendo sus reflexiones.

Louise se llevó una mano al relicario. Aunque quería mucho a su tía abuela y a Cornelia, no le apetecía decirles adónde pensaba ir por temor a que pretendieran disuadirla. La conversación que habían mantenido la tarde del día anterior había removido viejas emociones, así como nuevos miedos. No podía hacer nada respecto al riesgo que amenazaba su fortuna. Suponiendo que el mensajero llegara a Chartres a finales de mes, y teniendo en cuenta el tiempo necesario para recibir ella una respuesta de vuelta —si es que había una—, Louise calculaba que permanecería en Ámsterdam como mínimo hasta enero. Mientras tanto, sin embargo, podía al menos probar de tranquilizarse respecto a la otra cuestión que la atribulaba.

—Seguiré familiarizándome de nuevo con la ciudad —dijo animadamente—. Desde la última vez que estuve aquí han cambiado, o mejorado, me atrevería a decir, muchas cosas.

—Para ser justos, una gran parte de este desarrollo puede considerarse responsabilidad de la VOC —dijo Cornelia—. Puesto que cualquier residente tiene la facultad de comprar y vender participaciones en la compañía, en la actualidad hay un propósito común. A diferencia de nuestros rivales europeos, la riqueza aquí revierte en la gente, no en la corona. Deberías visitar sus oficinas centrales en Kloveniersburgwal. Son impresionantes.

Louise sonrió.

—Si un inversor obtiene beneficios, todos lo hacen. Inteligente.

—Algo así. Dicho eso, el monopolio de la VOC en el comercio con el Lejano Oriente pronto llegará a su fin. A partir de entonces ya veremos qué pasa.

—¿Crees que habrá cambios sustanciales en tu licencia? El capitán Janssen está convencido de que sí.

Cornelia soltó un resoplido.

—Janssen es un buen marinero, pero no es un diplomático. Como he dicho, ya veremos. Lo que me gustaría es hablar contigo sobre mejoras a realizar en la flota. El *Old Moon* está en excelentes condiciones, de modo que había pensado que, si te parece bien, podría regresar a las Islas Afortunadas en primavera.

—Eso me vendría bien. —Louise se quedó un momento callada—. De hecho, Cornelia, me preguntaba si podría navegar yo en él.

—¿A Las Palmas?

Louise asintió.

—Después de todos estos años, me gustaría ver personalmente la isla. Siempre y cuando el nuevo capitán me acepte a bordo, claro está.

—El nuevo capitán hará lo que se le diga —dijo Cornelia con firmeza—. ¡Difícil será que rechace tu presencia en tu propio barco!

—Cierto, pero preferiría que lo hiciera por voluntad propia antes que por obligación.

—Entonces debemos escoger bien a la persona adecuada. Y ahora, si te parece, hablemos de este muchacho al que rescataste.

—No fue así para nada. —Louise se sonrojó, maldiciendo a Bernarda por hacer que se sintiera cohibida respecto a su relación con él—. Es alguien perfectamente capaz de cuidar de sí mismo.

La noche anterior, mientras cenaban, Louise les había contado a Cornelia y a Alis la discusión que había tenido con su tía, aunque había optado por convertir la pelea en algo gracioso. Tal y como había esperado, sus viejas amigas habían atribuido el rubor de su rostro a su estado de ánimo, no a la vergüenza.

—Te creo —dijo Cornelia con suavidad—. Tú lo conoces mejor que yo.

—De hecho, me preguntaba si no habría algún trabajo que Gilles pudiera hacer en la compañía. Trabaja duro, es leal y discreto, y sus conocimientos sobre vino son impresionantes. Podría dársele un buen uso mientras se encuentra en Ámsterdam. Comenzó a trabajar en el negocio de su tío a los diez años y ha recibido una formación excelente. Tiene pulso firme y sabe leer. No habla neerlandés, pero ya ha aconsejado a varios exportadores franceses de la ciudad.

Consciente de que estaba hablando demasiado, lo dejó ahí.

Cornelia enarcó las cejas.

—Lo cierto es que me vendría bien alguien con sus conocimientos para que aconsejara a nuestro intendente. Me parece que no siempre realizamos los mejores tratos con nuestros suministradores de las Islas Afortunadas. En cuanto a la barrera idiomática, hay mucha gente que habla suficientemente bien el francés en nuestras oficinas, de modo que no me parece que se trate de un problema infranqueable. Dile que vaya a verme esta tarde a los muelles. A las tres en punto.

Louise exhaló un suspiro de alivio.

—Gracias, Cornelia. No lo lamentarás.

En el ático de la casa de Warmoesstraat, Gilles echó un vistazo a la habitación que iba a ser suya las próximas semanas, o quizá incluso más tiempo. Sobria, limpia, funcional. Afortunadamente, contaba con su propio orinal debajo de la cama. Su principal preocupación consistía en la distancia a la letrina y el acceso a una fuente de agua. En el barco había tenido suerte, pero ahora sentía las ya familiares punzadas en el vientre y sabía que muy pronto iba a tener que hallar un modo de mantener su menstruación en secreto y encontrar algún lugar en el que lavar su ropa interior de algodón sin que nadie se enterara.

En casa de su tío, solo vivían ellos dos más los sirvientes. Antoine, el chico para todo, y la cocinera, que rara vez se alejaba de la despensa o la cocina salvo para visitar a su hija enferma. Allí, en cambio, estaba constantemente en compañía de mujeres y, si bien sabía que se trataba de una inconveniencia mensual que afligía a las mujeres jóvenes y no a las mayores —y la tía abuela de madame Reydon-Joubert y su amiga ya estaban ambas entradas en años—, eran observadoras. Las sirvientas de la cocina eran chicas jóvenes, y ya había tenido la sensación de que lo miraban con recelo. Temía que lo descubrieran. Si madame Reydon-Joubert lo enviaba de vuelta —o lo echaba a la calle—, no sabía qué sería de él.

Gilles supuso que lo mejor que podía hacer era encontrar un lavadero público y ocuparse ahí del asunto. En La Rochelle había varios, y sirvientes de ambos sexos hacían uso de ellos para sus señores o señoras. En Ámsterdam, sin embargo, desconocía el idioma y no podía preguntar.

Se sentó en una pequeña silla de madera y volvió a ponerse de pie. No estaba seguro de cómo debía ocupar su tiempo, pero permanecer ocioso en esa habitación no le hacía ningún bien. Podía oír la voz de su madre en la cabeza, burlándose de él. Incluso allí, a tantas leguas de distancia, su voz seguía persiguiéndolo.

Descendió por la escalera trasera hasta la cocina con la intención de echar una mano y llegó a tiempo de ver como madame Reydon-Joubert cogía su capa del colgador que había junto a la puerta principal y luego salía por esta. Dejándose llevar por un impulso, Gilles se apresuró a salir a la calle y fue detrás de ella.

Varias veces en la vida, Louise había sentido morriña de Ámsterdam, la ciudad que consideraba su hogar. Ahora que estaba de vuelta, sin embargo, se había dado cuenta de que sentía otra cosa. La niña que había sido, la joven criada por sus abuelos en el hospicio que ahora pertenecía a Bernarda, ya no parecía tener mucho que ver con ella. Su breve estancia en París y Carcasona, sus años en La Rochelle —con la vista puesta en el mar y soñando con tierras lejanas—, habían debilitado los lazos con su ciudad natal. Extrañamente, este descubrimiento le era reconfortante. La idea de un nuevo inicio, de no estar definida por el nombre o el legado familiar le resultaba atractiva. Solo esperaba que la respuesta de Chartres no se hiciera esperar, pues así sabría de una vez por todas en qué situación se encontraba.

Sus pensamientos se detuvieron por un momento en Gilles.

«Si lo pierdo todo, ¿seguirá queriendo venir conmigo?»

Louise aceleró. Estaba decidida a zarpar hacia las islas Canarias en primavera con independencia de las noticias que recibiera de Chartres. Quizá incluso se quedara allí un tiempo. La humedad otoñal de la ciudad de las lágrimas, tal y como su abuela llamaba siempre a Ámsterdam, hacía que la idea de cielos azules y arenas blancas le resultara especialmente atractiva.

Enfiló Warmoesstraat en dirección a las anchas aguas del canal Rokin y, después de recorrer el distrito de De Wallen, llegó a Plaats, donde el Stadhuis se elevaba orgullosamente bajo el difuminado sol de noviembre. Una vez ahí, giró a la izquierda y tomó Kalverstraat.

Se trataba de una calle estrecha y larga que conducía a la comunidad religiosa de Begijnhof, cercana al canal Singel. Kalverstraat siempre había estado repleta de talleres de artistas, impresores y cartógrafos, libreros y grabadores. Aunque en la actualidad algunas de las fachadas eran más elegantes, con cristal en las ventanas en vez de persianas de madera con cadenas, podía percibirse el mismo olor a turba y arenques que Louise recordaba de su infancia. Era una calle que representaba a la vez lo mejor de la Ámsterdam mercante y el lado más oscuro y pobre que acechaba bajo su próspera superficie.

Louise apretó el paso. Se sentía algo nerviosa. No hacía ningún caso a las miradas curiosas ni a los niños que la observaban por detrás de las faldas de sus madres. Se limitó a seguir adelante hasta llegar a su destino. En la planta baja había un mercader de telas, igual que todos esos años atrás. Montones de rollos de tela —negra, azul, marrón, unos pocos de color— permanecían apoyados contra un panel de la pared. Detrás del cristal de la ventana, una mujer menuda con los nudillos hinchados y la punta de la nariz rosada a causa del frío estaba hablando con otra mujer. ¿Una clienta? ¿O tal vez alguien de su familia? Todavía era pronto.

«¿La misma mujer de entonces?»

Louise levantó la mirada hacia las ventanas del primer piso. No había estado en el interior de ese edificio desde hacía veinticinco años, pero, por alguna razón, aún percibía el olor a sangre y la violencia, la rabia. Mentalmente, visualizó esa huella roja de una mano en la pared blanca, en lo alto de la escalera, del tamaño de la de un niño.

37

Una moneda cambió de manos. Al cabo de unos minutos, Louise estaba en un cuarto del piso de arriba. De una pared colgaba un candelabro con una humeante lámpara de aceite; por lo demás, la habitación carecía de muebles.

Una vez le habían dicho que los sitios en los que había tenido lugar un gran trauma conservaban su recuerdo. Un eco del dolor, la pérdida o el sufrimiento. Allí, sin embargo, ella no percibía nada.

Muy despacio, dio una vuelta sobre sí misma fijándose con detenimiento en cada rincón de la habitación. Recordando. Todo parecía más pequeño, claro. Ahí, entre las ventanas, había habido un aparador con dos velas encendidas. Y al otro lado, junto a la puerta, un banco de madera con dos cojines bordados.

Cruzó la estancia. En ese lugar había habido un biombo decorado con una versión del ubicuo mapa de Ámsterdam realizado por Cornelis Anthonisz. Sobre la chimenea del salón familiar de Zeedijk colgaba una reproducción que el padre de Cornelia les había regalado a Piet y Minou cuando se instalaron en Ámsterdam. Por eso ella, que por aquel entonces apenas contaba con diez años, había reconocido la imagen.

Lentamente, Louise exhaló una bocanada de aire. Se sentía

aliviada. Al menos había contestado la pregunta que, a causa de las palabras de Alis, no había dejado de hacerse a sí misma desde la tarde del día anterior. Ahí no había ningún lugar en el que se pudiera ocultar nadie. Ningún escondrijo o hueco oculto, ningún recoveco. Nadie podía haber visto u oído nada. En lo que respectaba a eso, por lo menos, podía quedarse tranquila.

Pero también era consciente de que estaba dándoles vueltas a pequeños detalles para evitar recordar la peor hora de toda su vida. No quería evocar esos momentos. No quería rememorar el pelo castaño de su madre, suelto y manchado de sangre, su vestido azul, el corpiño desatado, las enaguas y las faldas por encima de las rodillas. Un pie descalzo, el zapato tirado por ahí. Un cuchillo en el suelo. No quería recordar a su padre, el mechón blanco que destacaba en su pelo negro, el jubón desatado y la camisa sin remeter. De pie. Sin hablar, sin moverse. Únicamente de pie. Y después algo más. ¿Qué? Un atisbo de algo rozó la superficie de su mente y acto seguido desapareció.

«Tanta sangre...»

—¿Madame?

Louise se llevó de golpe las manos al pecho. Sola como estaba con sus fantasmas, unas presencias en movimiento tan nítidas que habría podido extender una mano y tocarlas, no estaba segura de si la voz era real. Un momento después volvió a oír la misma palabra.

Ella se dio la vuelta.

—¡Gilles!

Todavía atrapada entre el presente y su pasado, cerró los ojos y extendió un brazo. Él cruzó la habitación hacia ella y Louise notó que el muchacho tomaba sus dedos entre los de él. «Qué piel tan suave —pensó ella—. Parecen las manos de un escriba o un estudioso, no de alguien que se gana la vida trabajando.»

A continuación se permitió a sí misma abrir de nuevo los ojos y vio la expresión de preocupación de Gilles. Antes de tener tiempo de reprimir el impulso, se inclinó hacia delante y lo besó en la mejilla. Y luego, con suavidad, en los labios. Louise había besado a un hombre antes y había sentido una vaga repulsión, por más que él se hubiera comportado con total amabilidad. Recordaba el tacto de su barba y un regusto a Pineau. Esta vez, en cambio, había sido distinto. No sabía exactamente en qué sentido. Quizá, la sensación de una conversación que se completaba.

—Vaya... —dijo ella en un susurro, y se separó—. ¿Me has seguido?

—Os he visto salir de casa y estaba preocupado por vos. Un lugar como este... No os enfadéis.

—No estoy enfadada. —Louise volvió a mirar alrededor de la habitación—. Aquí es donde mi padre mató a mi madre —explicó ella, sorprendida por lo calmada que sonaba su voz—. No llegué a tiempo de detenerlo.

Oyó que él cogía aire, acongojado.

—No lo sabía. Lo siento mucho.

—Yo tenía diez años, casi once. —Notó que una extraña risa borboteaba en su garganta—. Nadie más sabe que yo estaba aquí. Parece que eres el guardián de mis secretos, Gilles Barenton.

Él tomó las dos manos de la mujer entre las suyas.

—Debió de ser terrible. —Vaciló un momento, y entonces preguntó—: ¿Es por eso por lo que me rescatasteis?

—Yo... —Louise se quedó callada, sorprendida por que Gilles hubiera usado la misma palabra que Cornelia, y, por un instante, no supo cómo contestar—. ¿Es así como lo ves?

—Sí.

Se hizo un silencio entre ambos preñado de palabras sobreentendidas.

—No llegué a tiempo —volvió a decir Louise—. Ella ya estaba muerta.

«Nunca llego a tiempo.»

Él se quedó unos segundos callado y luego le preguntó:

—¿Y habéis encontrado lo que habíais venido a buscar hoy?

Louise soltó una risa melancólica.

—Hay cosas que no termino de recordar, pero es un comienzo.

Durante un momento que pareció interminable, permanecieron de pie en la habitación vacía, parejos tanto en complexión como en altura. Louise no tenía ni idea de qué era lo que estaba sintiendo, ni tampoco qué era lo que esperaba que sucediese; solo sabía que el tiempo no existía, que no era ella misma. A lo mejor Gilles tampoco era él mismo. No se había apartado. Ya no eran una señora y su sirviente, sino otra cosa distinta. Volvió a besarlo, esta vez con más calma. Notó como los brazos de Gilles le rodeaban la cintura y la atraían hacia él. Louise no tenía ni idea de cuánto tiempo estuvieron así, solo comprendía que encajaban perfectamente el uno con el otro.

—¿Qué queréis de mí, madame?

Louise sintió que regresaba de sopetón a la realidad. De repente sintió frío y tiritó. ¿Qué quería? ¿De él, de ella misma?

—Si te he ofendido, te pido perdón.

Él sonrió.

—No lo habéis hecho.

Ella lo miró a los ojos.

—Hoy no soy yo misma.

—No tenéis que dar ninguna explicación. —Hizo una pausa y luego prosiguió—: ¿No vais a preguntar qué quiero yo?

236

Louise sintió que una intensa agitación nacía en su pecho. Nada de esto era apropiado y, sin embargo, era la conversación más natural que había tenido nunca.

—Dímelo.

Gilles le sostuvo la mirada.

—Simplemente, estar con vos. Y, si os marcháis, que me llevéis con vos.

Louise hizo ver que no lo había entendido bien.

—Todavía no voy a marcharme. No podemos zarpar hasta la primavera. Además, hay asuntos que me retienen aquí.

—La carta de Chartres, lo sé.

Ella abrió los ojos como platos.

—¿Cómo lo sabes?

—Oí a madame Alis y mevrouw Cornelia hablando sobre ello. La puerta estaba entreabierta.

—No deberías haber escuchado.

Otra leve sonrisa.

—¿Cómo puedo serviros si no sé a qué debo prestar atención?

—Entiendo.

Durante unos pocos momentos más, permanecieron frente a frente.

—Deberíamos regresar a Warmoesstraat —dijo ella en un tono calmo y con una voz que no se parecía en nada a la suya—. Cornelia quiere que vayas a verla esta tarde a los muelles. Tiene una propuesta para ti.

Gilles retrocedió un paso.

—Eso estaría bien. Me gustaría trabajar mientras estemos en la ciudad.

—¿Estemos? —dijo ella en un tono que parecía provenir de un lugar muy muy lejano.

—Ya os lo he dicho, quiero estar con vos.

Louise se sintió libre de toda atadura, como si pudiera hacer cualquier cosa. Para bien o para mal. Finalmente, se permitió a sí misma contestar.

—Yo también lo quiero —murmuró al tiempo que tomaba la mano de Gilles.

38

Louise echó un último vistazo alrededor de la estancia, y luego descendieron la estrecha escalera uno detrás del otro y salieron a la fría mañana de noviembre. Aunque el cielo estaba encapotado y amenazaba con llover, ella tuvo la impresión de que todo parecía más vívido y reluciente, repleto de posibilidades.

—En realidad, antes de que volvamos a casa —comenzó a decir ella—, hay alguien a quien quiero que conozcas.

Unos pocos minutos después, se encontraban ante una puerta negra en Sint Luciensteeg, el pequeño callejón que conducía al principal orfanato de la ciudad. A diferencia de los demás locales comerciales que había alrededor de Kalverstraat, allí no había ningún tipo de expositor fuera. Ni tampoco baldosas en la pared que indicaran el oficio del propietario. Parecía una casa privada.

Louise sabía que estaba sobrepasando un límite con cada paso que daba. Había oído hablar de mujeres que se enamoraban de sus sirvientes y no se lo había creído. ¿Por qué motivo iba una mujer a rebajarse a sí misma ofreciéndole su corazón a un hombre que estaba a su servicio? O a cualquier hombre, de hecho.

«Esto es distinto.»

Se debía al modo en que se habían conocido, se dijo a sí misma. La violencia de la muerte de su tío y sus propios actos subsiguientes habían hecho saltar por los aires toda etiqueta, de tal manera que la relación entre ambos parecía estar fuera del mundo real. Puede que fuera eso.

Gilles permanecía pacientemente a su lado. A ella le gustaba eso de él, su calma. Era el contrapunto perfecto a su naturaleza inquieta.

Louise alzó la aldaba metálica con forma de estrella y la dejó caer. Un único y fuerte golpe seco resonó por el silencioso callejón. Una pequeña rejilla se abrió y un par de ojos oscuros se asomaron por detrás.

—*Ja?*

—*Voor een tarotlegging* —dijo Louise mientras señalaba a Gilles—. *Voor hem.* —«Una lectura de tarot para mi acompañante.»

La anciana miró a Gilles y luego abrió la puerta. Una franja de luz se dibujó en la calle.

—*Jouw naam?*

—Mi nombre carece de importancia.

Otra pausa.

—*Meekomen* —dijo finalmente la anciana.

Los hizo pasar a una sala que había a la derecha de un largo pasillo con las paredes revestidas con paneles. Las persianas de madera estaban cerradas, pero la luz de dos lámparas reveló un collar de hilo dorado y estrellas plateadas que colgaba del techo. En las paredes, en lugar de los bodegones que decoraban la mayoría de los salones en Ámsterdam, podía verse una carta astral y signos del zodíaco. Una caja de madera oscura descansaba sobre una mesa cuadrada cubierta con un mantel negro y dos sillas con respaldo de escalera a cada lado. La estancia olía a incienso. Louise había estado solo una

240

vez antes, buscando respuestas acerca de la muerte de su madre, pero nunca lo había olvidado.

—¿Qué es este sitio? —preguntó Gilles con los ojos abiertos de asombro.

Louise sonrió.

—Otro lugar en el que el mundo real no existe.

—*Even geduld* —indicó la anciana. «Esperad aquí.»

Se marchó arrastrando los pies. Louise oyó entonces que una puerta se cerraba de un portazo y, minutos después, un hombre apareció en la habitación. Su aspecto era distinto de la última vez que lo había visto: estaba más delgado, pero parecía más próspero. Su pelo castaño claro, muy corto, estaba salpicado de canas y llevaba una larga bata negra con una suave gorguera blanca en el cuello. Tenía una edad indeterminada entre los treinta y los sesenta años. Louise advirtió que Gilles retrocedía un paso.

«Confía en mí, Gilles. Cree en mí.»

—Gracias por recibirnos sin cita previa, monsieur —dijo ella en francés.

El hombre abrió las manos.

—Estoy aquí cuando se me necesita, madame. ¿Venís por vos?

—Por mi acompañante.

Gilles se volvió hacia Louise y ella se dio cuenta de que se sentía receloso.

—*Bonjour, monsieur* —saludó el hombre haciendo una reverencia—. Sed bienvenido. ¿Comenzamos?

—¿Comenzar qué, monsieur?

El cartomántico sonrió.

—Vuestra lectura. ¿No es esa la razón por la que estáis aquí?

Gilles frunció el ceño.

241

—No lo entiendo.

Louise le tocó el brazo.

—Puesto que la carta del tarot fue el motivo por el que reñisteis mi tía Bernarda y tú, he pensado que tal vez esto sería algo que podía interesarte. Si estoy equivocada, podemos marcharnos.

—¿Cómo os enterasteis?

Louise se quedó un momento callada, sin tener claro cómo contestar.

—¿No te gustaría saber qué puede depararte el futuro? —Ella observó el rostro del muchacho. Su expresión estaba teñida de indecisión, pero también de curiosidad.

—¿A vos os gustaría? —preguntó él.

Ella vaciló y luego asintió.

—Sí, porque podría significar que una historia distinta es posible.

—Y vos podríais no haber llegado demasiado tarde.

A ella la dejó pasmada lo bien que la entendía.

—Sí. Pero es tu elección.

Tras mirarla una última vez en busca de aliento, Gilles se dirigió a la silla. El cartomántico dio un paso adelante.

—Si os parece, madame, podéis sentaros ahí. Las tarifas serán las habituales.

Louise se acomodó bajo la ventana con las persianas cerradas mientras los dos hombres se sentaban en lados opuestos de la mesa. El cartomántico abrió la caja de teca y sacó una baraja de cartas envuelta en una seda negra. Estaban amarillentas y con los bordes manchados a causa del paso del tiempo.

El cartomántico invitó a Gilles a cortar la baraja y extendió unas cartas cuyo reverso rojo y blanco resaltaba sobre la seda negra.

—Llevaremos a cabo una lectura de cuatro cartas. —Miró a Louise y luego a su cliente—. Creo que eso será lo que mejor se adapta a vuestras necesidades.

—Escoged una carta... —murmuró Gilles en voz baja.

Tenía la boca seca. El cartomántico no se parecía en nada al hombre que había visto en el muelle de La Rochelle todos esos años atrás. Aquel era un artista callejero, un *bateleur*. Este, en cambio, era austero como un monje dominico.

Se sentía muy agitado después de lo que acababa de pasar con madame Reydon-Joubert. O Louise, tal y como ahora tal vez se permitiría pensar en ella. Quería conocer su futuro, pero también lo temía. Tenía miedo de que descubrieran su secreto, o de que le dijeran algo que no quería oír. Pero también se sentía preparado para lo que fuera, como si, por segunda vez en su vida, pudiera bajar la guardia. Nada era como antes. Durante una breve hora de ese día de noviembre, las reglas habituales no tenían efecto. Louise se había encargado de que así fuera y la adoraba por ello.

—¿Puedo escoger cualquier carta?

El cartomántico pasó la mano por encima del abanico de cartas de vívidos colores que había esparcido en la mesa.

—La elección es vuestra, gentilhomme. Hay veintidós cartas en los arcanos mayores (*arcano* viene del latín *arcanum*, que significa «secreto»), numeradas del uno al veintiuno. *Le Mat*, el Loco, no tiene número. Las otras cincuenta y seis son los arcanos menores y están divididas en cuatro palos: espadas, copas, bastos y oros. Cada palo tiene una asociación. Las espadas, por ejemplo, son el palo del aire, algo apropiado para esta ciudad en la que la riqueza procede del poder del viento. Los bastos representan el fuego. Es el palo de la energía y el conflicto, algo asímismo significativo en una ciudad donde las llamas de los conflictos han ardido durante tanto tiempo. Las copas se asocian al agua y la emoción, de nuevo más que adecuadas en la ciudad de las lágrimas. Y los oros conforman el palo de la tierra. En cada uno de los palos hay un rey, una reina, un caballero y, en la carta llamada «sota», un paje.

El cartomántico recogió las cartas y después se las dio a Gilles para que las barajara e hiciera tres montones.

—Una advertencia. Las cartas son solo una guía de lo que puede pasar, no de lo que pasará.

Gilles recordó que el *bateleur* había dicho prácticamente lo mismo. Al barajar y colocar los montones, tuvo la sensación de estar flotando.

—Ya está —dijo.

—Ahora volved a juntar las cartas. Primero la sección media, luego la de arriba y finalmente la de abajo —le indicó el cartomántico—. A la primera carta que escojáis se la conoce como «significador», es la carta que os representa a vos, el consultante, la persona que sois hoy con una pregunta que necesitáis responder. El sexo de la carta no es importante. Todas las cartas representan cualidades y características femeninas o masculinas arquetípicas. ¿Comprendéis?

—Sí —respondió Gilles en voz baja. ¿Acaso no había vivido los últimos diez años de su vida entre ambos sexos? Lo comprendía mucho mejor de lo que el cartomántico podía imaginarse.

—Entonces, por favor, escoged una carta.

Gilles extrajo una carta del final de la baraja y la depositó a un lado boca arriba.

El cartomántico la miró.

—El *valet d'épées*. La sota de espadas. El palo del aire, si recordáis. Es una carta poderosa, aunque a menudo el paje es alguien que no se relaciona del todo con otros. Quizá a causa de su juventud, o tal vez por alguna otra razón. Puede representar a alguien que se encuentra al principio de un viaje.

Gilles estudió la imagen de un joven con una espada en la mano. Parecía más pensativo que belicoso.

—¿Qué significa?

—Es inequívocamente una carta que representa fortaleza y bondad —explicó el cartomántico—. Una de las pocas del palo de espadas que lo hacen. Escoged otra y colocadla al lado del *valet*. Esta nueva carta describirá vuestras circunstancias actuales.

Con dedos nerviosos, Gilles cogió otra carta de la baraja y la dejó en la mesa.

El cartomántico sonrió.

—*Dix de coupes*, el diez de copas. El diez es el número que representa conclusión y marca el fin de un ciclo vital. Aunque eso supone asimismo el inicio de otro, ¿no? ¿Os encontráis acaso en un umbral, gentilhomme?

—No puedo decirlo —respondió Gilles con vacilación, consciente de la presencia de Louise, sentada a su espalda.

—La carta sugiere que se avecina un cambio —dijo el cartomántico haciendo que la gorguera se moviera al ritmo de su garganta—. Que este sea bueno o malo depende de vos.

—Entiendo —contestó Gilles, aunque en realidad no estaba seguro de entender nada.

—Escoged otra más y colocadla debajo y a la derecha del significador. Esta tercera carta indicará los obstáculos que se interponen en vuestro camino. La gente o las circunstancias que pueden impedir que sigáis adelante.

Gilles cogió una nerviosamente y notó como una oleada de calor se extendía por su cuerpo. Era la carta número seis, y en ella se veía una imagen de un hombre entre dos mujeres y, sobre ellos, a Cupido a punto de lanzar su flecha.

—*L'Amoureux*, el Enamorado —anunció el cartomántico en el mismo tono medido—. Advertiréis que el hombre lleva los mismos zapatos rojos que *le Mat*, el Loco, lo cual sugiere tal vez juventud e inexperiencia. Algunos de mis colegas creen que las dos figuras femeninas representan el pasado y el futuro, la madre y la futura amante, pero yo... —Hizo una pausa—. Yo me inclino a interpretar que cada una de las figuras representa la posibilidad de amor que se encuentra en nuestro interior.

—Pero está al revés. ¿Le doy la vuelta?

El cartomántico negó con la cabeza.

—No. Si está invertida podría sugerir que es una insensatez esperar el amor. O que existe una distancia insalvable entre el enamorado y el objeto de su afecto. Una complicación insuperable.

Gilles oyó como, a su espalda, Louise contenía una exhalación.

—Pero habéis dicho que las cartas dicen lo que podría suceder, no lo que sucederá.

—Así es. Las cartas solo proporcionan una guía. Vuestro destino está en vuestras manos y sujeto a la voluntad del Señor.

Gilles reprimió una risa. Dios siempre había apartado la mirada cada vez que su madre le pegaba. Nada de lo que tenía, bueno o malo, procedía de una divinidad, sino de la gente de esta tierra: su madre, su tío, ahora Louise. Ella lo había rescatado, lo había salvado, tanto si era consciente de ello como si no.

—La última carta indicará vuestro futuro, gentilhomme. Revelará algo que estáis a punto de descubrir, el movimiento entre pasado y presente que lo aunará todo. ¿Queréis conocerlo?

Antes de que Gilles hubiera siquiera dado la vuelta a la carta, tuvo la repentina premonición de lo que iba a ver. La depositó cuidadosamente en su lugar.

—*La Justice* —dijo. Esta vez no pudo evitar volverse hacia Louise. Por un momento, sus miradas se encontraron, y no tuvo ninguna duda de que ella también estaba pensando que poco antes él había comparado la imagen de su propia carta robada con ella.

—La carta número ocho. Es una carta poderosa —le explicó el cartomántico—. Podría indicar que se os requerirá que corrijáis una antigua injusticia, o tal vez se os está exhortando a mantener una perspectiva equilibrada y a tener cuidado de que no os lleven por mal camino. O también podría ser que hayáis sufrido una gran injusticia y se os esté anunciando que llegará el momento en que eso se rectifique. —Hizo una pausa—. Ahora bien, en conjunto con las otras cartas —señaló la cruz que formaban las cartas sobre la mesa—, he de confesar que resulta difícil de decir. Hay algo oculto en vos que rehúsa mostrarse y no consigo ver.

Gilles era plenamente consciente de la presencia de su señora a su espalda. Sabía que estaría sentada con las manos sobre el regazo. Sabía que estaría mirando hacia delante con sus extraordinarios ojos, uno azul y el otro marrón. Sabía que no hablaría hasta que él lo hiciera.

Se quedó mirando más detenidamente las vívidas imágenes y en ellas vio expuesta su vida. Repleta de posibilidades y desafíos, pero también de las injusticias a las que había sido sometido. Lo exhortaban a ser fuerte y resuelto. Pasado, presente y futuro, juntos en un único momento y revelados por las cartas de la mesa. Un espejo que reflejaba su corazón.

A continuación, la luz pareció desvanecerse y, de repente, volvía a encontrarse en la misma estancia de Ámsterdam, sin ser más que un sirviente que vivía una vida deshonesta.

Gilles puso las manos en la mesa y murmuró:

—Monsieur, estoy en deuda con vos. —Se volvió—. Madame Reydon-Joubert, este regalo es más de lo que merezco.

Louise rehízo sus pasos a lo largo de Kalverstraat. No se atrevía a hablar con Gilles. Había muchas cosas que decir y, al mismo tiempo, ya estaba todo dicho: *le valet d'épées*, el diez de copas, aire y agua, el Enamorado y la Justicia, la misma carta que Gilles había llevado consigo desde La Rochelle. ¿Qué significaba todo eso? No dejaba de darle vueltas y más vueltas, sin llegar a nada.

«Y sin embargo...»

¿En qué estaría pensando Gilles? ¿Le habría perturbado la lectura? ¿Le habría molestado el hecho de que lo hubiera puesto en una situación semejante? El impulso que la había empujado a besarlo y luego a llevarlo a Sint Luciensteeg se había desvanecido, y en esos momentos se sentía idiota y confusa.

Louise no sabía qué hacer. Durante unas pocas horas, todo había parecido posible. Se había sentido más ligera, más ella misma. ¿Lo había echado todo a perder?

Los pensamientos se arremolinaban sin control en su cabeza. Ella tenía la culpa. Era ella quien los había llevado fuera del mundo real, y ahora tenían que regresar a la rutina del deber y la sociedad en lugar de estrellas y posibilidades. Aunque siempre había dicho que no le preocupaba su reputación, eso no era del todo cierto. Su riqueza la protegía, pero eso pronto podía cambiar. Y Gilles carecía de dicha defensa. Las palabras de Bernarda todavía le escocían. Y, además, ¿acaso no les debía a Alis y Cornelia el impedir por todos los medios que se vieran salpicadas por el menor amago de escándalo?

¿Qué había hecho?

Llegaron de vuelta a Warmoesstraat cuando las campanas de la Nieuwe Kerk daban el mediodía. A Louise le sorprendió comprobar el poco tiempo que había pasado. Al alcanzar el escalón superior vaciló.

—Gilles, lo que ha pasado hoy entre nosotros, lo que he hecho, ha sido un error. He actuado mal. No deberíamos hablar nunca de ello.

Deseó que él se lo discutiera, que expusiera sus argumentos en contra, pero, por supuesto, se mostró de acuerdo con ella.

—Lo que deseéis, madame —contestó él, y Louise sintió que la embargaba una devastadora sensación de pérdida.

—Deberíamos salir de casa a las dos y media para llegar a los muelles a las tres en punto. —Hizo una pausa y, a continuación, se permitió decir—: Gracias por velar por mí.

Finalmente, él sonrió.

—Es un placer.

Ella entró en la casa y dejó que Gilles cruzara el patio en dirección a la cocina. Louise se quitó la capa y, tras darle impulso al globo terráqueo que había en el vestíbulo, se quedó mirando cómo los colores daban vueltas. Sus palabras habían sido deshonestas. En cualquier caso, ya no podía desdecirlas. Ahora bien, aunque ya nunca volvieran a hablar sobre lo que había sucedido entre ellos ese día de noviembre, ella jamás lo olvidaría.

39

Noviembre pasó lentamente. Poco a poco, las emociones de Louise fueron apaciguándose. Lo que sentía por Gilles era afecto, no amor. Al menos eso era lo que se decía a sí misma.

Hizo lo posible para encontrar un nuevo equilibrio entre ambos que le permitiera sentirse cómoda en su compañía, pero al mismo tiempo procuraba no quedarse a solas con él. De algún modo, tenía la sensación de que lo había comprometido, de que se había aprovechado de su posición de poder, y decidió que el momento íntimo que habían compartido en la casa de Kalverstraat no debía repetirse. Solo cuando estaba sola, tumbada en su cama por las noches, se permitía a sí misma recordar el tacto de su mano y una de las cartas que había sacado: *l'Amoureux*.

«Una distancia insalvable entre el enamorado y el objeto de su afecto.»

Al mismo tiempo, su ánimo mejoraba en cuanto se encontraba con él inesperadamente en la casa. Cada vez que sucedía, ella sonreía y él también lo hacía. En varias ocasiones, Louise había estado a punto de preguntarle si había vuelto a ver al cartomántico de Sint Luciensteeg, pero la prudencia había hecho que no dijera nada. Él se había convertido en un miembro valioso de la casa. No quería poner en peligro eso.

También pensaba mucho en sus padres. Se hacía a sí misma preguntas que nunca se había atrevido a hacerse antes. ¿Por qué había ido su madre a ver a su padre a Kalverstraat? Y cayó en la cuenta de otra cosa: Marta se había puesto su mejor vestido. ¿Qué quería decir eso? ¿Amaba a Louis? ¿Lo habría hecho alguna vez? ¿Lo temía? ¿Por qué había ido a verlo?

Noviembre dio paso a diciembre. La víspera del día festivo de Sint Nicolaas, los niños atestaron las calles con sus voces y su alegría y dejaron zuecos ante las puertas de sus casas para que se los llenaran de regalos. En las calles se olía el aroma de castañas asadas y galletas. Todos los bancos de la Nieuwe Kerk estaban ocupados, y la congregación tuvo que llegar pronto a la Zuiderkerk para asegurarse un buen sitio.

A Sint Nicolaas le siguió la fiesta de Navidad y, a esta, el fin de año y luego la Noche de Reyes en enero. Cornelia y Alis fueron a visitar a Bernarda y Frans para celebrar las fiestas. Louise se quedó en la casa de Warmoesstraat.

Louise seguía sin recibir noticias de Chartres. Se pasaba las mañanas haciendo buenas obras como visitar a los pobres con hermanas de Begijnhof, tal y como su abuela había hecho antes que ella. Las tardes las pasaba con su tía abuela o con alguno de los diarios de Minou en las manos. Cuando los leyó por primera vez, mientras lloraba el fallecimiento de su abuela y presenciaba la triste y rápida decadencia de su abuelo, lo había hecho para sentirse cerca de las personas a las que amaba. Ahora, diez años después, Louise estaba buscando pistas. Comprendía lo devastador que debía de haber sido para sus abuelos descubrir que el padre de su nieta era el hijo de un hombre que había intentado destrozar a su familia muchas veces.

—Había matado antes —les dijo una noche a Cornelia y Alis cuando se unió a ellas para cenar—. Mató a su propio padre. Si un hombre ha matado una vez, es probable que vuelva a hacerlo.

Minou redactó su último diario en París, y se lo dejó ahí al partir apresuradamente para Carcasona. Louise no sabía qué había sido de él. Y había lagunas. Después del asesinato de Marta, el diario enmudecía. Pero no había nada en sus páginas que sugiriera que Louis se hubiera casado y hubiera tenido más descendencia. No era ninguna prueba de nada, pero aun así notó que el nudo que sentía en el pecho se aflojaba un poco.

Los días pasaron.

En febrero fue reanudándose el comercio marítimo local a medida que el hielo de los canales iba derritiéndose y comenzaban a llenarse de pequeñas barcazas y gabarras. Una tarde a última hora, cuando las luces ya se habían encendido y estaba nevando, Cornelia llevó a Louise a un lado.

—Perdona por hablar sin rodeos, pero deberías tener cuidado con Gilles. Si no por ti, por él.

Louise frunció el ceño.

—¿Ha pasado algo? ¿Su trabajo no es satisfactorio?

—Su trabajo es excelente. No se trata de eso. —Cornelia puso la mano en el brazo de Louise—. Ese muchacho está enamorado de ti.

Estupefacta, Louise intentó liberar el brazo.

—¡Tonterías!

—Sabes perfectamente que es cierto. Hay una gran diferencia entre vosotros dos, tanto en edad como en estatus y posición, pero si sientes algún afecto por él, eso no debería importar. Ahora bien, debes estar segura de tus sentimientos, *lieveling*. Si quieres que navegue contigo en el *Old Moon*, ten cuidado. Su situación es muy delicada y no quiero contratiempos en el barco.

—Cornelia, te doy mi palabra de que entre nosotros no hay nada.

La mujer mayor no sonrió.

—Estarás confinada en el mar, Louise, y ya sabes cómo son las cosas. Hay algo en ese muchacho, no sé cómo decirlo, pero ya me entiendes. No hagas nada que puedas lamentar, eso es todo lo que te aconsejo.

Louise estuvo a punto de replicar, pero finalmente cambió de parecer.

—Lo comprendo.

A principios de marzo, las primeras señales de la primavera empezaron a ser visibles. La penetrante humedad y el frío invernales fueron reemplazados por un tiempo apacible que hacía resplandecer la superficie de las corrientes de agua. Brotes verdes aparecieron en los árboles que bordeaban los canales.

Siempre que lo permitieran las condiciones meteorológicas, estaba previsto que la nueva temporada comenzara la tercera semana del mes y la actividad en los astilleros era incesante. Louise concentró sus pensamientos en su viaje a las Islas Afortunadas. Sentía que había sobrevivido al invierno, que su vida volvía a estar en orden y que por fin recuperaba el control de sus emociones. Apartó todo lo demás de su mente y se centró únicamente en cuestiones prácticas. Aunque todavía se sentía algo inquieta, era optimista.

Cornelia era conocida por ser una empleadora justa y que pagaba sin demora, así que no faltaron candidatos para la posición de capitán del *Old Moon*. Debido a la insistencia de Cornelia, acabaron escogiendo a un joven prometedor, hijo de una poderosa familia de Leiden que realizó asimismo una importante inversión en la flota Van Raay.

Al mismo tiempo, se hablaba mucho de un nuevo consorcio comercial, la Compañía Neerlandesa de las Indias Occidentales, o GWC. Las discusiones al respecto tanto en el Stadhuis como en las oficinas de la VOC eran continuas y vehementes. Además, la Tregua de los Doce Años firmada entre la República

Neerlandesa y España para suspender hostilidades y proteger el comercio colonial iba a expirar pronto, y tanto la VOC como los barcos neerlandeses estaban armándose de nuevo.

Al igual que los demás propietarios de flotas, Cornelia estaba preocupada por la seguridad de sus barcos y las tripulaciones cuando la tregua llegara a su fin, y participó en una serie de reuniones en las que los burgueses de Ámsterdam debatieron cuál sería el mejor modo de proteger sus rutas comerciales. Cornelia no tenía planes de extender sus negocios más allá de las Islas Afortunadas ni deseos de navegar hasta el Caribe o la nueva colonia establecida en la desembocadura del río Hudson. Tampoco de implicarse en el altamente provechoso pero abominable comercio de seres humanos. Esto hacía que no estuviera en sintonía con la mayoría de los demás miembros de la VOC. Louise pensaba que tenía razón. Suponía una afrenta a la cristiandad que mujeres, hombres y niños fueran vendidos como mercancía.

Trabajar con Cornelia le proporcionaba a Louise un pretexto para visitar las oficinas de los muelles. Gilles siempre estaba ahí. No había olvidado la advertencia de Cornelia, pero le alegraba comprobar que tenían al muchacho en buena consideración. Gracias al hecho de haber sido formado en una ciudad de productores de vino, sus conocimientos eran muy valorados en una ciudad como Ámsterdam, donde la bebida más popular no era el vino sino la cerveza. En cuestión de meses, había pasado de aconsejar únicamente al intendente de Cornelia a asesorar también a otros miembros de la VOC. A pesar de que apenas había conseguido aprender un puñado de palabras en neerlandés, su carácter y buena disposición a aprender lo habían hecho popular. Se había convertido en el joven que su tío quería que fuera, y Louise no podía evitar sentirse orgullosa de él.

La vida seguía adelante.

40

Jueves, 18 de marzo de 1621

—¡Ah, estás de vuelta! —dijo Alis, que la esperaba en el recibidor.

Louise se quitó los guantes y la capa.

—¿Sucede algo?

Alis se apartó unos rizos grises de la cara.

—No algo, sino alguien. Una persona. La he hecho pasar al salón.

Acostumbrada a las sutilezas de la sociedad neerlandesa, Louise comprendió al instante que su tía abuela no consideraba probable que esa visitante fuera una amiga o una igual.

—¿No te ha dicho su nombre?

—No ha querido decírmelo, prefería esperar a tu llegada.

A Louise le dio un vuelco el corazón. Había respondido a la carta relativa a su herencia en noviembre y durante meses había estado esperado con impaciencia una contestación. Al no haber recibido ninguna durante todo el invierno, finalmente había dejado de esperarla.

—¿Viene de Chartres?

La mujer se encogió de hombros.

—Es francesa, pero no me ha dicho de dónde es. Solo que deseaba hablar contigo en privado. ¿Quieres que te acompañe?

—No, gracias. La veré sola.

Alis le dio unas palmaditas en el brazo.

—Espero que sean las noticias que deseas, *lieveling*. Estaré aquí si me necesitas.

Louise se detuvo un momento para examinar su reflejo en un espejo. Le dio la sensación de que el terciopelo marrón de su corpiño atenuaba el color de sus mejillas y la hacía parecer más pálida. Tanto daba.

Al entrar en el salón, lo primero que le llamó la atención de la visitante fue la cantidad de colores y volantes de su ropa. Demasiados para esa estancia de paredes revestidas con paneles de madera. Se trataba de una mujer rolliza y de rasgos bastos que iba vestida con una amplia gorguera y puños con volantes. Unas anchas mangas dejaban a la vista el vestido amarillo que llevaba debajo, así como un largo chaleco con ribetes de piel. Daba la impresión de llevar todas las prendas de su armario al mismo tiempo.

—Buenas tardes, ¿madame...? —Dejó la pregunta inacabada.

La mujer hizo una leve reverencia.

—Madame Roux, para serviros.

Louise estaba segura de que no la había visto nunca, pero sus rasgos le resultaban familiares. Y el nombre también.

—¿Habéis venido de Chartres, madame Roux?

—¿Chartres? —Una expresión de confusión se dibujó en el rostro con manchas de la mujer—. No, vengo de la misma parte del mundo que vos.

Louise frunció el ceño. Había muchas mujeres hugonotas francesas en la ciudad, sobre todo en el barrio de Jordaan, pero nunca había oído hablar de la familia Roux.

—¿Sois de Ámsterdam?

—De La Rochelle —dijo madame Roux—. Vuestra partida fue la comidilla de la ciudad. Zarpasteis con el año ya muy avanzado.

256

Louise sintió un cosquilleo de temor en la columna. Acababa de recordar el apellido.

—¿Qué puedo hacer por vos, madame Roux?

—Se trata más bien de qué podríamos hacer la una por la otra —dijo la mujer con una expresión que dejaba claro lo deshonesto de sus intenciones—. He aquí la cuestión. Lamento decir que me encuentro en una situación económica algo apurada. Mi marido era un hombre violento, madame Reydon-Joubert. Me maltrataba.

—Siento oír eso.

—Ya ha fallecido —añadió—. Y por mí que se pudra. No me ha dejado nada más que deudas. Lo colgaron el pasado trimestre. —Hizo una pausa—. Había sido arrestado gracias a un soplo.

Louise mantuvo su expresión neutral.

—Como os he dicho, lo lamento. Pero no entiendo qué relación tiene eso conmigo.

—¿No? —La viuda hizo una mueca—. Dejad que me explique mejor. He sido afortunada de haber tenido un hijo. Era un buen chico, y yo siempre hice todo lo posible por él, pero eso no evitó que se volviera en mi contra. Mi propio hermano me arrebató su afecto. —Hizo aspavientos con las manos—. Pero la familia es la familia. Estoy segura de que mi querido hijo desearía ayudar a su pobre madre si tuviera conocimiento de la desgraciada situación en la que se encuentra.

Louise contuvo el aliento. Ya no tenía duda alguna de que esa mujer era la madre de Gilles, la mujer que lo había intimidado y maltratado durante los primeros años de su vida. También era cómplice de la muerte de Achilles Barenton aunque no hubiera empuñado el cuchillo. Louise dio un paso adelante y le complació detectar un atisbo de alarma en los ojos de la mujer.

—Sé quién sois vos y qué es lo que hizo vuestro marido. Si ha sido ahorcado, vos deberíais haberlo sido también con él. Debería hacer que os arresten.

—Ah, pero no lo haréis.

Louise se quedó callada, desconcertada por la seguridad en sí misma que demostraba la mujer.

—¿Qué es lo que queréis?

—Mi hermano no tenía esposa ni hijos. Queriendo lo mejor para mi hijo, y con un gran coste personal para mí misma, se lo entregué para que el niño pudiera tener una oportunidad en la vida. Era la luz de mi vida, pero ¿cómo iba a interponerme en su prosperidad? Mi hermano me prometió que el muchacho heredaría el negocio para que siguiera en la familia. La tienda, sin embargo, permanece cerrada porque el testamento de mi hermano no ha podido ser hallado. Yo soy su pariente más cercano. —Sus ojos relucieron—. Acepto que mi hijo no quiera verme. Pero, si de algún modo se le pudiera aconsejar que me cediera el negocio, no veo motivo por el que yo tendría que volver a ponerme en contacto con él. Con eso el asunto quedaría zanjado.

Louise hizo un gran esfuerzo por permanecer en calma.

—¿Acaso estáis intentando chantajear a vuestro hijo, madame Roux?

—Solo intento ayudar, madame Reydon-Joubert.

A Louise se le arremolinaban los pensamientos. Gilles estaba seguro de que el testamento de su tío se encontraba en la caja fuerte robada en Barenton et Fils la noche del asesinato. En caso de serle favorable, le habría proporcionado un negocio e ingresos de por vida. Ya no se vería obligado a servir en casa de nadie. Solo cabía suponer que Roux se había hecho con él y que ahora estaba en poder de este ser que tenía delante.

—Habéis hecho un largo viaje para tener esta conversación, madame Roux —dijo fríamente.

La mujer sonrió con incomodidad.

—Las cuestiones delicadas siempre es mejor discutirlas en persona, ¿no os parece?

—¿Estáis sugiriendo que podríais haceros con el testamento? ¿Cómo sé que estáis diciéndome la verdad?

Los ojos de la mujer relucieron.

—Cuando regreséis con mi hijo a La Rochelle os lo enseñaré. O bien él puede escribir una carta ahora cediéndome el negocio e invalidando el testamento.

Louise soltó una carcajada.

—No consigo entender por qué pensáis que Gilles os querría traspasar el control del legado de vuestro hermano. Él se lo ganó con su trabajo. Y vos, madame Roux, sois cómplice en el acto de violencia que terminó con la vida de vuestro hermano.

—No tenéis ninguna prueba de ello.

—Es lo que Gilles me contó.

La viuda se quedó mirando a Louise con los ojos entrecerrados.

—¿Y qué os hace estar tan segura de que su versión de los acontecimientos es la verdadera? Él también estuvo presente esa noche y, al fin y al cabo, tenía mucho que ganar.

Louise le sostuvo la mirada.

—Es honesto. Confío en él.

La mujer soltó una estridente carcajada.

—¡Honesto, decís!

«¿Por qué está tan segura de sí misma?»

—¿Qué queréis decir con eso?

Madame Roux se sacó un pañuelo del puño y se dio toquecitos en la cara.

—¿Por qué no se lo preguntáis a él? ¿O quizá sería mejor que le hiciera mi propuesta a él directamente?

—No está en casa —dijo Louise enseguida.

—¿Está trabajando? —Madame Roux hizo una mueca—. Bueno, tal vez podría ir a buscarlo. Imagino que estará en los muelles, ¿no? He oído que se ha convertido en un valioso miembro de la compañía Van Raay. —Se llevó una mano al corazón—. No podría estar más orgullosa de él.

«¿Ha estado espiándonos?»

—Os aconsejo encarecidamente que le transmitáis mi propuesta, madame Reydon-Joubert —prosiguió la viuda endureciendo el tono—. Comprobaréis que mi hijo se aviene a mis términos.

—Estoy segura de que no lo hará —dijo Louise al tiempo que hacía sonar la campanilla para poner fin a la conversación—. No hay ninguna razón por la que debiera hacerlo.

—Esperemos y veamos. No lo conocéis tan bien como creéis.

—Cuando haya hablado con él, ¿dónde puedo encontraros?

—Me alojo en una casa de huéspedes de Rokin. Si para el viernes no he recibido noticias vuestras, volveré aquí para obtener su respuesta. À bientôt.

Louise permaneció de pie en el salón hasta que hubo oído que la sirvienta cerraba la puerta. Luego se sentó en el banco de madera y esperó a que se le calmara el corazón. Había observado que la ansiedad de Gilles había ido a menos cuanto más tiempo llevaban lejos de La Rochelle. Había logrado escapar del influjo de su madre y había aprendido a perdonarse a sí mismo por la muerte de su tío.

«Casi se había perdonado a sí mismo.»

Louise sabía que el sentimiento de culpabilidad era algo poderoso. ¿Podía ocultarle la noticia de la llegada de su madre? La mujer estaba en la ciudad y no tenía ninguna duda de que cumpliría su amenaza de ir a los muelles en busca de Gilles si ella no le daba una respuesta. E, incluso si madame Roux conseguía lo que quería y la convencía para que se marchara, seguro que Gilles siempre temería su regreso.

¿Y por qué estaba tan convencida la mujer de que este accedería a sus condiciones? Louise le dio más y más vueltas intentando dar con algún modo de evitarle a Gilles el disgusto, algún modo de mantener alejada a su madre, al tiempo que no podía dejar de preguntarse qué clase de control podía tener la mujer sobre él. Sin embargo, siempre llegaba a la misma conclusión.

En el recibidor, el reloj comenzó a rechinar antes de dar la hora. Se volvió hacia él. Gilles estaría en los muelles. Sería mejor que fuera a verlo ahí en vez de esperar a que regresara esa tarde.

Tenía que contarle la verdad.

41

Gilles saludó con un movimiento de cabeza al vigilante mientras caminaba por el muelle y luego entraba en las oficinas de la compañía naviera Van Raay. El largo pasillo estaba parcialmente revestido de paneles de madera y, en la desnuda pared que había encima de estos, colgaban pinturas al óleo de cada uno de los barcos de Cornelia. Atado a dos de los marcos podía verse un pequeño lazo negro en honor a las embarcaciones que había perdido: el *White Dove* a manos de los corsarios berberiscos en 1610, y el *New Star*, hundido la anterior temporada en una tormenta acaecida en el estrecho de Gibraltar que supuso asimismo la pérdida de toda la tripulación.

Todavía no podía creerse su buena suerte. En cinco meses se había convertido en un respetado y valioso miembro de la compañía. Gilles no tenía pretensiones y no se creía mejor que los marineros comunes. Tampoco daba muestras de querer medrar. Sabía que todo el mundo encontraba divertidos sus intentos de hablar neerlandés y, si bien nunca se había unido a sus colegas cuando iban a beber al In't Aepjen ni tampoco había ido a visitar a las prostitutas en las casas que había detrás de la Oude Kerk, ellos lo achacaban a su juventud.

—*Goedemorgen* —dijo al sentarse a su estrecho y alto escritorio en la oficina.

262

Su acento era muy marcado, pero él persistía. Había aprendido a decir «mevrouw» en vez de «madame» y «meneer» en vez de «monsieur». La tarde anterior, le había pedido a madame Reydon-Joubert que le enseñara una nueva frase.

—*Het is een mooie dag* —probó—. Hace un buen día.

—No está mal, supongo —respondió el empleado, y luego se llevó un pañuelo a la nariz y se sonó.

Gilles quitó la tapa de su tintero, limpió la punta de su pluma con una tela y luego abrió el libro de contabilidad. Mevrouw Van Raay le había proporcionado ropa nueva: un sencillo jubón, un cuello blanco, calzones y calcetas negras y un sombrero de fieltro negro. Dejando de lado la falta de barba, Gilles tenía el mismo aspecto que cualquier otro empleado de las oficinas, que difería mucho de los hombres que salían a la mar, con sus manos callosas, sus rostros curtidos y la piel del color del cuero gastado.

Toda la tripulación del *Old Moon* para la travesía a Gran Canaria había sido ya contratada. Un joven capitán de Leiden, Hendrik Joost, se haría cargo por primera vez del mando de una embarcación. Joost parecía algo pagado de sí mismo, pensaba Gilles, y era descortés con los empleados de la oficina cuando no había nadie más presente. Gilles no debería haberse enterado, pero sabía que el padre de Joost había hecho una significativa inversión en la compañía. Esperaba que el hijo demostrara ser merecedor de la confianza de Cornelia y fuera un capitán bueno y justo para el barco.

El primer teniente, Jan Roord, que era originario de Amberes, procedía de una antigua familia católica. Era callado y lucía una expresión de constante perplejidad en el rostro. El segundo teniente, Joris Bleeker, tenía la cara picada a causa de una enfermedad sufrida de niño. A Gilles le caía particularmente bien el contramaestre, un hombre bajo y achaparrado llamado Dirk

Jansz. Se había criado en Zeedijk y su padre había servido a mevrouw Van Raay como sobrecargo. La tripulación contaba con otros seis miembros, entre ellos un cocinero y un grumete. Sumando a Louise y a él, en total eran doce.

Durante el invierno, Gilles había estado estudiando duro y había aprendido todo lo que había podido sobre los viñedos de las Islas Afortunadas. Sabía que las cepas eran de pie franco y que se plantaban en líneas horizontales cercanas al suelo. La tierra era distinta en cada isla. Algunas eran volcánicas y tenían playas de arena negra y otras suaves como las de los campos que rodeaban La Rochelle. Se producía vino tanto de uvas como de plátanos, una extraña fruta colgante que crecía en los altos árboles formando racimos de lo que parecían dedos. Y, sobre todo, aprendió que, si bien las islas se encontraban bajo dominio español, la lealtad de los isleños no se debía a esos conquistadores que les habían expoliado las tierras para beneficio de Madrid y Castilla.

Su esfuerzo había merecido la pena. Una semana atrás, habían acordado formalmente que acompañaría a madame Reydon-Joubert cuando a la semana siguiente el *Old Moon* zarpara de Ámsterdam en dirección a Gran Canaria, y luego de vuelta a Ámsterdam pasando por La Rochelle. Era un viaje que el venerable *fluyt* había realizado muchas veces antes.

A estas alturas Gilles ya sabía que el *Old Moon*, como todos los *fluyts* diseñados para las poco profundas aguas neerlandesas, era una embarcación de fondo plano. Navegaba como la seda en el mar en calma, pero cuando las aguas estaban agitadas le costaba mantener el rumbo. Eso suponía que el tiempo de navegación variaba enormemente dependiendo de la dirección del viento.

Todos los hombres que formaban la tripulación rezaban para que el tiempo fuera benévolo, y nadie más que Gilles. Su mayor deseo era desenvolverse lo mejor posible y justificar la fe que Louise había depositado en él. Y, por supuesto, le preocupaba cómo se las arreglaría para mantener oculta su naturaleza en el reducido espacio del barco. Había aprendido a ser discreto y solo podía confiar en que sería capaz de arreglárselas cuando estuviera a bordo. No podía dejar que el miedo a lo que pudiera ocurrir le impidiera vivir su vida. ¿Acaso no le había dicho el cartomántico que se encontraba al principio de un viaje cuando sacó el *valet d'épées*, la sota de espadas? ¿Acaso no había sacado asimismo el *dix de coupes*, el diez de copas, una carta que señalaba el final de un ciclo y el inicio de otro?

En cuanto a la carta número seis, *l'Amoureux*, la había apartado de sus pensamientos. Al fin y al cabo, no había ninguna esperanza. No sabía si Louise pensaba en él tan a menudo como él en ella, y Gilles había aceptado que no podía haber nada entre ellos, pero la amaba con todo su corazón. Para él era suficiente con estar a su lado y servirla.

En menos de una semana zarparían. Pero antes había muchas cosas que hacer. Sabía que a mevrouw Van Raay le preocupaban los cambios propuestos por la VOC y los recargos asociados a ellos. Las divisas extranjeras habían inundado el mercado, los costes de la madera y de los impuestos estaban subiendo y la situación financiera de la compañía estaba lejos de ser estable.

El ojo experto de Gilles examinó el primer documento que había sobre su escritorio. Se trataba de una orden de embarque de un cargamento de lana que debía partir de Róterdam. Mojó la punta de su pluma y comenzó a escribir.

42

Louise miró alrededor de la estancia y reparó en el familiar aroma acre a madera y brea.

—¿Puedo hablar un momento contigo, Gilles?

Ella no tenía intención de sobresaltarlo, pero a él se le cayó la pluma de la mano.

Se puso de pie de un salto.

—¡Madame Reydon-Joubert!

Louise se fijó en la mancha de tinta y recordó que al magistrado también se le había caído la pluma cuando fue al Hôtel de Ville a denunciar el asesinato, manchando asimismo sus papeles.

—¿Ocurre algo? —preguntó él.

Cumpliendo la promesa que le había hecho a Cornelia, las últimas semanas Louise había tenido cuidado de evitar que tanto ella misma como Gilles pudieran encontrarse en una situación comprometedora. En ese momento, sin embargo, cerró la puerta.

—¿Ha pasado algo, madame? ¿Habéis recibido una respuesta de Chartres?

Ella casi se rio. La amenaza a su herencia había estado pendiendo sobre su cabeza durante los últimos cinco meses, pero, cuanto más tiempo pasaba sin que nada sucediera, menos apremiante le parecía el asunto. Lo único que le importaba era la posibilidad de perder el *Old Moon*.

—No —respondió ella—. Todavía no he recibido ninguna carta.

—Entonces ¿qué es lo que pasa?

—Siéntate, por favor.

Él salió cautelosamente de detrás de su escritorio.

—¿Se trata de mevrouw Van Raay? ¿O quizá de Alis?

—Ambas están bien. Por favor, siéntate, Gilles.

Aunque había ensayado lo que iba a decirle, ahora no sabía cómo empezar. Ella se lo quedó mirando. Él seguía esperando pacientemente a que ella hablara, tan tranquilo como siempre. Al fin, Louise respiró hondo.

—Gilles, hace unas pocas horas me he enterado de que Roux, el hombre que asesinó a tu tío, fue atrapado y ahorcado en La Rochelle el pasado trimestre.

Él no se movió, pero Louise reparó en que cerraba con fuerza un puño.

—He pensado que te gustaría saberlo.

—Sí, gracias. —Gilles exhaló—. Sin duda se trata de una buena noticia. Pero ¿cómo ha llegado a vuestro conocimiento? ¿Os ha escrito el *prévôt* Arnaud, tal y como prometió?

—El *prévôt* no se ha molestado en informarme, no.

—Entonces ¿cómo?

Temerosa de lo que tenía que decirle, la mujer bajó la vista hacia sus propias manos, que descansaban sobre su regazo.

—Tu madre está aquí, Gilles. En Ámsterdam.

El rostro del muchacho palideció de golpe.

—Se ha presentado sin cita previa en Warmoesstraat y ha preguntado por mí. Alis la ha hecho pasar y he hablado con ella.

—Lo siento —murmuró él.

—No lo sientas —dijo ella deseando desesperadamente consolarlo—. No es culpa tuya.

Gilles volvió a cerrar con fuerza los puños. Louise advirtió cómo emblanquecían sus nudillos. No estaba segura de si se debía al miedo o a la rabia.

—¿Qué quería?

—Tu madre parece creer que deberías cederle el control del negocio de tu tío. Su propuesta, si es que puede considerársela tal, es que, puesto que el testamento de tu tío sigue sin ser encontrado y ella es su pariente más cercana, debería heredarlo de todos modos.

—Ya veo.

—Podría ser, sin embargo, que tenga en su poder el documento y que tú seas el beneficiario.

Louise observó a Gilles en busca de alguna señal sobre lo que estaba pensando, pero se había replegado en sí mismo. Una oleada de tristeza la acometió. Unas pocas palabras eran todo lo que había hecho falta para que volviera a ser el mismo muchacho aterrorizado de La Rochelle. ¿Cómo se le había ocurrido pensar que cinco meros meses en Ámsterdam podían arreglar todo lo que había sucedido antes?

—Que se quede lo que quiera —dijo él en un tono abatido.

—¡No, Gilles! No puedes permitir que te haga esto —repuso ella con vehemencia—. Independientemente de lo que figure en el testamento de tu tío, tu madre es cómplice del asesinato de este y no puede revindicar nada. Podemos delatarla. Yo te ayudaré, puedo...

—No me importa.

—¿Por qué? —exclamó Louise—. No puedes permitir que se salga con la suya. No tiene ninguna autoridad sobre ti, no a no ser que tú se la concedas. Tienes amigos, tienes todo esto. —Hizo un barrido con un brazo, señalando la habitación entera—. Me tienes a mí.

Algo que estaba entre un grito y un sollozo se escapó de los labios de Gilles.

—No merezco nada.

—Calla —replicó ella, olvidándose de todas sus resoluciones previas y cogiéndole una mano—. La echaré de aquí. Haré que la arresten. Lucharemos para que sea tuyo aquello que tu tío pretendía que recibieras. Tu madre no podrá hacer nada.

Él exhaló.

—Sí que podrá.

Louise sintió que un escalofrío le recorría la espalda.

—¿Qué quieres decir?

Gilles levantó la vista hacia ella.

—¿Aquel día en Sint Luciensteeg?

Louise no entendía lo que quería decirle.

—¿Sí...?

—La tercera carta, *l'Amoureux*. ¿Os acordáis?

El corazón de Louise comenzó a latir con fuerza.

—Me acuerdo.

—Estaba del revés, lo cual, según el cartomántico, sugería que había una distancia insalvable entre el enamorado y el objeto de su afecto. Una complicación insuperable.

Louise le sostuvo la mirada.

—También dijo que las cartas profetizaban únicamente lo que puede pasar, no lo que pasará.

Gilles suspiró.

—No puedo seguir mintiendo. No a vos.

—¿Mintiendo? No te entiendo, Gilles.

Con cuidado, este colocó la mano de Louise sobre su pecho.

—Nací como vos —murmuró—. Sangro, igual que vos. He querido decíroslo desde que me acogisteis, pero temía que me repudiarais.

En cuanto lo dijo, Louise se dio cuenta de que siempre lo había sabido. No, eso no era cierto. Lo que había sabido era que había algo distinto en él: la liviandad de su presencia, su piel inmaculada; la sensación de que, cuando lo miraba, estaba mirándose a sí misma en el espejo.

«El diez es el número que representa conclusión.»

—¿Es esta la razón del dominio que tu madre sigue ejerciendo sobre ti? —preguntó ella en una voz tan baja que parecía resonar desde debajo del agua.

Gilles asintió.

—Mi hermano gemelo murió cuando teníamos diez años. Ella no quería perder la oportunidad de recibir el legado de mi tío, así que...

—...te hizo pasar por él. —Louise terminó su frase.

—Sí.

«Fortaleza y bondad, la sota de espadas.»

Ella se quedó un momento callada, pensando.

—¿Lo sabía tu tío?

—A excepción de mi madre, nadie lo sabe. Puede que ella se lo dijera a Roux.

—Y ahora yo —susurró Louise, aunque, al hacerlo, se preguntó si Cornelia lo sospechaba. Varias veces había reparado en que la mujer mayor miraba a Gilles como si estuviera intentando comprender algo.

—Y ahora vos —repitió él—. Así que, como veis, no puedo ganar si me enfrento a ella. —Se quedó un momento callado, y luego añadió—: Si queréis que me vaya, lo haré.

Louise se sentía ingrávida, como si el mundo se hubiera fragmentado y dependiera únicamente de ella volver a unirlo. Nada tenía sentido, y sin embargo todo estaba claro como el agua.

—Todos tenemos secretos —dijo por último con voz calmada al tiempo que con un brazo rodeaba la cintura de Gilles y lo atraía hacia sí—. Juntos decidiremos cuál es el mejor curso de acción.

43

Al cabo de una hora, mientras las campanas daban las cuatro, Louise estaba en Plaats.

—Aquí tienes —dijo depositando una moneda en la mano del muchacho—. Y te daré otra cuando me traigas la información que quiero.

El chiquillo hizo una burlona reverencia, volvió a colocarse la gorra en la cabeza y luego desapareció entre la muchedumbre que había detrás del Stadhuis.

Louise comenzó entonces a caminar lentamente alrededor de la plaza, fingiendo interés en los mercaderes que vendían quesos boerenkaas recubiertos de cera y procedentes de las granjas que había en los campos llanos que rodeaban Ámsterdam, o *vlaai*, esa tarta decorada con un enrejado dulce y rellena de crema. Aunque preguntaba el precio y la calidad de las cosas como si fuera cualquier otra ama de casa neerlandesa de mediana edad en busca de una ganga en el mercado, su cesto permanecía vacío.

Había tenido que insistir mucho para convencerlo, pero al final Gilles se había mostrado de acuerdo en que al menos la dejara intentar negociar con su madre en su nombre. Si no, nunca conseguiría librarse de ella. Primero, sin embargo, Louise tenía que averiguar dónde se alojaba la mujer. No quería arriesgarse a que regresara a Warmoesstraat o, peor todavía, a que fuera a buscar a Gilles a los muelles.

Justo cuando Louise comenzaba su tercera vuelta alrededor de Plaats, el chiquillo reapareció. Vio como se detenía a lo lejos y, buscándola, miraba en derredor sin dejar de dar saltitos de un pie a otro. Cuando la divisó, se acercó a ella corriendo.

—La he encontrado, mevrouw —dijo él triunfante y con el rostro sonrosado.

Louise bajó la mirada hacia él.

—Cuéntame.

—Una mujer como la que habéis descrito, extranjera y gorda, alquiló una habitación en una casa de huéspedes cercana al mercado de flores.

—Hay muchas extranjeras en Ámsterdam.

El chico soltó una risita.

—Era como habéis dicho: pomposa, vestida con muchos volantes... Todo el mundo sabía a quién estaba refiriéndome: extravagante, pero sin clase. Y forastera.

—¿Dónde se encuentra exactamente?

—En una casa de madera que hay al final de Rokin, pasado el puente. Sobre la puerta puede verse una baldosa con un vaso de cerveza, no hay pérdida.

Ella le dio la segunda moneda.

—Ni una palabra a nadie.

Sin mostrar la menor señal de premura, Louise cruzó la plaza y se dirigió despacio hacia Rokin. El río Amstel estaba repleto de flotillas de barcazas y pequeños botes que transportaban mercaderías y gente arriba y abajo del río. El muchacho tenía razón, la pensión era fácil de identificar. A juzgar por la posición que ocupaba en la calle, se preguntó si no tendría una entrada trasera. Aunque en esos momentos la puerta principal estaba abierta, sospechó que al anochecer debían cerrarla. Ese vecindario no era muy seguro por las noches.

Cruzó la calle y entró en el edificio.

El recibidor estaba vacío y daba a un lúgubre pasillo con candelabros de madera y velas de sebo en las paredes. El olor a arenque y a desechos humanos resultaba abrumador. Louise, sin embargo, sabía que, comparativamente, habría pocos lugares más asequibles en el centro de la ciudad. Todo en Ámsterdam tenía su precio, y el flujo constante de viajeros y mercaderes suponía que, en primavera, justo antes de que comenzara de nuevo la temporada de navegación, las casas de huéspedes podían salirse con la suya cobrando lo que quisieran.

No había nadie, de modo que Louise empezó a comprobar todas las habitaciones, bien llamando a la puerta, bien echando un vistazo al deprimente aposento a través de alguna rendija. La mayoría estaban vacíos: un catre, una mesita de noche, un orinal y una silla.

«¿Y si no está aquí?»

Pensar en Gilles la hacía seguir adelante. Él necesitaba que la situación se resolviera. Louise esperaba ser capaz de llegar a algún tipo de acuerdo con la mujer, por más que inicialmente se opusiera. Era lo que Gilles quería, que su madre se largara y lo dejara en paz, nada más. Se detuvo un momento.

«¿Es Gilles todavía "él"? ¿Debo seguir pensando en él como un hombre?»

Louise apartó el pensamiento de su cabeza. Ya tendría tiempo de reflexionar sobre ello.

En el primer piso, una puerta estaba abierta. Dentro de una estancia oscura, con la persiana medio cerrada, un hombre roncaba en el suelo, con medio cuerpo apoyado en la cama. Con una mano todavía sujetaba una jarra desde la que goteaba cerveza sobre sus calzones.

En el segundo piso, Louise al final encontró la habitación que buscaba. Al abrir con cuidado la puerta, los goznes chirriaron y madame Roux alzó la cabeza de golpe. Estaba sentada a una mesa pelando una manzana. Louise se quedó absorta con la monda que caía al suelo y el cuchillo cortando la fruta.

La mujer se rio.

—¿Tan pronto? Ya sabía yo... ¿Tenéis una respuesta?

Louise cerró la puerta tras de sí y dejó su cesta cuidadosamente en el suelo.

—Me gustaría discutir vuestra propuesta.

—No hay nada que discutir. Es un simple sí o no. ¿Accede mi *hijo* a mis términos?

Louise percibió el énfasis que ponía en la palabra.

—Si creéis que vais a escandalizarme, andáis errada. Gilles me lo ha contado todo —dijo fríamente—. Desconozco por qué sigue bajo vuestro yugo. La perpetradora del engaño fuisteis vos, madame Roux. Nadie podría culparlo a él. No era más que un niño, no tenía elección.

Si Louise tenía intención de avergonzar a la mujer, se había equivocado. Madame Roux titubeó, pero solo por un momento, y luego continuó cortando la manzana en trozos como si nada.

—Pero ya no es un niño. Y vos sabéis tan bien como yo que él no desea que se conozca su verdadera naturaleza. El engaño forma parte intrínseca de su ser. Es antinatural, un invertido. ¿Qué pensaría la gente si supiera que habéis acogido a semejante abominación bajo vuestro techo? ¿O permitido a un monstruo así subir a bordo de un barco? ¿Qué diría vuestra tía? Mevrouw Gerritsen es una mujer muy devota, ¿verdad?

Louise sintió náuseas ante la idea de que a la mujer se le ocurriera ir a visitar también a Bernarda al hospicio de Zeedijk.

—Así pues, ¿le habéis transmitido mi propuesta o no, madame Reydon-Joubert?

Esa mujer la sacaba de quicio, pero Louise se obligó a sí misma a contestar.

—Lo que más desea Gilles es que lo dejéis en paz. En contra de mi consejo, está dispuesto a acceder a vuestros términos, siempre y cuando le garanticéis por escrito que nunca volveréis a importunarlo y admitáis asimismo vuestra participación tanto en el engaño como en el asesinato de vuestro hermano. —Dio un paso adelante—. Y deberéis entregarme el testamento.

La mujer echó un fugaz vistazo a su mesita de noche.

—¿Para que podáis destruirlo? No lo creo. Es mi póliza de seguro. Es todo muy sencillo: mi hija se hizo pasar por un varón para defraudar a su tío.

Louise tuvo que hacer un gran esfuerzo para mantener la calma.

—Si no me dais el testamento, no puedo acceder a vuestros términos.

La viuda se rio.

—Entonces nos encontramos en un punto muerto. Pero si no lo resolvemos, os garantizo que lamentaréis lo que suceda a continuación.

Louise vaciló un momento y, entonces, salió corriendo hacia la mesita de noche. La mujer soltó un rugido de rabia y se abalanzó sobre ella con el cuchillo en la mano. Mientras Louise intentaba desesperadamente abrir el cajón, madame Roux la cogió del pelo y tiró de ella hacia atrás. Louise le dio un codazo, haciendo que su atacante tropezara hacia atrás, chocara contra la cama y luego cayera hacia delante con lo que sonó como un silbido de aire.

Louise se dio la vuelta y alzó las manos dispuesta a defenderse, pero madame Roux estaba de rodillas en el suelo, con las manos en el vientre. Se había caído sobre su propio cuchillo. Horrorizada, Louise se quedó mirando la empuñadura enterrada en el estómago de la mujer y la mancha roja que se extendía por sus faldas. ¿Había sido culpa suya? Permaneció un momento petrificada y después, atónita, comenzó a mirar incontroladamente a un lado y a otro como si fuera a acudir alguien a decirle que todo eso no era más que una pesadilla. Pero la madre de Gilles había empezado a inclinarse a un lado, con los ojos abiertos como platos.

—Que Dios os maldiga. —Intentó decir algo más, pero las palabras murieron en sus labios—. Os...

«Tanta sangre...»

De repente, Louise estaba de vuelta en otra habitación. Bajó la mirada a otro cuchillo que sostenía su mano infantil y luego la levantó hacia el hombre con un mechón blanco en el pelo. Y, finalmente, lo recordó todo: a ella misma clavando el cuchillo en el vientre del hombre, el atisbo de la piel pálida de este entre las aberturas de su camisa, la misma expresión de sorpresa en los ojos, la misma forma de caer de rodillas como un peso muerto, como si le hubieran extraído todo el aire del cuerpo, y por último el desplome en el suelo junto al cadáver de su madre. Louise había enterrado el recuerdo en lo más profundo de su mente y lo había olvidado la mayor parte de su vida.

«He matado antes.»

Caer en la cuenta de ello la golpeó como una ola rompiendo en la orilla. Con qué viveza recordaba el ruido que había hecho el cuchillo en Kalverstraat al caérsele de las manos, como si no tuviera nada que ver con ella. El metal reflejó la luz al caer al suelo y rebotar. A continuación se agachó y desabrochó el relicario que su madre llevaba al cuello antes de huir corriendo. La solitaria huella roja de una mano infantil era la única prueba de que hubiera estado ahí.

Louise comenzó a temblar. Ese recuerdo, reprimido durante veinticinco años, tomó posesión de sus músculos, sus huesos, su sangre... Se había quedado petrificada y sin aliento a causa de la conmoción. Puede que pasaran horas o minutos, no lo sabía. Apenas podía respirar. Sentía una opresión en el pecho y el corazón latiéndole con una violencia tal que las costillas parecían estar a punto de rompérsele.

No estaba segura de cuánto tiempo permaneció ahí de pie. Poco a poco, el fragor en su cabeza empezó a remitir y ella volvió a tomar consciencia de la deprimente habitación en la que se encontraba. Estaba en Rokin, no en Kalverstraat. Ya no era ninguna niña. Se obligó a sí misma a mirar el charco de sangre que había en el suelo. Supo al instante que no había nada que pudiera hacer por madame Roux. Ella solo se había defendido, pero la mujer yacía muerta de todos modos. Horrorizada, constató asimismo que no sentía ninguna lástima.

Y entonces su instinto de supervivencia se activó.

No podía arriesgarse a que nadie la encontrara allí. Y tenía que proteger a Gilles. Rápidamente volvió a la mesita de noche. Por suerte, el documento legal estaba ahí. Lo examinó un momento para comprobar que, en efecto, Achilles Barenton nombraba como sucesor a su sobrino, y luego se lo guardó en un bolsillo. Procurando evitar los ojos muertos de madame Roux, Louise inspeccionó la habitación en busca de cualquier otra prueba que pudiera vincular el crimen con ella, con Gilles o con la casa de Warmoesstraat. No encontró nada.

Las mejillas de madame Roux ya habían comenzado a palidecer. Louise no quería tocarla, pero se agachó a su lado y registró sus bolsillos. Dentro de un libro de bolsillo barato, halló un billete de viaje fechado a principios de diciembre que permitía a madame Roux viajar de Francia a la República Neerlandesa. Debía de haber cambiado muchas veces de carruaje para realizar ese viaje por tierra. Louise esperaba que nadie recordara a una mujer de mediana edad entre tantas otras.

Respirando hondo para intentar calmarse, Louise tiró unas pocas monedas al suelo para dar la impresión de que se había tratado de un robo y deshizo la cama. En el colgador de detrás de la puerta había una gastada capa de viaje. Louise la cogió para ponérsela y tapar así las manchas de sangre que había en su falda. Finalmente, tras echar un último vistazo a la habitación, recogió su cesto y se marchó.

En Rokin ya estaban encendiendo las farolas. La parpadeante luz de las lámparas danzaba en la superficie de las aguas de los canales. Ella apretó el paso para llegar cuanto antes a Warmoesstraat mientras los pensamientos se le arremolinaban aceleradamente en la cabeza.

No había hecho más que defenderse, pero una insidiosa voz en su cabeza le decía otra cosa. Ya había matado antes. ¿Cómo podía haberse ocultado a sí misma ese recuerdo todos esos años? Sentía rechazo y asco. Gracias a la lectura de los diarios de su abuela, sabía que era la hija de un asesino, y también la nieta de uno.

«¿Una asesina nace o se hace?»

Louise bajó la mirada. Había tenido cuidado, pero en sus guantes también había una mancha de sangre. Se los quitó enseguida y los tiró al canal como si ese acto pudiera purificarla.

«He matado antes.»

Cuanto más se alejaba de Rokin, menos segura estaba Louise de no haber pasado algo por alto. Todo su cuerpo estaba en tensión. ¿Se debía al sentimiento de culpa o era su conciencia? Varias veces tuvo que contenerse para no dar media vuelta. ¿Y si alguien la había visto entrar o salir de la pensión? ¿Y si el chico le decía a alguien que le habían pagado para que encontrara el alojamiento de una mujer francesa o algún vecino los había visto juntos en Plaats?

«¿Cómo podré vivir con esto?»

Louise se obligó a sí misma a detenerse. Las manos todavía le temblaban. Respiró hondo una vez, y luego otra, para calmar los delatores latidos de su corazón. Solo podía esperar que cuando encontraran el cadáver —ese día, al siguiente o al otro—, no hubiera nada que relacionara a una mujer francesa de mala reputación a la que habían robado los ahorros en una casa de huéspedes de Ámsterdam con una de las familias más ricas de la ciudad. Había hecho todo lo que había podido.

Pero ¿qué iba a contarle a Gilles? ¿Y a Cornelia y a Alis, si es que les decía algo?

«Me he puesto a mí misma más allá de la gracia de Dios.»

Mientras cruzaba Plaats en la penumbra del crepúsculo, pensó que su abuela habría sabido qué hacer. Minou habría rezado por su alma inmortal. Cuando se encontraba ante la puerta de casa haciendo acopio de valor para entrar, sin embargo, supuso que su madre lo habría comprendido.

44

El reloj estaba dando las seis cuando Louise entró en el recibidor. Todavía estaba temblando, además de tiritando de frío. Las posibilidades de mantener el secreto eran nulas.

—¿Qué sucede? —preguntó Alis al instante.

Louise abrió la boca, pero fue incapaz de pronunciar ninguna palabra.

—¿Es Louise? —exclamó Cornelia desde el salón—. He de hablar con ella.

Louise notó una mano de Alis en el hombro.

—Estás tan blanca como un fantasma. ¿Qué ha pasado?

Louise negó con la cabeza. Intentó desatarse la capa robada, pero los dedos no le obedecían. Alis extendió las manos y, sin decir una palabra, abrió el broche, lo dejó en una silla, y a continuación desató asimismo la capa de la propia Louise, que llevaba debajo de la primera.

—¿Estás sangrando? —preguntó en voz baja—. ¿Estás herida?

—No es mi sangre.

Advirtió que Alis se ponía rígida a su lado.

—Acércate a la chimenea.

Como si estuviera en trance, Louise dejó que Alis la llevara al salón y la sentara en una silla. Luego reparó en que las dos mujeres intercambiaban una mirada por encima de su cabeza y vio que Alis señalaba el aparador. Un momento después, notó que le ponían un vaso en la mano. «Brandy», pensó, pero era incapaz de beber.

—Ahora cuéntanos qué es lo que pasa —dijo Cornelia.

—Yo... —Tragó saliva ruidosamente—. ¿Está aquí Gilles?

Alis y Cornelia intercambiaron otra mirada.

—Creo que ha llegado hace un rato —respondió Alis.

Louise levantó la vista hacia ella.

—¿Puedes ir a buscarlo? Esto también le concierne, es... ¿Puedes hacerlo, por favor?

Cornelia asintió.

Louise permaneció en silencio, contando los minutos que le llevaría a Alis ir a la cocina, enviar a un sirviente al ático y luego a Gilles bajar y unirse a ellas. Sabía que Cornelia estaba observándola, pero se sentía incapaz de mirarla a la cara.

Alis regresó. Después pasaron unos pocos minutos más, y finalmente Louise oyó los pasos de Gilles en la escalera. Un instante más tarde, este se encontraba en la puerta de la estancia con aspecto de haberse vestido a toda prisa. A pesar de su atormentado estado de ánimo, Louise reparó en que un puño del muchacho se había quedado dentro de la manga y llevaba el cuello desabrochado.

—Pasa, Gilles —lo invitó Cornelia.

Louise se dio cuenta de que tampoco podía mirarlo a él.

—Ha habido un accidente —se limitó a decir, y notó que la tensión en la sala aumentaba un poco más.

—¿Qué tipo de accidente? —preguntó Cornelia.

Louise levantó la mirada.

—He matado a alguien. A una mujer.

Vio la expresión de incredulidad en el rostro de Cornelia y que Alis se llevaba las manos a la boca. ¿Y Gilles? Le aterraba lo que pudiera ver en sus ojos.

«La hija de un asesino, la nieta de un asesino.»

—Ha sido un accidente. No era mi intención que sucediera.

Gilles no vaciló. Sin tener en cuenta lo que Alis o Cornelia pudieran pensar, cruzó la estancia, se arrodilló a los pies de Louise y tomó las manos de esta entre las suyas.

—Gracias —susurró.

Pasó una hora.

En los términos más sencillos posibles, Louise les relató lo que había sucedido desde que entró en la casa de huéspedes para negociar con la madre de Gilles hasta el momento en que tiró sus guantes al canal. Lo único que no les contó fue el secreto de Gilles —era cosa de este hacerlo o no—, ni tampoco lo que había recordado. La huella roja de una mano en una pared blanca. ¿Cómo podía hacerlo? Afortunadamente, Cornelia y Alis estaban más preocupadas por protegerla de las consecuencias de sus actos que por interrogarla acerca de las razones que los habían motivado.

—¿Dices que no has dejado ninguna señal de haber estado ahí? —preguntó Cornelia.

—No puedo estar segura, pero he tenido cuidado.

Alis se pasó las manos por el pelo, haciendo que sus grises rizos se le alborotaran y quedaran de punta.

—Madame Roux vino aquí. Alguien podría haberla visto.

Louise asintió.

—Y a mí me ha mencionado a Bernarda y Zeedijk, de modo que es posible que también haya estado ahí.

—Lo cierto es que no podemos estar seguros de quién sabe que se encontraba en Ámsterdam, si es que lo sabe alguien —dijo Cornelia, y luego se volvió hacia Gilles—. Ni tampoco quién está al tanto de su parentesco contigo, muchacho.

Después de su momento de indiscreción, este no había dicho nada más y se había retirado a un lugar junto a la ventana.

—¿Gilles? —insistió Louise.

—Creo que es muy sencillo —dijo finalmente—. Se ha cometido un crimen en mi nombre, así que debo ser yo quien asuma la responsabilidad. Vos, madame Reydon-Joubert, me lo habéis dado todo. —Se volvió hacia Cornelia y Alis—. Y vosotras dos me habéis acogido en vuestro hogar y ofrecido la oportunidad de aprender y trabajar y...

La voz le flaqueó. La expresión de su rostro delataba la angustia que sentía. Louise no pudo soportarlo más.

—Gilles... —comenzó a decir, pero él prosiguió.

—No tardarán en hallar el cadáver de mi madre. —Hizo una pausa—. Podéis pensar que soy un monstruo, pero soy incapaz de llorar su muerte. Era una mujer... —Tragó saliva—. Bueno, eso no importa ahora. Antes de venir aquí debió de asegurarse de que contaba con toda la información necesaria. Y alguien debió de verla en Warmoesstraat, alguien la recordará. —Se volvió hacia Louise—. Cuando corra la voz de que han encontrado un cadáver en Rokin, ¿no creéis que el chaval se acordará de la mujer en Plaats que le ofreció un par de monedas por la información? Así pues, como digo, la solución es sencilla. Acudiré a las autoridades y confesaré haber cometido el asesinato. No puedo permitir que ninguna otra persona sufra por mi culpa.

—¡No! —exclamó Louise—. Ha sido un accidente. Si les explico que...

Gilles negó con la cabeza.

—Es el único modo —repitió.

Louise se puso de pie para acercarse a él, pero Gilles se alejó y, derrotada, ella volvió a sentarse en la silla.

—Es el único modo. Se ha cometido un crimen. Alguien ha de pagar por él.

—¡No dejaré que lo hagas! —exclamó Louise.

Cornelia había estado observando el intercambio entre ambos.

—Tus palabras te honran, Gilles. Sin embargo, hay una alternativa. —Alzó un dedo—. Que quede claro que no condono que nadie se tome la justicia por su mano. Solo Dios puede disponer de las vidas humanas, no quienes pasamos nuestras breves existencias en esta tierra. Pero está claro que esta mujer ha sido causa de mucha maldad en el mundo. Vino aquí con la intención de chantajear y ha sido su comportamiento lo que la ha conducido a la muerte. —Se quedó mirando fijamente a Louise—. Porque es así como ha sucedido, ¿verdad?

Louise sintió un destello de esperanza.

—Te doy mi palabra, Cornelia. Sí. El cuchillo de mondar estaba en sus manos. Cuando he intentado coger el testamento que guardaba en la mesita de noche, se ha abalanzado sobre mí. Yo solo estaba tratando de defenderme cuando ha caído sobre el cuchillo...

—Suficiente, pues.

Louise se inclinó hacia delante en su silla.

—¿Qué sugieres?

—Como Gilles ha dicho, es sencillo. Mi propuesta es que el *Old Moon* zarpe mañana mismo. Cuatro días antes.

Louise lo entendió de inmediato.

—De modo que habremos dejado Ámsterdam antes de que nadie tenga tiempo de relacionar a madame Roux conmigo. O con su visita a esta casa.

—Exacto.

Louise se volvió hacia Gilles y vio el mismo destello de esperanza en su rostro.

284

—¿Puede estar listo el barco, muchacho? —preguntó Cornelia.

—Si el capitán Joost está disponible, sí. El resto de la tripulación ya está preparada para zarpar.

Cornelia hizo un gesto con la mano.

—Entonces ve ahora mismo a ponerlo todo en marcha.

—Y si alguien pregunta por qué se adelanta la partida, ¿qué debo decir, mevrouw Van Raay?

Por primera vez, Cornelia sonrió.

—Di que esas son órdenes mías. Eso es todo.

«¿Es posible que sea tan sencillo?»

Louise se puso de pie para ir detrás de Gilles. Se moría por hablar con él y confirmarle que tenía el testamento.

La clara voz de Cornelia se lo impidió.

—Deja que se vaya. Alis, ¿puedes disculparnos un momento?

Esta se mostró sorprendida, pero asintió.

—Claro que sí.

Cornelia se puso lentamente de pie y extendió una mano para coger a Louise de un brazo.

—Hablaremos de camino.

—¿Adónde vamos?

—A la Oude Kerk. Lo que has hecho hoy, *lieveling*, dejará una mancha en tu alma. Yo puedo ayudarte aquí en la tierra, pero debes encontrar un modo de hacer las paces con Dios por ello. —Respiró hondo y dijo—: Vamos.

285

45

Viernes, 19 de marzo

Louise y Gilles estaban en los muelles con Cornelia y Alis a la espera de que llegara el bote que iba a llevarlos al *Old Moon*.

La actividad había sido continua desde que Louise había confesado lo que había hecho. Todo el mundo había pasado esas horas haciendo las maletas frenéticamente, dando y recibiendo órdenes, almacenando las provisiones necesarias para el viaje de seis semanas a Las Palmas... Ella, por su parte, no había hecho nada. Tras regresar de la Oude Kerk —donde había llorado por la niña que había sido y el olvidado crimen que había cometido tanto tiempo atrás—, se había quedado sentada en el salón, entumecida y conmocionada, como si estuviera en la calma del ojo de una tormenta y a su alrededor soplaran vientos huracanados. No lamentaba la muerte de madame Roux, ni su participación en ella, pero aun así su conciencia no la dejaba en paz.

«Asesiné a mi padre.»

Tardaría toda la vida en asimilar algo así. Era un secreto que había estado escondiendo —incluso a sí misma— desde la infancia. No había dormido nada, y dudaba que los demás lo hubieran hecho.

Aquella mañana, sin embargo, se sentía decidida. Si había empezado a circular algún cotilleo sobre una extranjera asesinada en una pensión de Rokin, todavía no había llegado a Warmoesstraat. Aun así, estaba nerviosa, y podía ver en sus ojos que Alis y Cornelia también lo estaban. Ninguna de ellas respiraría tranquila hasta que el *Old Moon* hubiera dejado atrás las aguas neerlandesas.

Gilles estaba pálido, pero parecía calmado mientras supervisaba cómo cargaban en el *boot* el baúl de viaje de Louise, así como la bolsa de piel en la que esta llevaba sus objetos personales, medicinas y ropa. Todavía no habían podido estar juntos a solas, pero ya tendrían tiempo más que suficiente durante la travesía.

Louise le dio un beso a Alis y luego se volvió hacia Cornelia.

—No sé cómo podré compensarte por todo esto.

—Le prometí a Minou que velaría por ti —respondió con voz ronca, y después colocó una mano en el codo de Louise y la apartó para que nadie más las oyera—. Y recuerda lo que te dije.

Louise no hizo ver que no la había entendido y asintió.

—Gilles te ama, ya lo sabes. Haría lo que fuera por ti. Sobre todo ahora. No os podéis casar, claro, pero estaréis seis semanas o así en el mar. No hagas nada que puedas lamentar cuando el barco atraque en Las Palmas, ni tampoco pongas al capitán en tu contra. Joost es... —Se quedó callada.

—¿Qué pasa, Cornelia?

La mujer mayor exhaló un suspiro.

—Este último trimestre ha sido difícil, Louise. Un florín ya no tiene el mismo valor que antes. La pérdida del *New Star*, los cambios en mi licencia... Cada vez me resulta más difícil mantener a flote la compañía. El padre de Joost ha sido muy generoso al comprarle el nombramiento a su hijo. Y, de hecho, ha aumentado su inversión en la flota misma. Nuestro querido capi-

287

tán Janssen era leal a la compañía por encima de todo. Joost, me temo, es distinto. No tengo ninguna razón para pensar que no vaya a ser un excelente capitán, lleva el mar en la sangre, pero sospecho que su principal lealtad es para consigo mismo. Tenlo en cuenta.

—¿Sabe que el *Old Moon* me pertenece?

—Su padre ha visto los libros de la compañía. Imagino que se lo habrá dicho.

Louise frunció el ceño.

—Pero estaba dispuesto a aceptarme a bordo.

—Absolutamente. Quizá incluso demasiado. —Cornelia hizo una pausa—. Puede que el *Old Moon* te pertenezca, pero en el mar él es el capitán y quien está al mando. Nunca olvides que, en cuanto levéis anclas, es su barco.

—Pareces muy preocupada.

—Bah, todo saldrá bien. Es solo que el asunto de ayer me tiene intranquila. Esto son solo los refunfuños de una mujer mayor en los muelles. —A continuación juntó las manos—. Por lo demás, si llega una carta de Chartres, te la enviaré en el siguiente barco. Está previsto que zarpe la semana que viene.

—Gracias. —Louise se sonrojó y, tras vacilar un momento, preguntó—: ¿Por qué has dicho que Gilles y yo no podríamos casarnos? No es que tenga intención de hacerlo, siento afecto por él y lamento todo lo que ha sufrido, pero...

—¿Acaso crees que no tengo ojos en la cara, *lieveling*? Cuando vi por primera vez a mi Alis pensé que se trataba de su hermano, Aimeric, que había resucitado. ¿Lo sabías? Llegó aquí a Ámsterdam vestida como un chico tras huir de un campo de refugiados de La Rochelle, meses después de la masacre de París. Minou creyó que estaba viendo a un fantasma.

Un escalofrío recorrió la columna de Louise.

—Sabías que Gilles es..., que es...

Cornelia esbozó una leve sonrisa.

—No estaba del todo segura, pero lo sospechaba. Y tenía que haber una razón muy poderosa para que su madre siguiera ejerciendo un control tan firme sobre él.

A pesar de las circunstancias de su partida, Louise se sintió aliviada por el hecho de que Cornelia conociera y pareciera aceptar su secreto. Echó un vistazo por encima del hombro a Gilles y luego volvió a mirar a Cornelia.

—¿Qué debo hacer?

Cornelia le dio unas palmaditas en una mejilla.

—Sé fiel a tu corazón, y a ti misma. Nada más importará. Alis ha sido el amor más grande mi vida, pero no ha sido fácil. Como he dicho, ten cuidado. Hay muchas personas para las cuales vivimos en pecado. Y los marineros están chapados a la antigua en muchos aspectos, sobre todo en lo que respecta a las mujeres.

Las campanas de Sint Nicolaas comenzaron a dar la media hora.

—¿Estáis lista, madame Reydon-Joubert? —preguntó Gilles extendiendo una mano hacia ella.

—Te echaremos de menos —dijo Alis con lágrimas en los ojos—. Ha sido un placer tenerte este invierno con nosotras. Tu madre habría estado orgullosa de ver la mujer en la que te has convertido.

Louise sonrió.

—La tía Bernarda no tanto.

—No tiene mala intención —respondió Alis con lealtad, como siempre hacía—. Si llega una carta para ti, Cornelia te la enviará en el siguiente barco.

—Ya se lo he dicho —gruñó Cornelia—. Amor mío, debes dejar que se vaya de una vez.

Louise permitió que Gilles la ayudara a subir al bote de remos, el *boot*, que los llevaría al barco. Luego él se sentó detrás. Ella todavía esperaba ver llegar corriendo a un mensajero con una orden de arresto. Podía imaginar el ruido de los pasos de los guardias al llevarla a la prisión de Sint Antoniespoort, donde antaño su abuelo y el padre de Cornelia habían estado encerrados. Casi podía oír cómo le leían los cargos, acusada no solo de un asesinato, sino de dos.

«¿Cómo os declaráis?»

No pudo evitar contener la respiración por lo real que resultaba la imagen. Finalmente, sin embargo, los hombres comenzaron a remar. Despacio al principio, luego ya acelerando el ritmo. Poco a poco, los fuertes latidos de su corazón se calmaron. Louise se volvió para contemplar la silueta de la ciudad, cada vez más pequeña con cada palada: las torres y los torreones de las viejas murallas medievales, la aguja de Sint Nicolaas elevándose por encima del bosque de mástiles del puerto, los espigones, los pequeños botes que iban de un lado a otro a su alrededor... También echaría de menos todo eso.

Las gaviotas revoloteaban por encima de sus cabezas mientras el bote se balanceaba surcando las aguas. El cielo azul y un brillante sol de marzo relucían detrás de las nubes, haciendo que una multitud de destellos plateados centellearan en la superficie del mar. Las condiciones eran perfectas. Pronto, Louise dejó de distinguir a Cornelia y a Alis en el muelle, si bien todavía podía ver la silueta de la Schreierstoren, la torre de las lágrimas, así llamada por todas esas mujeres que lloraban mientras sus maridos y sus hijos se hacían a la mar.

Animada por las confidencias de Cornelia, sus pensamientos volvieron al silencio de Chartres. Tantas cosas habían pasado en los cinco meses desde que había recibido la carta que esta se había convertido en poco más que una astilla bajo su piel. Lo que Cornelia le había dicho lo cambiaba todo. Louise se había resignado a la posible pérdida de su fortuna, pero si el negocio de su vieja amiga se iba a pique, ¿qué supondría eso para ella? ¿Para todos? Cuando tuviera la oportunidad, se lo preguntaría a Gilles. Este había visto los libros contables, de modo que tal vez sabía algo más. Luego otro pensamiento acudió a su mente. Estaba marchándose como una fugitiva, una criminal. Sintió una oleada de nostalgia por la casa que posiblemente ya no volvería a ver.

«¿Regresaré algún día a Ámsterdam?»

El movimiento acompasado de los remos al batir el agua, así como la voz de mando del contramaestre, calmaron su espíritu. Frente a ella, además, Louise divisó los familiares tres mástiles del *Old Moon*, resplandeciente bajo la luz primaveral, con las velas todavía recogidas pero listas para ser desplegadas. Su estado de ánimo mejoró un poco más.

El capitán Joost ya estaba a bordo, esperando a su apreciada pasajera en el alcázar. Louise pensó que sin duda tenía todo el aspecto de un capitán, ataviado como iba con un bicornio negro, un abrigo corto también negro con botones plateados, un largo chaleco rojo y calzones a juego. Joost alzó la mano para saludarla.

Ella agradeció el gesto con un movimiento de cabeza y luego le echó un vistazo a Gilles, tan formal y sombrío en su ropa oscura. Sus ojos, sin embargo, relucían ilusionados.

—La carta del *valet d'épées* puede representar a alguien que se encuentra al principio de un viaje —dijo ella—. Un nuevo comienzo.

Louise habló en un tono de voz muy bajo, pero Gilles la oyó y sonrió.

Al llegar al barco, los miembros de la tripulación desplegaron una escalera de cuerda y dio inicio el torpe proceso de trepar por un costado de la embarcación. Consciente de las palabras de Cornelia, Louise permitió que a ella la alzaran en una silla en vez de subir también por la escalera, y luego vio como los marineros se pasaban su equipaje de mano en mano hasta que todo estuvo en cubierta.

—Madame Reydon-Joubert —dijo Joost amablemente, acercándose a ella para recibirla e ignorando a Gilles. Chasqueó los dedos y un grumete apareció corriendo—. Lleva el equipaje de la señora a su camarote. Y hazlo con rapidez. —Se volvió hacia Louise—. ¿Me honraríais con vuestra compañía antes de que zarpemos? ¿Os apetece una copa de vino, quizá?

Louise dejó que Joost la escoltara al camarote del capitán, situado en la popa, plenamente consciente de que Gilles estaba siendo conducido en dirección opuesta.

Esa noche, en Warmoesstraat, Cornelia y Alis estaban sentadas en el salón. Apenas habían pasado seis horas desde que el barco había zarpado cuando al final había llegado el esperado mensajero de Chartres.

—¿Deberíamos abrirla? —preguntó Alis.

—La elección es tuya. Se trata de tu familia.

—Pero nos concierne a ambas. —Negó con la cabeza—. No, no puedo. Hazlo tú.

Alis le dio la carta a Cornelia. Esta reparó en el mismo sello de lacre rojo de los Evreux y el mismo papel blanco y grueso de la anterior misiva. Cogió el abrecartas que descansaba sobre la mesa, rompió el sello y alisó la carta. Esta vez había un nombre en la cabecera. Leyó la nota en silencio y luego se la tendió a Alis.

—Es de un tal Phillipe Vidal —dijo Cornelia—. Dice ser el hijo del fallecido lord Evreux y su esposa Anne. Al parecer, estos se casaron en Chartres el segundo día del mes de enero del año 1594. Asegura poseer el certificado del matrimonio para demostrarlo.

Alis frunció el ceño.

—Apenas unas semanas antes de que Louis viera a Marta en la catedral.

Cornelia se desplomó en la silla.

—De modo que es cierto. Ojalá hubiera llegado antes.

Alis miró a su compañera y, para su disgusto, vio que una lágrima caía por la mejilla de la mujer.

—¿Qué sucede, amor mío? Esto no es el fin de todo, tú misma se lo dijiste a Louise. Ni siquiera está claro qué es lo que quiere este tal Phillipe.

Cornelia colocó ambas manos sobre los reposabrazos.

—No podemos permitirnos seguir así.

—¿Qué quieres decir?

—Los cambios de los términos de la VOC, el final de la tregua con España, la pérdida del *New Star*... He decidido que esta temporada sea la última. Ya he tenido que hacer algunos ajustes que no me han gustado.

—¿No habrás negociado la transferencia de todas tus participaciones? —preguntó Alis horrorizada.

—No, claro que no. Lo que me dije a mí misma es que, si teníamos un buen verano, negociábamos bien y obteníamos buenos precios por nuestras mercancías, tendríamos suficiente para que tú y yo pudiéramos seguir manteniéndonos. Con Louise, sin embargo, no alcanzaría.

—¿Está al tanto ella de todo esto?

Cornelia asintió.

—No de todo el alcance de la situación, pero sí sabe que le he vendido una parte de la flota al padre de Joost. Y también es consciente de la importancia que tiene este viaje.

Por una vez en su larga relación, fue Alis quien se hizo cargo de la situación.

—Bueno, entonces poco más podemos hacer. Hay muchas

cosas que todavía desconocemos. Phillipe Vidal no indica que tenga intención alguna de impugnar la herencia de Louise. Tal vez solo desea conocer a la mujer que está emparentada por sangre con él. Su media hermana. —Hizo una pausa—. Tal y como le prometiste a Louise, le enviaremos la carta. ¿Cuál es el siguiente barco en zarpar?

—El *North Star*.

—Bien. Aunque Louise no recibirá el mensaje hasta que ya esté en Gran Canaria, al menos sabremos que hemos hecho lo debido en relación con su hermano. —Alis tomó una mano de su amada—. No te preocupes, querida Cornelia.

CUARTA PARTE

EL OCÉANO ATLÁNTICO
Y LAS ISLAS AFORTUNADAS
Abril – mayo de 1621

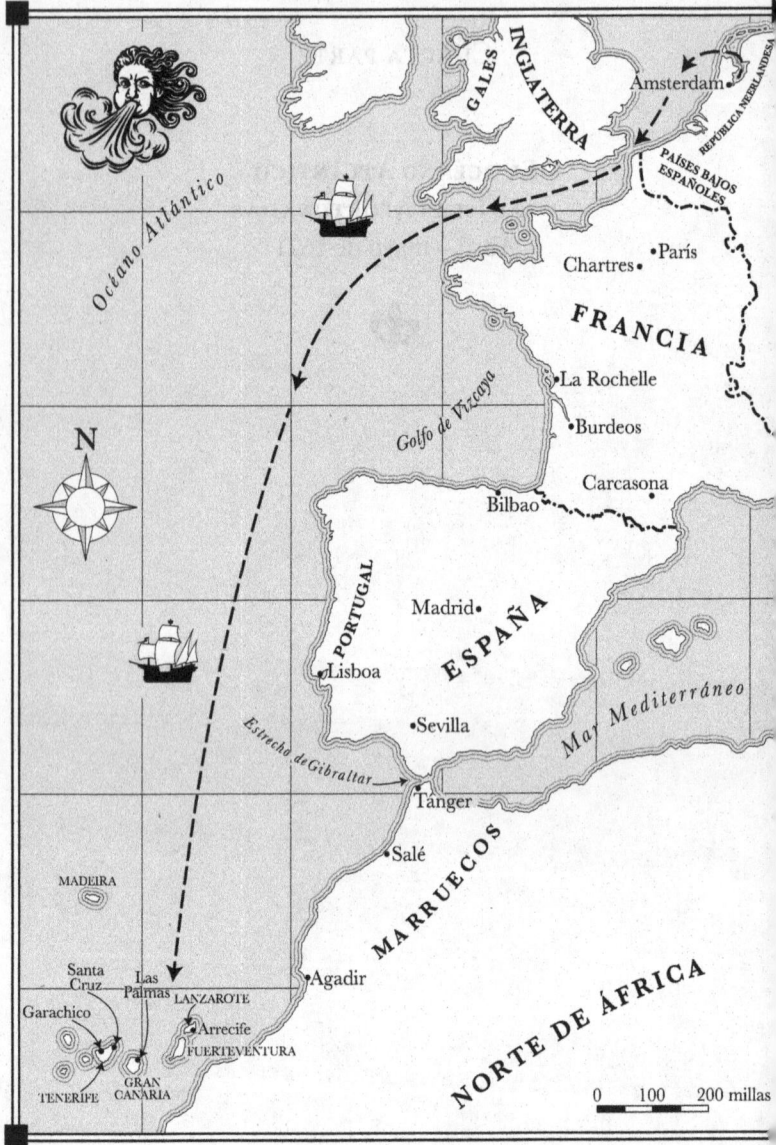

El océano Atlántico
Jueves, 1 de abril de 1621

Llevaban trece días en el mar.

El hecho de que el *Old Moon* pareciera haber cambiado, Louise sabía que se debía al carácter de su nuevo y joven capitán. Bajo el mando de este, era un barco distinto. Joost estaba ansioso por causar una buena impresión. Sus modales eran excelentes, estaba instruido y, con ella, era encantador. Nada suponía un problema excesivo. Al principio, ella había encontrado su compañía agradable. A medida que fueron pasando los días, sin embargo, había comenzado a darse cuenta de que era un tipo irascible que se mostraba desdeñoso con sus oficiales y su contramaestre. A la tripulación la trataba con severidad y, a la menor infracción, castigaba al culpable. El grumete, Pieter, un muchacho de poco más de catorce años, fue azotado al tercer día de haber zarpado solo porque se le había caído una bandeja con bebidas en el camarote de Joost. Los hermanos De Groot, pelirrojos y procedentes de Róterdam, eran objetivos habituales de sus ataques a causa del color de su pelo. E incluso su primer teniente, Jan Roord, le tenía miedo. Este era un hombre amable procedente de Amberes, pálido y con una rala barba castaña, dotado de escasa autoridad, que hacía una mueca cada vez que un marinero maldecía o usaba un lenguaje que ofendía su devota sensibilidad católica. El segundo teniente, Joris Bleeker, un experimentado marinero con la piel de la cara irritada, apenas hablaba.

Por su parte, Joost no se molestaba en ocultar su antipatía por Gilles. El barco estaba bajo su mando y dejaba claro que el joven francés se encontraba a bordo a su pesar, siendo como era un hombre de oficina sin ningún cometido específico en el barco. Lo consideraba una carga. Así las cosas, Louise había comenzado a temer que llamaran a la puerta de su camarote con otra invitación del capitán para que se uniera a él, pero se encontraba en una posición delicada. Por el bien de Cornelia, no podía permitirse el lujo de ofender a Joost a causa de la inversión que había hecho su padre en la flota Van Raay.

Gilles se sentía atrapado entre dos mundos. Cuando zarparon de La Rochelle a Ámsterdam el pasado noviembre, estaba emocionalmente entumecido a causa del dolor y la conmoción que había sufrido, y parecía más joven de lo que era. Los marineros experimentados que había conocido entonces ya estaban finalizando la temporada y se habían sentido inclinados a tratarlo con amabilidad.

Esta tripulación neerlandesa, sin embargo, era distinta. En ese viaje, él era un representante a sueldo de la compañía Van Raay. Un civil, no un marinero. Poseía muchos conocimientos técnicos, pero casi ninguna experiencia práctica en el mar. Puesto que Joost había dejado claro que no lo necesitaba para nada y nadie quería invocar la ira del capitán, todo el mundo lo evitaba. En cierto modo, esto era bueno, pues la necesidad que tenía de ocultar su verdadera naturaleza se volvía mil veces más difícil en un espacio reducido. En Ámsterdam había encontrado la solución de acudir a un lavadero público durante sus períodos mensuales. A bordo, en cambio, vivía constantemente con miedo de que lo descubrieran. Los demás hombres achacaban el hecho de que no orinara como ellos a su naturaleza escrupulosa —al fin y al cabo era francés—, y Gilles procuraba no contradecir esa idea. Era un oficinista, un chupatintas; ¿qué otra cosa cabía esperar de él? Aun así, sin embargo, resultaba difícil.

La jerarquía del barco, que el capitán Joost aplicaba escrupulosamente, también suponía que hubiera reglas estrictas en relación con los lugares a los que podía acceder. Aunque viera a Louise a lo lejos, no podía acercarse a ella a no ser que fuera requerido. Dormía en un catre de madera situado en la bodega, en vez de en una hamaca, y disponía de una mesa y un farol de vela que colgaba de un gancho, pero tenía que hacer cola con los demás miembros de la tripulación para recibir su ración de comida. Los hermanos De Groot no lo invitaban a sentarse con ellos en cubierta cuando terminaban su guardia, y el amsterdamés canoso, Jorgen, no compartía su tabaco con él. Las historias que contaban los miembros de la tripulación, escuchadas por Gilles mientras permanecía sentado a solas a su escritorio, versaban fundamentalmente sobre aquello en lo que gastarían su paga cuando regresaran a tierra, y en ellas no había lugar para criaturas de las profundidades ni tierras exóticas. Eran neerlandeses pragmáticos pendientes de un anticipo, no soñadores en busca de aventuras. Más preocupante, no obstante, le parecía el hecho de que comentaran entre susurros que no pensaban volver a navegar bajo el mando de Joost.

A pesar del constante miedo a ser descubierto, Gilles estaba encantado de encontrarse a bordo. Procuraba observar y escuchar. A cambio de un poco de vino, convenció al cocinero, Albert, para que le enseñara a hacer nudos marineros. A cambio de leerle a Lange —apodo del miembro más alto de la tripulación—* una carta de una querida de Haarlem, aprendió el funcionamiento de la jarcia: el estay mayor y los obenques, las crucetas y los flechastes que conducían a la cofa. Estudió asimismo los nombres de los bordes de las velas —pujamen, grátil, baluma, puño de escota— hasta que comprendió cómo funcionaba cada una, tanto las admiradas grandes velas cuadradas como la elegante vela latina triangular de popa. Y su aptitud con los números resultó ser valiosa para el segundo teniente, Bleeker, cuando manejaba el timón, pues lo ayudó a evitar uno o dos errores de navegación (si bien en ningún caso Gilles se atribuyó el mérito). Y debajo de la almohada, junto a su carta del tarot, guardaba una carta náutica que estaba dibujando en una hoja de papel procedente del camarote de Louise en la que trazaba su propia versión del rumbo que estaban siguiendo.

Poco a poco, Gilles se ganó la confianza de la tripulación.

Tras partir de Ámsterdam, habían surcado el mar del Norte y luego habían recorrido el canal que dividía Inglaterra de Francia, navegando en contra de un viento predominantemente del suroeste, hasta dejar atrás la punta de Cornualles en dirección a Ouessant, el punto más occidental de Francia. Dos días de lluvia hicieron que la cubierta se volviera resbaladiza y fuera imposible sujetarse en la jarcia o las velas, pero no había interferencias y avanzaban a buen ritmo a pesar del viento en contra.

Gilles tenía muchas otras cosas en la cabeza. El testamento que Louise había recuperado en Rokin confirmaba que él era el único heredero de su tío, pero no quería aceptar el legado porque consideraba que no era la persona que su tío pensaba que era. Louise le había aconsejado que no actuara con precipita-

* *Lange* significa «alto» o «largo» en neerlandés. *(N. del t.)*

ción. De momento, el administrador de esta podía seguir supervisando la tienda y el negocio (algo que habían organizado antes de dejar La Rochelle el octubre pasado). Gilles no tenía claro qué querría más adelante. Por ahora, pensaba él, le bastaba con estar en el *Old Moon* con Louise.

Doce días después de haber zarpado, el viento cambió y comenzó a soplar del noroeste, con lo que aumentaron la velocidad. Rodearon el cabo Finisterre con todas las velas del palo mayor y del trinquete completamente hinchadas y restallando gracias a los vientos que los conducirían hacia el sur, en dirección al norte de África y luego a las Islas Afortunadas.

Esta, decidió Gilles, era la vida para la que había nacido.

Tras casi dos semanas en el mar, Louise ya no podía negar que el interés que Joost mostraba por ella iba más allá del deber de un capitán para con una pasajera especial.

Él tenía unos cinco años menos que ella, estaba soltero y sin duda había decidido que ella era un buen partido. Por el bien de la armonía en el barco, Louise no podía rechazarlo sin más y aceptaba sus invitaciones, pero procuraba no hacer nada para avivar las intenciones del capitán y se comportaba con la más estricta formalidad.

Los únicos aposentos privados de tamaño significativo en el *Old Moon* eran los dos camarotes principales situados en la popa. Gracias a la inversión que había realizado el padre de Joost, tanto el camarote del capitán como el de Louise, contiguo al primero y más pequeño, habían sido mejorados durante el invierno. Aunque no creía que Joost tuviera pensado forzarla, Louise se había acostumbrado a colocar el baúl en la puerta cuando se retiraba por las noches, y también dormía con su daga bajo la almohada.

Echaba de menos la compañía de Gilles. Habían tenido muy poco tiempo para comentar lo que había pasado en Rokin, si bien al menos había podido contarle que había encontrado el testamento de su tío y había sentido asimismo la profundidad de su agradecimiento. También había percibido su culpa por que ella hubiera actuado por su bien. Louise habría querido tranquilizarlo, pero todavía no había tenido ocasión de hacerlo.

Antes de la muerte de la madre de Gilles se había producido un acercamiento entre ambos. Ella pensaba a menudo en ese día de noviembre en Sint Luciensteeg, y sospechaba que él también lo hacía. Las advertencias de Cornelia, sin embargo, no dejaban de resonar en sus oídos, y sabía que Joost estaba observándola. El reducido espacio del barco hacía arriesgada toda conversación privada. El capitán no disimulaba la antipatía que sentía por Gilles, ni siquiera con ella, y Louise no quería proporcionarle ningún motivo de celos.

A pesar de todo, la tarde del decimocuarto día que llevaban en el mar, Louise decidió pedirle a Joost que invitara a Gilles a cenar con ellos dos. El mar estaba en calma, el tiempo era bueno y avanzaban según el calendario previsto. Ella había encontrado una excusa perfecta y legítima para que los tres cenaran juntos. Su idea era proponerle a Joost que aprendiera un poco más sobre el cargamento que llevarían de vuelta a Francia y Ámsterdam. Si bien el capitán poseía una gran confianza en sus propias capacidades, los conocimientos en vino de Gilles eran superiores, y Joost no podía negarlo.

Louise llamó a la puerta con los nudillos. No obtuvo ninguna respuesta, de modo que la abrió con cautela y echó un vistazo en el interior, a sabiendas de que no debía entrar en el camarote del capitán sin permiso.

—¿Podríamos hablar un momento? ¿Capitán Joost?

Ella era plenamente consciente de la constante melodía que

302

emitía el barco, todos los crujidos y los suspiros de la madera, mientras dejaba que sus ojos vagaran por el camarote: vio la larga mesa de roble con seis sillas que ocupaba el centro del espacio, un escritorio y una silla clavados a los tablones del suelo, y un globo terráqueo muy parecido al de Warmoesstraat. También el hermoso e intrincado portulano de Joost, su propio mapa marino, que descansaba sobre la mesa. Ya se lo había enseñado con anterioridad. Los puertos importantes estaban marcados en rojo y los menos importantes en negro. La rosa de los vientos y las líneas loxodrómicas formaban un patrón sobre el mar semejante al de una tela de araña. Junto al mapa de vitela había un astrolabio de latón que se usaba para calcular la altitud del sol, así como también una serie de relojes de arena, de una y de media hora, que se utilizaban para calcular la velocidad y controlar los cambios de guardia. Finalmente, el gran tesoro de Joost: una brújula que le había regalado su padre, quien antaño también había servido como capitán en la flota Van Raay. Se trataba de un precioso instrumento cuya aguja imantada estaba alojada en una exquisita caja de marfil.

Joost apareció y la vio asomada a la puerta.

—¡Mi querida señora! ¿A qué debo el honor?

Louise disfrutó observando cómo su presumida expresión se congelaba como si fuera un cuadro mientras ella le explicaba su propuesta.

—Si es lo que deseáis —dijo él en un tono brioso—, así lo haremos.

Louise sonrió.

—Es una cuestión más de negocios que de placer, capitán. Mevrouw Van Raay desea aumentar la gama de vinos que importa de Gran Canaria, y sé que estaría encantada de saber de vuestro interés.

Joost tomó su mano y la besó.

—Si consideráis que se trata de unos conocimientos que debo poseer, me pongo a vuestras órdenes.

—Hasta esta tarde, pues —dijo ella al tiempo que él le abría la puerta.

En cuanto estuvo en su propio camarote, Louise cogió el pañuelo de su bolsillo y se limpió la mancha de los labios del capitán.

47

En cuanto oyó cuatro campanadas, Louise regresó al camarote del capitán. Este y Gilles ya se encontraban en él. Permanecían de pie, en silencio y con una copa en la mano.

Joost se mostró inmediatamente solícito.

—Entrad, querida señora, entrad. Estábamos esperando vuestra llegada. Barenton se ha adelantado un poco.

Louise extendió una mano.

—Capitán —dijo, y luego saludó a Gilles con un movimiento de cabeza.

Este hizo una reverencia.

—Madame Reydon-Joubert.

Ella advirtió que, tal vez a causa de las horas pasadas en la cubierta mientras el barco navegaba hacia el sur, Gilles tenía más color en las mejillas, y se alegró de ver que tenía buen aspecto.

—Por favor, sentaos, querida señora. —De algún modo, Joost se las arregló para acariciarle la nuca al apartar la silla de la mesa para que Louise pudiera sentarse en ella—. Mi cocinero ha preparado un manjar digno de cualquier mesa de Ámsterdam. Más avanzado el viaje, claro está, nos veremos obligados a comer raciones en conserva. —Se volvió hacia Gilles—. Haced el favor de pasarme el decantador.

A Louise le molestó el tono en que el capitán dijo eso, pero Gilles se limitó a hacer lo que le pedía.

—¿Queréis que sirva, señor?

Joost hizo un gesto con la mano para indicarle que lo hiciera.

—¿Por qué no? No tenemos a nadie que lo haga. Perdonadme, madame Reydon-Joubert, pero la tripulación es pequeña y necesitamos que todo el mundo esté en su puesto.

—¿Ah, sí? El mar parece en calma.

Él le dijo que no con el dedo.

—Oh, no, querida señora, tan solo es una ilusión. El golfo de Vizcaya puede ser muy traicionero en esta época. El viento ha cambiado de dirección. Me temo que posiblemente nos toparemos con una borrasca, aunque nada que deba preocuparos.

Louise se lo quedó mirando.

—No es la primera vez que navego, capitán.

Al percibir su tono de reproche, él alzó la mano.

—Ah, es cierto. Se me olvidaba que sois una experimentada marinera y conocéis tan bien como yo los desafíos de estas aguas. A diferencia de vos, Barenton. Si no me equivoco, esta es vuestra primera vez en el *Old Moon*, ¿no es así?

—La segunda, señor —contestó respetuosamente Gilles.

—Bueno, esperemos que no os mareéis. Los platos están listos para servir. Si hacéis el favor.

Sin poner ninguna objeción, el muchacho llevó los platos de peltre a la mesa. Joost mantuvo su flujo de conversación constantemente dirigido a Louise, ignorando a Gilles hasta el punto de la descortesía. Cada vez que ella le hacía una pregunta o intentaba mantener una conversación a tres bandas sobre los viñedos de Las Palmas, Joost la interrumpía y contaba una historia propia. Estuvo presumiendo de la riqueza de su padre y de la casa que tenían en Leiden. También habló de su ambición de poseer su propia flota y expandirse a las Américas. El mercado de esclavos ofrecía grandes oportunidades para hombres que estuvieran dispuestos a aprovecharlas, pensaba él. Louise comenzó a lamentar haber sugerido que celebraran la cena. Aun así, cada vez que sus ojos se encontraban con los de Gilles y veía cómo este la miraba, se alegraba de poder contar con ese breve rato en su compañía.

—¿Estáis disfrutando de la vida a bordo, monsieur Barenton? —preguntó ella en un momento dado, aprovechando que Joost había hecho una pausa para coger aire.

—Sí, madame, gracias. Tengo mucho que aprender, pero... —se volvió hacia Joost y asintió— todos los miembros de la tripulación están siendo muy amables.

—Me alegra oírlo.

Joost se sirvió otra copa e ignoró a Gilles. Louise cubrió la suya con la mano y el capitán siguió contando sus historias.

Cuando sonaron seis campanadas, tras una hora que había parecido más bien un día, Joost echó hacia atrás su silla y se puso de pie.

—Si me perdonáis, madame Reydon-Joubert, debería subir al alcázar para asegurarme de que todo está en orden.

—Vuestro sentido del deber os honra, capitán.

Él tomó una mano de Louise y se la llevó a los labios. Esta tuvo que hacer un gran esfuerzo para no apartar la mano.

—Si no estáis demasiado cansada, ¿tal vez puedo invitaros a tomar algo luego?

Ella esbozó una sonrisa.

—Sois muy amable, pero he de escribir unas cartas. ¿Quizá mañana, si vuestras obligaciones os lo permiten?

—Por supuesto. Estoy a vuestras órdenes. —Se despidió haciéndole una reverencia con la cabeza y luego se volvió hacia Gilles—. Barenton, estoy seguro de que tenéis cosas que hacer.

—Sí, señor.

—Bueno, en ese caso os deseo buenas noches.

Con cierto atropello, los tres se apresuraron a dejar el camarote y salir a cubierta. Una vez fuera, Joost le hizo una reverencia a Louise, y después alzó la mano y llamó a su primer teniente. Roord le contestó, y el capitán fue a encontrarse con él.

Por un momento, Louise y Gilles se quedaron bajo el dosel de estrellas. Prácticamente era la primera vez que estaban solos desde que habían salido de Ámsterdam.

—¿Estás bien? —se apresuró a preguntar ella antes de perder la oportunidad.

—Sí. —Él hizo una pausa—. ¿Y vos?

—También. El capitán Joost es muy atento.

—Me he dado cuenta.

Se hizo un largo silencio entre ambos. Louise no quería darle las buenas noches, pero tampoco creía que pudiera arriesgarse a alargar la conversación. Podía oírse la dulce melodía de una saloma procedente de la proa. Una voz melancólica cantaba sobre pérdidas y pesares.

—¿Me haríais el favor de venir un momento a la cubierta superior? —preguntó Gilles—. Hay algo que quiero enseñaros.

—¿Estás seguro? —Era uno de los lugares más públicos del barco.

—Nadie nos está mirando.

Al avanzar por la cubierta movediza, sus cuerpos chocaron. Louise se rio y Gilles se hizo a un lado para dejar que ella pasara primero. La mano de él rozó la de ella y un estremecimiento recorrió el cuerpo de la mujer.

«Esto no puede suceder. No debo bajar la guardia.»

El corazón, sin embargo, le decía lo contrario. Sobre sus cabezas, las estrellas relucían en el cielo negro.

—¿De qué se trata? —Ella sintió otro estremecimiento cuando él le puso las manos sobre los hombros y le dio la vuelta.

—Ahí —dijo.

Louise miró hacia el horizonte y, a unas tres o cuatro millas, divisó una tormenta. Se trataba de un hermoso y espléndido espectáculo de luces que se desplazaban sobre las aguas lejanas danzando y centelleando.

—Vaya. —Ella suspiró maravillada—. Pero no viene hacia aquí —dijo basándose en la dirección del viento.

—No, pero la tripulación dice que la marea está subiendo. Creen que algo está formándose en el oeste.

—¿Una tormenta?

Gilles asintió.

—Eso dicen.

Louise se volvió hacia él.

—¿Tienes miedo?

En la oscuridad, estaba segura de que Gilles estaba sonriendo.

—¿Debería tenerlo, madame?

—Louise —susurró ella—. ¿No lo acordamos así?

—No, no tengo miedo, Louise.

Y entonces él le colocó una mano en la mejilla y la atrajo hacia sí. Se dieron un tenue beso. Ella notó que su cuerpo se inclinaba hasta quedar pegado al de Gilles como dos mitades de la misma moneda.

Permanecieron juntos por un momento, escuchando el sonido del agua contra el casco, la lejana melodía de una flauta, y los latidos de sus propios corazones. Por primera vez desde que había visto a madame Roux caer al suelo, por primera vez desde que había recordado lo que pasó en aquella habitación de Kalverstraat, Louise se sintió completamente en paz.

Entonces oyeron a Joost gritando desde abajo y se separaron de golpe.

—Perdonad que os interrumpa —dijo el capitán en un enojado tono de voz—, pero nos estamos acercando a una borrasca. Si me hacéis el favor, madame Reydon-Joubert, será mejor que os retiréis a vuestro camarote. Y vos, Barenton, id a la bodega. No hagáis que lamente haberos proporcionado acceso a la totalidad del barco.

48

Viernes, 2 de abril

La tormenta los alcanzó a las tres de la madrugada. Una única ráfaga de viento impactó en la proa cual disparo de advertencia y el barco empezó a balancearse y cabecear, elevándose y desplomándose estrepitosamente a sotavento. Al cabo de unos momentos, se vieron atrapados por varias cortinas de agua sucesivas, negras y verdes, y el *Old Moon* comenzó a luchar por su vida escorándose, desviándose y colisionando con las olas que amenazaban con hundirlo.

El contramaestre Jansz, los hermanos De Groot y Lange arriaron las velas y cerraron las escotillas. Luego ataron todos los cabos y aseguraron todos los faroles a babor y a estribor, dejando que las llamas se consumieran en sus jaulas de madera antes de que las apagara otra ráfaga de viento a estribor. Olas monstruosas coronadas con espuma blanca se alzaban y cernían por encima de la embarcación antes de caer con gran estruendo sobre la cubierta.

Gilles no había oído nunca un fragor tan estruendoso como el que producía el viento con la jarcia. Parecía imposible que el *Old Moon* no fuera a partirse en dos con cada trueno y cada rayo o cada vertiginosa zambullida del barco en las profundidades antes de ser empujado de nuevo hacia arriba cual corcho.

Joost estaba al timón con el segundo teniente, Bleeker, a su lado. La tripulación achicaba agua frenéticamente con cubos de madera, intentando evitar que la cubierta se inundara. Bajo esta, otros estaban ocupados con la bomba de sentina, accionando la palanca de metal arriba y abajo para vaciar de agua la cubierta inferior. El agua que caía desde el alcázar luego se filtraba por debajo de la puerta del camarote del capitán, pues los sacos de arena proporcionaban escasa protección. Gilles resbaló y cayó con fuerza de costado. Volvió a levantarse con dificultad y, agarrándose a todo lo que podía, consiguió llegar hasta el alcázar.

—¿Qué puedo hacer?

—Está entrando mucha agua. —Lange le arrojó un cubo—. Ayuda a los demás o nos hundiremos.

Gilles se unió al resto de los miembros de la tripulación, que a duras penas conseguían mantener el equilibrio mientras intentaban desesperadamente achicar el agua de la cubierta. En un momento dado, vieron como el contramaestre salía despedido y se abría la cabeza con la mesana. Avanzando contra el viento, Gilles consiguió arrastrar a Jansz por la cubierta, bajarlo a la bodega y tumbarlo en su propio catre, dejando un reguero de sangre detrás. De repente, vio que Louise se encontraba a su lado y le ofrecía un paño para que contuviera la sangre que manaba de la herida que el contramaestre se había hecho en la cabeza. Gilles colocó el paño sobre la herida abierta, pero la sangre no paraba de salir.

—¿Puedes quedarte con él? —dijo él con un tono de urgencia—. Me necesitan en cubierta.

Louise le puso una mano en el brazo.

—Ten mucho cuidado.

Él asintió y, dando tumbos como un borracho, consiguió llegar a la escalera y subió de vuelta al ojo de la tormenta.

Jansz era un hombre enjuto con una nariz torcida que se había roto en más de una desventura pasada. Louise sabía que debía limpiar el paño para que no se infectara la herida. Necesitaba miel para depurar y coagular la sangre. Se dirigió hacia la cocina, andando de lado como un cangrejo y agarrándose a lo que podía para evitar salir volando por la bodega cual muñeca de trapo. Avanzaba lentamente y tardó mucho en llegar y volver de la cocina, donde las brasas del fuego ardían sin nadie que las supervisara.

El contramaestre soltó un gruñido cuando Louise se puso a limpiar y curar la herida, pero al fin esta consiguió que dejara de sangrar.

Quería regresar a cubierta para estar con Gilles, pero se obligó a sí misma a permanecer en la bodega. Su presencia arriba solo sería una distracción. En cuanto a lo que había pasado entre ellos dos bajo las estrellas, intentó apartarlo de su mente. Todavía le sorprendía que lo que le había contado acerca de su naturaleza no hubiera cambiado nada. Era Gilles, ni más ni menos.

«¿Es esto amor? —se preguntó—. ¿Esta mansa aceptación?»

De repente oyó un ensordecedor chasquido y los gritos de los hombres de la tripulación. El barco se escoró peligrosamente a estribor y tuvo que agarrarse con fuerza al borde del catre de madera de Gilles. Sentía como el estómago se le revolvía con cada vaivén del barco y comenzó a rezar para que él lograra sobrevivir a la noche. Para que todos consiguieran ver la luz de un nuevo día.

Durante varias horas, el viento fue implacable. Despiadado, constante, severo. Incluso bajo cubierta, el agua llegaba hasta las rodillas. Se derramaba por el costado hacia el que se inclinaba la embarcación y se filtraba por cada grieta o rendija en la madera como si una presa se hubiera roto. La ciudad flotante estaba anegándose. Aunque había experimentado otras tormentas en el golfo de Vizcaya y los cortantes vientos del mar del Norte, Louise no había temido nunca antes por su vida. Esta vez, sin embargo, le costaba creer que el *Old Moon* fuera a resistir esa tempestad.

Y de repente, poco después de las seis de la mañana, se hizo la calma. Con la llegada del alba, el viento amainó tan deprisa como se había levantado. El barco comenzó a estabilizarse, cabeceando ligeramente hacia atrás y hacia delante en las olas menguantes hasta que la marejada hubo remitido por completo. Louise alzó la cabeza que tenía apoyada en los brazos, constató el silencio y luego echó un vistazo a su paciente. Jansz estaba durmiendo sin señales de padecer fiebre.

Todavía insegura, se puso de pie. Tenía manchas de sangre en el vestido y tanto sus zapatos como sus medias estaban empapados, pero no había sufrido ningún daño. Con paso vacilante —su cuerpo se inclinaba de un lado a otro como si la tormenta siguiera zarandeando el barco—, Louise se abrió camino hasta la escalera y subió a cubierta. Horrorizada, vio la devastación que la tormenta había causado. La vela mayor estaba rasgada y colgaba de unos hilos, el mastelero de juanete se había partido y una de las mitades yacía astillada sobre la cubierta. Por todo el alcázar había faroles hechos añicos. Los hermanos De Groot y Pieter estaban barriendo los escombros de la tormenta. Lange y Jorgen habían comenzado a reparar la jarcia. Bleeker estaba al timón con una expresión de sombría determinación en el rostro.

«¿Dónde está Gilles?»

El teniente Roord pasó a su lado con andares tambaleantes y el rostro pálido como la leche. Louise lo agarró del brazo.

—¿Hemos perdido a alguien?

—A nadie —contestó él santiguándose—. Alabado sea el Señor.

Joost estaba en el alcázar inspeccionando los daños. No habían hablado desde las pocas palabras que habían intercambiado antes de la tormenta. Sabía que la había visto con Gilles, el manifiesto enfado con el que se había dirigido a ellos lo había dejado bien claro, pero decidió que sería mejor hacer ver que no había pasado.

—Capitán, deseo felicitaros por haber conseguido que el barco superara la tormenta —dijo ella.

Él la miró fríamente.

—¿Necesitáis algo, madame Reydon-Joubert?

—¿Sabéis dónde se encuentra Gilles Barenton? Querría que escribiera un informe para mevrouw Van Raay.

—Ese no es su trabajo —respondió Joost—. A su debido tiempo, yo me encargaré de enviar un informe a Ámsterdam con todo lo que necesiten saber.

Louise alzó la mano disculpándose. Sería mejor que no lo contrariara aún más.

—Pensaba únicamente en el inventario de provisiones, pero os pido disculpas. No desearía que pensarais que quería entrometerme. ¿Podríais decirme al menos si tenéis intención de encontrar algún puerto seguro para reparar los desperfectos o planeáis seguir el rumbo hacia Las Palmas?

—No hay nada que no podamos arreglar en el mar.

—Me alegra oírlo.

Él se cruzó de brazos.

—¿Algo más?

Ella lo miró directamente a los ojos.

—No habéis contestado mi pregunta, capitán.

Una taimada expresión se formó en el rostro de Joost.

—¿Barenton? Está encerrado en el pañol de popa.

Louise creyó que lo había oído mal.

—¿Cómo decís?

El capitán descendió la escalera y se acercó a ella. Sus ojos relucían maliciosamente.

—Es un ladrón, señora.

—¿Qué queréis decir?

—Me han robado la brújula. La única persona que ha estado en mi camarote, aparte de él y de mí mismo, sois vos. —Se inclinó hacia ella—. Y no voy a cometer la descortesía de acusaros a vos de robo, señora. Sin duda, Barenton aprovechó la tormenta para hacerse con ella. Esa brújula tiene un valor sentimental para mí. Me la regaló mi padre. La caja está hecha de marfil procedente de África.

—Eso es ridículo —dijo ella con indignación, y de golpe se quedó petrificada. Si Joost registraba a Gilles, descubriría su secreto. Decidió adoptar un tono más conciliatorio—. Seguro que la brújula se ha extraviado a causa de la tormenta. Si me permitís, os ayudaré a buscarla.

—No necesito vuestra ayuda, madame Reydon-Joubert. Barenton permanecerá encerrado hasta que pueda encargarme de él. Estoy seguro de que no hace falta que os recuerde que sois una invitada en este barco. Ahora, si me disculpáis, hay muchas cosas que hacer. Entre ellas, disciplinar al contramaestre por haber abandonado su puesto.

Louise se horrorizó.

—No, capitán. Jansz sufrió una herida en la cabeza y se quedó inconsciente. Yo misma estuve cuidándolo. No podía tenerse en pie.

—No se encontraba en su puesto cuando lo necesitaba.

—Por cortesía hacia mi persona, os pido que lo reconsideréis.

Joost se la quedó mirando con los ojos entrecerrados.

—Puede que vuestro nombre figure en la escritura de venta del barco, madame, pero el capitán soy yo. —Joost se volvió para marcharse, pero antes de hacerlo la miró un momento con una expresión calculadora en el rostro—. Si me hacéis el favor de uniros a mí para cenar esta noche, tal vez podamos discutir la situación de Barenton.

Louise quiso seguir protestando, pero no había nada más que pudiera hacer. El hecho de ser la propietaria del *Old Moon* carecía de importancia en el mar. Ahí la palabra del capitán era ley. Que este fuera un tirano o un benigno dictador dependía del hombre. Estaba a punto de retirarse a su camarote cuando oyó un ruido procedente de una escotilla que conducía a la cubierta inferior.

Al volverse, vio que los hermanos De Groot arrastraban por cubierta al contramaestre, todavía aturdido. Con una clara expresión de profunda aversión por las órdenes recibidas, el teniente Roord le quitó a Jansz la camisa ensangrentada y le ató las manos alrededor del mástil de mesana con una cuerda. A Louise le pareció que le susurraba asimismo unas palabras de disculpa. Incapaz de sostener el peso de su propio cuerpo, el contramaestre se desplomó alrededor del mástil.

—¡Poneos en pie! —le ordenó el capitán al tiempo que Pieter colocaba en su mano un látigo conocido popularmente como «gato de nueve colas» por sus nueve tiras de cuero con nudos en los extremos.

Louise se obligó a sí misma a no apartar la mirada mientras el capitán propinaba diez azotes en la espalda desnuda del contramaestre, cada uno con más ferocidad que el anterior. Era consciente de que Joost pretendía que aquello fuera una advertencia para ella: esto era lo que le esperaba a Gilles si lo declaraban culpable. No pudo evitar sentirse asqueada por no haber podido impedir ese brutal castigo, así como por la absurda situación que la convertía en una subordinada en su propio barco.

Jansz se encogió de dolor con cada azote, pero no gritó. Cuando le desataron las manos, su maltrecho cuerpo se desplomó en la cubierta.

«Piel, sangre y hueso.»

Joost había dejado clara su postura. Louise sintió una profunda lástima por el contramaestre, y se prometió escribir a Cornelia para contarle lo que había sucedido. En los rostros de los demás miembros de la tripulación reconoció el mismo desprecio y odio por el capitán que en esos momentos sentía ella. Roord había cerrado los ojos y estaba murmurando una oración. Lo que importaba ahora, sin embargo, era liberar a Gilles.

—Cenaré con vos esta noche, capitán —dijo ella cuando Joost pasó a su lado. En sus ojos podía percibirse el placer que le había proporcionado su sádico esfuerzo—. Me gustaría hablar sobre esto.

Él se detuvo a su lado con la respiración jadeante.

—No hay nada de que hablar, madame. —Y a continuación sonrió—. Pero de todos modos espero ansioso vuestra compañía.

49

Desde la oscuridad de un pañol sin ventilación, Gilles podía oír que la tripulación martilleaba clavos y serraba madera en la cubierta para reparar los daños causados por la tormenta. Eso, y también los gimoteos del contramaestre, que había sido azotado por el «pecado» de haber sufrido una herida y, por ello, haber abandonado su puesto. Este yacía ahora medio inconsciente en el suelo a su lado.

Gilles se quitó su propio cuello de lino y lo usó para intentar contener la sangre de las heridas de Jansz. Las diez marcas con forma de garra que este tenía en su espalda, todas en carne viva y supurantes, estaban ensangrentadas. Usó asimismo su pañuelo para la herida de la cabeza, que había vuelto a abrirse.

Solo una vez se había sentido incitado a recurrir a la violencia —cuando había atacado a su madre en aquel callejón de La Rochelle—, pero si el capitán hubiera aparecido en la despensa en ese momento, Gilles lo habría matado. Joost se había esforzado en infligirle a Jansz el máximo de daño posible, azotando repetidamente la espalda en el mismo punto para hacer más profundas las heridas. No era solo algo salvaje y cruel, sino también estúpido. El contramaestre era el responsable de las velas, la jarcia, el ancla y todo el trabajo en cubierta, de modo que Joost había incapacitado a uno de los miembros más importantes de su tripulación. Esto era una auténtica insensatez, sobre todo después de los daños que el barco había sufrido la noche anterior. No había nadie más que pudiera ocupar su puesto. El teniente Roord era un hombre de carácter manso que se encontraba más allá de sus capacidades físicas y a quien, más que respetar, los hombres toleraban. Y, aunque se mostraba discreto al respecto, lo cierto era que su catolicismo no sentaba demasiado bien a una tripulación en la que todos eran calvinistas. En cuanto al segundo teniente, Bleeker, era también de pocas palabras. Jansz, por otro lado, era querido y respetado. Era un hombre justo.

Una rata pasó corriendo junto a sus pies. Gilles le dio una patada. Apenas había espacio para ponerse de pie, pero apoyó las rodillas en el suelo y extendió los brazos mientras se preguntaba qué tendría planeado hacerle Joost. Él no había robado la brújula —ni siquiera recordaba haberla visto cuando cenaron juntos— y había aprendido hacía tiempo a disociar su mente y su cuerpo, pero la idea de que Louise pudiera estar implicada de algún modo lo preocupaba. Ni siquiera sabía si esta había superado indemne la tormenta.

Entrelazó los dedos de sus manos y notó como sus músculos se tensaban. Desde que le había confesado a Louise su doble naturaleza en Ámsterdam, y el rato que habían pasado juntos bajo las estrellas la noche anterior, sus emociones habían oscilado entre la dicha por que ella lo hubiera aceptado sin más y el miedo de que en algún momento cambiara de opinión. No era ni hombre ni mujer, sino algo en el medio. Y si Joost decidía castigarlo tal y como había hecho con Jansz, toda la tripulación averiguaría su secreto en cuanto le quitaran la camisa y quedara a la vista la venda que cubría sus pechos. Vivía con temor a que lo descubrieran; y, de hecho, una vez casi lo habían pillado con sus paños de algodón sucios. Los hombres lo habían aceptado, e incluso les caía bien, pero eran supersticiosos. La presencia de un hombre-mujer como él sería vista como un mal augurio, causante de la tormenta sufrida, así como de cualquier otro infortunio: estrellas que no se ven, ausencia de viento, algas enredadas en el timón, grandes chubascos procedentes del norte. Lo culparían de todo.

A sus pies, Jansz seguía gimoteando. Louise le había limpiado la herida de la cabeza, pero las que tenía en la espalda eran demasiado cuantiosas. Cuanto más tiempo pasara ahí abajo en las sucias entrañas del barco, más probable era que se le infectara la sangre.

Gilles se sentó a su lado.

—*Het komt alleemaal goed* —dijo en su limitado neerlandés—. Todo saldrá bien. Intenta no moverte y te pondrás bien.

Louise oyó las campanadas que señalaban cada media hora de la guardia hasta que pensó que iba a volverse loca. Ocho antes del mediodía y ocho después hasta llegar a las primeras de la guardia nocturna. No dejaba de deambular de un lado a otro de su camarote, inquieta e incapaz de concentrarse en nada, igual que cuando era pequeña.

Varias veces se sentó para escribirle una nota a Gilles y hacerle saber que estaba haciendo todo lo posible para que lo liberaran. Cada una de esas veces, sin embargo, se lo pensó mejor. Si interceptaban el mensaje, solo conseguiría empeorar la situación. Al menos, al aceptar la invitación de Joost había impedido que, de momento, el capitán le hiciera nada. Tenía claro que no lo haría hasta después de su encuentro.

«Solo unas pocas horas más.»

Louise cogió su daga, presionó ligeramente su afilada punta con un dedo y luego la volvió a dejar. Todavía no había decidido cuál era el mejor rumbo a seguir. Tenía un plan, pero no estaba segura de si lograría llevarlo a cabo. Todo dependería de la tripulación. Louise esperaba que el brutal trato de Joost al contramaestre marcara un punto de inflexión. Al mismo tiempo, sin embargo, era consciente de que Jansz era popular y los demás hombres lo tenían por un hombre justo, pero eso no significaba necesariamente que fueran a ponerse en contra de Joost. Tenían que ganarse la vida, y buenos empleadores como Cornelia Van Raay eran raros de encontrar. Después recordó que Cornelia le había confesado que el padre de Joost poseía una significativa participación en la flota y no pudo evitar ser presa de la desesperación.

«Faltan tres horas.»

Miró el reloj de arena. Los granos de arena caían, marcando el paso del tiempo. Luego le dio la vuelta y esperó la llegada del anochecer.

50

Louise se vistió cuidadosamente. Se pellizcó las mejillas para darles color y escogió un vestido verde con las mangas acuchilladas y el cuello bajo. Se enroscó el pelo debajo de un gorro de encaje y lo combinó con un bolso a juego. Quería que Joost bajara la guardia. Era plenamente consciente de los polvos que llevaba escondidos en la manga, prescritos años atrás por un boticario de Ámsterdam para las noches en las que no podía dormir. Eran tan antiguos que no tenía ni idea de si todavía harían efecto, pero eran su única esperanza.

Aún era un poco pronto, de modo que decidió dar una vuelta por la cubierta para tratar de evaluar el ánimo de la tripulación. Esa noche no había jarras de peltre alzadas para brindar por su salvación, tampoco melodías interpretadas en una flauta irlandesa ni salomas cantadas para amenizar el trabajo. Parecía como si el *Old Moon* estuviera conteniendo el aliento.

Permaneció un momento apoyada en el pasamano de la borda, a sotavento de la vela latina, escuchando el suave suspiro de esta. El mar estaba en calma, apenas soplaba el viento y la embarcación se encontraba en el silencio. La luna salió de detrás de una nube, esparciendo diamantes de luz sobre la rizada superficie del mar.

A la hora acordada, Louise llamó con los nudillos a la puerta del camarote del capitán. A pesar de la tormenta, en el interior de la estancia todo tenía el mismo aspecto que la noche anterior: la larga mesa de comer con sus sillas, el escritorio del capitán, el globo terráqueo en el centro de la mesa, el catre en un rincón... Esta vez, sin embargo, solo dos comensales estaban previstos —dos copas y platos de peltre, con una cuchara y un cuchillo a cada lado— y el reloj de arena que medía medias horas había sido colocado sobre el baúl que había junto a la puerta. Asimismo, unas velas de cera habían reemplazado las de sebo, que humeaban y ennegrecían el aire del camarote. Todo, pensó sombríamente Louise, estaba dispuesto para llegar a un acuerdo. Y esa noche, el miembro más joven de la tripulación, Pieter, servía la mesa. Parecía aterrorizado.

—Bienvenida, madame —dijo Joost al tiempo que apartaba la silla de la mesa para que ella se sentara—. Por favor.

La cena comenzó: una ensalada con la última col fresca, un plato de cebollas, un filete de lubina horneada. A medida que iban dando cuenta de cada plato, Louise animaba a Joost a que se rellenara la copa mientras ella se las arreglaba para mantener la suya prácticamente intacta. Durante la cena, se mostró encantadora y escuchaba con atención los grandes planes de Joost para su propia flota, fingiendo no oír los comentarios maliciosos sobre el estado de las finanzas de Cornelia. Y, mientras tanto, esperaba la oportunidad adecuada para actuar. Expresó su entusiasmo por el plato principal, cerdo salado seguido de queso gouda, aunque en realidad apenas podía tragar.

—Estoy seguro de que antes habéis pensado que he actuado con excesiva dureza —dijo Joost arrastrando las palabras—. Las damas tenéis el corazón demasiado tierno. La mano dura es necesaria, en caso contrario uno perdería toda autoridad.

—Un hombre que abandona su puesto pone en riesgo toda la embarcación —contestó Louise sin perder su sonrisa.

Los ojos del capitán relucieron.

—Exactamente, querida, exactamente. —Chasqueó los dedos—. ¡Muchacho!

Pieter se acercó corriendo.

—Más vino para madame Reydon-Joubert.

—La jarra está vacía, capitán —farfulló el muchacho.

—Pues ve a buscar más, idiota.

Joost arrojó las llaves al pecho de Pieter. El muchacho intentó abrir la cerradura pero no podía y, poniéndose cada vez más nervioso, se le cayeron las llaves al suelo.

—Por el amor de Dios —bramó el capitán echando hacia atrás su silla. Apartó a Pieter de un empujón y se dirigió al aparador.

Louise aprovechó la oportunidad. Rápida como un relámpago, cogió el láudano que escondía en la manga, vació los polvos en la copa de Joost y se apresuró a sentarse de nuevo. El corazón le latía con fuerza.

—Si uno quiere que se haga algo... —dijo Joost con arrogancia mientras regresaba a su asiento—. Mis tenientes son igual de inútiles. Roord es debilucho y el rostro de Bleeker, con todas esa pústulas y verrugas, puede revolver el estómago más fuerte.

Se quedó un momento callado cuando Pieter se acercó tímidamente con la jarra de vino recién decantado.

—Ya era hora —dijo Joost, y señaló la copa de Louise.

Ella negó con la cabeza.

—El capitán debería ser el primero en beber —señaló ella—. Y ahora, Hendrik, si es que permitís que me dirija a vos por vuestro nombre...

Él se lo tomó como una invitación y alargó el brazo sobre la mesa para cogerle la mano.

—Querida dama, dentro de estas cuatro paredes podéis

hacer cuanto gustéis. —La miró lascivamente—. Todo cuanto gustéis.

—Querría hablar acerca de mi secretario, Gilles Barenton.

Joost frunció el ceño e intentó apartar la mano, pero Louise se la retuvo con fuerza.

—Si estáis seguro de que es responsable del robo, sin duda debéis tomar cualquier medida que creáis conveniente. Eso si es que estáis realmente seguro. —Ella lo miró a los ojos—. Ahora bien, debo advertiros de algo. Ese muchacho es un pariente lejano de un querido amigo de mevrouw Van Raay y esta decidió tomarlo bajo su protección. Le entristecería profundamente saber que ha habido algún tipo de malentendido y... —Se inclinó hacia él—. Por supuesto, soy consciente de que vuestro padre es un importante accionista en la compañía, y estamos todos muy agradecidos por su generosidad. Pero estaríais haciéndome un gran favor personal si os asegurarais de que este desafortunado incidente no llega a oídos de Cornelia. —Rezando para que esta la perdonara, añadió—: Es una mujer mayor, Hendrik. Es bien posible que esta sea su última temporada. En ese caso, la flota entera necesitará a alguien nuevo al mando. O, incluso, un nuevo propietario.

Louise percibió la indecisión en los ojos del capitán, un hombre ebrio de su propio poder y privilegio. Joost se balanceó en la silla, parpadeando como si le costara enfocar la mirada.

—Pensaba que tal vez teníais un interés especial en Barenton —farfulló arrastrando las palabras.

Odiándose a sí misma por interpretar tan bien su papel, Louise se rio.

—¡Qué idea! Siempre he sido amable con el muchacho por el bien de mevrouw Van Raay y, anoche, después de la cena, me dijo que añoraba La Rochelle, así que me sentí obligada a consolarlo. Más allá de eso, no hay nada.

Louise observó la expresión del rostro de Joost para tratar de deducir si el láudano estaba teniendo algún efecto. No podía estar segura.

Él hizo un gesto con la mano.

—Pensaba que vos y él...

—Si el muchacho ha malinterpretado mi cortesía, lo lamento de veras —dijo ella interrumpiéndolo—. Ahora bien, no creo que se me pueda responsabilizar de ello. Con frecuencia, la amabilidad suele confundirse con algo más.

—Muy cierto.

A Joost le costaba cada vez más mantener la concentración. El codo le resbaló de la mesa mientras trataba de conciliar lo que ella estaba diciendo con lo que él había presenciado la noche anterior. La arrogancia ganó.

—Si libero a Barenton —indicó él—, deberá permanecer confinado en la bodega. No puedo permitir que un ladrón deambule libremente por el barco.

—Claro, claro. Muy sabio por vuestra parte. —Louise sonrió—. ¿Podríais enviar la orden ahora mismo, Hendrik?

Él dejó caer un puño sobre la mesa.

—¡Papel y pluma!

Pieter pareció tardar una eternidad en regresar a la mesa. Louise observó que Joost intentaba enfocar su errática mirada. La mano le resbaló en más de una ocasión mientras formaba las palabras, pero finalmente la orden quedó escrita.

—Gracias —dijo ella—. Estoy en deuda con vos.

Joost arrojó el papel al pecho del muchacho.

—Asegúrate de que se cumpla.

Louise esperó hasta que Pieter hubo salido del camarote antes de alzar su copa para brindar.

—Ahora que estamos solos, brindemos por vuestro continuado éxito, Hendrik. No me cabe la menor duda de que tenéis por delante una distinguida carrera.

—Sería mejor todavía con la esposa adecuada a mi lado.

—Seguro que en Leiden o en Ámsterdam hay muchas candidatas apropiadas —dijo ella juguetonamente, haciendo ver que no lo había entendido.

Joost extendió la mano sobre la mesa y la puso encima de la suya.

—Ya sabéis lo que quiero decir...

Pensando en Gilles y en Cornelia, Louise se obligó a sí misma a no retirar la mano.

—¿Acaso vuestro padre no desearía que os casarais con la hija de otra familia importante?

—Necias apocadas —soltó él con desdén—. Yo preferiría a una mujer más madura. Que pueda guiarme y...

De repente, Joost se abalanzó sobre ella. Aunque Louise había esperado que sucediera algo así, la agilidad del capitán la pilló por sorpresa.

—¡Capitán Joost! ¡No os precipitéis!

—No hace falta que os hagáis la inocente —masculló cogiéndola por la cintura—. Habéis estado jugando conmigo toda la noche. ¿Es que me tomáis por idiota?

—No, capitán —protestó ella mientras él metía por la fuerza una mano por debajo de su falda.

Louise intentó apartarlo, pero era demasiado fuerte. Y, de repente, otro recuerdo de su padre y su madre acudió a su mente. Enaguas y carne. Durante años no había comprendido lo que había presenciado. Ahora por fin lo entendió.

—¡Deteneos! —exclamó ella. El miedo y ese recuerdo proporcionaron a su voz una fuerza inusitada—. ¡Soltadme!

La puerta se abrió.

Pieter vio lo que estaba aconteciendo y, acto seguido, fue corriendo hacia ellos y apartó al capitán. Este se lo quedó mirando un momento, y luego se volvió hacia Louise. Parecía como si no tuviera ni idea de quién era ella ni dónde se encontraban. Después se deslizó poco a poco hacia el suelo arrastrando consigo su copa y su plato. Una vez en el suelo, sus ojos parpadearon, una mano se contrajo con un espasmo y finalmente se quedó quieto.

—Lo siento, señora —dijo el muchacho con timidez—. Pensaba que el capitán estaba...

—Y así era —contestó ella con voz temblorosa—. Agradezco tu ayuda, Pieter. Eres muy valiente.

Louise miró a Joost. Este yacía en el suelo con los brazos y las piernas extendidos y una mancha de vino en la camisa. La primera parte de su plan había funcionado. La pregunta ahora era si la tripulación apoyaría su propuesta. Respiró hondo.

—¿Has presenciado lo que ha sucedido?

—Sí, señora.

—En ese caso, ¿podrías, por favor, ir a buscar a monsieur Barenton?

Al cabo de unos pocos minutos, Pieter regresó con Gilles.

—¿En qué puedo ayudaros, madame Reydon-Joubert? —Entonces vio al capitán inconsciente en el suelo—. ¡Vaya! ¿Está...?

—Me temo que ha tomado demasiado vino —respondió Louise con serenidad—. Eso ha provocado que se comportara de un modo inapropiado para su puesto y mi posición. Delante de este joven, además.

Gilles se dio la vuelta.

—¿Tú lo has visto?

—Sí, señor.

—¿Cuánto vino ha tomado?

—No sabría decirlo, señor.

—Pero ¿más de lo que debería?

—Sí, monsieur. Y cuando he entrado en el camarote, estaba...

Louise lo interrumpió.

—Es suficiente, Pieter. ¿Podrías ir a buscar al teniente Roord y pedirle que venga?

En cuanto el muchacho se hubo marchado, Gilles tomó una mano de Louise. Al hacerlo, vio la marca roja que tenía en la muñeca.

—Querida mía, ¿qué ha pasado? ¿Te ha hecho daño?

—Estoy bien. —Llevó una mano a una mejilla de Gilles—. ¿Y tú?

—¿Ha intentado forzarte? Si lo ha hecho, le romperé el cuello.

—Le he dado láudano —dijo ella en voz baja—. El resto, se lo ha hecho él mismo. —Ella notó en su mirada que Gilles no sabía bien qué decir o preguntar—. No se me ocurría otro modo de persuadirlo para que te soltara —añadió, contestando la pregunta que veía en sus ojos—. Es un somnífero de mi propio botiquín.

—No puedes seguir arriesgándote por mí, Louise. No puedo soportarlo.

—Te quiero —dijo ella simplemente—. Y también es por el bien del barco. Ahora bien, si deseamos que la tripulación esté de nuestro lado, necesito tu ayuda.

Gilles negó con la cabeza.

—No lo entiendo.

—Necesito que hables con los hombres, Gilles, y que les expliques lo que ha sucedido y lo que pretendo hacer.

Él se la quedó mirando.

—¿Y qué es?

—Este es mi barco —respondió ella—. Y pretendo recuperarlo.

Justo antes de la medianoche, Louise subió al alcázar. Había luna llena y la tripulación había sido reunida para escuchar lo que ella tenía que decir.

Todos sabían ya que Joost había sido encerrado en su camarote. Todavía no se había despertado, pero Gilles les había explicado que el capitán había intentado deshonrar a madame Reydon-Joubert y que por ello lo habían confinado en su aposento. Pieter había confirmado la historia.

—*Mijne heren* —dijo ella. Su voz sonaba con claridad en la despejada noche—. Caballeros. El comportamiento indecente y la indisposición de Joost suponen una ignominia para este barco. Sirva al menos de recordatorio de los males de la bebida. Juntos, sin embargo, hemos de seguir adelante. No tenemos otra elección. Todos y cada uno de vosotros habéis jurado lealtad a la compañía Van Raay, y sé que cumpliréis con vuestras obligaciones. —Echó un vistazo alrededor de la cubierta, sosteniendo la mirada de cada uno de los hombres que había bajo la reluciente luz de la luna hasta llegar a Jansz, que estaba sentado en una silla junto a Gilles. Su tono de voz se endureció—. Muchos de vosotros habéis sido maltratados. Y muchos de vosotros habéis deseado la oportunidad de servir a un capitán más honesto.

Los hombres se miraron entre sí sin tener todavía claro qué estaba sucediendo. Si Joost era relevado de su mando, el sucesor natural debería ser el primer teniente Roord, pero este permanecía detrás de madame Reydon-Joubert con los brazos cruzados y el segundo teniente a su lado.

—Es por eso que, con la autoridad que me confiere el hecho de ser la propietaria del *Old Moon*, así como mi estrecha relación con mevrouw Van Raay, he decidido asumir el mando de la embarcación.

Alguien soltó un grito ahogado, y de inmediato los demás lo hicieron callar.

—Comprendo que, para muchos de vosotros, esto resulta impensable. ¿Una mujer a cargo? ¿Cuándo se ha visto algo semejante? Y entiendo vuestro recelo. Pero, caballeros, os prometo que seré tan justa como pueda serlo cualquier hombre, y también que recompensaré generosamente a quien me sirva. Aunque no he pasado muchos años de mi vida en el mar, la navegación está en mi sangre tanto como en la vuestra. Conozco las mareas y los vientos tan bien como vosotros. También sé cómo negociar un buen precio y creo en la práctica neerlandesa según la cual toda recompensa obtenida de un modo justo y honorable pertenece, por derecho, a toda la tripulación. —Señaló con la cabeza al oficial que tenía al lado—. Puesto que esta es su primera expedición en esta flota, el teniente Roord ha accedido generosamente a ofrecerme su apoyo. Y ahora os pregunto a vosotros, ¿estáis dispuestos asimismo a servir a una mujer?

Por un momento, nadie dijo nada.

—¡Yo estoy a favor! —exclamó Jansz, y comenzó a aplaudir.

—A favor. —Albert, el cocinero, dio un paso adelante. Sus anchos hombros, cara redonda y larga barba se balanceaban cuando hablaba—. Yo también estoy a favor.

Uno a uno, los demás también fueron uniéndose hasta que la cubierta se llenó de manos aplaudiendo y pies pataleando el suelo.

—Teniente, ¿haríais el favor de repartir bebida entre la tripulación? —exclamó Louise por encima del ruido—. Os agradezco a todos vuestra confianza. ¡Que Dios nos acompañe!

Mientras Roord daba la orden para que llevaran a cubierta una sopera con *bumboo*, Gilles se acercó silenciosamente a ella.

—Capitana de barco, ¿eh? —susurró.

Louise miró el rostro de su amado. Parecía abrumado por el

332

orgullo que sentía. Ella no tenía ni idea de lo que sucedería cuando Joost recuperara el sentido, pero de momento había superado el primer obstáculo.

—Juntos haremos grandes cosas, Gilles —dijo ella—. Cosas que harán cantar a los ángeles.

Más tarde esa misma noche, aprovechando el cambio de guardia, alguien se metió a hurtadillas en el camarote en el que Hendrik Joost estaba confinado. Con una única estocada, le perforó el pulmón. Lo hizo con una hoja tan fina y estrecha que la herida prácticamente se cerró cuando la retiró. Joost dejó escapar un grito ahogado, como una especie de suspiro, y luego pareció seguir durmiendo. Un poco de sangre manchó el catre. Por último, su respiración se ralentizó y su corazón tartamudeó y paró de latir.

Cuando estuvo seguro de que Joost estaba muerto, el perpetrador se escabulló en la noche tan silenciosamente como había aparecido.

51

Sábado, 3 de abril

Cuando a la mañana siguiente sonaron siete campanadas, el cadáver de Hendrik Joost fue arrojado a las profundidades.

Louise había decidido que se celebrara un servicio sencillo en presencia de toda la tripulación, con el teniente Roord haciendo las veces de pastor. A pesar de que era católico, los años pasados en Ámsterdam lo habían familiarizado con los ritos de los marineros calvinistas. A Louise le parecía que el primer teniente se había equivocado de vocación. Era incompetente y nervioso como marinero, pero leía bien y con una voz clara y honesta. Su lugar estaba en el púlpito, no detrás del timón de un barco.

Cuando Roord cerró el libro de oraciones, ella asintió a modo de agradecimiento. Habría dirigido ella misma el entierro, pero había pensado que, si bien los pragmáticos marineros habían aceptado que una mujer fuera temporalmente la capitana del *Old Moon*, pedirles que además escucharan cómo pronunciaba el sermón habría sido demasiado.

Envolvieron su cadáver con una bandera neerlandesa y lo lastraron para que se hundiera bien en el mar. El *Old Moon* todavía tardaría unas semanas en llegar a Las Palmas, y no podían guardar un cadáver a bordo. Louise escribiría un informe completo para Cornelia, así como una carta de condolencias al padre de Joost, aunque no se hacía ilusiones con que este fuera a dejar el asunto en paz. De un modo u otro, habría consecuencias. El teniente Roord había certificado que la muerte parecía haber sido causada por una repentina y fatal interrupción de la respiración. Joost se había asfixiado. Lo que ella no iba a mencionar era que eso se había debido a una puñalada que le había perforado el pulmón.

«Una tragedia en alguien tan joven.»

Unas sencillas palabras calvinistas habían sido pronunciadas en el entierro, eso también lo diría Louise en su carta, destacando asimismo lo mucho que los miembros de la tripulación querían a Joost y lo honrados que se sentían de haber servido bajo su mando.

Una sarta de mentiras.

Louise no tenía ni idea de quién había entrado a hurtadillas en el camarote la pasada noche. Todos los marineros del barco poseían un cuchillo o un alfanje y a ninguno le faltaban motivos para odiar a Joost. Pero del odio al asesinato había un gran trecho.

«¿Y qué derecho tengo yo para juzgar a nadie?»

Louise echó un vistazo a Gilles, que estaba junto a Jansz. ¿Era posible que él hubiera sido el responsable? ¿No había amenazado con romperle el cuello a Joost? Cuando sus miradas se encontraron, sin embargo, se fijó en su expresión diáfana y serena y se sintió más tranquila. Ella ya estaba más allá de toda salvación, pero no quería que Gilles condenara su alma por culpa suya.

En cuanto al recuerdo que la agresión de Joost había despertado, había decidido apartarlo de su cabeza. No tenía la fortaleza necesaria para lidiar con lo que había presenciado cuando era pequeña. No en esos momentos, no todavía.

—En el nombre del Padre, del Hijo y del Espíritu Santo —dijo Roord santiguándose—. Amén.

Louise asintió. Jorgen y Lange dieron un paso adelante e inclinaron la tabla. El cadáver resbaló y cayó al mar sin apenas salpicar, y rápidamente se hundió bajo las olas a causa del pesado lastre. La tripulación permaneció un rato con las cabezas inclinadas hasta que el contramaestre hizo sonar la campana para señalar que el servicio había terminado. Al silencio que se hizo en cubierta le siguió el ruido de los hombres dispersándose.

—Caballeros, un momento de vuestro tiempo —dijo Louise subiendo al alcázar. Miró a los hombres en sus andrajosos harapos: Albert, el cocinero, ataviado con su delantal; el teniente Roord con su largo abrigo; Jansz; Lange, que sobresalía por encima de todos los demás; los hermanos De Groot y su pelo rojo; la barba canosa de Jorgen; las escuálidas extremidades de Pieter—. No os hagáis ilusiones, esto no ha terminado. Hendrik Joost era el hijo de un hombre rico e influyente. Alguno de vosotros sabe qué es lo que pasó. No tengo intención de investigarlo, pero estaré en mi camarote hasta que suene la próxima campanada por si, por el bien de su conciencia, alguien desea confesar algo. Después de eso, consideraré el asunto cerrado hasta nuestra llegada a Las Palmas. A cambio, os pido a todos por el bien del barco y del compañerismo que compartimos que no permitáis que este incidente sea objeto de chismorreos a bordo, ni tampoco luego en tierra. —Hizo una pausa—. Sería una muestra de bondad por vuestra parte que el padre de Joost creyera que su hijo era un comandante justo y querido, a pesar de que muchos de vosotros no penséis que merezca semejante consideración.

Louise echó un último vistazo a su alrededor para asegurarse de que habían captado su mensaje y después se volvió hacia Roord.

—Gracias por vuestras palabras, teniente. Estoy en deuda con vos. Y, si me permitís, terminaré con unas palabras de los Salmos: «Los que se hacen a la mar en sus barcos para comerciar en la inmensidad de las aguas son testigos de las obras del Señor y de sus maravillas en el piélago. Pues fue Su palabra la que desató el viento y levantó las olas». —Louise se calló un momento para que esas solemnes palabras calaran en los hombres—. Recordad, caballeros, que, a pesar del lamentable incidente de la muerte del capitán Joost, somos afortunados de estar navegando en un barco tan majestuoso como este. Y ahora, volved a vuestros puestos.

—A la orden, capitán —dijo Jansz.

Uno a uno, los hombres se dispersaron y finalmente Louise se permitió a sí misma exhalar un largo suspiro.

52

Sábado, 10 de abril

Siete días habían pasado desde que el cadáver de Joost había sido arrojado a las profundidades. En esos momentos no se encontraban lejos de la costa de Portugal y España y estaban beneficiándose de un viento del noroeste que les proporcionaba mayor velocidad en su rumbo hacia el sur. Cuando llegaran a la altura del estrecho de Gibraltar, Louise esperaba que, Dios mediante, tuvieran la suerte de verse favorecidos por un viento de levante que los llevara directamente hasta la costa del norte de África. Si todo iba bien, alcanzarían las Islas Afortunadas en tres semanas.

Louise sabía por Joost lo difícil que era mantener un rumbo. La velocidad del barco se medía con la corredera, de modo que se unió a Joris Bleeker en la cubierta superior para aprender más al respecto. A pesar de todos sus defectos, Joost ciertamente había sido un experto navegante. Louise observó cómo la corredera —un delgado cabo con nudos a intervalos regulares y atado a una pieza de madera triangular y plana lastrada por un peso en el borde inferior— era arrojada desde el coronamiento. Una vez que la corredera estaba en el mar, una ampolleta de treinta segundos medía la velocidad a la que se desenrollaba del carretel y los nudos pasaban por las manos del segundo teniente.

—Tres nudos, señora —dijo Bleeker.

Junto al carretel estaba la plomada que se usaba para determinar la profundidad, otro conocimiento esencial cuando se navegaba cerca de la costa.

Mientras el sol y el horizonte fueran visibles, Louise sabía que podían calcular la latitud. De noche, si el cielo estaba despejado, podían trazar el rumbo gracias a la estrella polar. Todo eso considerado en su conjunto, además de la estimación que Bleeker había hecho de cualquier posible desvío en función de la velocidad y la dirección del viento, les había permitido determinar por estima la posición del barco. Cuanto más lo observaba Louise, más crecía su admiración por el lúgubre segundo teniente, un hombre que había dado un paso al frente cuando más lo necesitaban.

Tenían provisiones suficientes. La pequeña tripulación trabajaba bien junta y no había casos de disentería a bordo, ni tampoco gripe ni ninguna otra enfermedad. En esos momentos la armonía reinaba en el barco. Aparte de otra tormenta, la mayor amenaza, pensaba Louise a medida que se acercaban a la costa berberisca, eran los corsarios. Pero el *Old Moon* era veloz y se encontraba en perfectas condiciones. Estaba segura de que, llegado el caso, podrían dejar atrás a cualquier barco pirata.

En la última semana, Louise había comenzado a vestir una falda y una camisa sencillas y a recogerse el largo pelo negro con un pañuelo rojo, dejando así la cara despejada. Su daga la había guardado en el camarote, el relicario de su madre lo llevaba escondido alrededor del cuello y tenía el rostro bronceado por el sol y el viento. Se había adjudicado el mapa de vitela y el alfanje de Joost —pues no quería ser la única persona a bordo sin un arma propia—, pero sabía que tendría que devolvérselo todo a su padre. Eran objetos valiosos y, en el caso de la brújula «robada» y el portulano, tenían un valor sentimental. La brújula de marfil la habían encontrado debajo de la almohada del propio Joost, confirmando la sospecha de Louise de que el capitán había escondido el objeto él mismo para desacreditar a Gilles.

Louise alzó el catalejo y miró el mar. Nada. Ninguna nube en el horizonte, ninguna señal de algún otro barco ni ninguna bandera corsaria ondeando bajo el sol de abril.

En la cubierta inferior vio que Gilles le daba unas palmaditas en el hombro a Pieter. Ella sabía que el grumete sentía morriña. A causa del duro trato de Joost, el entusiasmo que había sentido inicialmente por estar en el mar por primera vez había desaparecido enseguida. Louise sonrió. Gilles siempre se mostraba amable con los demás. Su propia infancia le había proporcionado un sexto sentido para detectar el sufrimiento en otros, y a ella le encantaba ver cómo se había ganado el respeto de toda la tripulación. Cada día escribía su propio diario de a bordo, elaborando para Cornelia un registro de todo lo que pasaba en el barco. También realizaba otras tareas prácticas, y solía ayudar al teniente Roord, confinado en cama con frecuencia a causa de alguna dolencia estomacal. Ella tenía la sensación de que su segundo de a bordo pasaba más tiempo rezando arrodillado que cumpliendo sus obligaciones al timón.

Louise sabía que esa nueva informalidad a bordo no podía durar. En cuanto atracaran en Las Palmas, los protocolos habituales volverían a cumplirse. Por ahora, sin embargo, esta era la vida que había soñado desde que era niña. Esta era la libertad que siempre había ansiado, y sabía que Gilles también lo sentía. A pesar de todas las equivocaciones —tanto aquellas cometidas libremente como las que se había visto obligada a cometer—, a pesar de todos sus miedos por lo que pudiera depararle el futuro, allí, en la cubierta del *Old Moon*, era la persona que estaba destinada a ser.

«Capitana de barco.»

Ya no intentaba hacer ver que las cosas no eran mejor con Gilles a su lado. Había aceptado que lo amaba. Había pocos secretos a bordo de un barco en el que once personas vivían en un espacio tan reducido, y el hecho de que la verdadera naturaleza de Gilles siguiera siendo un secreto no dejaba de ser una prueba de su inteligencia y discreción. La gente veía lo que quería ver: él lo había aprendido en La Rochelle todos aquellos años atrás. A esas alturas, llevaba viviendo como un varón tanto tiempo como el que había pasado siendo una niña.

Louise tenía mucho cuidado de no excederse. Como gremio, los marineros eran proclives a vivir y dejar vivir, pero también eran supersticiosos y tenían opiniones firmes sobre todas las cosas, desde Dios hasta el precio de la cerveza. Habían aceptado que una mujer fuera la capitana del barco en tanto que les había supuesto librarse del vindicativo mando de Joost, pero tenía la sensación de que su calvinista tripulación no vería con buenos ojos la existencia de una relación amorosa entre ella y un hombre quince años más joven. Sonrió.

«Como si esa fuera a ser su auténtica objeción si supieran toda la verdad.»

Aun así, a veces se las arreglaban para estar a solas los dos, aunque solo fuera para repasar los libros o hablar de los vinos que iban a adquirir en Gran Canaria. Por lo demás, un ocasional roce de manos tenía que bastarles, lo cual dejaba a Louise siempre con ganas de más. ¿No era esto además lo que su abuela le había aconsejado, que tuviera a alguien a su lado?

Cuando llegaran a tierra también eso cambiaría. Tendría que ceder el mando del barco a otro capitán y regresar a su constreñida vida como mujer. Sería responsabilidad suya informar de la muerte de Joost. Había conseguido apartar de su mente los pensamientos acerca de la madre de Gilles, pero cuanto menos faltaba para arribar a su destino, más comenzaba a temer las noticias que pudieran llegar de Ámsterdam. O de Chartres. O de ambos lugares.

«No quiero que esta aventura termine nunca.»

Unos pocos días después, cuando la guardia de cuartillo ya estaba llegando a su fin, llamaron a la puerta de su camarote.

Louise le había pedido a Roord que fuera a verla cuando estuviera fuera de servicio. Gracias a los vientos alisios procedentes de la costa de Portugal, avanzaban a buen ritmo por las tardes y más lentamente de noche. Un buen viento del norte-noroeste había hecho que el *Old Moon* fuera como la seda, pero necesitaban que el viento cambiara y soplara del este para llegar más allá del estrecho de Gibraltar. La particular geografía de la región canalizaba el viento que pasaba entre las montañas de España y las del norte de África, convirtiendo el estrecho en una zona difícil de navegar con un viento de poniente. El mayor peligro consistiría en toparse con una zona de calma chicha ante la costa marroquí, de modo que Louise quería discutir los pronósticos de Roord con él.

—Entrad, teniente —dijo ella.

Gilles sonrió y alzó las cartas de navegación que llevaba en los brazos.

—Roord se encuentra mal. Yo soy su emisario.

Ella sonrió encantada.

—¿Qué dolencia le aqueja en esta ocasión?

—Un trozo de cerdo salado en mal estado, cree él. Está rezando por su salvación. ¿Puedo entrar o no soy bienvenido?

Louise se rio.

—Claro que puedes.

Gilles colocó una mano en la cintura de Louise y extendió las cartas de navegación sobre la mesa.

—Roord parece estar preocupado con la posibilidad de que el viento deje de soplar al acercarnos a la costa norteafricana. No para de rezar para que no ocurra.

—Tiene razón. El peligro está en que el viento se encalme y perdamos varios días, quizá incluso una semana. —Poco a poco, Louise fue deslizando la mano por la mesa hasta posarla delicadamente sobre la de Gilles.

—¿Sería eso muy grave? —preguntó él.

Louise se obligó a sí misma a concentrarse.

—Tenemos provisiones suficientes para varios días de retraso y también contamos todavía con agua fresca. No, la gran preocupación en ese caso sería ser presa de los corsarios berberiscos que operan desde el puerto de Salé. En su mayor parte se trata de moriscos expulsados de España, pero su número ha ido a más gracias a cristianos convertidos en musulmanes. Su carga más preciada son las personas que capturan en ciudades y villas costeras de España y Francia, o incluso de Inglaterra. —Negó con la cabeza—. Lamento decir que se trata de un comercio que la VOC espera emular. Los mercados de esclavos de Salé y La Valeta, tanto de musulmanes como de cristianos, son notorios y lucrativos.

—Jansz ha mencionado que hay un neerlandés entre ellos —comentó Gilles.

Recordando una de las historias que el capitán Janssen le había contado la noche que celebraron el banquete en su honor en La Rochelle, Louise asintió.

—Originalmente, Jan Janszoon era un corsario de Haarlem. Hará unos veinte años, le concedieron una patente de corso que le permitía atacar barcos españoles, pero abusó de las condiciones de dicho acuerdo y lo penalizaron. Más adelante se trasladó a la costa berberisca, donde llevó a cabo ataques a barcos procedentes de cualquier país extranjero. Llevaba la bandera neerlandesa cuando atacaba una embarcación española, y la de la luna creciente y la estrella de los turcos cuando atacaba un navío de cualquier otra nacionalidad: inglesa, portuguesa, francesa, italiana...

—¿Por qué se convirtió?

—Se dice que fue raptado por fuerzas musulmanas en Lanzarote y convertido a su fe. Después de eso, comenzó a navegar con otro neerlandés que también se había convertido, Ivan Dirkie de Veenboer, que se hacía llamar Sulayman Rais. Cuando De Veenboer fue asesinado hace dos o quizá tres años, Janszoon trasladó sus operaciones a Salé.

Gilles echó un vistazo a la carta de navegación.

—Pero, si nos quedamos sin viento, ¿cómo podrían atacarnos si ellos están sujetos a las mismas condiciones meteorológicas?

Louise entrelazó los dedos de Gilles con los suyos. Este contuvo una exhalación.

—Las condiciones cerca de la costa no son las mismas que en alta mar —contestó ella.

—Y, como cuentan con hombres a los remos, no dependen únicamente del viento como nosotros —añadió él.

—Exacto. La pasada temporada, Cornelia perdió un barco en este tramo de agua. Y otro hace diez años: el *White Dove*, el barco en el que Janssen fue capturado. Esa es la razón por la que las primas de sus seguros son tan altas y se ha visto con la necesidad de aceptar la inversión del padre de Joost. Por todo esto quería discutir las previsiones con el teniente.

—Entiendo.

Louise siguió examinando la carta de navegación un poco

más y luego se apartó de la mesa, soltando con pesar la mano de Gilles.

—La predicción de Roord es que tendremos suerte y llegaremos a tiempo a Las Palmas. Pero resulta difícil confiar en un hombre que pasa más tiempo postrado en su catre que al timón del barco. Bleeker es un diestro navegante, pero la situación no es la ideal.

Gilles sonrió.

—Roord no está hecho para la vida en el mar, pero he de decir que, con una brújula y un catalejo, su monitoreo de las nubes y los vientos es excelente. O eso me parece. Estoy seguro de que, por revuelto que tenga el estómago, podrá explicarnos sus cálculos.

Louise miró por la ventana estrecha y alargada de su camarote. Fuera estaba completamente oscuro. Esa noche no se veía una sola estrella sobre el mar.

—Supongo que podemos esperar a mañana —dijo ella.

La vela se consumió en su jaula y, de pronto abrumada, Louise sintió un estremecimiento.

«Este es el momento.»

El barco mantenía su rumbo, el mar estaba en calma, el viento del norte soplaba con suavidad. Al otro lado de la puerta cerrada, podían oírse los habituales ruidos de las guardias vespertinas: los hermanos De Groot jugando a los dados, Pieter cantando con su aflautada voz, la estentórea risa de Lange.

—¿Quieres tomar una copa de vino conmigo? —preguntó ella, y el corazón le dio un vuelco cuando vio la expresión de dicha de Gilles.

—Me encantaría. Además, tengo algo para ti.

—¿Ah, sí?

Gilles metió la mano en su jubón y sacó una hoja de papel.

—Este tiempo que hemos pasado... —Se detuvo y volvió a

comenzar—. Sé cuánto lamentas el hecho de que las cosas vayan a cambiar cuando lleguemos a Las Palmas. Yo también. Y también sé las pocas ganas que tienes de renunciar al mando del barco, de tu barco, y que esto supone para ti una fuente de pesar. Por eso, quiero darte algo para que recuerdes estas semanas en el mar.

Gilles le tendió el papel. A ella se le aceleró el corazón sin saber bien qué esperar. Bajó la mirada y vio una exquisita pintura del *Old Moon*: los colores rojo, blanco y azul de la bandera de la VOC, los verdes y dorados de la de Cornelia, y la gota verde esmeralda sobre un fondo plateado de la suya propia. Rodeaban el barco olas y monstruos marinos copiados de memoria del globo terráqueo de Warmoesstraat. Y, en las cuatro esquinas, sendas cartas del tarot: la sota de espadas, la Justicia, el diez de copas y el Enamorado, *l'Amoureux*, los rostros de cuyas figuras tenían, o eso le pareció a ella, una marcada semejanza con Gilles y ella.

—Es impresionante —murmuró ella—. No tenía ni idea de que supieras dibujar.

—Y en realidad no sé. —Hizo una pausa—. Más allá de las etiquetas de los barriles de mi tío y del diseño de su blasón, no había hecho nada más.

Louise permanecía en silencio y luego pasó los dedos por la imagen de *l'Amoureux*.

—¿Recuerdas ese día?

Gilles se rio.

—Pienso en él continuamente. El octavo día del mes de noviembre del año de nuestro Señor 1620.

Ella sonrió.

—Creía que había cometido una equivocación llevándote al cartomántico. Que había supuesto demasiadas cosas.

Él negó con la cabeza.

—Al contrario. Nunca he olvidado el hecho de que quisieras hacerme un regalo, algo que tuviera importancia para mí. Nadie, ni siquiera mi tío, había hecho antes nada semejante.

Louise se acercó a él.

—Me alegro.

—Y desde entonces, y antes de eso en La Rochelle, me lo has dado todo. —Gilles le tocó cuidadosamente el pelo—. Así que quería darte algo a modo de agradecimiento. No es nada.

—Es precioso. —Louise volvió a bajar la mirada a la pintura—. Me has dado más de lo que crees, Gilles, pero esto es perfecto.

Colocó una mano en la mejilla de Gilles y, aprovechando el movimiento del barco, se inclinó hacia delante poniéndose de puntillas y le dio un beso en los labios.

—¿Te quedarás conmigo esta noche? —preguntó ella. El reloj de arena estaba agotándose. Por una noche, se olvidarían del mundo real. Un tiempo fuera del tiempo—. Quédate aquí conmigo.

Él la miró a los ojos.

—¿Me lo ordenáis, mi capitana?

—Lo hago.

Gilles sonrió.

—En ese caso vuestros deseos son órdenes para mí.

53

Domingo, 11 de abril

Al día siguiente se celebraba el día de Pascua. Louise dispuso que se realizara un servicio en cubierta, de nuevo oficiado por el teniente Roord.

Aunque oía las palabras del sermón, en realidad la mente de la mujer no dejaba de evocar la noche anterior: la suavidad y la dulzura, ambos viéndose reflejados en el otro. También la pasión. Louise no había imaginado nunca que pudiera experimentar algo semejante.

Podrían haber yacido abrazados toda la noche, pero el buen juicio prevaleció. Al oír cinco campanadas, cuando el cielo todavía estaba tan oscuro como la tinta, Gilles dejó el camarote y regresó a su catre. Ella se quedó preguntándose cómo algo tan complicado podía ser también tan sencillo. Nunca habría podido hablar con franqueza sobre algo así con Cornelia ni tampoco con su tía abuela, Alis, pero le habría gustado preguntarles cómo se las arreglaban ellas dos. Ocultándose a simple vista, supuso. Era cierto que la sociedad aborrecía la idea de dos hombres acostándose juntos —aunque no era algo precisamente infrecuente, sobre todo en el mar—, pero consideraba la compañía femenina algo normal, sin sospechar siquiera la posibilidad de que pudiera tratarse de un amor físico.

—¡Aleluya, el Señor ha resucitado! ¡Sí, el Señor ha resucitado, aleluya! —dijo Roord en su sermón, y la tripulación murmuró:

—Amén.

—Amén —dijo también Louise automáticamente, sin parar de pensar en Gilles.

Se obligó a prestar atención al asunto que estaba teniendo lugar ante ella, y, al mirar en derredor a su tripulación, sintió algo que se acercaba al afecto: Roord, pálido e insustancial, pero con el rostro iluminado por la inspiración divina; el navegante, Joris Bleeker, con su piel irritada; Dirk Jansz, enjuto y de nariz chata, cuya cara era un mapa de la vida que había vivido; Albert, el cocinero, con su delantal de cuero, su barba extravagante y sus antebrazos y manos repletos de marcas de quemaduras de todas las veces que las llamas lo habían lamido; el grumete, Pieter, cada vez más parecido al de antes; y los marineros rasos Lange, Jorgen y los hermanos De Groot, uno alto y uno bajo, ataviados con andrajos. Louise se sentía agradecida por su confianza y se preguntó qué esperaban que ocurriera cuando el *Old Moon* atracara en Las Palmas. Se suponía que su mando del barco era temporal. Ahora bien, ¿y si, al igual que Gilles y ella misma, ellos tampoco querían que el viaje terminara?

«¿Podía ser eso posible?»

—En el nombre del Padre, del Hijo y del Espíritu Santo, amén.

—Amén —proclamó Louise. Así sea.

Otra semana pasó y Louise notó que la primavera comenzaba a dar paso al verano. Ahí, cerca de la costa africana a mediados de abril, los meses más calurosos parecían inminentes. El aire era más opresivo y los días más largos. El viento, que llevaba consigo arena roja procedente del este y empujaba las grandes nubes blancas que surcaban el infinito cielo azul, hinchaba las velas del barco y hacía que volara sobre el agua.

Debajo de la embarcación, el océano estaba vivo. En sus cambiantes aguas azules y verdes podían verse peces espada de lomos plateados y delfines corriendo a su lado, focas y medusas traslúcidas que flotaban bajo la superficie, criaturas con púas primitivas y la boca abierta... Nada que se asemejara a los cerdos de mar ni a las sirenas que aparecían en el globo terráqueo de Cornelia, pero animales ciertamente asombrosos de todos modos.

Roord se había recuperado de su última indigestión y, tal y como había dicho Gilles, había demostrado un gran ojo para interpretar el tiempo y el viento. Informaba diariamente a Louise, explicándole con su árida voz el rumbo que, a su parecer, debían tomar.

—Según mis cálculos, capitana, deberíamos llegar a Las Palmas de Gran Canaria el vigesimosexto día de abril.

Louise se llevó una mano al relicario de su madre que le colgaba del cuello sin saber bien si esa coincidencia la perturbaba o si en realidad no significaba nada. Estar en compañía de marineros y sus supersticiones le había hecho ver señales y augurios ahí donde no había nada.

—¿Por qué es significativa la fecha? —preguntó luego Gilles, cuando a medianoche consiguieron estar unos pocos minutos a solas. Era una noche nubosa sin luna. Louise no podía ver dónde terminaba el mar y comenzaba el cielo.

—Es el aniversario de la muerte de mi madre. —Ella no le había contado qué más había recordado a causa del ataque de Joost. Era algo todavía demasiado doloroso, demasiado difícil, para compartirlo.

—Lo cual, a su vez, sucedió dos días después de que pusieras un pie por primera vez en este barco... —dijo él.

—... y estuviera a punto de ahogarme.

Ambos sonrieron por la facilidad con la que terminaban las frases del otro. Obviamente, su creciente intimidad no había pasado desapercibida. Pero como Louise procuraba no favorecer a Gilles y este era popular entre la tripulación, no había habido ninguna queja. Al menos, eso creía ella.

—En ese caso —prosiguió Gilles—, debemos asegurarnos de que este veinticuatro de abril, y los dos días siguientes, sean recordados por cosas maravillosas. Como, por ejemplo, por el hecho de que, bajo tu mando, este barco consiga llegar a salvo a un puerto seguro.

—Reemplazando así los malos recuerdos con nuevos.

—Sí. Ya no eres la misma persona, Louise —dijo Gilles colocando una mano junto a la de ella en la borda—. Ahora las cosas, toquemos madera, son distintas.

Ella le acarició la mejilla, conmovida por la lealtad de sus palabras.

—Eres tan supersticioso como cualquier otro marinero.

—Ahora lo soy.

—No hay ninguna necesidad. Estoy aquí. Estamos juntos.

De repente, en la oscuridad que había a sus espaldas, se oyó el ruido de unos pasos que corrían hacia ellos.

—¿Capitana?

Ellos se separaron rápidamente al oír la nerviosa voz de Pieter.

—¿Podéis venir, capitana?

Louise bajó a cubierta.

—¿Qué sucede?

El grumete tragó saliva.

—El teniente Roord cree que hay otro barco a estribor.

54

—Explicadme qué habéis oído, teniente —dijo Louise.

Gilles y ella estaban ahora junto a Roord en el alcázar, observando la extensión de agua negra como la tinta.

—Estaba haciendo la guardia de medianoche —comenzó a decir—. El barco estaba en calma. Apenas soplaba una brisa.

Louise agitó una mano. Los nervios la volvían impaciente.

—Avanzad.

—De repente, me ha parecido oír el leve chapoteo de otro navío surcando las aguas a nuestro estribor. Algo lejano, pero aun así inconfundible. Y luego, aunque no podría jurarlo, creo haber oído una especie de crujido y una serie de golpes sordos.

—¿Estáis seguro de que no eran los ruidos que hacían nuestros hombres?

—No, venían de más lejos. A nuestra popa.

—¿Qué creéis que puede ser? —preguntó Gilles.

—No lo tengo claro, pero parecía un barco abriendo las escotillas de los cañones.

Louise se dirigió al punto más alto y miró a estribor. No podía ver nada más allá de la neblina nocturna, solo negrura. Permaneció ahí un rato, sintiendo el suave balanceo del barco.

—Nuestra velocidad ha menguado.

—Sí, señora. Como temía, el viento ha parado de soplar a

causa del tiempo nuboso. Pero debería volver a levantarse cuando nos acerquemos a las Islas Afortunadas.

Louise echó un vistazo por encima del hombro.

—Y, llegado el caso, ¿creéis que podremos dejarlos atrás?

—Sí, esa es nuestra mejor esperanza. —El teniente hizo una pausa y, sin dejar de escrutar la oscuridad, añadió—: Aunque podría estar equivocado.

—No lo estáis. —Llevaban un mes en el mar. A esas alturas, Louise sabía qué se sentía en medio del vacío del océano, y también ella tenía la sensación de que no estaban solos. Ahí había alguien, acechando a su presa como una criatura gigante oculta detrás de la niebla—. ¿Dónde nos encontramos exactamente?

—Hemos pasado Agadir hará unas cuatro horas.

—De modo que la tierra más cercana es Lanzarote, ¿no?

—Sí, señora.

Ella reflexionó un momento.

—¿Qué sugerís?

—No hay nada que podamos hacer hasta la mañana, cuando podamos comprobar si efectivamente hay otro barco —respondió Roord—. Solo entonces podremos evaluar si se trata de un peligro o solo es otro barco mercante como nosotros, sin malas intenciones.

—Pero ¿no decís que habéis oído como preparaban los cañones? —preguntó Gilles.

—Creo haberlo oído, pero no hay modo de saber si lo han hecho con la intención de atacar o solo de defenderse.

Louise se aferró con fuerza al pasamano de la borda. Tenía muy presente la pérdida del *New Star* y su tripulación la temporada pasada. Ninguno de sus hombres había regresado. Se habían ahogado o habían sido vendidos en los mercados de esclavos de Salé, Túnez, Agadir y La Valeta.

—Nosotros también deberíamos tener listos nuestros cañones —dijo ella—. Preparémonos para lo peor, pero esperemos lo mejor. Es posible que, en estos momentos, su capitán esté teniendo la misma discusión que nosotros.

—¿Y luego? —preguntó Gilles.

—Esperaremos —contestó ella sombríamente—. Como dice el teniente, no podemos hacer nada hasta que amanezca.

Louise ya pensaba que la noche nunca terminaría cuando, al fin, vio como el cielo comenzaba a aclararse. Casi no había viento y apenas se movían. El *Old Moon* se mecía suavemente de un lado a otro en el océano en calma.

Louise iba de un lado a otro de la popa, esperando y observando. Gilles le llevó una taza de cerveza humeante y una galleta para que se tranquilizara, pero ella no podía comer. No dejaba de contar los minutos. Hasta que al fin vio la silueta del otro barco. Resultaba inconfundible incluso en la neblina del amanecer. Distinguió una vela latina enrollada y una serie de largos remos en el agua.

—Teniente —dijo ella en voz baja, pasándole el catalejo—. Me temo que se trata de una galera corsaria.

Roord se llevó el catalejo a un ojo y luego exhaló un suspiro.

—Sí.

—¿Podéis ver su bandera?

Él ajustó el instrumento.

—No, señora.

Louise aguzó la mirada e intentó localizar la embarcación. Algunas galeras con remos impulsados por remeros encadenados pueden llegar a tener hasta veinticinco pares de remos, cada uno de los cuales requiere cinco hombres. Las galeras eran el barco que solían usar los corsarios. Se trataba de una embarcación larga, baja y estilizada, rematada por un espolón en la proa, pero era extraño ver una sola en aguas abiertas del Atlántico; eran navíos más adecuados para las aguas relativamente tranquilas del Mediterráneo, y los corsarios solían atacar en grupo.

—¿Cuántos remos?

—Diría que no más de seis —calculó Roord.

Ella asintió.

—Estoy de acuerdo.

—¿Y eso cuántos hombres supone? —preguntó Gilles apareciendo a la altura del codo de Louise.

—Es imposible de decir, pero muchos más que nosotros.

—¿Dónde están los cañones?

—Montados en la proa —contestó Roord.

Gilles frunció el ceño.

—Lo cual significa que, para apuntar, tienen que colocar el barco de frente, y no en paralelo a nosotros como ahora.

Louise volvió a asentir, como siempre impresionada por la rapidez con la que Gilles comprendía las cosas.

—Así es, pero lo habitual es que los corsarios se limiten a realizar un disparo de advertencia cerca de la proa. Les interesan las personas y el cargamento de los barcos que capturan, de modo que necesitan que estos estén intactos. Teniente, ¿cuál creéis que es nuestro mejor plan de acción?

—Estamos completamente a merced de los vientos, capitana.

—Mientras que ellos cuentan con remos.

—Sí, señora.

—¿Y si quieren causar daños e intentan abordarnos?

—Deberíamos tratar de negociar.

—¿Con piratas? —exclamó Gilles—. ¿Es eso posible?

Louise se volvió hacia él.

—Cada puerto negocia sus propios acuerdos comerciales. Si esta galera viene, digamos, de Túnez, cuyo puerto tiene un acuerdo con la República Neerlandesa, no puede atacar barcos neerlandeses ni robar su cargamento. Los ciudadanos neerlandeses, en teoría, deberían estar protegidos. Aunque, claro, no siempre se cumplen dichos términos.

—¿Y si no hay ningún acuerdo?

—En ese caso pueden atacarnos —dijo ella volviendo la mirada hacia la galera—. Todo depende de la bandera que lleven. —Hizo una pausa—. Teniente, ¿no os da la impresión de que los remos están inmóviles y el agua arrastra las palas? La vela está recogida. Es como si la galera estuviera a la deriva.

Roord le devolvió el catalejo.

—Eso parece.

—¿Qué significa eso? —preguntó Gilles.

Louise negó con la cabeza.

—No lo sé. Puede que no tengan intención de atacarnos, pero, en ese caso, ¿por qué están aquí? A lo mejor han sufrido algún tipo de catástrofe a bordo. El brote de alguna epidemia, tal vez.

—O un motín —dijo Roord.

356

55

El *Old Moon* permanecía en silencio mientras su tripulación observaba atentamente el otro barco desde la borda de estribor. Todos habían oído historias aterradoras sobre los corsarios berberiscos y sus despiadadas capturas de barcos mercantes. Louise sabía que, en esos momentos, todos y cada uno de sus hombres estarían pensando en sus hogares y en que tal vez no volverían a ver a sus familias. Vio como Gilles colocaba una mano sobre el hombro de Pieter para infundirle ánimos.

«Este es mi mayor desafío al mando del barco.»

Y, sin embargo, la galera no parecía estar acercándose. Louise sabía que la espesa luz del horizonte y el movimiento del mar distorsionaban el juicio. Resultaba difícil calcular la distancia entre las dos embarcaciones.

«¿A qué están esperando?»

Cuando sonaron cinco campanadas, su suerte cambió. Una ráfaga de viento del noreste hinchó sus velas y comenzaron a ganar velocidad. La galera, que estaba a barlovento, también, claro. Louise le dijo a Roord que cambiara de dirección y diera un rodeo por detrás de ellos. «Un cazador y su presa», pensó ella intentando calmar su acelerado corazón.

Cuando sonaron seis campanadas, la galera estaba lo bastante cerca como para poder distinguir su bandera.

—Tres lunas crecientes sobre un fondo verde —dijo ella.

Roord asintió.

—Lo más probable es que se trate de un barco de esclavos procedente de Salé.

—Y nos están dando alcance —añadió ella bajando la voz—. ¿Están preparados los cañones?

—Sí, tanto los de babor como los de estribor.

—Entonces no podemos hacer nada más que esperar.

Louise no se había sentido nunca atrapada en el *Old Moon* —o, al menos, no desde que Joost había muerto—, pero en esos momentos notó como se le erizaba el vello de la nuca. Saber que había un enemigo tras ellos, tal vez incluso dándoles alcance, hizo que la acometiera un terror paralizante. Era como estar viendo la formación de una tormenta en el horizonte sabiendo que no había nada que pudieran hacer para evitarla.

Ella llevaba el alfanje de Joost en la cintura y echó un vistazo a sus marineros para comprobar que también iban armados y podían defenderse. En sus caras vio una mezcla de emociones: miedo, determinación, valentía... El teniente Roord le había dado a Gilles una de las dos dagas que había heredado de su padre. En cuanto a los demás, la mayoría llevaba cuchillos cortos escondidos en sus túnicas, más apropiados para el combate cara a cara en el mar. Pieter, advirtió ella, llevaba una espada fina y larga en el cinturón, tan afilada como una aguja en la punta.

La mujer soltó un leve silbido.

—De modo que fue Pieter —murmuró para sí, recordando la muerte de Joost, a quien una hoja como la de un estilete le había hecho una herida prácticamente inapreciable. No se había tratado de ningún asesino nato, solo de un muchacho que había decidido vengarse. En cualquier caso, nada de eso importaba ahora. Era posible que ninguno de ellos viviera para ver la luz de un nuevo día.

Louise se envolvió la cabeza con el pañuelo, tapándose el pelo, y subió al alcázar. Separó las piernas y colocó una mano sobre la empuñadura de latón del alfanje, lista para defender el *Old Moon* y a todos los que navegaban en él. Si tenían que morir luchando, ella lo haría a su lado.

«Pero si muriera Gilles...»

Louise apartó el pensamiento de su mente. Puede que no sobrevivieran, pero, pasara lo que pasase, lo afrontarían juntos.

La galera estaba cada vez más cerca. Cuando ya se encontraba al alcance de la voz, sin embargo, Louise comprobó que su primer instinto había sido correcto. En la galera no había ninguna señal de actividad. Parecía haber hombres sentados en los bancos, pero ninguno estaba remando. Algunas de las palas permanecían inmóviles sobre la superficie del agua y otras flotaban sobre las olas, pero no se oía el ruido de ningún remo batiendo el agua, ni tampoco al cómitre marcando el ritmo de boga o haciendo restallar su látigo.

«¿Qué horror es este?»

Louise se inclinó por la borda para ver con mayor claridad. Distinguió entonces que, a pesar de que había hombres encadenados en los bancos con el torso desnudo, la mayoría estaban desplomados hacia delante, como si estuvieran ebrios. Otros parecían haber caído de lado. Nadie se movía, salvo por el suave balanceo de las olas.

Ella soltó un grito ahogado.

—¡Gilles! —exclamó—. ¡Roord! —Un instante después, ambos estaban a su lado—. ¿Lo veis? Están muertos. Están todos muertos.

—A no ser que los corsarios estén escondidos bajo cubierta, señora.

Louise frunció el ceño.

—¿Esperando a que los abordemos para tendernos una emboscada?

—Es una táctica que han usado en el pasado con buenos resultados.

Ella lo pensó un momento.

—No. La galera va a la deriva —dijo, y entonces se dio cuenta de lo que quería decir eso—. A la deriva... —repitió en un tono más apremiante—. Lo cual significa que, si mantiene el rumbo actual, colisionará con nosotros. Roord, arría las velas para permitir que la galera llegue a nuestro lado.

Sin dejar de balancearse, el navío fue acercándose cada vez más hasta que prácticamente estuvo a su altura. Louise tragó saliva al descubrir la magnitud del horror. Los remeros permanecían inmóviles, engrilletados a los bancos, con los ojos abiertos como platos, las mandíbulas caídas y los brazos flojos. En la proa, un cómitre con turbante blanco, bigote largo y el látigo todavía en la mano yacía tumbado de costado y hecho un ovillo como si durmiera. Otro estaba tendido entre los bancos, y dos más bajo la sombra de la vela latina.

—Por el amor de Dios, ¿se puede saber qué ha pasado aquí? —susurró Roord.

Louise exhaló.

—Es el barco fantasma —dijo ella.

56

Roord comenzó a rezar.

Además de sentirse conmocionada, a Louise la embargó una profunda lástima. Esa galera era un cementerio flotante. No tenía la menor idea de cómo toda una compañía podía haber muerto al mismo tiempo, ni tampoco entendía cómo la embarcación podía haber navegado a la deriva hasta un lugar tan alejado de la costa, pero había oído hablar de casos semejantes en el pasado. La noche del banquete celebrado en honor del capitán Janssen —la noche en la que conoció a Gilles—, el viejo marinero le habló de un barco tripulado por muertos. Todos sus hombres, esclavos y corsarios, se habían asfixiado. Habían muerto a causa de un aire nocivo que no les había dejado ninguna marca ni tampoco señal alguna de violencia en los cuerpos. Ella había considerado esa historia el mero desvarío de un viejo marinero borracho que se encontraba lejos del mar, otro de sus cuentos chinos.

«Y sin embargo...»

Janssen había sido capturado por unos corsarios berberiscos. Había realizado esta misma ruta desde Ámsterdam a Gran Canaria en muchas ocasiones, y en ese mismo barco, el *Old Moon*. No había forma de saber qué clase de historias podía haber oído. En esos momentos deseó haberle prestado más atención.

¿Cuánto tiempo habría estado a la deriva esa galera? ¿De dónde procedería? La bandera indicaba que era de Salé, pero, teniendo en cuenta la cantidad de barcos que llevaban banderas falsas, bien podía ser que su origen fuera otro.

Mientras los pensamientos se arremolinaban en su cerebro, Louise fue consciente asimismo de la profunda sensación de alivio que la embargaba. No estaban fuera de peligro, ni mucho menos —lo que hubiera asolado ese navío y a su tripulación también podía afectarles a ellos—, pero al menos ese día no habría ningún enfrentamiento violento.

—Teniente, decidles a los hombres que guarden sus armas.

Roord se santiguó y luego fue a transmitirles la orden.

Uno a uno, Louise vio como su pequeño grupo de marineros volvía a enfundar sus cuchillos. Si bien se sentían agradecidos por no tener que luchar, se dio cuenta de que estaban tan asustados de un enemigo al que no podían ver como lo habrían estado de las cimitarras de los corsarios. Pieter le murmuró algo a Lange, y el contramaestre Jansz se dejó caer de rodillas y juntó las manos como si rezara.

—¿Puede tratarse de algún tipo de epidemia? —preguntó Gilles—. ¿Una especie de plaga repentina, como habéis sugerido antes?

Louise negó con la cabeza.

—Si os fijáis, no hay señales de que hayan sufrido disentería ni ninguna otra enfermedad. No hay restos de sangre, ni de efluvios humanos. Si se tratara de la peste, los habría. Y desde aquí podríamos olerlo. Parece como si, simplemente, todos hubieran dejado de respirar al mismo tiempo. Tanto la tripulación como sus prisioneros.

Gilles asintió.

—Tampoco hay señales de que hayan sufrido un ataque.

—Ninguna, que yo vea.

Y, de repente, oyeron el inconfundible sonido de una voz humana procedente de algún lugar del barco fantasma. Louise se inclinó hacia delante con ambas manos en la borda.

—¿Habéis oído eso? —La mujer aguzó la mirada y examinó la galera en busca de algún movimiento.

—¡Ahí! —exclamó Gilles señalando el extremo de proa.

Louise vio que una demacrada figura se ponía de pie. Era un hombre de piel pálida y pelo castaño con el torso desnudo. Su aspecto era europeo, no marroquí. Apenas podía tenerse en pie y se inclinaba de un lado a otro con el leve balanceo de la galera mientras contemplaba el *Old Moon* como si no pudiera creerse que fuera real.

—¡Ah del barco! —dijo Louise.

La figura seguía meciéndose, pero no respondió.

—¿Hay alguien más vivo? —preguntó ella en neerlandés. Nada. Volvió a intentarlo en francés—: *Est-ce qu'il y a quelqu'un d'autre de vivant?*

Esta vez, obtuvo una reacción. Todavía aturdido, el tipo negó con la cabeza lentamente.

—¿Podemos arriesgarnos a subirlo a bordo del *Old Moon*, teniente?

Roord frunció el ceño.

—Si los demás han muerto a causa de una epidemia, él también podría estar infectado.

—Muriéndose, pero vivo aún —murmuró ella.

—Debemos protegernos primero a nosotros mismos, señora.

—¿Cuánto tiempo lleváis solo? —quiso saber ella desde el *Old Moon*, hablando con lentitud y claridad. Estaba claro que ese hombre estaba conmocionado, y posiblemente deshidratado. El capitán Janssen le había explicado que, cuando estaban privados de agua durante demasiado tiempo, los hombres comenzaban a alucinar y a ver criaturas allí donde no las había. Algunos llegaban a arrancarse la piel o enloquecían hasta el punto de beber agua de mar, lo cual hacía que se les hinchara la barriga y terminaba matándolos—. Si no podéis hablar, indicádmelo por señas.

El hombre alzó seis dedos.

—¿Horas o días? —murmuró Gilles a su lado.

—*Six jours?* —exclamó ella—. *Tu es seul depuis six jours?*

El hombre asintió, de nuevo muy despacio.

Louise se volvió hacia Roord.

—Si está diciendo la verdad y sabe cuánto tiempo ha pasado, está claro que no se ha infectado.

—No podemos estar seguros. Una verdadera cuarentena dura cuarenta días.

—¿Creéis que deberíamos dejarlo ahí para que se muera?

Roord se sonrojó.

—Solo lo digo por el bien de todos.

Louise se volvió hacia Gilles.

—¿Vos qué pensáis?

Él vaciló.

—El teniente tiene razón en cuanto a que debemos proteger nuestro barco y su tripulación. Pero todo parece indicar que este hombre no está enfermo. —Echó un vistazo a Roord—. Dios lo ha salvado.

—A no ser que los corsarios estén escondidos bajo cubierta.

—Pero podemos ver a varios corsarios que también están muertos, Roord.

—Es un riesgo demasiado alto.

Louise lo consideró un poco más, y al fin tomó una decisión.

—Tenéis razón, supone un riesgo. Pero, sinceramente, creo que no podemos abandonarlo. Y debemos averiguar qué ha sucedido. Lo que le haya pasado a esta galera podría afectarnos también a nosotros, y él es el único testigo. —Miró a Roord y luego a Gilles—. ¿Estamos de acuerdo?

—De acuerdo —dijo este último.

Roord se resistió un poco más, aunque lo cierto era que Louise no necesitaba que él también se mostrara de acuerdo. Finalmente asintió.

—¿Creéis que podrá subir por la escalera si la arrojamos por el costado? —preguntó Gilles—. ¿O debería ir alguien a buscarlo?

Louise se fijó en la distancia que los separaba. El punto más alto de la galera estaba al menos a dos metros por debajo de la borda del *Old Moon*.

—No, no pienso poner en riesgo a ninguno de nuestros hombres haciéndole subir a la galera, pero si es capaz de agarrarse a los peldaños de la escalera, podemos subirlo hasta aquí. No está tan lejos.

Gilles, la única otra persona que hablaba francés, le dio las instrucciones a gritos al superviviente y este consiguió comprender lo que requería de él. El hombre dio un traspié, pero volvió a levantarse y, con paso vacilante, llegó al extremo de la proa.

Jansz arrojó entonces un arpeo y, con la ayuda de Lange y los hermanos De Groot, tiró del cabo y acercó la galera a ellos. Luego el contramaestre desplegó la escalera y el superviviente enroscó un brazo en la cuerda y se agarró a los peldaños de madera.

—¡Subidlo! —exclamó Jansz, y los hombres comenzaron a alzar la escalera por el borde del casco—. Poco a poco.

La cabeza del superviviente apareció, y luego lo hicieron sus pálidos brazos. Entonces los marineros lo agarraron por las axilas y subieron al nuevo pasajero a cubierta.

Gilles se agachó a su lado.

—Ahora estáis a salvo —dijo—. *Tu es entre amis*. Entre amigos.

Louise sintió una oleada de furia cuando vio los grilletes alrededor de sus tobillos, cuya piel estaba agrietada y ensangrentada. Luego reparó en una marca con la forma de una luna creciente en el hombro. ¿Acaso era morisco?

«¿Es eso lo que lo ha salvado de remar en las galeras?»

Louise se dio cuenta de que toda la tripulación estaba observando al superviviente, comprensiblemente recelosa del hombre que acababan de rescatar.

—Llevadlo al camarote pequeño, ahí lo atenderemos. Ahora es uno de los nuestros. Necesitamos saber qué ha pasado en su barco para evitar que nos afecte también a nosotros. ¿Entendido?

Hubo un silencio, y luego Jansz dio un paso adelante y, con un único movimiento, levantó al hombre de la cubierta y lo llevó al camarote.

—Si me disculpáis, capitana —dijo Lange—. Si la galera tiene cargamento, ¿no deberíamos hacernos con él?

Louise lo consideró un momento.

—No. No quiero que ninguno de nosotros ponga un pie en ese barco fantasma. No hasta que sepamos qué es lo que ha sucedido.

57

Cuando sonaron las ocho campanadas que marcaban el final de la guardia de mediodía, Louise y el teniente Roord entraron en el camarote en el que estaba descansando el superviviente. Gilles, en su condición de médico no oficial del barco —pues la tripulación era demasiado pequeña para que incluyera asimismo un galeno propiamente dicho—, estaba esperándolos.

—Capitana —dijo poniéndose de pie—. Teniente.

—¿Cómo se encuentra? —preguntó Louise.

—Es difícil de decir. Sigue conmocionado. Teniendo en cuenta que ha pasado toda una semana en la galera, su condición es normal. Creo que podrá hablar. No tiene heridas y no parece que le haya ocurrido nada grave salvo la falta de comida y de agua. Y el horror que ha presenciado, claro.

—¿Y los grilletes?

—Jansz ha conseguido quitárselos. Le han dejado heridas en la piel, pero no hay señales de que se hayan infectado.

—Gracias.

Dejando a Roord en la puerta, pues todavía temía contagiarse de algo, Louise cruzó el camarote y se sentó en la silla que Gilles había colocado junto a la cama. El francés seguía aturdido, pálido y desnutrido, pero pudo constatar que ya estaba volviendo a ser él mismo. Ropa limpia, una jarra de ron aguado y una galleta marinera —su primera comida en casi una semana— habían contribuido a ello. Parecía más un hombre y menos un fantasma. Intentó incorporarse.

—Seguid tumbado, por favor —dijo ella en francés—. Necesitáis conservar las fuerzas.

—*Merci* —susurró él—. Gracias.

—¿Podéis contestar unas pocas preguntas?

—Sí, señora.

Louise asintió.

—Bien. En ese caso, ¿podéis decirme cómo os llamáis?

—Marco Rossi, para serviros.

—¿Y cuántos años tenéis?

—He visto dieciocho veranos, señora.

Como si no tuviera la menor importancia, ella dijo tranquilamente:

—¿Podéis explicarnos qué ha sucedido? Tomaos todo el tiempo que consideréis necesario.

Por un momento, Rossi no dijo nada.

—Soy de Vieste —comenzó a decir en un tono tan bajo que casi no se le oía.

Louise enarcó las cejas. Vieste formaba parte de los estados de la península italiana controlados por los Habsburgo.

—¿Sois italiano pero también habláis francés?

El hombre hizo otra pausa, como si cada palabra que pronunciara le doliera.

—Mi madre era francesa y mi padre italiano. Sirvió en la guardia de María de Médici.

—Entiendo. ¿Y cuándo regresasteis a Vieste?

—Hace cuatro años, cuando la reina regente fue desterrada de París.

—¿Y qué pasó a continuación? —inquirió Louise con delicadeza.

Rossi tragó saliva.

—Aparecieron al atardecer. Entraron en la iglesia y nos capturaron a todos (hombres, mujeres, niños) a punta de espada. Nos metieron en un barco y nos llevaron a Salé. —Cerró los ojos—. En represalia, dijeron, por los mercados de esclavos de La Valeta y los miles de musulmanes capturados por los Caballeros Hospitalarios.

Louise asintió. Cornelia le había contado en una ocasión que Malta estaba considerada el centro del mercado de esclavos cristiano en el Mediterráneo. No solo otomanos, sino también prisioneros del sur y el centro de África —y otros lugares que no aparecían siquiera en el globo terráqueo de Warmoesstraat— eran trocados y vendidos en los mercados de la isla.

«Ojo por ojo, diente por diente.»

—Zarpamos hacia el sur y rodeamos la costa de Sicilia en dirección a Salé —prosiguió Rossi—. Me llevaron al mercado y me desnudaron. A mi padre y a mi madre también. —Respiró hondo—. No he vuelto a verlos. Ni siquiera sé si están vivos.

Gilles colocó una mano sobre el hombro de Rossi.

—¿Y luego? —preguntó Louise.

—Me compró un esclavista y me puso a trabajar en las galeras. En el mercado, hablé con un hombre que habían capturado en un barco español. Este me explicó que, si me ofrecían la posibilidad de convertirme al islam, debía aceptarla. Me aseguró que a estos prisioneros los trataban mejor.

—¿Por eso tienes esa marca en el hombro? —preguntó Gilles.

Rossi asintió.

—Me la hicieron con hierro candente en el mercado. Nunca olvidaré el olor, ni tampoco el dolor, pero me proporcionó una posición privilegiada en el banco de remeros y mejores raciones, aunque estas eran exiguas de todos modos. También me permitían caminar libremente por la cubierta en vez de estar encadenado al banco. Otros estaban condenados a permanecer sentados día y noche sobre su propia inmundicia. La mayoría éramos italianos, pero también había neerlandeses e ingleses. Y algún francés.

Gilles acercó la copa a sus labios y Rossi le dio un sorbo al ron.

—Zarpamos de Malta y recorrimos la costa del norte de África, recalando en Túnez antes de cruzar el estrecho de Gibraltar. No comprendía muy bien lo que sucedía, pues los corsarios hablaban una mezcla de bereber y neerlandés.

—¿Esos villanos eran neerlandeses? —lo interrumpió Roord desde la puerta. Louise se había olvidado de que estaba ahí y no sabía que entendía el francés.

—El capitán era de origen neerlandés, aunque había adoptado un nuevo nombre y llevaba un turbante en la cabeza, así como la chaqueta con botones y borlas habitual en los piratas de Salé.

Louise sonrió.

—Sois observador.

Rossi sonrió levemente.

—Antes de que nos capturaran fui aprendiz de sastre en Vieste. Eso fue lo que me salvó la vida. Presté atención a lo que decían y, a partir de los fragmentos de conversaciones que podía comprender, averigüé que nos dirigíamos a Lanzarote, una de las Islas Afortunadas, para saquear sus pueblos costeros.

—En busca de esclavos.

—Sí. Al principio el viento nos favorecía, aunque lo cierto es que eso no influía demasiado en el estado de ánimo a bordo. Los cómitres no dejaban de gritar y azotar a todo hombre que remara a destiempo. Cada día, alguien moría de cansancio o por falta de esperanza. Y, entonces, el mar se volvió en contra de nosotros. Se formó una tormenta. Era imposible estar seguros de en qué dirección estábamos navegando.

Louise sabía que el extremo más oeste del mar de Alborán, justo antes de llegar al estrecho de Gibraltar mismo, era un cementerio de barcos tristemente célebre. Se decía que las voces de los ahogados podían oírse cuando el viento soplaba del oeste.

—Ahí fue donde el *New Star* naufragó —le dijo Louise a Gilles, y luego añadió en dirección a Roord—. Uno de los barcos de Cornelia Van Raay.

—Nunca había conocido un infierno semejante —prosiguió Rossi, cerrando los ojos al revivir el horror—. Recé a Dios para que me llevara con él. Las olas rompían sobre la cubierta, los hombres se ahogaban en su propio vómito a causa del cabeceo de la galera. Incluso los mismos corsarios, acostumbrados a los caprichos del tiempo, rezaban a su dios para que los salvara. Hasta que, de repente, con la misma rapidez con la que se había levantado, el viento dejó de soplar y los cielos se despejaron. Fue entonces cuando el capitán me llamó a su camarote. Quería que reparara su chaqueta favorita, pues el forro se había rasgado durante la tormenta. —Rossi tragó saliva—. Eso fue lo que me salvó. Me llevaron a la proa de la cubierta superior y me dejaron ahí trabajando.

Louise estaba comenzando a comprender.

—El punto más alto del barco.

Rossi asintió.

—Me dejaron solo. No había necesidad de vigilarme. ¿Adónde habría podido ir? Me puse a coser y, por un tiempo, me olvidé de dónde estaba. Entonces el viento empezó a soplar hacia el este.

—Trayendo consigo niebla marina.

El hombre volvió a asentir.

—Descendió sobre nosotros de repente. Estábamos en mar

abierto y, un momento después, los remos y los bancos habían desaparecido bajo una niebla amarilla que olía a azufre y sal.

—¿Tú estabas encima?

—El aire pestilente cubrió la embarcación. Yo la veía desde arriba. Era como una gruesa manta de lana sucia. Se filtró incluso por debajo de la puerta del camarote del capitán. Yo no podía ver nada, pero sí oía como los hombres se asfixiaban. Y también nuestros captores. —Rossi se tapó la cara con las manos—. Los ruidos que hacían eran terribles.

—El *Ghost Ship* —dijo Louise mirando a Gilles—. Es una historia que me contó el capitán Janssen. En su momento no le concedí ninguna credibilidad.

Rossi le dio otro trago al ron.

—Estaba demasiado aterrado para moverme. Recé para que, mientras permaneciera por encima de la nube y no respirara el aire nocivo, estuviera a salvo. No sé cuánto tiempo pasó, pero debí de quedarme dormido. Cuando volví en mí, la niebla se había disipado. —Negó con la cabeza—. Nunca había visto algo semejante, y espero no volver a hacerlo. Todo el mundo se había asfixiado y yacía muerto. Los prisioneros, nuestros captores... No se había salvado nadie.

Louise colocó una mano sobre su hombro.

—¿Y qué hicisteis entonces?

—Nada —respondió Rossi—. Estaba demasiado asustado para moverme de la plataforma en la que me encontraba por si la pestilencia regresaba. De todos modos, pensaba que ya no había ninguna esperanza para mí. No había nadie que gobernara el barco y este iba a la deriva. Y, aunque hubiera tenido la valentía de aventurarme abajo para ir en busca de provisiones, temía que estas se hubieran contaminado. Además, ¿qué derecho tenía yo a salvarme? —Exhaló un largo suspiro, como si hubiera consumido todas sus fuerzas—. Cuando vi vuestro barco, pensé que se trataba de un espejismo. Luego oí vuestra voz, la voz de una mujer que me hablaba en francés. Creí que era la de mi madre, que venía para llevarme de vuelta a casa.

Las lágrimas acudieron a sus ojos y se echó a llorar.

—Ahora ya estáis a salvo, Marco Rossi —dijo Louise con delicadeza—. Este es mi barco. Se llama *Old Moon* y navegamos de Ámsterdam a Las Palmas de Gran Canaria. Cuando lleguemos a tierra, ya veremos qué podemos hacer para que regreséis a vuestra casa en Vieste. Mientras tanto, mañana o al día siguiente, cuando os hayáis recuperado lo suficiente, buscad alguna ocupación en el barco. Vuestra pericia con la aguja os salvó. Estoy segura de que aquí encontraréis muchas cosas que hacer.

—Lo que sea, capitana.

Louise se sintió conmovida por esta aceptación natural de su posición. Se puso de pie.

—De momento quedaos aquí. Más tarde, monsieur Barenton os enseñará dónde podéis dormir. —Y bajando el tono de voz—: Gilles, ¿puedes quedarte con él por si recuerda algo más? Anota todo lo que diga.

Gilles sonrió levemente.

—Por supuesto, capitana.

373

58

Martes, 20 de abril

Después de las tensiones de ese largo día, Louise se retiró a su camarote. Si bien el origen o la causa de ese aire emponzoñado era incierto, habían llegado a la conclusión de que debía de tratarse del resultado de alguna fermentación pestilente surgida del fondo del océano. Había varios casos documentados, todos en la misma zona. Cuando llegaran a Las Palmas, investigaría más al respecto.

Se tumbó en el catre con la intención de descansar tan solo un rato, pero cuando se despertó ya había oscurecido. Su vela se había consumido por completo. Había dormido sin soñar, algo habitual cuando estaba en el mar.

El problema era que, tal y como solía pasarle con demasiada frecuencia en medio de una noche en vela, los pensamientos indeseados comenzaron a inundar su mente. El recuerdo del barco fantasma y sus remeros muertos y atados a los bancos como animales la llenaba de compasión, pero también de furia. Si la galera se hubiera inundado y se hubiera hundido, los prisioneros no habrían podido salvarse a sí mismos y se habrían visto arrastrados a las profundidades por sus cadenas. Louise sentía una profunda aversión por el tráfico de hombres y mujeres. No importaba quién fuera la víctima y quién el captor —cristiano, otomano, hombres que servían únicamente al dinero—, a ella le parecía que estaba mal. Cornelia sentía lo mismo, aunque Louise sabía que mantener sus principios estaba suponiéndole un gran coste económico. Los demás navieros de la VOC la acusaban de ser inocente y de anteponer los sentimientos a los negocios en un mundo en continua expansión.

«No creo que seamos voces solitarias.»

Ahora que Louise había visto la realidad de los traficantes de esclavos en primera persona y había oído el relato de Rossi, su oposición era todavía mayor. Y, a pesar de que Janssen había contado su historia hasta la extenuación, aquellos que, al igual que él, habían sido capturados pero habían conseguido escaparse y regresar a casa eran ciertamente muy pocos. Juró entonces que, si alguna vez volvía a La Rochelle, iría a buscar al capitán y le pediría que le contara la historia de nuevo. Esta vez lo escucharía.

«Debe de haber algo que podamos hacer.»

Por un momento, contempló la posibilidad de persuadir al Stadhuis de Ámsterdam para que rechazara todo cargamento transportado por mano de obra esclava, pero luego descartó la idea. A la VOC solo le interesaban los beneficios, y aprovecharía toda ventaja que pudiera obtener respecto a sus competidores.

Louise se puso de pie y estiró las extremidades para desentumecerlas, aliviada por volver a sentir otra vez el barco avanzando bajo sus pies. Debía de haberse levantado viento. Cogió una vela nueva del cajón de su mesita de noche y la encendió. Sabía que debería ir a cubierta y comprobar que todo iba bien, pero una idea había empezado a tomar forma en su cabeza... Se reclinó en su catre para considerarla. Un barco fantasma, una embarcación que nadie sabía si era real o no.

Llamaron a la puerta del camarote.

—*Kom binnen* —dijo, suponiendo que Roord había acudido a transmitirle su informe. Pero, una vez más, se trataba de Gilles.

Este echó un vistazo en el camarote iluminado por la llama de la vela.

—¿Puedo entrar, capitana?

Louise se rio.

—¡La capitana estaría encantada de que lo hicierais!

Oyó el clic de la puerta al cerrarse y los pies de Gilles recorriendo los tablones de la estancia hasta que llegó a su lado. Con delicadeza, el muchacho se inclinó y la besó en la coronilla. Ella rodeó su cintura con los brazos y apoyó la cara en su suave barriga por un momento. Cálida, segura, familiar.

—¿Cómo está nuestro invitado? —preguntó Louise al tiempo que daba unas palmaditas en el catre.

Gilles se sentó a su lado.

—Se encuentra bien. Los hombres todavía temen que pueda infectarlos, claro, y ninguno más que el teniente Roord, pero Rossi no causa problema alguno y ya se ha puesto a reparar el grátil de la vena latina. —Sonrió—. Está hecha con un material mucho más grueso del que está acostumbrado, pero el suyo será el zurcido más elegante que se haya visto nunca en la vela de un barco.

—Genial. —Louise exhaló un suspiro y notó que, en presencia de Gilles, conseguía relajarse un poco—. ¿Te gustaría tomar algo?

—Deja que me encargue yo —dijo Gilles. Acto seguido se dirigió al aparador y sirvió dos copas de vino. Luego regresó a la cama.

—¿Qué hora es?

—Acaban de sonar las tres campanadas de la guardia de medianoche.

—¡Qué tarde! —En tierra sería la una y media. Louise sintió una inesperada punzada de nostalgia por el *grosse horloge* y el sonido de las campanas que resonaba por las calles de la capital hugonota—. ¿Echas de menos La Rochelle?

Gilles tardó un momento en contestar.

—No estoy seguro. Aunque muchos recuerdos que tengo de ese lugar son dolorosos (la ciudad misma, mi madre, la noche en la que murió mi tío), también es el único hogar que he conocido nunca. Los sitios en los que solía jugar, el puerto, las torres y el faro..., esas cosas sí las echo de menos. —Hizo una pausa y se corrigió a sí mismo—. No, no las echo de menos; más bien, pienso en ellas como lo haría con viejos amigos de otra vida.

Ella asintió. Eso lo entendía.

—¿Y tú, Louise? ¿Echas de menos tu casa de la rue des Gentilshommes? Es un edificio precioso. Solía admirarlo a menudo, incluso antes de que supiera que su dueña era lo más hermoso de todo.

—¡Zalamero!

Gilles se llevó una mano al corazón.

—No digo más que la verdad, querida mía. Pero, en serio, ¿te ves regresando a La Rochelle después de este viaje?

Louise exhaló un suspiro.

—Siempre he sido una persona inquieta, Gilles, incluso de pequeña. No podía estarme quieta. Ámsterdam, La Rochelle, París, Carcasona... Nunca he sentido que perteneciera a ningún lugar. Cuando pienso en mi hermosa casa, vacía en estos momentos a excepción de la compañía de los sirvientes, significa poco para mí. Me alegraría que mi tío y su familia estuvieran utilizándola, le escribí cuando partimos hacia Ámsterdam y le di a mi mayordomo órdenes para que le diera la bienvenida si aparecía. Pero si la perdiera mañana, y puede que ocurra, no me importaría.

—Pero sí que te importaría perder este barco.

—Sí, y también la independencia que disfruto con él. Y, teniendo en cuenta la situación en la que se encuentra Cornelia actualmente... —Dejó suspendida la frase—. Bueno, ya estás al corriente.

—Las cosas están cambiando en Ámsterdam. A las flotas pequeñas les está costando adaptarse a las nuevas demandas de la VOC.

Permanecieron un momento sentados en silencio, él con la cabeza sobre el hombro de ella, y ambos moviéndose al unísono con el reconfortante balanceo del barco.

—El otro día me fijé en el arma de Pieter. Un estilete —dijo ella en voz baja—. ¿Sabías que había sido él?

Gilles se incorporó.

—Lo imaginaba.

—¿Le dijiste tú que lo hiciera?

—No. Creo que lo hizo por ti. Como hiciste tú por mí en Ámsterdam.

—Lo que sucedió con tu madre fue un accidente... —explicó ella, como siempre hacía, y luego se calló. Sabía que el secreto que ella seguía albergando en su interior hacía su relación desigual. Si él no conocía toda la verdad sobre su persona, ¿cómo podría amarla de veras?

«Debo tener fe.»

—Pero esa no fue la primera vez que le quitaba la vida a alguien —Hecho. Lo había dicho. Sus palabras parecieron caer cual piedras en un estanque, creando ondas en la superficie del agua—. Lo recordé recientemente.

En la penumbra del camarote, notó que Gilles le cogía una mano para infundirle ánimos.

—No tienes por qué contármelo.

Ella exhaló.

—Como sabes, al día siguiente de caerme del *Old Moon*, mi madre regresó a Ámsterdam. Estaba muy alterada. Yo pensaba que se debía a mi accidente, pues mi abuelo le había dicho que me habían sacado de las aguas del IJ justo a tiempo, pero luego comencé a preguntarme si no sería por otra cosa. Fuera lo que fuese, Marta no me quitó la vista de encima en todo el día. Pero justo antes del amanecer del día siguiente, el veintiséis de abril, se levantó de la cama que compartía conmigo y se vistió con su vestido favorito y sus mejores zapatos. —Louise se detuvo un momento para poner en orden sus pensamientos—. Hasta el día de hoy todavía no sé por qué no dije nada o no le pregunté adónde iba. Quizá me di cuenta de forma intuitiva de que sería mejor no hacerme notar.

—Los niños siempre se percatan de estas cosas —dijo él en voz baja.

—Esperé hasta que hubo dejado la habitación y luego me puse mis zuecos nuevos, la capota y la capa y fui detrás de ella.

—¿A Kalverstraat?

—Sí. —Louise le dio un sorbo a su vino. Había enterrado este secreto tan profundamente que apenas sabía cómo sacarlo a la luz con palabras. Se llevó una mano al relicario de su madre.

—No hace falta que prosigas. No si te resulta demasiado doloroso.

—Quiero hacerlo —dijo ella apretándole la mano con más fuerza—. Tenía miedo de salir sola a la calle tan temprano, pero pensé que, mientras no perdiera de vista a mi madre, no me pasaría nada. La seguí por los canales, crucé Plaats y me adentré en Kalverstraat. No entendía qué era lo que estaba haciendo, salvo que era secreto, de modo que me mantuve a cierta distancia. Al llegar a la mitad de la calle, se detuvo delante del escaparate de una tienda, que por aquel entonces ya vendía tela y ropa, y entró en ella. Yo esperé, pensando que volvería a salir al poco, pero no lo hizo.

—¿Cuánto tiempo esperaste?

—No lo sé.

—Y fuiste detrás de ella.

Louise asintió.

—Cuando nadie miraba, me metí dentro y subí la escalera. La puerta de una habitación del primer piso estaba entreabierta. Miré por la abertura y... —Soltó un leve grito ahogado—. Lo vi a él primero. Un hombre con un mechón de pelo blanco en el pelo. Llevaba el jubón desabrochado y la camisa por fuera.

—Tu padre.

—Por aquel entonces todavía no lo sabía. Él parecía aturdido, como si no pudiera comprender lo que estaba sucediendo. Luego oí que algo metálico impactaba contra los tablones de madera del suelo. Bajé la vista. Había un cuchillo junto a mi madre, que yacía en el suelo ataviada con el vestido azul que le había visto ponerse esa mañana, y con la falda y la enagua alrededor de la cintura. —Louise tragó saliva—. Creo que mi padre acababa de aprovecharse de ella. Esto no lo recordé hasta que Joost intentó... —Louise hizo un gesto con la mano como si quisiera apartar de sí el recuerdo—. Nada de lo que estaba viendo tenía sentido. Era como un cuadro vivo dispuesto para que un pintor lo trasladara a un lienzo, pero sí me di cuenta de que mi madre estaba muerta.

—¿Y entonces...?

—Abrí la puerta de par en par y entré en la habitación. No creo que al principio él me viera. Luego pareció hacerlo. No tengo claro si sabía quién era yo o no. «Yo la quería», dijo mirándome a los ojos. Lo recuerdo palabra por palabra. «No podía vivir sin ella, pero ella no quería saber nada de mí.»

Louise cerró los ojos.

—Eso me enfureció. Sonaba como si estuviera culpándola a ella. —Tragó saliva ruidosamente—. De algún modo, el cuchillo llegó a mis manos. La empuñadura estaba resbaladiza a causa de la sangre. La sangre de mi madre. Sin pensarlo, como si mi mano no fuera mía, se lo clavé en la barriga. Yo era alta para mi edad, y también fuerte. Sus ojos se abrieron como platos. Cayó primero de rodillas y luego se desplomó sobre el cadáver de mi madre, haciendo que el cuchillo se le hundiera todavía más. Al ver a tu madre...

—...lo recordaste todo.

Louise asintió.

—Me quedé horrorizada. No sé qué pretendía hacer en realidad, quizá tan solo asustarlo, o hacerle daño. Extrañamente, creo que me preocupaba más que pudieran regañarme por haber salido sola que por lo que había hecho. En ese momento, lo único en lo que podía pensar era en que debía regresar a casa antes de que descubrieran que había desaparecido. Cogí el relicario que mi madre llevaba al cuello y me marché de ahí. Casi tropiezo en lo alto de la escalera, pero conseguí salir corriendo a la calle.

Gilles exhaló.

—¿Sabe alguien que estuviste ahí?

—Nadie salvo yo misma.

—Y ahora yo —dijo Gilles, repitiendo las palabras que ella le había dicho en Ámsterdam.

—Como ves, Gilles, mi alma ya estaba condenada antes de que fuera a Rokin a encararme con tu madre.

—No. ¡No pienso aceptarlo! —exclamó él—. ¿Cómo puede estar mal matar para defender a alguien a quien queremos? Toda la raza humana estaría condenada y sin salvación posible si no pudiéramos proteger a aquellos que nos importan.

Permanecieron un rato sentados en silencio mientras la confesión que Louise acababa de hacer parecía seguir flotando en el aire. Ella tenía la sensación de haberse quitado un gran peso de encima. Muchos años atrás, en Carcasona, casi le cuenta a su abuela que había estado en Kalverstraat, pero no había querido que la anciana tuviera que cargar con ello. Y, después del asesinato de madame Roux, casi le confiesa ese primer crimen a Cornelia cuando estaban arrodilladas en la Oude Kerk, pero de nuevo no quiso angustiar con algo así a una mujer mayor. Con Gilles, en cambio, era como si hubiera exorcizado un mal interior, algo que ni siquiera sabía que tenía dentro. Él no se había marchado ni la juzgaba.

—¿Crees que de veras la amaba? —le preguntó Gilles en voz baja—. ¿O ella a él?

Louise se quedó un momento callada. Era una pregunta que llevaba haciéndose más de veinticinco años.

—Eso no puede ser amor —dijo finalmente.

La llama de la vela comenzó a parpadear, agotándose, y Louise se dio cuenta de que llevaban mucho rato conversando. Como si hubiera leído su mente, Gilles cogió otra vela del cajón, la encendió con la mecha agonizante y luego se arrodilló ante ella y le cogió las manos.

—¿Quieres saber lo que pienso?

Sintiéndose ya agotada, Louise solo pudo asentir.

—Creo que te has pasado la vida intentando compensar la gran pérdida que sufriste. Y ahora has recordado algo más. Algo tan tremendo y terrible que te sobrepasa. Pero eras una niña, Louise. Del mismo modo que lo era yo cuando me convertí en quien soy ahora. Tienes que perdonarte a ti misma.

—No llegué a tiempo de salvarla, Gilles —contestó ella—. ¿Cómo puedo perdonarme algo así?

—Nunca estuvo en tus manos salvarla, ¿no lo ves? Pero salvaste a Pieter y a Dirk Jansz. Y a Marco Rossi. —Gilles se llevó una mano de Louise a los labios—. Y también a mí.

Louise sintió un destello de esperanza, la chispa de una posibilidad.

—Y podríamos salvar a más gente —dijo ella—. Escucha.

59

Lunes, 26 de abril

A lo largo de los seis días siguientes, Louise y Gilles pasaron una gran cantidad de tiempo con Marco Rossi averiguando todo lo posible sobre los corsarios que lo habían capturado (cómo transportaban a sus prisioneros, la naturaleza de los mercados de La Valeta y de Salé...). Sumado a todo lo que ya sabían, les quedó claro que, si bien los corsarios, los otomanos o los esclavistas de Francia, la República Neerlandesa, España y Portugal justificaban de distinta forma sus actividades —fe, beneficios, venganza—, las tácticas eran similares. Todos dependían de cosas como ataques rápidos, superioridad numérica o usar de ejemplo a uno o dos prisioneros a modo de advertencia a los demás. Fueran cristianos o musulmanes, en todos los casos eran brutales, eficientes y crueles.

Ser un «prisionero privilegiado» —como Rossi había sido— suponía contar con ciertas libertades. Este había oído incluso que, a algunos prisioneros, cuando la galera corsaria permanecía atracada todo el invierno en puertos como el de Alejandría o el de Túnez, se les permitía tener tabernas en la ciudad o casarse antes de que la temporada de caza volviera a comenzar. Los grilletes que llevaban en los tobillos los distinguían de los hombres libres, pero se adaptaban. La mayoría, sin embargo, no tenía esa opción. A Louise le horrorizó descubrir que había muchos que llevaban cautivos doce, trece o catorce años. Vivían y morían esclavizados. ¿Cómo podía ella esperar hacer algo al respecto?

Pero entonces Louise se reprendía a sí misma y recordaba que salvar a Marco Rossi había sido mejor que no salvar a nadie. Todo el mundo era hijo o marido de alguien. Y siempre tenía en cuenta el manido consejo que su abuela había compartido con ella la última mañana que se vieron: «No te obceques en lo que no es posible, mejor concéntrate en aquello que puedas hacer en el mundo».

¿No lo había hecho ya? ¿No había escogido permanecer soltera cuando el destino habitual de las mujeres consistía en casarse y tener hijos? A esas alturas había vivido una vida que, a los diez años, esa niña que casi se ahoga en la decepción no habría creído posible. Y, además, siguiendo los pasos de sus abuelos, de su tía abuela, Alis, y de la compañera de esta, Cornelia, había encontrado el amor con alguien que, al igual que ella, vivía fuera de las normas de la sociedad corriente. En un barco, a pesar de todos sus desafíos, todavía era posible. Louise era consciente de que, cada día que navegaba más al sur, los vínculos que la unían a La Rochelle o Ámsterdam se volvían más débiles. Pronto apenas la retendrían.

Mientras su plan iba tomando forma, se dio cuenta de otra cosa: la amenaza de perder su fortuna la había vuelto asustadiza. Bajo la deslumbrante claridad del aire sureño y en medio del cambiante océano, Louise había comprendido que, en vez de intentar proteger su fortuna, debía usarla. Así, si finalmente se agotaba, el demandante de Chartres ya no podría hacer nada aunque la persiguiera hasta los confines de la tierra. Louise sonrió. Ese pensamiento también resultaba liberador.

Examinó las cartas de navegación de Roord. Si el tiempo se lo permitía, llegarían a tierra y atracarían en Las Palmas en unos días, tal y como estaba previsto. Una vez ahí, en lugar de pasar tiempo hablando con los productores de vino de la isla, tenía intención de transformar el *Old Moon*. Dejaría marchar a los hombres que prefirieran navegar con un capitán y una tripulación más convencionales y buscaría un grupo de marineros más heterogéneo, entre ellos quizá un cordelero o un calafate, así como algunos otros con conocimientos adquiridos en barcos de guerra. Su tripulación actual de once hombres era insuficiente para lo que tenía en mente. Necesitaba armar el barco: solo tenían dos cañones y dos pedreros, y harían falta más.

Estaba decidida a convertirse no en pirata, sino en el azote de los piratas. Una mujer capitán, cazadora y diabla de los mares. La capitana del *Ghost Ship*.

Al despertarse antes del amanecer la mañana del martes 27 de abril, Louise se dio cuenta de que el aniversario de la muerte de su madre había tenido lugar el día anterior sin que ella pensara en ello ni una sola vez. Compartir la carga del secreto que llevaba dentro había aliviado su conciencia. Se había liberado del sentimiento de culpa que había estado acarreando casi toda su vida. Aquel día había hecho lo que había podido. No tenía ningún derecho a matar a nadie, pero se había hecho justicia. Y en el caso de madame Roux también. Había recibido su merecido.

¿Había sido siempre eso? ¿Una cuestión de perdón?

Se volvió hacia su amado, profundamente dormido, y pasó los dedos por su brazo. Acto seguido se incorporó de golpe. ¡Todavía estaba a su lado! La noche anterior, agotados después de largas discusiones sobre su plan de convertirse en una cazadora de piratas, se habían olvidado de sus habituales precauciones nocturnas.

—Gilles —susurró sacudiéndole el brazo para despertarlo—. Ya casi ha salido el sol.

Este parpadeó, se percató de dónde estaba y descendió de la cama de un salto. Tras darle un beso a Louise, cogió rápidamente su ropa y regresó a toda prisa a su camarote. Todavía medio dormido, se olvidó de tomar los pasos acostumbrados para cubrirse bien.

Hasta mucho después, cuando el mal ya estaba hecho, ninguno de los dos se dio cuenta de que el teniente Roord había visto salir a Gilles del camarote de Louise y había descubierto que no era quien decía ser. Roord se había sentido primero desconcertado y, a continuación, horrorizado. ¿No decían las Sagradas Escrituras que el matrimonio solo podía tener lugar entre un hombre y una mujer? ¿No condenaban las Sagradas Escrituras la abominación y la inmoralidad? ¿No era lo que había visto la prueba de un pecado contra las leyes del Señor? Lo cierto era que no estaba seguro de qué había presenciado, solo sabía que lo había perturbado profundamente.

Cuando los primeros rayos del sol alcanzaron el gallardete del mástil principal, Roord cogió el rosario que llevaba oculto en el bolsillo, se puso de rodillas y comenzó a rezar en busca de orientación.

60

Viernes, 7 de mayo

—¡Tierra a la vista! —exclamó Jansz.

Louise se llevó el catalejo a un ojo.

Lo había conseguido.

Después de cincuenta días en el mar y de haber surcado las traicioneras aguas del archipiélago de las Islas Afortunadas más allá de la isla de Lanzarote, el *Old Moon* estaba aproximándose finalmente al puerto de Las Palmas, en la costa noreste de Gran Canaria.

Louise contemplaba desde la proa cómo se acercaban cada vez más a la costa, maravillada con su primera visión de las palmeras que daban su nombre a la ciudad. Allá adonde mirara, las hojas verdes se balanceaban contra el cielo azul y las austeras rocas grises del barranco a cuyos pies había sido construida la ciudad abrazaban la bahía. Arenas doradas, tan distintas de la piedra y los muelles de madera de La Rochelle y Ámsterdam, se extendían hasta donde alcanzaba la vista. Louise había visto cuadros de Las Palmas, pero era todavía más hermosa de lo que había imaginado.

Conocía la historia de la ciudad gracias a la detallada información que había en las oficinas de la compañía Van Raay y a sus conversaciones con Cornelia. Las Palmas era la capital de facto del archipiélago y no solo su centro administrativo, sino también religioso y el lugar en el que la Inquisición tenía su sede. Los elegantes edificios pálidos con balcones y celosías habían sido construidos por los invasores españoles casi ciento cincuenta años atrás, y la catedral de Santa Ana, una mezcla de arquitecturas gótica y morisca, dominaba la plaza mayor.

Gran Canaria era una escala fundamental no solo para los barcos españoles, sino también para las expediciones neerlandesas que se dirigían al cabo de Buena Esperanza y las Indias Orientales. Su posición, más alejada de la costa norteafricana que otras islas del archipiélago, le proporcionaba mayor protección de los asaltos de los esclavistas que asolaban Tenerife, por ejemplo, si bien Las Palmas también los sufría. El ataque más devastador había tenido lugar en junio de 1599 a manos del corsario neerlandés Van der Does, y no había sido olvidado nunca.

Mientras la tregua entre la República Neerlandesa y España estuviera en vigor, Louise sabía que los barcos mercantes como el *Old Moon* serían bienvenidos —el comercio era el comercio—, pero los neerlandeses no eran populares allí y había una gran incerteza sobre lo que sucedería cuando la licencia de la VOC con España caducara. En todo caso, esto no la preocupaba demasiado. Tenía muchas cosas que hacer en los días venideros si quería regresar pronto al mar. La piratería solía llevarse a cabo durante los meses de verano, antes de que comenzaran las tormentas invernales, lo cual le proporcionaba al menos tres meses para poner en marcha sus planes. Levantó la vista al cielo y pensó que sus abuelos estarían orgullosos. Sonrió. Su madre también lo estaría.

Al igual que sucedía en La Rochelle o Ámsterdam, una multitud se había congregado en el puerto para verlos llegar. La diferencia era que ahí todo era más radiante y vívido.

La tripulación ya había recogido las velas y el teniente Roord pilotaba con cuidado el *Old Moon* para llevarlo a salvo al muelle con el navegante, Bleeker, a su lado.

Louise observó con alegría cómo niños de rizos oscuros corrían arriba y abajo, gritando y saludando al barco con la mano. Una viuda —vestida de negro de la cabeza a los pies y con un largo velo de encaje sostenido en lo alto de la cabeza con una peineta— se santiguó cuando el *Old Moon* entró en el puerto. Y, a lo largo del embarcadero, mujeres de pelo negro azabache recogido con un moño en la nuca, visible bajo sus sombreros de paja, los saludaban con la mano al lado de hombres con mantas marrones sobre los hombros. En ese momento, en la colina que se elevaba sobre la ciudad, una nube de pequeños pájaros azules salió volando de un bosque de palmeras cual flores al agitar una rama en primavera. Entusiasmada, Louise tuvo que hacer un gran esfuerzo para no ponerse a aplaudir.

Louise permaneció en la proa mientras arrojaban la guía al embarcadero. Hombres de ojos negros tiraron con fuerza de los gruesos cabos de amarre, uno en la proa y otro en la popa, y los ataron a los bolardos. A bordo, la tripulación comenzó a guardar los cañones y a cerrar las escotillas.

A pesar de las ganas que tenía de explorar este nuevo mundo, Louise también sintió una repentina renuencia a dejar el barco que había sido su hogar las últimas siete semanas. No solo perdería su intimidad con Gilles —habían acordado que, cuando desembarcaran, retomarían su relación formal previa—, sino que además tenía muchas cosas que hacer en tierra. Por no mencionar la escasa esperanza que tenía en que la tripulación permaneciera fiel a su palabra y no chismorreara sobre el fallecimiento de Hendrik Joost en las tabernas y las pensiones de Las Palmas.

«Pero hablarán. Los hombres siempre lo hacen.»

Gilles estaba esperándola con su baúl de viaje y su bolsa personal de cuero cuando ella se unió al teniente Roord en la borda de estribor.

—Es una vista maravillosa, ¿verdad?

—Sí, señora.

—¿Es como imaginabais?

Roord no contestó. Louise se volvió para mirarlo. Estaba pálido y sudaba, con la vista puesta en un punto fijo.

—¿Teniente? ¿Os sucede algo?

Él no la miró a los ojos.

—No, señora.

Desconcertada, Louise lo dejó a solas con sus pensamientos.

—Ahí estáis, capitana —dijo Jansz alegremente mientras colocaba la pasarela para desembarcar—. Bienvenida a Las Palmas.

A las cuatro y media de la tarde del séptimo día del mes de mayo del año 1621, Louise Reydon-Joubert descendió despacio la pasarela sintiendo todavía el movimiento del océano en las piernas y pisó tierra española por primera vez en su vida.

61

Las Palmas
Sábado, 8 de mayo

Al día siguiente de su llegada, Louise fue convocada a las Casas Consistoriales, sede del ayuntamiento de la ciudad, para explicar lo que le había pasado a Hendrik Joost.

Pronto quedó claro que los hombres que gobernaban Las Palmas no estaban acostumbrados a tener que tratar con una mujer. El procurador fiscal, Felipe Arauz —un hombre anémico originario de Bilbao—, ni siquiera se esforzó en disimular su desdén. Dos miembros de la Inquisición estaban presentes, aunque en ningún momento le explicaron a Louise la razón y no se los presentaron. El hecho de que ella fuera la propietaria del *Old Moon* no significaba nada y, a pesar de que Joost era neerlandés y calvinista, su padre, Andries Joost, tenía muchos contactos mercantiles en Gran Canaria. Estaba claro que se trataba de un hombre importante e influyente. Después de pasar la mañana siendo sometida a un interrogatorio escasamente cordial, Louise se encontró a sí misma recordando con nostalgia su reunión con el *prévôt* Arnaud en La Rochelle.

El fiscal Arauz era distinto. Con gran dificultad, Louise consiguió convencerlo de que aceptara que la muerte del capitán había sido una tragedia repentina y completamente inesperada. Ella le recordó que el primer teniente del barco había certificado la muerte y que no había ningún indicio de que Roord hubiera falsificado pruebas. Su segundo teniente, Joris Bleeker, lo había ratificado. Luego le mostró a Arauz la carta que había escrito a Andries Joost mientras todavía estaba a bordo. Las autoridades se cercioraron de su autenticidad y la sellaron. Arauz recomendó que la enviaran en el siguiente barco neerlandés que partiera hacia Ámsterdam. Estaba claro que no confiaba en que Louise lo hiciera. Todo el proceso la dejó frustrada y enojada.

—¿Se ha resuelto ya todo? —le preguntó Gilles cuando salió a la luz del sol dos horas después.

—Ha sido una vergüenza —dijo ella con las mejillas sonrojadas—. Mi palabra no valía nada. Me han hecho sentir como una criminal. Y había dos inquisidores observando el proceso cual buitres.

La Inquisición española era célebre por sus brutales métodos para erradicar la herejía y convertir forzosamente a judíos y musulmanes tanto en España como en territorios españoles allende de los mares.

—¿Por qué? ¿Su función no es dar caza a herejes?

—Y erradicar la inmoralidad o cualquier cosa contraria al decreto católico. No tenía poder ni voz alguna, Gilles.

En los días siguientes, Louise no encontró ninguna razón para cambiar de parecer. Esta era una sociedad en la que las mujeres eran invisibles. No estaban presentes en los tribunales ni en el ayuntamiento, tampoco en el mercado de grano donde se establecía el precio de las mercaderías. El hecho de que ella fuera una solterona sin hijos la encasillaba automáticamente como una anomalía en esa ciudad española en la que el poder de la Iglesia católica era absoluto. Los hombres promulgaban las leyes, las mujeres las cumplían. En Ámsterdam, o incluso en La Rochelle, era alguien poco común, pero la respetaban. Allí, en la preciosa ciudad de Las Palmas, Louise no era nada.

La vida allí estaba muy lejos de la que había llevado en el mar.

A pesar de sus frustraciones, a Louise le encantaba su alojamiento con vistas a la catedral de Santa Ana y la ciudad misma. Cada mañana, se levantaba y veía bandadas de canarios silvestres del color del sol del archipiélago revoloteando alrededor de la plaza de Santa Ana. Desde su ventana podía ver las Casas Consistoriales, el Palacio del Obispo y la Casa de Colón, la vivienda en la que el explorador genovés Cristóbal Colón se había alojado más de cien años atrás. En los balcones con celosías de madera los alhelíes rojos relucían cual rubíes contra las paredes encaladas. Y los tranquilos patios interiores proporcionaban refugio del calor del sol. Por todas partes, las palmeras se balanceaban empujadas por el cálido viento.

Pero toda esa belleza escondía una historia horrible. Había sido desde Las Palmas desde donde los primeros invasores españoles habían llevado a cabo su conquista de las islas vecinas de Tenerife y La Palma, masacrando a los habitantes originales de estas, los guanches. Los combates habían sido encarnizados y feroces. En años recientes, la propia ciudad había sido objeto de varios ataques despiadados —realizados por ingleses, neerlandeses o corsarios berberiscos— en los que habían saqueado sus tesoros y profanado la santidad de la catedral. A Louise le parecía que Las Palmas era una ciudad en permanente estado de miedo y asedio aunque no hubiera ninguna amenaza discernible.

Volvió a tener pesadillas por las noches. La atormentaban imágenes vívidas de la expresión de su padre al caer al suelo, el largo pelo de su madre o el color de los labios de madame Roux apagándose. Unas ojeras hicieron aparición bajo sus ojos y su piel comenzó a perder la lozanía.

En la plaza de Santa Ana también se encontraba la sede de la Inquisición. Aunque por todas partes era apreciable la influencia morisca, Las Palmas era una ciudad fervientemente católica y el centro diocesano de las Islas Afortunadas. La etiqueta, el estatus y la reputación lo eran todo. Los inquisidores procedentes de la España continental tenían un poder enorme y, al otro lado de esas paredes encaladas, llevaban a cabo juicios en los que condenaban a herejes e infieles que se entregaban a comportamientos adúlteros o inmorales. Los intimidatorios tentáculos de la Inquisición se extendían a todos los rincones de la vida cotidiana. A Louise le habían explicado que las proclamaciones públicas de fe por parte de los condenados —los llamados «autos de fe»— eran habituales. Y a veces también las hogueras en las que, a continuación, los quemaban vivos.

Gilles y ella no se veían salvo en compañía de otros, y lo echaba de menos, pero sabía que debía ser muy cuidadosa. Había visto cómo reprendían a mujeres en la calle por vestir de un modo inmodesto o por el crimen de estar fuera de noche sin acompañante masculino. Por más que echara de menos la presencia de Gilles a su lado, no podía permitir que nada impidiera que zarparan de nuevo.

Mientras esperaba en su cuarto lleno de sombras escuchando el repicar de las campanas de la catedral, Louise tuvo la sensación de que un peligro acechaba.

A tiro de piedra de la plaza de Santa Ana, Gilles paseaba por la playa y se preguntaba cuándo tendría la oportunidad de ofrecerle a Louise su regalo de cumpleaños. Había contado con la ayuda de Marco Rossi y pensaba que le iba a encantar.

La añoraba de corazón. No dejaba de esperar que lo convocara con un pretexto u otro, pero los días iban pasando y no llegaba ningún mensajero. Lo comprendía, pero lamentaba profundamente la precaución que los mantenía separados. Estaba previsto que el *North Star* llegara a Las Palmas uno de esos días —ella había enviado a una criada para que se lo dijera— y era muy posible que llevara alguna carta de Ámsterdam. En ese caso, le gustaría estar a su lado.

¿Al día siguiente, tal vez?

A lo largo de la arena, lejos del ajetreo de los muelles, Gilles vio hileras de rejillas para ahumar. En la orilla descansaban botes de pesca mientras hombres arreglaban sus redes y mujeres de rostro ajado alimentaban las hogueras con algas secas, llenando la playa de un olor acre a sal quemada y ceniza. En las rejillas de madera se cocinaban peces de lomos plateados. Le recordaba al puerto de La Rochelle aunque, al mismo tiempo, no podía haber sido más distinto.

A Gilles estaba costándole dormir sin el movimiento constante del barco, aunque también se sentía fascinado por ese colorido nuevo mundo. Toda una infancia intentando pasar desapercibido le estaba resultando útil para deambular por las plazas y las calles sin llamar demasiado la atención. Incluso sus ropajes negros lo ayudaban a confundirse entre el gentío en una ciudad en la que podían encontrarse sacerdotes católicos, inquisidores y viudas del mar en cada esquina. Pronto descubrió que Las Palmas era como cualquier otra ciudad portuaria. Todo el mundo estaba al tanto de los asuntos de los demás: quién iba a llegar al puerto, qué negocio tenía problemas, quién sobornaba a los productores de vino o al agente de aduanas. Había pocos secretos que no pudieran ser comprados o vendidos. La Inquisición, en particular, contaba con muchos recursos para ello.

Los preparativos para transformar el *Old Moon* ya casi estaban completados. Dirk Jansz seguiría en el barco junto con el grumete Pieter, el cocinero Albert, Lange, los hermanos De Groot, el segundo teniente Bleeker y también Rossi. Jorgen no continuaría con ellos y Louise quería ampliar la tripulación, con lo que faltaban tres plazas por ocupar. Estaba resultando difícil, pues la mayoría de los hombres no querían estar al mando de una mujer. En cuanto al teniente Roord, no le había confirmado sus planes. Gilles no sabía qué diantres atribulaba a ese hombre. Su comportamiento había sido muy extraño incluso antes de que el *Old Moon* hubiera atracado.

62

Viernes, 14 de mayo

Una semana después de la llegada del *Old Moon*, el *North Star* atracó en el puerto de Las Palmas con noticias procedentes de Ámsterdam.

Louise había adoptado la costumbre local de beber por las mañanas un poco de ron canario servido con pasas y agua caliente. Ahí en Las Palmas tenía la sensación de que debía estar siempre alerta. En cualquier momento podía llegar un mensajero con otra convocatoria para las Casas Consistoriales. A pesar de tener toda una ciudad para explorar, se sentía confinada de un modo que nunca había experimentado en el *Old Moon*.

Sabía que le habían cobrado de más por las armas y la madera que había adquirido, pero, en cualquier caso, en esos momentos el barco ya estaba equipado y listo para zarpar. Se habían instalado dos pedreros adicionales, se había limpiado el casco y las reparaciones de mantenimiento se habían completado. Habían colocado asimismo un pescante de hierro en la popa y Jansz había negociado la adquisición de un *boot* más grande, un pequeño bote de un mástil, que podía ser izado y arriado del mar y usado para transportar mercancías y gente del *Old Moon* a la orilla cuando las aguas no eran lo bastante profundas.

Louise se sentía profundamente agradecida con Gilles y Jansz. Sin este último, no habría podido negociar lo que necesitaba, pues visitaba con frecuencia Las Palmas y tenía muchos contactos y conocimientos suficientes de español para realizar tratos. Junto con los demás miembros de la tripulación, se alojaba en una pensión del puerto.

Las campanas de la catedral dieron los tres cuartos. Willem de Klerk, el capitán del *North Star*, llegaría en breve. Ella quería pedirle un favor. Y puede que él tuviera una carta para ella. Rezaba para que así fuera, aunque una parte de ella prefería que no.

Mientras aguardaba, Louise volvió a pensar en su teniente desaparecido. Había esperado contar con la ayuda de Roord en Las Palmas —hablaba un español decente—, pero su ausencia se había hecho notar. De hecho, todo su comportamiento había cambiado antes incluso de atracar. Se había vuelto extrañamente formal, incluso distante. Louise no sabía qué pensar al respecto. A pesar de todos sus defectos —el excesivo celo con el que practicaba su fe y su delicado estómago—, había terminado sintiendo simpatía por ese amable y callado teniente, y esperaba que considerara la posibilidad de seguir en el *Old Moon*. En esos momentos, sin embargo, se preguntaba si no estaría molesto por que ella hubiera tomado el mando del barco. Era frustrante. Si Roord rechazaba su oferta —y para ello debía encontrarlo antes—, tendría que buscar otro segundo al mando con rapidez. Bleeker estaba dispuesto a ayudar, pero no hablaba español y las pústulas de su piel hacían que la gente lo evitara. No podía reemplazar a Roord.

La criada entró en el cuarto.

—El capitán De Klerk está aquí, señora.

—Gracias. Hacedle pasar.

Un hombre alto y pelirrojo entró en la habitación. Por un momento, Louise se quedó de piedra. El capitán era idéntico a

399

su tío Jean-Jacques, o al menos a su recuerdo de este. Recibía cartas suyas de vez en cuando —su hijo había muerto de pequeño, una gran pérdida—, y a ella le encantaba saber de su hija, Florence, que ya contaba con quince años y al parecer era una muchacha vivaz e inteligente.

Louise se puso de pie.

—Capitán De Klerk, sed bienvenido.

Él hizo una leve reverencia.

—Es muy amable de vuestra parte que me recibáis, madame Reydon-Joubert.

—En absoluto. Por favor, sentaos. —Ella le señaló una silla de madera oscura con el respaldo trenzado, pareja de la suya. Entre ambos había una mesa baja de latón con vino, dos copas y un platito con almendras saladas—. ¿Queréis algo de beber o de comer?

—¿Quizá un poco de vino?

En cuanto hubieron servido las bebidas y la criada se hubo retirado, Louise fue directa al grano y, tras preguntarle a De Klerk por el viaje de Ámsterdam a Las Palmas, le explicó que ella se había visto obligada a tomar el mando del *Old Moon* después de la inoportuna muerte del capitán Joost. Se demoró más de lo necesario en los detalles, plenamente consciente de estar prolongando el momento en el que debería preguntarle si tenía alguna carta para ella. De Klerk era agradable, y suponía un placer conversar con él, aunque le confirmó que los cambios que la VOC estaba imponiendo seguían afectando de forma adversa al negocio de Cornelia.

—Aunque pueda parecer desleal que lo diga —concluyó De Klerk—, me temo que muchos hombres de mi tripulación se unirán a otros barcos después de esta temporada. Los beneficios en las Américas y las Indias Orientales son mucho mayores.

—Los riesgos también —añadió ella.

De Klerk extendió las manos.

—Eso es cierto. ¿Cuánto tiempo tenéis intención de permanecer aquí? ¿Pensáis ir al sur, a los viñedos de Monte?

Monte era un fértil valle de tierra volcánica y, en consecuencia, la región más popular en cuanto a producción de vino.

Louise negó con la cabeza.

—En un principio había pensado en coger un carro tirado por un poni e ir al valle de Agaete, o incluso a la zona montañosa de San Bartolomé de Tirajana. Tengo entendido que la altitud hace que las uvas que ahí se cultivan estén expuestas a grandes diferencias de temperatura durante un largo período, lo cual produce un sabor distinto.

—Pero ¿ahora tenéis otros planes?

Louise vaciló. Sabía que Cornelia valoraba a De Klerk. Parecía una persona franca y honesta y había hecho muchos viajes a las Islas Afortunadas durante su larga carrera en el mar. Pero había aprendido a ser cauta.

—Con la pérdida de Joost, mis planes han cambiado.

—Ah, claro, necesitáis haceros con los servicios de un capitán local, lo cual no os resultará nada fácil.

—Un primer teniente, en realidad —le aclaró ella, y percibió una fugaz expresión de sorpresa en su rostro—. Tengo intención de seguir al mando del barco yo misma.

—Bueno, en ese caso os deseo la mejor de las suertes —respondió él educadamente—. Tened en cuenta, sin embargo, que una cosa es que tomarais el mando cuando Joost murió de forma inesperada y vuestro teniente cayó enfermo... ¿Habéis dicho que se llamaba Roord?

—Sí.

—Como decía, una cosa es que os hicierais cargo del barco entonces, y otra muy distinta, en cambio, es ejercer el mando por voluntad propia. Os ruego que disculpéis mi franqueza, madame Reydon-Joubert.

Esta sonrió.

—Agradezco vuestra sinceridad, capitán. ¿Habláis español?

—De forma pasable, sí.

—En ese caso, tengo que pediros un favor. ¿Podríais ayudarme a obtener los servicios de un segundo de a bordo? Solo para esta temporada. Como he dicho, esperaba contar con los servicios del teniente Roord, pero ahora me doy cuenta de que tal vez su forma de pensar es más ortodoxa de lo que imaginaba. La mayoría de la tripulación que zarpó de Ámsterdam seguirá conmigo, incluido el contramaestre, Dirk Jansz.

—Conozco a Jansz. Es un buen marinero.

—Lo es. Además, hemos añadido un artillero, un calafate y un tercer marinero raso. Jansz ha hecho todo lo que ha podido, pero no ha sido capaz de conseguir un oficial de alto rango. El teniente Bleeker tiene intención de seguir en el barco. Sus dotes como navegante son excelentes, pero carece de autoridad.

—Esto que contáis parece algo más que un mero reacondicionamiento —indagó De Klerk.

—Como os he dicho, mis planes han cambiado —respondió Louise en un tono de voz neutro—. Gilles Barenton tiene la lista con nuestros requisitos. —Louise sintió un momento de placer al decir su nombre en voz alta—. Mevrouw Van Raay tiene a este en gran estima.

—Eso he oído. Barenton trabajó en la oficina de Van Raay en Lestrange, ¿no es así?

—Efectivamente. Vino conmigo de La Rochelle como secretario. Sus conocimientos sobre vinos no tienen parangón.

De Klerk permaneció un momento en silencio y al final asintió.

—No será fácil encontrar un segundo de a bordo con tan

poca antelación, pero será un placer para mí ayudaros. A nosotros solo nos falta cargar el barco y regresaremos de inmediato a Ámsterdam. Si el *Old Moon* está listo a tiempo, tal vez podríamos zarpar en convoy.

Louise respondió con rodeos. Se trataba de una oferta generosa, pero no era lo que deseaba.

—Es muy generoso de vuestra parte, capitán, pero no querría que alterarais vuestros planes por mi culpa.

De Klerk hizo una pausa y luego asintió.

—Si cambiáis de parecer, hacédmelo saber.

Louise alzó su copa.

—Por los nuevos principios.

—Por el *Old Moon* y todos quienes navegan en él. —Tras brindar, dieron un trago y después De Klerk dejó su copa en la mesa—. Y ahora, antes de que me olvide, permitid que os entregue unas cartas que he traído de Ámsterdam para vos.

Aunque se había mentalizado para ello, Louise no pudo evitar que se le hiciera un nudo en el estómago.

—Gracias —dijo ella tan tranquilamente como pudo—. Es muy amable de vuestra parte. Si las dejáis conmigo, luego las leeré con calma.

—Mevrouw Van Raay me pidió que le llevara conmigo una respuesta cuando regresara. De hecho, fue bastante insistente al respecto. Aunque, claro, si tenéis pensado zarpar en dos días, el *Old Moon* llegará a Ámsterdam antes de que lo hagamos nosotros.

Louise sonrió.

—En ese caso, podré daros las gracias en persona. Por mi parte, tengo una carta para el padre del capitán Joost. Las autoridades locales desearían que fuerais vos quien se la llevarais en vez de confiarme a mí esa obligación. Creen que sería mejor.

De Klerk enarcó las cejas.

—¿Ah, sí? Bueno, es evidente que no tengo ningún problema en hacer lo que me piden. —Se puso de pie—. Ha sido un placer. Estas últimas semanas he estado algo falto de conversación agradable. Me encargaré de averiguar si hay alguien adecuado que esté disponible para el puesto de segundo de a bordo. ¿Os parece que volvamos a vernos esta tarde? Y quizá Barenton también podría estar presente, si así lo deseáis. ¿A las cuatro en el puerto, por ejemplo?

—Gracias —dijo Louise, ignorando deliberadamente la carta sellada que descansaba sobre la mesa de latón—. Hasta esta tarde, capitán.

63

El teniente Roord cruzó rápidamente la plaza y entró en la catedral. Había estado teniendo problemas de conciencia desde aquella noche en la cubierta del *Old Moon*, y sabía que el único modo de encontrar la paz era confesándose. Era viernes. El sacerdote seguro que estaría presente.

Mojó un dedo en el agua bendita de la fuente bautismal y se santiguó. Luego permaneció un momento inmóvil para dejar que sus ojos se adaptaran al contraste entre la luminosidad de la calle y la sombría oscuridad del interior de la catedral. Ante él distinguió el altar mayor. El familiar olor a polvo, incienso y rezos tranquilizó su atribulado espíritu.

Roord no era un viajero que hubiera acudido a la catedral para admirar ese templo a Dios, sino un penitente. Sus ojos escudriñaron las sombras hasta que dio con el confesionario en una de las naves laterales. Se dirigió a ella con los mismos pasos cortos y rápidos. Había dos pesadas cortinas rojas de terciopelo a cada lado del asiento del sacerdote. Una estaba echada y, por debajo, Roord pudo ver las faldas y las botas de una mujer. La otra estaba desocupada.

Roord se deslizó en el reclinatorio de madera, corrió la cortina y esperó su turno. Advirtió el repiqueteo de las anillas al otro lado y los sollozos de la mujer al salir del confesionario.

A continuación oyó que el sacerdote se daba la vuelta hacia él y murmuraba unas pocas palabras de bienvenida. Aliviado, Roord se puso de rodillas, volvió a santiguarse y luego apoyó la cabeza contra la rejilla metálica.

—Perdonadme, Padre, porque he pecado. Han pasado sesenta y dos días desde mi última confesión. He estado en el mar.

—El Señor lo comprende.

Roord respiró hondo.

—Estos son mis pecados.

Durante los siguientes minutos, Jan Roord se desahogó por completo, confesando todo lo que había hecho él personalmente, así como todo lo que había presenciado en el viaje de Ámsterdam a Las Palmas: el pecado de las dos personas que había descubierto yaciendo juntas sin estar casadas, la daga enjoyada que había visto sobre la mesa del camarote de madame Reydon-Joubert y sus dudas sobre la muerte de Hendrik Joost, y, tras vacilar, al final compartió asimismo su confusión acerca de la naturaleza de Gilles Barenton. En retrospectiva, recelaba de aquello que habían visto sus propios ojos y temía que el hecho de haber permitido que semejantes pensamientos impuros accedieran a su mente pudiera repercutir negativamente en él. Además, el muchacho le caía bien, y no le deseaba mal. Pero, convencido de que sus palabras eran privadas, y queriendo aliviar su alma de pensamientos y actos impuros, describió con indecisión lo que creía haber visto. De vez en cuando titubeaba, incapaz de recordar la palabra correcta en español, pero estaba seguro de que el sacerdote lo entendía. Y sabía que Dios estaba escuchándolo. Expresó también su deseo de que madame Reydon-Joubert consiguiera encontrar un modo de arrepentirse. Había llegado a admirarla a pesar de que vivía de una forma inapropiada para su sexo. Lo único que necesitaba era que le hicieran ver cuán erróneo era su comportamiento.

Con cada palabra, dicha con plena confianza en el secreto confesional, Roord notó que su alma iba aligerándose y sintió en su interior la gracia de Dios.

Cuando volvió a salir a la luz del día que brillaba en la plaza unos minutos después, se sentía como un hombre nuevo. Había llevado a cabo una confesión auténtica y satisfactoria, y había sido perdonado por sus pecados: haber dirigido un servicio protestante, no haber dicho nada ante un crimen cuando debería haber alzado la voz y haber hecho la vista gorda ante la abominación y la indecencia.

Pero ya había terminado. Y había sido absuelto de sus pecados.

Iría a ver a madame Reydon-Joubert y le presentaría su renuncia; no haría falta que le explicara cuál era la razón. Era una mujer buena, pero pecadora. No podía servir a alguien así. Su plan era acudir al capitán del *North Star* y averiguar si podía llevarlo con él de vuelta a Ámsterdam.

Al cruzar la plaza, Roord comenzó a planear una nueva vida. Se preguntó si tal vez no debería tomar los hábitos y dedicarse a atender a pecadores y salvar almas. Así podría llevar a cabo la virtuosa obra de Dios en este mundo.

Ignorando los bancos en los que había sentadas mujeres con velo esperando su confesión semanal, el sacerdote salió del confesionario. Disculpándose con la mano, recorrió a toda prisa la nave central, parándose únicamente para santiguarse ante el altar y, tras cruzar la sacristía, salió a la calle. Su rechoncha y afanosa figura negra tenía el aspecto de un cuervo desaliñado.

Se detuvo un momento en el naranjal que separaba la catedral del Palacio del Obispo. Lo que acababa de oír lo había sacudido en lo más hondo. El español del penitente era confuso, así que resultaba difícil estar completamente seguro de todo, pero le había hablado de abominación e inmoralidad. También de traición. Y era posible que de asesinato. Si había comprendido bien la confesión de ese hombre, la mujer capitán y su amante eran parte de una conspiración para aterrorizar las aguas de las Islas Afortunadas. Y también herejes, pues eran seguidores de la Iglesia reformada, la de los hugonotes, que se había resistido al legítimo gobierno de la monarquía hispánica en los Países Bajos durante más de cincuenta años y había ocasionado la muerte de miles de devotos católicos.

El sacerdote respetaba el secreto de confesión, pues era el pilar sobre el cual se fundaba su ministerio, pero esa situación era del todo excepcional. ¿Qué había de su responsabilidad para con Dios? ¿Qué había de la obligación que tenía de cuidar de todas las almas cristianas que sin duda sufrirían y serían corrompidas y deshonradas si no decía nada? Lo que había oído —traición, asesinato e intriga— era demasiado importante para que él tuviera que estar sujeto a su obligación con un extranjero.

Levantó la mirada en busca de consejo. Dios lo perdonaría.

El sacerdote dio un paso adelante, salió de la sombra que le proporcionaban los naranjos y, de repente, lo bañó la luz del día. Lo consideró una señal. Ya sabía cómo lo haría. Si le confesaba a otro sacerdote lo que había oído, estrictamente hablando no estaría violando el secreto de confesión. El inquisidor jefe agradecería la información y sería su Eminencia quien decidiera qué hacer a continuación. Así el asunto quedaría fuera de sus manos.

Cambió de dirección y se dirigió al Tribunal Inquisitorial. En ningún momento el sacerdote se permitió a sí mismo reconocer que, al dar este paso, también podía estar beneficiándose a sí mismo. Pero en realidad era muy consciente de su falta de progresos en la jerarquía de la catedral. La mayoría de los clérigos de rango superior eran forasteros procedentes de la España continental, en vez de isleños como él. Y este acto de servicio —defender las leyes del Señor y proteger la seguridad de Gran Canaria de la traición— seguro que le proporcionaría la atención que merecía.

64

—Llevad esto a Gilles Barenton —ordenó Louise a su criada, pasándole una nota. La chica se la quedó mirando inexpresivamente—. Vamos. Id rápido.

Sabía que no era prudente hacer que Gilles fuera adonde estaba, pero tenía que hablar con él.

Las noticias de Ámsterdam eran peores de lo que había esperado. La carta de Cornelia estaba fechada el vigésimo día de marzo, apenas un día después de que el *Old Moon* hubiera zarpado. Louise no tenía modo alguno de saber qué podía haber sucedido en los dos meses pasados desde que la tinta se había secado y la carta había sido sellada.

«Puede que a estas alturas ya hayan emitido una orden de arresto a mi nombre.»

Dejó su daga enjoyada en la mesa y comenzó a deambular por la habitación, con el bajo de sus faldas barriendo las baldosas. Hacía calor, no corría el aire y se sentía incómoda y agobiada.

«No por mucho más tiempo.»

Uno de esos días, en cuanto las corrientes fueran favorables y dispusiera de una tripulación voluntariosa, el *Old Moon* zarparía de Las Palmas. Ella volvería a estar al mando de su barco. Volvería a ser libre. Y Gilles estaría a su lado.

Dirk Jansz estaba contento consigo mismo. Con la promesa de unas pagas mejores de las que obtendrían en la mayoría de los barcos mercantes —y la garantía de que cobrarían a tiempo—, había conseguido que otros tres marineros se unieran a la tripulación. Se hablarían muchas lenguas distintas a bordo, cierto, pero se trataba de hombres que necesitaban empleo y no eran demasiado exigentes. Había estado preguntando por ahí, y prácticamente nadie quería servir bajo las órdenes de una mujer. Algunas de las cosas que le habían dicho podrían sonrojar incluso al más curtido marinero.

Él había intentado explicarles que no era lo que imaginaban. La capitana —tal y como todos la llamaban ahora gracias al italiano, Rossi— era el mejor «hombre» al que había servido nunca. Madame Reydon-Joubert era una persona honesta, firme, valiente. No parecía para nada una mujer.

Jansz se dio un manotazo en su propia mano a sabiendas de que Barenton lo habría reprendido por hacer un comentario semejante. Gilles era un tipo raro. Culto, nunca se quejaba, amable con todo el mundo. ¿No le había salvado cuando ese bastardo de Joost lo había azotado hasta dejarlo moribundo? Aun así, no podía decir que lo conociera. Habían pasado un montón de semanas en el mar, pero Jansz no tenía claro qué diantres tenía en la cabeza el francés. Desde luego, no era uno más de ellos. No le gustaba mancharse las manos.

Jansz tropezó y tuvo que apoyar una mano en la pared para no caer. El ron de la taberna del puerto era fuerte, no mero aguachirle. Por suerte, pensó para sí mientras seguía tambaleándose, todavía faltaba para zarpar. Al día siguiente le dolería la cabeza.

Dio un traspié y casi se cae. Quizá había bebido demasiado. Aunque ¿acaso no se lo había ganado? ¿No lo había hecho bien? ¿No le había conseguido una tripulación a madame Reydon-

Joubert, la mujer más hermosa que había visto nunca? Se detuvo, balanceándose felizmente de un lado a otro. La honestidad le hizo admitir que en realidad no era su tipo. Demasiado alta, de espalda demasiado ancha, demasiado flaca para él. La chica con la que se había acostado la noche anterior, en cambio... ¿Cómo se llamaba? ¿Rosana? ¿Rosita? Ojos centelleantes, labios carnosos, carne a la que agarrarse...

—Pero madame Reydon-Joubert es una buena capitana —murmuró para sí como si estuviera exponiendo un argumento en un tribunal mientras seguía avanzando, haciendo eses—. Una buena capitana bajo cuyo mando cualquier hombre estaría orgulloso de servir. —Se rio ante su elección de palabras. Tenía la sospecha de que Barenton estaba perdidamente enamorado de ella.

De repente, el suelo pareció ir a su encuentro. Jansz intentó decirse que no era peor que un barco en una tormenta, pero la tierra no dejaba de moverse e inclinarse y todo saltaba de un lado a otro ante sus ojos. Justo a tiempo, se abrazó a una palmera. Levantó la mirada hacia sus hojas. ¿Habían sido siempre tan verdes? ¿Habían sido siempre tan altas? Poco a poco, Jansz se deslizó hasta el suelo hasta quedar sentado con las piernas extendidas y la espalda apoyada al tronco. Muy cómodo.

Entonces, al otro lado de la plaza, divisó al teniente Roord. Intentó saludarlo con la mano, pero el brazo no le obedecía. Roord era un hombre más bien debilucho que siempre estaba enfermo y no dejaba de rezar el rosario, pero ese día Jansz sentía aprecio por todo el mundo.

—¡Teniente! —exclamó. La palabra resonó con fuerza en su cabeza—. ¡Aquí!

A continuación, Jansz vio que dos hombres se acercaban a Roord. Entrecerró los ojos para intentar ver mejor. Las sotanas que vestían no eran negras, sino rojas. La Inquisición. No tenía claro qué quería decir eso, pero sabía que el teniente era papista. Parecían estar hablando, pero entonces Roord retrocedió un paso y aparecieron dos soldados, uno de los cuales lo agarró del brazo mientras el otro se ponía detrás. Roord comenzó a forcejear.

—Teniente... —volvió a decir Jansz en un tono vacilante, y luego su voz se apagó. Trató de ponerse de pie con intención de ir a ayudarlo, pero las piernas no parecían funcionarle, y tampoco los brazos—. Yo...

Desplomado irremediablemente contra la palmera, vio como escoltaban a Roord a un edificio que había en el rincón opuesto de la plaza y le hacían entrar en el jardín que había más allá.

—Debería decírselo a alguien.

Jansz se puso de pie. Poco a poco y con paso tambaleante, se las arregló para cruzar la plaza en dirección a su alojamiento. ¿Estaría Barenton en su habitación? Era un tipo raro, sin duda, pero el francés sabría qué hacer.

65

—De modo que, como puedes ver —dijo Louise, sorprendida por lo tranquila que sonaba—, se trata de malas noticias en ambos casos.

La mujer deambulaba de un lado a otro de la habitación mientras Gilles permanecía sentado en la silla que antes había ocupado el capitán De Klerk. Unos brillantes haces de luz se filtraban a través de los listones de la persiana y dibujaban franjas de luz en las baldosas del suelo.

Las dos cartas procedentes de Ámsterdam descansaban abiertas sobre la mesa.

Gilles tenía el ceño fruncido.

—¿Quién crees que puede haberles dicho a las autoridades que mi madre estaba buscándonos?

—Apostaría a que ha sido mi tía. Cornelia dice que la guardia de la ciudad acudió a Warmoesstraat al día siguiente de nuestra partida. Habían encontrado a una mujer apuñalada en una pensión de Rokin, habían hecho un llamamiento en busca de información y una mujer de Zeedijk les había sugerido que en nuestra casa podían encontrar información. Bernarda siempre se ha enorgullecido de hacer lo correcto. No tengo ninguna duda de que les contó más de lo necesario sobre nuestros asuntos.

—¿Traicionaría a su propia familia?

Una sonrisa irónica se dibujó en el rostro de Louise.

—Bernarda no lo consideraría en esos términos. Más bien, lo que debió de pensar es que se trataba de su deber proporcionar toda la información que poseía. —Se quedó un momento pensando—. Aun así, el hecho es que Cornelia deja claro en su carta que no parecen tener ninguna prueba que me vincule con la muerte de tu madre. Lo único que pueden demostrar es que tu madre fue a Warmoesstraat a ver a alguien y que, al día siguiente, fue hallada muerta. —Louise hizo un gesto hacia la carta—. Pero, claro, esta misiva fue escrita hace dos meses. Es posible que en este tiempo el chico de Plaats haya acudido a las autoridades si, por ejemplo, estas ofrecían alguna recompensa a cambio de información. Si lo ha hecho, su testimonio me vincularía directamente con Rokin. —Hizo una pausa—. Y a pesar de que fui muy cuidadosa, no puedo descartar por completo que nadie me viera.

—Todo esto es culpa mía.

—No —dijo ella cogiéndole una mano—. Nada de esto lo es.

Por un momento, Louise se permitió a sí misma el placer de sentir la piel de Gilles contra la suya.

—Bueno, esa era la primera tanda de malas noticias. La segunda debería parecerme mucho más importante, pero extrañamente no es así.

—La carta de Chartres.

Louise exhaló un suspiro.

—Creo que desde el principio he sabido que la demanda era legítima. Este hombre, Phillipe Vidal, afirma que mi padre se casó con su madre en Chartres el segundo día del mes de enero del año 1594. Por aquel entonces yo tenía ocho años. —Sonrió melancólica—. ¿Sabías que siempre quise tener un hermano? La cuestión es que Vidal tiene, o eso dice, el certificado de matrimonio para demostrarlo. —Louise era consciente de que estaba hablando tanto para poner en orden sus pensamientos como para explicarle a Gilles cuál era la situación—. No hay forma de saber cuáles fueron las circunstancias de dicho matrimonio. Puede que se tratara de un acuerdo hecho tiempo atrás entre la familia de él y la de ella, o tal vez estaban enamorados. Ella se llama Anne de Evreux, y Evreux era el nombre de la antigua hacienda familiar de mi padre. ¿Quizá este pretendía volver a tomar posesión de su hacienda? —Negó con la cabeza—. Pero ¿por qué vender las tierras en primer lugar?

Gilles cogió la carta.

—No dice lo que quiere, más allá de expresar sus deseos de conocerte.

—En efecto, ni tampoco explica cuáles son sus circunstancias. —Hizo una pausa—. No puede ser mucho mayor que tú, Gilles. Incluso si su madre era una niña cuando se casaron, no pudo nacer antes del año del matrimonio mismo.

—Lo cual significaría que ahora tiene como mucho veintisiete años.

—Le he escrito a Vidal una carta que le daré al capitán De Klerk para que se la entregue a Cornelia. Esta se asegurará de hacérsela llegar.

—¿Estás segura de que es lo correcto?

—Lo estoy. —Louise se acercó a Gilles, puso las manos sobre los hombros del muchacho y le dio un beso en la coronilla—. Muchas preguntas siguen sin respuesta, pero al menos las cartas me han proporcionado la oportunidad de verte. Así que, aunque solo sea por eso, ya me siento agradecida a mi medio hermano. —Le dio otro beso—. ¡Cuánto he echado de menos tu compañía!

Él se dio la vuelta en la silla y Louise le dio un tenue beso. Luego se dirigió a la ventana y echó un vistazo a través de los

416

listones de la persiana. Se sentía extrañamente en paz. Después de la conmoción inicial al leer las noticias de Cornelia y la carta adjunta de Chartres, se había dado cuenta de que en realidad había sido la incertidumbre lo que le estaba resultando insoportable. Ahora al menos sabía cómo estaban las cosas.

—¿A qué hora has quedado con De Klerk? —preguntó Gilles.

—A las cuatro en punto —contestó ella—. La mayoría de la tripulación ya está a bordo. Los tres nuevos marineros reclutados se presentarán a las tres. Esta mañana se ha efectuado una inspección completa. Está todo en orden y las reparaciones se han terminado. Si De Klerk me ha encontrado un nuevo segundo de a bordo, podremos zarpar de inmediato. —Estaba a punto de apartarse de la ventana y darse la vuelta cuando algo en una esquina de la plaza llamó su atención—. ¿Puedes venir un momento aquí, Gilles? ¿No es ese Jansz? Ahí, cerca de la catedral.

Gilles separó dos listones de madera con los dedos y exhaló un suspiro.

—A juzgar por su aspecto, diría que ha pasado la noche bebiendo con algunos camaradas.

Louise negó con la cabeza.

—¿Puedes ir a ver si necesita ayuda? Me gustaría que estuviera en condiciones de navegar.

—¿Todavía no sabemos nada de Roord?

Ella volvió a negar con la cabeza.

—Parece haberse desvanecido de la faz de la tierra. Una pena.

Gilles rodeó la cintura de la mujer con los brazos y la abrazó con fuerza.

—Mejor contar con hombres comprometidos con el barco que con alguien como Roord, sobre todo teniendo en cuenta el plan que esperas poner en acción. Aunque tenía muchas virtudes, a menudo era incapaz de cumplir con sus obligaciones.

—¡Qué sabio eres a pesar de tu juventud!

—Vivo para serviros, capitana. —Sonrió—. Bueno, iré a ofrecerle mi asistencia a nuestro ebrio contramaestre. —Se detuvo en la puerta—. Ah, se me olvidaba: como ayer fue tu cumpleaños, tengo un regalo para ti. Te lo daré cuando volvamos a estar a bordo.

—Lo espero con ansias, amor mío. *À bientôt.*

Roord podía ver que los labios del inquisidor se movían y sabía que estaban pronunciando palabras, pero no comprendía por qué estaban interrogándolo. ¿A qué venía esto? Él era un ciudadano neerlandés, honesto y respetuoso de las leyes. No había hecho nada malo.

El tiempo parecía haberse detenido desde que los soldados lo habían arrestado en la plaza y lo habían llevado a rastras a ese sótano que había debajo de la sede de la Inquisición. Supuestamente, el sacerdote con el que se había confesado no podía, bajo ninguna circunstancia, traicionar el secreto de confesión. Y, sin embargo, otra parte de su cerebro era consciente de que debía de haberlo hecho, pues el inquisidor le había hecho una pregunta tras otra sobre madame Reydon-Joubert, el lujurioso comportamiento de esta y la relación antinatural que mantenía con su secretario. También le habían hecho preguntas sobre piratería, el hecho de que el *Old Moon* se hubiera armado y la muerte de Hendrik Joost. «Asesinato», lo había llamado el inquisidor. Todas las especulaciones e imaginaciones de Roord habían sido tergiversadas y convertidas en algo que apestaba a felonía y traición.

—Ha habido un malentendido —volvió a protestar en su pobre español.

El inquisidor perdió la paciencia y agitó una mano.

—Llevadlo al potro.

Cogieron a Roord y lo arrastraron hacia una plancha de madera, lo tumbaron encima y le ataron las manos por encima de la cabeza y los pies.

¿Cómo podía estar pasándole esto? Él era un buen católico. Rezaba y hacía todo lo posible para cumplir con los mandamientos de Dios. Había sido absuelto de todo pecado. Entonces giraron el torno. Roord se mordió la lengua para no gritar.

—Decidnos exactamente qué le habéis contado al sacerdote en la catedral de Santa Ana —ordenó el inquisidor en un tono siseante—. Vos no habéis hecho nada malo. Ella sí. Son traidores. Es su pecado lo que nos preocupa, no vuestra conciencia. Está en mi mano concederos clemencia si nos proporcionáis la información que os pido. Contadnos todo lo que visteis.

Roord pensó en la amabilidad con la que madame Reydon-Joubert lo había tratado, y también Barenton. Entonces giraron el torno una segunda vez y notó que los tendones de sus hombros comenzaban a dar de sí.

—¡Deteneos! —exclamó.

El inquisidor alzó la mano. El torturador aflojó la presión del potro.

Roord empezó a hablar.

—¡Monsieur! —dijo Jansz con alegre bonhomía—. Precisamente iba de camino a veros... He de contaros algo.

—¿Ah, sí? —Gilles colocó un brazo alrededor de los hombros del contramaestre y lo ayudó a llegar a un banco—. Necesitáis dormir, Jansz. En este estado no podéis hacer nada. ¿Qué pensarán los nuevos miembros de la tripulación?

—No, no. —Jansz comenzó a negar con la cabeza—. Debo regresar al barco. Me toca la siguiente guardia. Cuando suenen tres campanadas he de estar a bordo.

—¡Vamos, arriba! —dijo Gilles ayudándolo a ponerse en pie.

—Están ya todos listos para zarpar —prosiguió, arrastrando las palabras—. Los tres. Es un grupo de lo más variado, la verdad: moriscos, extranjeros... Pero buenos marineros, os doy mi palabra. —Se dio unos golpecitos en la nariz con el índice—. El joven Pieter también seguirá con nosotros.

—Sí, lo sé.

—Y ese italiano, Marco Rossi. En realidad no es un marinero, pero está dispuesto a trabajar.

—Aprenderá.

Jansz negaba con la cabeza.

—Pero no el teniente Roord, oh, no. Se lo han llevado. No puede venir.

—Se unirá a la tripulación de otro barco —admitió Gilles—. Pero, si Dios quiere, esta misma tarde tendremos un nuevo primer teniente.

Por un momento, Jansz pareció recobrar los sentidos. Con la mirada despejada, frunció el ceño.

—No. Se lo han llevado —repitió extendiendo una mano y golpeando a Gilles en el pecho—. A Roord. Ahí. Los papistas se lo han llevado.

—Estáis borracho, Jansz.

—Puede que haya tomado alguna bebida de más, pero sé lo que he visto.

Gilles exhaló un suspiro. A este paso iban a tardar mucho en llegar al alojamiento, y tenía que estar en el puerto a las cuatro para encontrarse con Louise y De Klerk.

—Vamos.

420

—En serio —insistió el contramaestre poniéndose de pie con paso tambaleante—. Dos hombres vestidos de rojo. —Se dio unos golpecitos a un lado de la nariz—. Inquisidores. El pobre Roord no quería ir con ellos, pero los soldados lo han obligado.

—¿Y adónde lo han llevado? —preguntó Gilles siguiéndole la corriente—. ¿Al Palacio del Obispo? Puede que estuviera invitado a cenar.

Jansz se detuvo.

—A la catedral no. Al edificio de al lado. Ahí.

Gilles se volvió y, por primera vez, sintió como un cosquilleo de alarma le recorría la columna al darse cuenta de que Jansz estaba señalando la sede de la Inquisición.

—Jansz —dijo conduciéndolo hacia una pared y sentándolo en el suelo. Luego se arrodilló delante de él—. Dirk, mírame. Dime exactamente lo que has visto.

66

Las sombras estaban alargándose.

En el puerto, Louise estaba despidiéndose de De Klerk después de haberle enseñado el barco al nuevo teniente que el capitán le había encontrado. A ella le había gustado lo que había podido ver de ese inglés de pelo largo, Tom Smith, e inmediatamente le había hecho una oferta para que se uniera a su tripulación como primer teniente para el resto de la temporada.

Smith, un marinero originario de Cornualles, había sido capturado por corsarios berberiscos cinco años atrás. Más adelante, había conseguido escapar con la ayuda de la esposa de un carcelero otomano aprovechando que el barco permanecía atracado en La Valeta durante el invierno. Era un tipo experimentado, tenía la autoridad de la que Bleeker carecía y poseía asimismo conocimientos de navegación. Además, conocía bien las aguas de las Islas Afortunadas y, a raíz de los años que había pasado como prisionero, también las costumbres de los corsarios norteafricanos. Lo mejor de todo, sin embargo —teniendo en cuenta el propósito de Louise—, era que odiaba profundamente la piratería y los barcos de esclavos.

—Ahí ya no hay nada para mí —le había explicado a Louise cuando esta le preguntó por qué no había querido regresar a

Cornualles—. Todo mi pueblo fue capturado. Muchos murieron en el viaje a Salé o en los remos, de agotamiento.

—Bueno, aquí sois más que bienvenido, teniente Smith. Toda la tripulación, salvo el contramaestre, ya se encuentra a bordo.

Smith asintió.

—Iré a conocerlos, y aprovecharé para familiarizarme con el barco.

Todavía preguntándose por qué Gilles no había acudido tal y como le prometió, Louise le comentó a De Klerk:

—Smith es una excelente elección. Tengo una gran deuda con vos, capitán.

—¿Ahora ya contáis con toda la tripulación necesaria?

—Sí. Además de Roord, solo habíamos perdido a un miembro. Este lo hemos reemplazado con un morisco llamado Ali Al-Bayt, procedente de Gran Canaria, y también hemos añadido un artillero francés, Pierre Rémy. Junto con Bleeker, Rossi, el cocinero, el grumete, y ahora el teniente Smith, así como Gilles Barenton y los marineros rasos, en total la tripulación cuenta con trece miembros. Catorce, si me incluimos a mí. —Louise cogió de su bolsillo la carta que había escrito a Cornelia y Alis—. ¿Podríais hacerme un último favor, capitán, y entregarle esto a mevrouw Van Raay?

—Por supuesto, aunque seguramente llegaréis a casa antes que yo.

Louise sonrió y siguió haciendo ver que así era.

—En efecto, es posible.

Él le devolvió la sonrisa.

—Id con Dios, madame Reydon-Joubert. Espero que nuestros caminos vuelvan a cruzarse.

—Yo también lo espero —afirmó Louise, y lo decía en serio.

Por fin vio que Gilles andaba en su dirección por el muelle pavimentado y el corazón le dio un vuelco. Se sintió aliviada al ver que Jansz iba con él. Iban seguidos asimismo por un chico con un carro. Se hizo sombra en los ojos con una mano para ver mejor. Aunque el paso del contramaestre era algo tambaleante, caminaba deprisa y llevaba su bolsa de viaje colgando de un hombro. Gilles cargaba con algo en los brazos. Cuando el pequeño grupo estuvo más cerca, Louise vio que se trataba de su propio baúl de viaje de madera, y que su bolsa de cuero y las pertenencias del propio Gilles estaban apiladas sobre el baúl. Frunció el ceño.

—Capitana —dijo Jansz cuando llegaron a su altura, intentando mantenerse lo más erguido posible—. Puede que anoche bebiera de más.

—Eso veo —repuso ella con brusquedad—. Es inaceptable, Jansz. Subid a bordo y despejaos.

—Sí, capitana.

La mujer se volvió hacia Gilles.

—¿Va todo bien? ¿Por qué habéis traído mis pertenencias?

Él no contestó. Se volvió hacia el chico y, haciéndole una señal, le dijo:

—Sube las bolsas a bordo. Jansz, indicadle dónde ha de dejarlas.

Desconcertada, Louise observó como el contramaestre subía a bordo con sorprendente agilidad, seguido por el chico con el equipaje.

—¿Ha pasado algo?

—Los nuevos miembros de la tripulación debían presentarse a las tres, ¿no es así?

Ella sabía que debía de haber una buena razón para ese comportamiento tan extraño, de modo que se limitó a contestar:

—Rémy, Ali Al-Bayt y Sánchez ya están a bordo.

—¿Y el teniente que ha encontrado De Klerk es satisfactorio? ¿Cuándo llegará?

Gilles no dejaba de mirar por encima del hombro, como si temiera que alguien lo oyera, y Louise podía percibir asimismo la tensión de su tono de voz.

—Tom Smith está familiarizándose ahora mismo con el barco. Parece una excelente elección.

—Bien. —Y, bajando el tono de voz, añadió—: Deberíamos zarpar esta noche.

Louise retrocedió un paso.

—¡Eso es imposible! No podemos. Solo faltan un par de horas para que se ponga el sol.

—Debemos hacerlo —susurró Gilles en tono apremiante—. Han detenido a Roord.

Louise sintió una repentina opresión en el pecho.

—¿Qué quieres decir? ¿Quién lo ha detenido? ¿Adónde lo han llevado?

—Jansz ha visto que lo arrestaban dos soldados. Lo han llevado a la sede de la Inquisición.

Louise sintió un escalofrío al recordar las terribles historias que su abuelo le había contado sobre las prisiones de la Inquisición en Toulouse y Carcasona. Muy pocos de los apresados llegaban a ser liberados. Y aquellos que lo conseguían ya no eran más que meras sombras de su antiguo ser, hombres rotos.

—¿Qué puede haber hecho?

—No se me ocurre, la verdad. Roord es un devoto católico, alguien piadoso. Pero el hecho es que Jansz ha visto como lo arrestaban.

—Jansz está ebrio.

—Sí, pero se ha mostrado plenamente coherente respecto a lo que ha visto.

A Louise se le hizo un nudo en el estómago.

—¿Cuál es tu opinión?

Gilles respiró hondo.

—Roord llevaba varios días atribulado. Su actitud cambió antes incluso de que llegáramos, ambos lo percibimos.

—Sí.

—Hoy es viernes. Es posible que Roord haya ido a confesarse.

Ella frunció el ceño.

—¿Y qué puede haber confesado?

Gilles dejó caer la mano.

—Es imposible de saber, pero si ha compartido lo que le atribulaba con el sacerdote...

—El secreto de confesión es sacrosanto.

—Supuestamente así es, pero no hay modo de saber con seguridad si ese secreto se respeta siempre. Los sacerdotes también son hombres. Pueden verse tentados a romper sus votos.

Louise asintió. ¿No era su propio abuelo paterno un ejemplo de ello? Los diarios de su abuela describían cómo, a pesar de ser un cardenal de la Iglesia católica, había asesinado a todo aquel que se interponía en su camino.

—¿Crees que Roord abrigaba sospechas acerca de la muerte de Joost?

—Tal vez —respondió él—. Examinó el cadáver. Puede que viera la minúscula herida.

—Firmó el certificado de defunción.

—¿Qué otra cosa podía hacer? —Gilles vaciló un momento mientras ordenaba sus pensamientos—. Pero quizá se trata de otra cosa. ¿Recuerdas la noche que nos quedamos dormidos en tu cama? Roord era quien estaba de guardia.

A ella se le heló la sangre en las venas.

—¿Crees que te vio salir de mi camarote?

—Creo que podría haberlo hecho. Después de ese día cambió su comportamiento tanto contigo como conmigo.

—¿Porque no estamos casados?

—Sí, aunque además... era muy temprano y me temo que no tomé mis precauciones habituales.

Louise notó que se sonrojaba.

—¿Crees que pudo descubrir quién eres en realidad?

—No lo sé. Tal vez. En cualquier caso, consideraría pecaminosa cualquier relación entre ambos, puesto que estaría fuera de la santidad del matrimonio. La Inquisición de Las Palmas ha castigado a tantas mujeres por adulterio e inmoralidad como a hombres por herejía.

Louise echó un vistazo por encima del hombro al *Old Moon*, que se mecía suavemente en las aguas del puerto, y luego levantó la vista hacia las hermosas palmeras de las laderas de la colina que se elevaba por encima de la ciudad. De repente, el mundo le parecía un lugar oscuro y traicionero. Era posible que la situación en la que se encontraba Roord no tuviera nada que ver con ellos dos, pero no podía arriesgarse a quedarse allí para averiguarlo. El trato que había recibido en las Casas Consistoriales era un ejemplo del escaso poder que tendría en caso de que decidieran ir a por ella.

—¿Debería intentar que liberaran a Roord? —preguntó ella, pero se dio cuenta de que no serviría de nada—. O quizá mejor puedo pedirle ayuda a De Klerk.

Rápidamente, le escribió una nota al capitán preguntándole si podía indagar al respecto y la envió a la ciudad con el chico y el carro ya vacío.

—Louise —insistió Gilles—. Debes dar la orden. Hemos de partir mientras todavía podamos hacerlo.

Ella echó un último vistazo alrededor del muelle y recordó cómo se había sentido en Ámsterdam cuando temía que la arrestaran de un momento a otro, y al fin se decidió. No había nada que los retuviera en Las Palmas y tenían razones más que suficientes para marcharse con rapidez, siempre y cuando pudieran salir del puerto y llegar a mar abierto antes de que cayera la noche.

—Ven conmigo, te presentaré al teniente Smith.

Gilles exhaló un suspiro de alivio.

—Estoy seguro de que es lo mejor que podemos hacer.

Louise levantó la mirada y contempló la jarcia, los restallantes gallardetes en lo alto de los mástiles y el esquife que colgaba orgulloso en la popa bajo su bandera.

—El viento nos es favorable. Preparémonos para zarpar.

La siguiente hora pareció transcurrir con dolorosa lentitud. Louise no dejaba de echar vistazos al muelle, confiando desesperadamente en no ver a ningún soldado aparecer al otro extremo del puerto o, peor, las sotanas rojas de los inquisidores.

Algunos puntitos de luz —velas y lámparas en las ventanas y los balcones— comenzaron a encenderse alrededor del puerto. Los muelles y las arenas de la playa ya estaban vacíos, y la silueta de las palmeras se recortaba en el cielo crepuscular. El tañido de las campanas de la catedral dando las seis se extendió por toda la ciudad hasta llegar al mar.

Por último estuvieron listos.

Desde el alcázar, Louise dio la orden de zarpar y el *Old Moon* empezó a surcar las aguas.

Pronto cruzaron la muralla del puerto. El corazón se le tranquilizó un poco y se volvió hacia su primer teniente.

—El mar abierto es una bella imagen.

—Sin duda. —Smith se mostró de acuerdo y luego añadió—: ¿Puedo preguntaros adónde vamos y por qué hemos partido con tal premura?

—Lamento no haberos consultado, teniente. Se ha tratado

de una decisión que me he visto obligada a tomar a causa de las circunstancias. En cuanto a nuestro destino, nos dirigimos a Garachico.

Louise había elegido establecer su base de operaciones en la isla de Tenerife en lugar de en Lanzarote —que había sufrido mucho a manos del comercio de esclavos berberisco— con la esperanza de que ahí sus actividades pasaran más desapercibidas. Necesitaba un lugar seguro desde el cual llevar a cabo sus salidas.

—Entiendo —dijo Smith, aunque claramente no era el caso.

Louise esperó, preguntándose si Smith insistiría para averiguar algo más. Jansz y Gilles ya habían informado a los antiguos miembros de la tripulación acerca de su intención de navegar las aguas de las islas Canarias hasta octubre en vez de regresar a Ámsterdam con escala en La Rochelle, tal y como era habitual. Smith, sin embargo, desconocía sus planes. Louise sabía que era arriesgado —podía oponerse—, pero, por un lado, ella pagaba salarios considerablemente por encima de la media y, por el otro, esperaba asimismo que la propia historia personal del inglés lo hiciera receptivo a su causa.

—Ya hablaremos más de ello cuando hayamos dejado atrás Las Palmas —dijo ella—. Agradeceré contar con vuestra opinión y vuestros consejos, teniente.

Louise sabía que este momento marcaría la relación que se estableciera entre ambos, e indicaría si el inglés aceptaba su autoridad, de modo que, a pesar de percibir dudas en su mirada, le complació que Smith se limitara a asentir y decir:

—Sí, capitana. —Entonces se volvió hacia los hombres y gritó—: ¡Permaneced ojo avizor! ¡Hay rocas ocultas en las aguas cercanas al puerto! Luego poned rumbo noreste hacia Tenerife.

Louise subió a la cubierta superior y sintió como sus músculos iban relajándose cada vez más a medida que se alejaban de

Gran Canaria. El nuevo *boot*, que colgaba de los pescantes sobre el mar, se balanceaba suavemente en sus cabos. De vez en cuando le echaba un vistazo a Gilles y se permitía a sí misma pensar qué regalo de cumpleaños habría encontrado para ella. Miró con afecto a Pieter y Jansz, ambos buenos hombres. Y también a Marco Rossi, y se congratuló por la manera en que Rémy, Sánchez y Al-Bayt estaban adaptándose al ritmo de la vida a bordo del *Old Moon*. Después pensó en Jan Roord y esperó que De Klerk pudiera hacer algo para liberarlo. Sosteniendo su relicario entre los dedos, rezó por su madre y recordó la deuda que tenía con Cornelia y Alis.

Poco a poco, las luces de Las Palmas desaparecieron por completo. Louise sintió que por fin su corazón volvía a latir con normalidad. Al día siguiente se pondría la ropa que solía llevar a bordo y la claustrofobia que había sentido esa última semana se desvanecería.

«De nuevo al mando del barco.»

QUINTA PARTE

ALTA MAR
Mayo – agosto de 1621

67

Alta mar
Sábado, 15 de mayo de 1621

Todos los que estaban a bordo del *Old Moon* se pasaron las primeras horas del viaje adaptándose al nuevo ritmo del barco. A una noche en calma le siguió un agradable amanecer, con delfines nadando y jugando junto al barco. Echaron la corredera por el coronamiento para calcular la velocidad, y la brújula tranquilizó a Louise al confirmarle que estaban siguiendo el rumbo correcto. Las condiciones eran perfectas.

El teniente Smith fue recibido maravillosamente por la tripulación, incluida la vieja guardia. El inglés era un hombre directo, con autoridad natural y la suficiente confianza en sí mismo para no tener necesidad de denigrar a otros. Marco Rossi sentía especial afinidad con él —ambos habían sido capturados por corsarios y habían vivido para contarlo—, y Ali Al-Bayt, Sánchez y el artillero Pierre Rémy no tardaron en congeniar con los hermanos De Groot, Pieter y Lange, Jansz y Albert.

Louise les agradecía a todos ellos, así como a Gilles y al teniente De Klerk, su contribución a la armonía que reinaba en esa banda de hermanos. Era un alivio regresar a un mundo regido por la campana de a bordo y la reglamentada actividad que se desarrollaba en el navío. Cuando finalmente se retiró a su camarote —había permanecido en el alcázar hasta bien entrada la noche, pues no quería ir a dormir hasta estar segura de que estaban lejos de Las Palmas—, Louise encontró el regalo sorpresa de Gilles esperándola doblado sobre la almohada de la cama: unos calzones de hombre y una falda combinados en una única prenda confeccionada por Rossi. Este había cosido sus iniciales en la cintura. Era un regalo realmente considerado, y resultaba apropiado para que una mujer pudiera llevarlo sin causar ofensa, pero, al mismo tiempo, lo bastante cómodo para proporcionarle libertad de movimiento en el barco.

Le habría gustado poder darle las gracias a Gilles en persona, pero con lo cerca que habían estado de que los descubrieran —y sin tener claro qué podía haber contado el teniente Roord, si es que había llegado a contar algo—, Louise sabía que debían ir con cuidado. Gilles no fue a su camarote esa noche. Por el momento tendrían que sobrevivir a base de miradas y sonrisas. Era muy poco, pero era mejor que nada.

Abrazada a su regalo mientras imaginaba que olía a su amado, Louise apagó la vela y durmió sin soñar.

Al final del día siguiente, Louise invitó al teniente Smith y a Gilles a cenar a su camarote. Albert se superó a sí mismo: náufrago recién pescado, cocinado en aceite, y una exquisitez local, gofio, servida con miel. Cuando ya llevaran unos días en el mar, los alimentos frescos escasearían. El cocinero disfrutó de esta infrecuente oportunidad de demostrar su talento culinario.

Era la primera vez que Gilles ponía un pie en el interior del camarote de Louise desde la llegada a Las Palmas. Ella se fijó en que miraba a su alrededor como si comprobara que todo estaba igual y advirtió que sus ojos se detenían un momento en la pintura que había hecho para ella, ahora sujeta con alfileres sobre la cómoda. A continuación, ambos intercambiaron una mirada y sonrieron.

Aunque no había tenido oportunidad de advertirle a Gilles de que esa noche pensaba compartir sus verdaderos planes con el teniente Smith, Louise sabía que apoyaría su decisión. En realidad, tampoco tenía muchas opciones. Smith era listo y se había dado cuenta inmediatamente de que esa travesía no iba a consistir en un simple regreso a Ámsterdam tal y como podría haber esperado. Pero Louise había estado observándolo y admiraba su forma de comportarse. Creía que había llegado el momento de confiarle el secreto.

—¿Podríais servirnos, Gilles? —dijo ella señalando las copas.

—Será un placer.

Mientras escogía y decantaba el vino, Louise acercó su silla a la mesa.

—Teniente, os dije que agradecería vuestro consejo. También necesitaré vuestro apoyo. —Se sintió animada al comprobar que, si bien Smith se mostraba interesado, no parecía incómodo ni receloso—. ¿Qué opináis de nuestro barco?

—Es un placer navegar en él —respondió él amablemente—. No estoy acostumbrado a una embarcación de fondo plano como esta. Sospecho que será complicado mantener el rumbo cuando el mar está agitado, pero es ágil y eficiente.

—Hasta el momento nos ha prestado un gran servicio. —Louise hizo una pausa—. Imagino, sin embargo, que os habéis preguntado por qué está equipado de un modo tan particular.

435

Una amplia sonrisa se dibujó en el rostro del inglés.

—Supuse que me informaríais de la razón cuando lo consideraríais oportuno. —Se aclaró la garganta—. Ahora bien, reconozco que dos cañones y cuatro pedreros es más de lo que habría esperado encontrar en un barco mercante.

Gilles sirvió con cuidado el vino y se sentó a la mesa.

—Teniente, me temo que contraté vuestros servicios bajo un pretexto algo deshonesto. Tengo un plan que desearía poner en práctica. No tengo ni idea de si funcionará, o si es una estupidez por mi parte creer que las operaciones de un solo barco pueden ser relevantes, pero me gustaría intentarlo de todos modos.

Smith se inclinó hacia delante.

—Os escucho, señora.

Siete campanadas sonaron antes de que Louise hubiera terminado de hablar.

—Bueno, ¿qué opináis, teniente? —preguntó finalmente, no sin cierto nerviosismo.

Smith se reclinó en su silla.

—No tengo muy claro qué pensar, capitana. Nunca antes había oído un plan tan... ambicioso.

—Pero ¿viable?

Él vaciló.

—Viable, sí. Fácil, no.

Louise sonrió aliviada. Smith no había desestimado su idea sin más.

—No, no será fácil. Después de conversar con Rossi, Gilles y yo analizamos las posibles estrategias a seguir. La idea de que un único barco mercante, aunque cuente con la potencia de fuego que ahora poseemos, pueda enfrentarse a un galeón español o a una galera corsaria impulsada por esclavos... *c'est de l'utopie.* —Sonrió—. O, como diríais vos, teniente, *pie in the sky.** E incluso si realizáramos un ataque exitoso, ¿cómo conseguiríamos desarmar a los captores sin que sus rehenes sufran daños?

Gilles asintió.

—Si disparamos a los esclavistas y la galera se hunde, muchas personas morirían engrilletadas a sus remos. No podríamos liberarlas a tiempo.

—¿Y si pudiéramos interceptarlos y trastocar su travesía? —dijo ella con un brillo en los ojos—. ¿Y si pudiéramos asustarlos? Creo que hay un modo de impedirles que lleven a cabo sus operaciones en estas aguas.

—¿Con un solo barco? —preguntó Smith—. ¿Cómo?

—Por eso necesito vuestro consejo, teniente. Y vuestros conocimientos sobre armas de fuego, además de los de Rémy.

—Y esa es la razón por la que tenemos que hacer escala en Garachico, donde podremos adquirir los materiales que necesitamos —añadió Gilles.

—La pregunta, teniente, es si estáis con nosotros —retomó Louise.

Una sonrisa se dibujó en el ancho rostro del hombre.

—Estaría encantado de darles a esos villanos una lección. Me deben cinco años de mi vida.

Louise asintió.

—Participando en esto contribuiríais a evitar que algo así le suceda a nadie más.

—Ciertamente. ¿Es por eso por lo que nos dirigimos a Garachico en vez de ir a Santa Cruz y la razón de nuestra apresurada partida?

Louise y Gilles intercambiaron una mirada.

* Expresión inglesa que podría traducirse como «castillos en el aire» y que se usa para referirse a empresas que se consideran ilusorias. *(N. del t.)*

—Es cierto que me gustaría que nuestra presencia en Tenerife fuera discreta —contestó ella cuidadosamente—, pero también había razones para pensar que las autoridades de Gran Canaria estaban considerando la posibilidad de evitar que partiéramos. Hubo un incidente con mi anterior capitán...

Smith se rio.

—Algo he oído. Una mujer al mando de un barco y un neerlandés que bebió hasta morir y fue arrojado al mar. Se hablaba de ello en todas las tabernas.

Louise no se rio.

—¿Qué más decían?

Smith se sonrojó.

—Lo típico. No merece la pena repetirlo.

Ella podía imaginárselo.

—No hay razón para pensar que han enviado un barco a por nosotros —dijo ella con firmeza—, pero tampoco hay necesidad de que nos busquemos problemas. Garachico se encuentra en la costa tinerfeña más alejada de Gran Canaria. Está orientada al oeste, hacia las Américas, en vez de al este y la costa berberisca. No creo que nos busquen ahí.

—De acuerdo, capitana —dijo Smith. A continuación se puso de pie, le hizo una reverencia a Louise y luego extendió una mano hacia Gilles—. ¿Puedo preguntaros quién más está al tanto de vuestros planes?

Gilles contestó.

—Jansz, aunque desconoce los detalles. Y también Rossi. Nadie más. Bueno, Roord sabía algo, pero ya no está con nosotros.

—Si me permitís el atrevimiento, os recomendaría que los mantuvierais así de momento. Cuando los marineros están en tierra, un trago de ron es suficiente para que sus lenguas se suelten.

—Estoy completamente de acuerdo con vos, teniente. Gracias por vuestro tiempo, y por vuestro apoyo.

La misma amplia sonrisa.

—A la orden, capitana. Hay mucho que hacer.

68

Lunes, 17 de mayo

La mañana del tercer día después de haber zarpado de Las Palmas, Louise divisó por primera vez el Teide, la montaña negra que se elevaba en el centro de Tenerife. Ali Al-Bayt y Sánchez le habían contado que los habitantes originarios de las Islas Afortunadas, los guanches, creían que un demonio vivía dentro y que, cuando estaba enfadado, escupía rocas y fuego a los cielos.

Louise alzó el catalejo y vio grandes extensiones de roca negra por encima de extensas pendientes verdes. Le recordó a la primera vez que vio los Pirineos desde las almenas de la Cité medieval de Carcasona. Al igual que sucedía con los océanos, había una atemporalidad en las montañas que volvía insignificantes los asuntos de los hombres.

Tras ajustarse el pañuelo que llevaba en la cabeza y colocarse bien el alfanje de la cintura, advirtió que Gilles estaba mirándola desde la cubierta inferior. Louise sonrió y le sostuvo un momento la mirada. Él le devolvió la sonrisa. Sus ojos estaban repletos de orgullo y afecto.

A continuación, el teniente Smith dio la orden y el *Old Moon* comenzó los preparativos para su arribada a Garachico. La tripulación recogió las velas del mástil principal y del trinquete y viraron a babor para conducir el barco sin problemas al puerto. Maravillada por lo distinta que Tenerife era de Gran Canaria, Louise se situó en la proa para contemplar mejor las elegantes villas, palacios y haciendas que iban atisbándose a medida que se acercaban a la ciudad. En las colinas que había detrás, podían verse asimismo ricos conventos y monasterios.

Próspero y seguro, Garachico era el puerto más importante de la isla —quizá de todas las Islas Afortunadas—, de modo que Louise estaba convencida de que pronto encontrarían lo que necesitaban para poner en marcha su plan.

Durante los siguientes dos días, Gilles, Smith y Jansz, acompañados por Sánchez y Al-Bayt, se aventuraron a recorrer Garachico para adquirir todo lo que necesitarían: dos barriles de salitre de cal y carbón, cubos adicionales llenos de arena, y dos pares de pistolas de mecha. Aunque era morisco y, por lo tanto, algunos de los mercantes españoles desconfiaban de él, Ali Al-Bayt comprendía cómo funcionaban las mentes de los isleños. Su aportación demostró ser muy valiosa. Después de hablar con unos hombres en el mercado, condujo al pequeño grupo por diminutas callejuelas hasta un edificio pequeño y anodino donde había un completo arsenal de armas a disposición de la gente con recursos.

—¿Saqueados de barcos naufragados, tal vez? —murmuró Gilles a Smith mientras el mercader se hacía a un lado para permitirles inspeccionar la mercancía.

—Mejor no preguntar.

El teniente sopesó las armas y comprobó sus mecanismos. Nunca había servido como soldado, pero había sido criado en una granja de Cornualles, de modo que era un buen tirador.

—Conejos en vez de personas —dijo al tiempo que alzaba un brazo y hacía ver que apuntaba—, pero el principio es el mismo.

De vuelta a bordo del barco, quedó claro que Pierre Rémy era quien tenía mejor ojo. Con el más ligero de los mosquetones podía alcanzar un trozo de madera que flotara en el agua a unas cincuenta yardas. Se le asignó una de las pistolas. Otras dos fueron para Smith y Gilles, y la cuarta sería de repuesto por si el mecanismo de alguna se encallaba. Al segundo teniente Bleeker y a Jansz se les enseñó a operar los pedreros para servir de apoyo a Rémy y Lange.

Louise era consciente del peligro que suponían las armas de fuego en un barco. El fuego era una amenaza constante a bordo, de modo que tanto marineros como corsarios preferían alfanjes y dagas a pistolas. Pero Louise tenía intención de volver las prácticas de los mismos corsarios en su contra, y sabía que el momento de «rendirse o morir» solía tener lugar cuando amenazaban o incluso disparaban al capitán. Los mosquetones no siempre eran precisos, ni siquiera en las manos adecuadas, pero con Smith y Rémy a bordo creía que tenían la oportunidad de salirse con la suya.

Principalmente, los piratas atacaban solitarios barcos mercantes llenos de mercancías y con escaso espacio para armas pesadas. La época del año en la que se encontraban era temporada alta en el mundo de la piratería, el momento en el que los corsarios recorrían las rutas marinas menos transitadas para evitar así la posibilidad de toparse con un barco de guerra español o inglés. Seguían a su presa y la observaban atentamente para juzgar su velocidad y la cantidad de hombres a bordo antes de decidir una estrategia de ataque.

Louise tenía intención de hacer lo mismo.

—¿Y luego? —le había preguntado Gilles.

—Luego —respondió ella— les daremos un susto que nunca olvidarán.

Llevar una bandera falsa era algo habitual para transmitir a la presa una injustificada sensación de seguridad. Y también lo era realizar dos disparos de advertencia por encima de la proa para asegurarse la rendición sin dañar el barco.

De nuevo, Louise pensaba hacer lo mismo.

La diferencia era que el *Old Moon* no podía enfrentarse a una galera corsaria y derrotarla. En vez de eso, pues, se proponía interceptarla cuando acabaran de salir de Salé o Túnez y evitar así que llegaran a llevar a cabo sus saqueos, en vez de atacarlos en el camino de vuelta e intentar liberar a los prisioneros que pudieran llevar a bordo.

«Prevenir en vez de curar.»

La mañana del tercer día en Garachico, Rossi regresó triunfante al barco tras haber conseguido una cantidad suficiente de lino natural, lo último que necesitaban. Con esa tela confeccionaría máscaras para toda la tripulación. Louise quería asegurarse de que nadie sufriera daño alguno.

Para la tarde del cuarto día, todo estaba listo. Louise volvió a invitar a Gilles y al teniente Smith a su camarote para repasarlo todo.

—¿Hay algo que hayamos olvidado?

Gilles alisó sobre la mesa una hoja con el inventario y comenzó a tachar artículos a medida que Smith catalogaba lo que habían comprado.

—Todo presente y correcto —confirmó.

—¿Y creéis que la caldera funcionará? —preguntó Louise.

Smith asintió.

—Tendremos que probar antes las proporciones de la mezcla del salitre con los demás ingredientes. Mucho dependerá de la dirección del viento y de lo rápido que el salitre se encienda. En principio, sin embargo, debería funcionar exactamente igual que la carga de un cañón, solo que a mayor escala. Usaremos una polvorera de cuerno para añadir la mezcla de pólvora y alcohol al salitre del caldero. Luego encenderemos la carga y ¡bum! —Imitó la explosión con las manos.

—Pero eso parece muy peligroso para la persona encargada de encender la carga —dijo Gilles.

—Requerirá una mecha más larga y algún tipo de protección, sí.

—¿Será efectiva una barrera de madera? —preguntó Louise.

—Siempre y cuando esté empapada de agua para protegerla de las chispas, debería serlo.

Louise se llevó los dedos a las sienes. Había empezado a dolerle la cabeza. De vez en cuando le parecía oír el estruendo de un trueno seco sobre el Teide.

—El demonio de Ali Al-Bayt está despertándose —murmuró, y notó que Gilles la miraba sorprendido—. ¿Está prevista una tormenta?

—Los truenos secos son habituales en esta época del año en Tenerife —dijo Smith—. Normalmente no llega a llover. —Luego oyeron el familiar sonido de las campanadas anunciando el cambio de guardia. Aunque estaban atracados en el puerto, mantenían la disciplina—. Si me disculpáis, señora. Barenton, os veré en unas horas.

Louise sonrió.

—Gracias, teniente.

—Capitana.

—Monsieur Barenton, ¿os podríais quedar un poco más? Me gustaría repasar los libros con vos.

444

—Por supuesto, señora.

Esperaron hasta que la puerta se hubo cerrado. Entonces, sin decir una sola palabra, ambos comenzaron a moverse por la estancia. Antes de emprender esta nueva aventura, querían estar —tenían que estar— juntos. Gilles colocó el pesado baúl de madera de Louise detrás de la puerta, Louise cubrió la vela y luego yacieron en la cama abrazados el uno al otro mientras los truenos retumbaban sobre la montaña negra y los relámpagos iluminaban la noche.

Esta vez no se quedaron dormidos después —no volverían a cometer ese error—, pero sí permanecieron hablando en susurros sobre el amor y el destino hasta que el cielo empezó a clarear.

69

Sábado, 22 de mayo

El tercer sábado de mayo, mientras el sol se elevaba por encima del rocoso terreno que había detrás de la ciudad, el *Old Moon* zarpó del puerto de Garachico aprovechando la marea alta y bajo un infinito cielo azul. Tenía un aspecto majestuoso con sus treinta metros de eslora y armado con dos pedreros en la proa y otros dos en la popa. El viento soplaba de frente, de modo que llevaban recogidas las velas cuadradas del palo mayor y del trinquete, y salieron del puerto maniobrando con la latina. La moral a bordo estaba alta.

Louise permanecía en el castillo de proa con las manos en la borda y la mirada puesta en el océano Atlántico. Mientras el barco navegaba hacia el este, en dirección a la costa del norte de África, todas y cada una de las partes de la embarcación parecían cantar: los cadenciosos crujidos, el cabeceo arriba y abajo del casco en el agua a causa del oleaje.

Del amanecer al crepúsculo y de este otra vez al amanecer, las campanadas marcaban las horas, y Smith y Bleeker se turnaban al timón. Aunque seguían teniendo el viento de frente, avanzaban a buen ritmo, controlando la velocidad y manteniendo el rumbo gracias a las estrellas y el sol.

Al cuarto día de haber partido, se toparon con mar arbolada cerca de la Bocaina, el estrecho de agua que separaba la isla de Lanzarote de su vecina sureña, Fuerteventura. Las incesantes olas gigantes, altas y despiadadas, comenzaron a zarandear el barco como si fuera un mero corcho. En un momento dado, un muro de agua rompió en la proa, llenando toda la cubierta de espuma blanca. Pero el *Old Moon* se las arregló para salir indemne y, si bien un trozo de madera golpeó a Lange y el mayor de los hermanos De Groot resbaló en la escalera al subir de la bodega, no se produjo ninguna lesión grave entre los catorce miembros de la tripulación.

Louise había decidido que las aguas que rodeaban Lanzarote serían un buen lugar para dar comienzo a su campaña de sabotaje, puesto que la isla solía ser objeto de numerosos asaltos berberiscos. Los corsarios habían hecho tantos prisioneros allí que la mayoría de los pueblos de la costa oriental de la isla estaban desiertos y eran lugares fantasma. Todo el mundo había huido al interior. Era hacia donde se dirigía el barco de esclavistas de Rossi cuando la tormenta y la nube de aire tóxico los había desviado de su rumbo.

Echaron el ancla al socaire de la pequeña isla de La Graciosa.

Louise supervisó en persona los preparativos para el primer ataque e inspeccionó los cañones para asegurarse de que estaban listos y de que los pedreros funcionaban debidamente. Al lado de cada uno había cubos repletos de arena por si saltaban chispas. Todos los hombres debían llevar puesta su máscara de lino por si el viento enviaba la nube de salitre de vuelta en su dirección. El plato metálico plano, que tenía dos veces la extensión de un antebrazo, había sido colocado en el punto más alto del castillo de proa; tanto la antorcha como los agentes nocivos para encenderlo ya estaban listos. Detrás habían colocado una gran vela cuadrada —empapada en una solución de cal para hacerla resistente al fuego— para ayudar a conducir el «aire tóxico» en dirección al barco pirata. Moverían la vela como un abanico con tres largos cabos sujetos a sendos ganchos en la cubierta y, para proteger al operador de las chispas y el calor, detrás habían construido un escudo defensivo de madera con un pequeño agujero para la mecha.

Tras comprobar que todo estaba listo, Louise comenzó a ser presa de los nervios. No había ninguna garantía de que todo eso fuera a funcionar. ¿No sería una insensatez peligrosa? ¿Estaba poniendo en peligro a su tripulación sin ninguna razón válida? Le resultaba difícil de explicar a nadie salvo a Gilles por qué sentía la necesidad de reparar semejante injusticia. Apenas lo entendía ella misma.

Pero luego Louise advirtió la expresión de Smith y miró a Marco Rossi, que estaba haciendo los últimos ajustes a la vela que había ayudado a colocar detrás del plato. Aunque había recuperado la salud, ella sabía que cargaría el resto de la vida con las cicatrices de su calvario. En cuanto a Sánchez y Al-Bayt, ambos habían perdido a varias personas por culpa de los esclavistas: un familiar, un amigo, un vecino... Louise inspiró hondo. Debían intentarlo. Si todos miraban a otro lado, ¿cómo conseguirían que el mundo cambiara para mejor?

—Todo está listo —dijo Gilles.

Louise se quedó observando el mar.

—Ahora toca esperar.

Al día siguiente, cuando acababan de sonar las ocho campanadas que indicaban el final de la guardia de cuartillo, Pieter divisó algo con el rabillo del ojo bajo la luz crepuscular. Algo se movía en el mar en dirección norte. Se tomó un momento para estar seguro y luego avisó a Jansz. El contramaestre confirmó el avistamiento y fue a informar a la capitana.

—A ochocientos metros, más o menos —conjeturó.

Louise se llevó el catalejo al ojo. El corazón le comenzó a latir con fuerza. Tenían compañía. Se volvió hacia el teniente Smith y asintió. Este dio la orden.

—¡Barco a babor! —exclamó él, y después lo repitió en neerlandés, francés y español. Era su primera misión y Louise no quería ningún malentendido. Puesto que en la tripulación había muchas nacionalidades, había dispuesto que todas las órdenes importantes se repitieran cuatro veces.

—¡Levad el ancla! —ordenó Louise—. ¡Desplegad las velas!

—Necesitaremos rodearlos para poder acercarnos por detrás —dijo Smith—, o el viento empujará la nube de vuelta hacia nosotros en vez de dirigirla hacia ellos.

Louise asintió y dio la orden de cambiar el rumbo.

—¿Podéis ver su bandera?

—No, pero están alejándose de la costa, no navegando de vuelta al puerto, de modo que apostaría a que estamos siendo testigos del principio de un viaje de saqueo.

A su lado, Louise oyó que Gilles inspiraba hondo.

—¿Estás asustado? —susurró ella.

—Un poco. —Hizo una pausa—. ¿Y tú?

Ella soltó una risita.

—¿Estoy nerviosa? Sí. ¿Dudo de mi juicio? También sí. Sin embargo, no siento miedo. Estoy tan segura de esto como lo estoy de lo nuestro.

Vio que Gilles sonreía a su lado. A continuación, este dijo en un tono más grave:

—Si nosotros podemos verlos, ¿pueden ellos vernos también a nosotros?

—Tenemos que dar por hecho que sí.

Louise volvió a ajustar el catalejo. No distinguía su bandera, pero se trataba de una embarcación de un mástil con un casco esbelto y francobordo bajo: una típica galera corsaria. No parecía tener más de cinco hileras de remos. No había forma de saber si estos los manejaban corsarios o esclavos apresados en otro asalto, pero no se trataba de una embarcación demasiado grande, de modo que podían enfrentarse a ella. Y la suerte estaba de su lado: parecía ir sola, no formaba parte de una flotilla.

Bajo sus pies, Louise notó que el *Old Moon* cambiaba de rumbo y se apoyó en el pesado timón. A continuación oyó el restallido de las velas al ser ajustadas a la dirección del viento para que el barco cogiera más velocidad. Sintió una tirantez en el pecho a causa de la expectación. Como Smith había dicho, tenían que dirigirse hacia el norte y luego girar y acercarse a la galera corsaria por detrás, o perderían la ventaja del viento.

«Un cazador siguiendo a su presa.»

Como si se tratara de una extraña danza, a pesar de encontrarse todavía a cierta distancia, los dos barcos casi parecían estar persiguiéndose en círculos. Louise tuvo la sensación de haberse enfrascado en una pelea de voluntades con su contrincante invisible.

Cuando el cielo comenzó a oscurecerse sobre el océano Atlántico, Louise ordenó que apagaran todas las velas que había en cubierta para que su posición fuera más difícil de determinar. Momentos después, la galera corsaria hizo lo mismo.

—Saben que estamos aquí —murmuró ella—. Bien.

Al caer la noche, aparecieron unas pocas nubes que taparon la luna. De vez en cuando, su luz plateada se filtraba y relucía sobre la superficie del mar. Ninguna de las embarcaciones dejaba de cambiar de posición, alejándose y acercándose la una a la otra. Louise podía imaginarse la perplejidad de los corsarios.

Un barco mercante con la bandera neerlandesa debería intentar escaparse, huir. No era un barco de guerra listo para atacar.

Luego la dirección del viento y las corrientes los acercaron. En la cambiante y reluciente luz, Louise aguzó el oído y pudo oír el suave chapaleteo de las olas contra el casco y el balanceo del barco. Sonrió satisfecha. Los corsarios habían levantado los remos del agua. Bien. Todavía no estaban listos para atacar. Ellos también estaban a la espera. Le susurró algo a Gilles, que le transmitió la orden al teniente Smith: debían amortiguar el sonido de la campana del barco. Entonces, sin advertencia previa, el viento dejó de soplar. Ambos barcos quedaron inmóviles. Se encontraban en un punto muerto. Ninguno de los dos se movía, pero la ventaja era ahora de la galera, que contaba con remos.

Louise pensó que la noche nunca llegaría a su fin. Permanecían todos a la espera, observando y escuchando. Todo el mundo estaba en su puesto y listo para poner en práctica su plan. Ella no tenía ni idea de lo que opinaba realmente la tripulación sobre lo que estaban a punto de hacer. Gilles le había dicho que se habían tomado sus órdenes sin inmutarse, y lo cierto era que nadie daba muestras de disconformidad.

Al fin, el primer haz de luz apareció en el este, haciendo que la silueta de la galera se recortara en el horizonte. El viento volvió a levantarse.

—Ha llegado el momento —dijo Louise.

Lentamente, el *Old Moon* comenzó a avanzar. Cubrieron una buena distancia antes de que los corsarios lo advirtieran y se oyera un grito en la galera. Smith había maniobrado el barco para colocarse detrás de la embarcación corsaria, de modo que contaban con la ventaja del viento del noroeste hinchando sus velas. Parecía que volaran sobre la superficie del agua.

Louise observó como su presa cambiaba de dirección, pero,

incluso con la ventaja que les proporcionaban los remos, no podían competir con el viento. El *Old Moon* les estaba dando alcance. Todo estaba saliendo según lo planeado.

—¡Poneos las máscaras! —ordenó ella—. ¿Está Rémy en su posición?

—Sí, señora —respondió Smith.

Pieter, que hacía de chico de la pólvora para Rémy, sostenía un taco de pólvora. Otro marinero cargó el cartucho, metiendo hasta el fondo el taco de tela con un atacador de madera.

—*Fais attention* —masculló Rémy—. Cuidado.

Este metió entonces un fino punzón por el oído hasta la cazoleta del cañón y agujereó el taco.

—¡Listo! —exclamó cuando hubo terminado.

A continuación cargaron una bola en el ánima, seguida de otro taco para que todo se mantuviera debidamente comprimido. Desde su posición en el alcázar, Louise oyó el rechinar de unas ruedas y supo que estaban transportando el primer cañón a la tronera para que la parte frontal de la cureña quedara apoyada en la borda del barco. Rémy usó entonces la polvorera de cuerno para cebar el oído con una mezcla de pólvora rápida y alcohol. Luego se aseguró de que todo estuviera en su lugar y alzó la mano izquierda para señalar que el cañón estaba listo para disparar. Con la mano derecha sostenía el botafuego.

Louise se volvió y vio que el largo del cañón sobresalía de la tronera y estaba siendo maniobrado para realizar un disparo de advertencia por encima de la proa de la galera.

—¿Estamos también listos en la cubierta, teniente?

Este levantó la mirada hacia la cubierta superior, donde Ali Al-Bayt permanecía agachado detrás del escudo de madera, y Sánchez a su lado con una antorcha, listo para encender la mecha. Los hermanos De Groot, por su parte, sostenían los cabos de la vela empapada en cal que moverían como un abanico para empujar la nube en dirección a la galera.

—Lo estamos —confirmó Smith.

Louise respiró hondo y dio la orden:

—¡Fuego!

Rémy aplicó el botafuego al oído, lo cual hizo que prendiera la pólvora, y esta a su vez accionara la carga principal. Un estruendo resonó en las entrañas del *Old Moon* y la bola salió disparada y comenzó a surcar el aire mientras que, a causa del retroceso, el cañón salía despedido violentamente hacia atrás hasta que lo detuvieron los bragueros.

Tal y como pretendían, el disparo no alcanzó a la galera por unas pocas yardas y cayó al mar. El turbulento oleaje que levantó provocó que el navío corsario cabeceara con brusquedad, haciendo que su proa se sumergiera en las aguas y luego volviera a emerger. En la cubierta del barco pirata, Louise vio que los corsarios formaban en fila, preparándose para defender su barco o atacar al agresor, no lo tenía claro. Calculó que habría unos doce hombres. Estaban, pues, igualados.

Para entonces, las dos embarcaciones se encontraban apenas a cincuenta yardas.

Ella mantuvo la calma y esperó hasta que Rémy apareció en la cubierta con su mosquete y apuntó a la galera.

—¿Estáis listo?

—Sí, señora.

Louise dejó caer el brazo. El francés disparó. En la proa de la galera, Louise vio como su capitán, ataviado con un turbante y una larga chaqueta abotonada, se desplomaba. A continuación volvió a dejar caer el brazo para darle la orden a Ali Al-Bayt, que permanecía a la espera.

—¡Fuego!

Al-Bayt cogió la antorcha encendida que sostenía la mano

de su colega y la acercó a la primera de las mechas enterradas en el salitre de cal del plato metálico, que también contenía una sustancia mezclada con carbón y una pequeña cantidad de cúrcuma. Al instante se produjo un fogonazo, luego una explosión y, acto seguido, una nube tóxica de color amarillo se elevó por encima de sus cabezas. Entonces los hermanos De Groot comenzaron a tirar de los cabos que sostenían y la vela empezó a abanicar el aire ponzoñoso. Apartando el rostro, Al-Bayt repitió el proceso dos veces más, hasta que se hubo formado una pestífera cortina de nubes tóxicas que, tal y como Louise había esperado que hiciera, el viento condujo por el mar hasta alcanzar la parte baja de la embarcación corsaria. Por encima de la nube, en una plataforma como la que había mantenido vivo a Marco Rossi, Louise vio a dos corsarios que se afanaban en arrastrar el cuerpo del capitán para ponerlo a salvo.

—¡Rémy! —exclamó ella.

El francés volvió a disparar, derribando a uno de los corsarios. Smith apuntó y derribó al otro. La nube amarilla envolvió la cubierta del barco de esclavistas y se desató el caos. Asustados, los piratas ordenaron la retirada. Un momento después, se oyó como sus remos comenzaban a dar paladas sin orden alguno en el agua.

—¿Disparo de nuevo, capitana? —preguntó Rémy con los ojos brillantes.

Louise vaciló y luego negó con la cabeza. La galera estaba alejándose, remando contra el viento dominante. No había necesidad de gastar más munición.

Su truco había asustado a los corsarios y los había confundido, pero Louise sabía que, si los piratas se hubieran defendido debidamente, la nube tóxica no los habría mantenido a raya durante demasiado tiempo, pues ya estaba empezando a disiparse. La próxima vez, pensó ella, tendrían que ajustar la mezcla de ingredientes o encontrar algún otro modo de hacer que durara más tiempo. Para tratarse de un primer intento, sin embargo, se sentía satisfecha. Habían contado con el viento a favor y habían amenazado la galera sin destrozarla. No tenía ninguna duda de que habían enviado un mensaje que llegaría a Salé.

—¿Capitana? —repitió Rémy.

Louise se quitó la máscara y bajó la mano.

—No. Hemos terminado.

Rémy dejó caer el brazo. Uno a uno, los hombres que conformaban la tripulación del barco se retiraron las máscaras y bajaron las armas. Pieter subió a cubierta y sorprendió a todos con un grito de júbilo.

Louise se rio. Pronto todos estaban gritando y dándose palmadas en la espalda los unos a los otros, celebrando el éxito de su primer ataque. Ella les dejó relajarse un rato al tiempo que enfundaba su alfanje y exhalaba un suspiro de alivio.

Permaneció un poco más en el alcázar, evaluando el éxito de la misión. En general la estratagema había funcionado. Nadie había resultado herido ni la embarcación había sufrido daño alguno. La próxima vez harían algunas cosas de otro modo. Pero en ese momento se sentía orgullosa del *Old Moon* y de sus hombres, tanto de los nuevos como de los que ya llevaban tiempo en el barco.

Gilles se unió a ella.

—Capitana —dijo—. Vuestros hombres os aplauden.

Louise sonrió.

—Brindemos por el *Ghost Ship* y por todos aquellos que navegan en él.

70

Las Palmas de Gran Canaria
Sábado, 12 de junio

Felipe Arauz era un hombre desilusionado. Había ido a Gran Canaria desde la España continental unos años atrás. Por aquel entonces era un joven abogado de Bilbao, idealista y optimista. Se había casado con la hija de una importante familia local, y había ido escalando socialmente hasta llegar al cargo de procurador fiscal de Gran Canaria.

Por desgracia, nunca había terminado de acostumbrarse al calor. Su esposa lo fastidiaba, sus hijos lo despreciaban y la casa que tenía en las colinas, en la que vivía su amante, le costaba una fortuna. Además, tenía a la Inquisición siempre encima, interfiriendo en sus asuntos y excediéndose en su jurisdicción.

Y ahora esto.

Se pasó un pañuelo por la nariz.

—¿Qué significa? —volvió a preguntar.

—No sé más de lo que os he contado, señor Arauz —contestó el funcionario que tenía delante—. Solo puedo deciros que estamos recibiendo informes de barcos que se han visto sorprendidos por nubes de aire tóxico.

—¿Y quién decís que está recibiendo esos informes, exactamente? —preguntó con brusquedad Arauz.

—El práctico del puerto ha estado tomando nota de los comentarios realizados por las tripulaciones de varios barcos atracados en el puerto y que han oído hablar sobre ello. —Vaciló—. Algunos dicen que un barco ha sido visto en las inmediaciones cuando estos incidentes han tenido lugar.

—¿Qué tipo de barco? ¿Una embarcación pirata?

—Nadie parece saberlo, señor.

Arauz alzó ambas manos.

—No consigo entender qué se supone que debo hacer yo. Está claro que se trata de una cuestión marítima, no civil. ¿Acaso el práctico del puerto no cobra lo suficiente? Además —añadió—, ¿no habéis dicho que esto está sucediendo en aguas cercanas a Lanzarote?

—Sí, señor, pero...

—Pues ya está. Como os he dicho antes, no pienso perder tiempo con problemas que no tienen nada que ver con nosotros. Dejemos que Lanzarote se ocupe de sus propios asuntos. —Agitó las manos—. Doy el tema por zanjado.

Arauz se reclinó en su silla. Por un momento consideró lo que el funcionario le acababa de explicar, pero luego lo apartó de su mente. Lanzarote tenía sus propias leyes. No había ninguna razón para que este problema —si es que no se trataba de un mero cuento de viejas— se extendiera y llegara a sus aguas.

El fiscal abrió el cajón de su escritorio y sacó una pequeña petaca de ron. Su esposa no aprobaba que bebiera con esa frecuencia, pero, claro, en realidad no aprobaba nada de lo que hacía. En cuanto el líquido descendió por su garganta, notó sus efectos y el mal humor que sentía comenzó a esfumarse. Sus pensamientos se concentraron entonces en su amante y en lo que podía llevarle esa noche para animarla a que lo recibiera favorablemente. ¿Una mantilla blanca para el verano?

Arauz colocó los pies encima del escritorio y sonrió. Sí, eso serviría. En cuanto a ese ridículo rumor, pronto se olvidaría. E, incluso si había algo de verdad en él, no tenía nada que ver con ellos. Gran Canaria ya tenía suficientes problemas propios. Satisfecho por haber despachado el asunto, tomó otro trago. Un poco más no le haría ningún daño.

Pero el gentío que esa noche abarrotaba las tabernas y las casas de huéspedes de Las Palmas no hablaba de otra cosa: un barco de guerra que aparecía de la nada, atacaba galeras corsarias procedentes de Salé y desaparecía con la misma rapidez.

Y más lejos todavía, en los puertos berberiscos y los pueblos de la costa de Lanzarote, las habladurías se habían extendido como la pólvora. Primero como meros rumores, luego ya abiertamente a medida que las historias iban ganando credibilidad. La gente decía que había un barco fantasma que aparecía de repente, arrastrando consigo una nube tóxica que dejaba sin respiración a los hombres y hacía que les ardieran los ojos y se les ulcerara la piel. Después el barco volvía a desaparecer con la misma rapidez. En estos relatos había asimismo disparos de cañón y de mosquetes, así como hombres derribados por una mano sobrehumana que hedía a azufre. El mismísimo juicio final, decían algunos.

Además, se rumoreaba que ese barco fantasma estaba al mando de una mujer, una diabla, una criatura tan monstruosa como hermosa de unos tres metros de altura que llevaba el pelo recogido en un largo pañuelo rojo y que convertía en piedra a los hombres si la miraban. Un ser que no procedía de la tierra ni del mar. Las madres habían comenzado a amenazar a sus hijos con que, si las desobedecían, acudiría el barco fantasma y se los llevaría. Los hombres en las tabernas, envalentonados por la bebida, fanfarroneaban con que serían capaces de derrotar a esta sirena de los mares.

A bordo del *Old Moon*, Louise no estaba al corriente de la rapidez con la que crecía su notoriedad. El sol era cada vez más cálido y los vientos más fuertes, lo que proporcionaba mayor velocidad a los barcos mercantes y también a las galeras.

A lo largo del mes de junio, se dedicó a patrullar las aguas que rodeaban Lanzarote y la pequeña isla de Lobos, en el estrecho de la Bocaina. Llevaron a cabo seis ataques más en presuntos barcos de esclavistas: cinco con éxito y uno abortado a causa de un cambio en la dirección del viento. Con la ayuda de Gilles y del teniente Smith, Louise había ido adaptando su estrategia: la elección del momento oportuno, la velocidad a la que podían atacar y retirarse, la forma de hacer que la nube fuera más densa y durara más... Descubrieron que las máscaras eran más efectivas cuando estaban húmedas; Al-Bayt experimentó con la proporción de salitre y carbón, y añadió una cantidad de láudano de la reserva de la propia Louise para desorientar aún más a sus adversarios; Rémy enseñó a Lange a cargar el cañón para poder preparar más de uno para cada ataque; y, por su parte, Lange instruyó a Sánchez y a Pieter en el uso de la pólvora, el atacador y los tacos. En los días en los que el mar estaba liso como un espejo, Jansz y Smith practicaban con el mosquete para no depender solo de que Rémy dejara la cubierta inferior para realizar el primer disparo. A esas alturas les había quedado claro que la rápida ejecución del capitán de la galera de esclavistas era fundamental para el éxito de la misión. Si se topaban con un barco cargado, disparar a su comandante les ofrecía a los prisioneros la pequeña oportunidad de derrotar al resto de la tripulación corsaria y conseguir liberarse a sí mismos.

A medida que pasaba el tiempo, la tripulación realizaba sus tareas con mayor pericia. Poco a poco, el *Old Moon* se fue convirtiendo en un barco de guerra, y su pasado mercante quedó en el olvido. Los hombres que conformaban su tripulación habían pasado a ser un grupo de confederados independientes leales únicamente a ellos mismos y a su comandante. Ya no eran ciudadanos de Francia, Países Bajos, Inglaterra, Italia o las Islas Afortunadas, sino miembros de élite de una república independiente bajo el mando de la capitana.

Estaban causando un impacto significativo. Louise esperaba que los actos de resistencia que estaban llevando a cabo infundieran a otros el valor para enfrentarse a los corsarios.

El océano Atlántico

A mediados de junio se vieron obligados a desviarse a Arrecife, en la costa este de Lanzarote, para abastecerse.

En vez de atracar en el puerto, la intención de Louise era que el *boot* realizara una incursión rápida en busca de suministros aprovechando la luz de la luna. Aun así, su presencia no pasó desapercibida. Mientras reponían sus reservas de comida fresca y agua, una docena de isleños se acercó de noche al muelle para desearles un buen viaje. Las mujeres les lanzaron flores y los hombres les agradecieron lo que estaban haciendo.

La tripulación quedó encantada con ese recibimiento y estuvo comentándolo hasta altas horas de la noche. Rossi conjeturó que su pueblo se habría salvado del ataque corsario si el barco fantasma hubiera patrullado por aquel entonces las aguas de Vieste, y Smith y Ali Al-Bayt se mostraron de acuerdo. Louise se sintió conmovida, pero también estaba preocupada. No operaban bajo ninguna autoridad, y ella quería permanecer en el anonimato. En cualquier caso, no hubo repercusiones.

Sus ataques a barcos de esclavistas fueron volviéndose más atrevidos y salían de caza cada vez más lejos.

Gilles todavía temía que su verdadera naturaleza fuera descubierta, pero, con la ayuda de Louise, había mantenido el secreto. Y, a medida que las diferencias entre nacionalidades y estatus sociales se difuminaban, el afecto que se demostraban la capitana y Gilles fue aceptándose abiertamente.

Por las noches, el afable francés dormía en el camarote de la capitana y la tripulación sabía que lo encontraría ahí. Era una forma de *matelotage*, una especie de unión que todos los marineros comprendían, equiparable a un matrimonio o a un acuerdo formal.

De todos modos, Louise quiso formalizar la relación. Cuanto más aumentaba la seguridad en sí misma de la tripulación y más éxito tenían sus ataques, más temía ella que su buena fortuna no fuera a durar.

Así, el vigesimocuarto día de junio, un jueves, con Tom Smith oficiando y en presencia de toda la tripulación, Louise Reydon-Joubert y Gilles Barenton se prometieron sus bienes terrenales y juraron luchar juntos como verdaderos amigos.

—Por el poder que no me ha sido concedido por ningún dios ni ningún hombre —comenzó a decir el teniente, y todo el mundo prorrumpió en vítores—, declaro esta unión voluntaria entre una mujer y un hombre, ambos en plenas facultades mentales, legítima mientras ambos permanezcan con vida. —Sonrió—. ¡Alabado sea el Señor!

Al intercambiar los anillos —el de ella hecho con un trozo de algodón rojo, el de Gilles con algodón azul—, Louise recordó haber leído en los diarios de Minou que sus abuelos se habían prometido con un anillo hecho de cordel, y se alegró de estar haciendo algo parecido, como si fuera un eco que seguía resonando a través de las generaciones.

La fiesta duró hasta altas horas de la noche y, finalmente, Louise y Gilles se retiraron a su camarote acompañados de un coro de comentarios procaces y buenos deseos. Albert incluso les arrojó un puñado de su precioso grano para desearles prosperidad y fertilidad.

Más tarde, cuando el barco ya estaba tranquilo y la celebración había terminado, yacían abrazados en la calma de las primeras horas de la mañana.

—¿No lamentarás la falta de hijos? —preguntó Louise.

Gilles exhaló un suspiro.

—No le desearía una infancia como la que yo tuve a ninguna criatura viva.

Louise se incorporó y se apoyó sobre un codo.

—Lo digo en serio. ¿Acaso no quiere la mayoría de la gente dejar algo de sí misma tras su muerte?

—¿Lo quieres tú?

Ella se lo pensó.

—Supongo que siempre he querido hacer algo yo misma y ser conocida por ello en vez de que mi vida se refleje en la de otra persona. —Suspiró—. Sin embargo, cuando pienso en mi sobrina Florence y en lo mucho que me gustaría conocerla mejor, ya no estoy tan segura.

—Esta es nuestra familia —dijo Gilles en voz baja, y luego le besó el hombro desnudo—. Aquí, la de este barco. No necesitamos a nadie más.

Cuando junio ya llegaba a su fin, Louise supo que debían regresar a Garachico para reabastecer de munición el barco. No había ningún lugar en Lanzarote donde pudieran conseguir lo que requerían, y también necesitaban más agua dulce y cerveza. Lo retrasó tanto como pudo, pues la idea de volver a pisar tierra firme la inquietaba. Cuando llegara el otoño, ya no habría elección. Tendrían que pasar el invierno en algún sitio, y Garachico parecía ser un lugar tan seguro como cualquier otro.

De nuevo, en vez de llevar el *Old Moon* al puerto, Louise decidió enviar un pequeño grupo de hombres en el *boot* para que fueran a buscar lo que necesitaban: Jansz y Gilles, con Lange, Sánchez, Rossi y Al-Bayt a los remos. La expedición no debería llevarles más de seis horas, dependiendo de las corrientes, y al cabo de un día ya podrían estar de vuelta en alta mar.

La visita fue exitosa. Aunque la recepción que obtuvieron fue más comedida que la de Lanzarote, parecía que sus correrías también eran bien conocidas en Garachico. A su vuelta, Gilles contó que las historias de un barco fantasma que aterrorizaba a los corsarios que se acercaban a las Islas Afortunadas circulaban por todas partes. Las había oído en mercados y tabernas, y con cada repetición la naturaleza del navío se volvía más fantástica y salvaje: un barco tripulado por muertos vivientes, una embarcación de unos trescientos metros de eslora y que flotaba por encima del agua, un galeón comandado por una diabla de cuernos rojos, un miasma de aire tóxico que se tragaba todo navío que se acercaba a su órbita... Viejas supersticiones europeas mezcladas con la mitología ancestral de las islas.

Mientras los miembros de la tripulación se felicitaban los unos a los otros —eran héroes populares, material de leyenda—, Louise volvió a sentir una tirantez en el pecho en el momento en que Gilles y Jansz le comentaban todo lo que habían oído.

Estaba funcionando.

La consecuencia era que menos barcos se cruzaban en su camino, y Louise comenzó a discutir con Gilles y el teniente Smith la posibilidad de trasladarse hacia el este y acercarse a la costa africana. ¿Y si dejaban las aguas de Lanzarote y navegaban hacia los territorios de Agadir, ciudad controlada por los otomanos?

—Aunque tampoco estoy segura —dijo mientras lo cavilaba—. Tenemos una estrategia que funciona. Estamos manteniendo seguras las aguas de las Islas Afortunadas. ¿Hay alguna necesidad de ponernos en una situación todavía más peligrosa?

—Si hay más que podamos hacer, la respuesta es sí —la urgió Smith.

Gilles asintió.

—O también podríamos dirigirnos hacia Malta. Los mercados de esclavos cristianos son igual de terribles. ¿No nos contó Rossi que fue apresado en represalia por el de La Valeta?

Louise recogió sus cartas de navegación.

—Lo consultaremos con la almohada —dijo, consciente de un dejo de ansiedad que no podía disimular.

«Como si nuestra buena fortuna no pudiera durar.»

71

La Haya
Jueves, 1 de julio

En La Haya, Andries Joost estaba preparándose para subir a bordo de una embarcación que lo llevaría a Gran Canaria. La mayoría de los barcos que conformaban su amplia flota estaban registrados en esa ciudad portuaria de la costa oeste de la República Neerlandesa, aunque, desde que había adquirido una participación mayoritaria en la compañía naviera Van Raay, también había extendido sus operaciones a Ámsterdam. Su casa de Leiden estaba a medio camino de las dos ciudades.

Joost era un hombre de mediana edad con un rostro surcado por profundas arrugas, pelo rizado de color castaño y un bigote recortado. Ese día iba vestido con un sombrero negro y un chaleco largo de color azul y broches plateados. Todo en él transmitía riqueza y poder. Se trataba de alguien acostumbrado a salirse con la suya.

La carta en la que se le informaba de la muerte de su hijo se la había entregado tres días antes el capitán del *North Star*. Estaba escrita por Louise Reydon-Joubert y en ella se le explicaba que su único hijo había enfermado y fallecido trágicamente en el mar la noche del segundo día de abril. Su muerte había sido registrada por las autoridades de Las Palmas. Ella le hacía llegar sus más sinceras condolencias por la pérdida de su hijo.

Andries Joost no aceptaba esta versión de los acontecimientos. Sabía que Reydon-Joubert era la propietaria del *Old Moon* y, por más que a mevrouw Van Raay le escandalizara que él pudiera siquiera sugerir algo semejante, Joost creía que esa bruja había asesinado a su hijo para hacerse con el mando del barco. No sabía si lo había envenenado o apuñalado mientras dormía, solo que, antes de la travesía, su hijo estaba sano y en la flor de la vida. No sufría ninguna dolencia ni debilidad que hubieran podido provocar que su corazón simplemente dejara de latir. Además, esa mujer era una ladrona. El capitán del *North Star* no le había devuelto las preciadas posesiones de su hijo, el portulano y la brújula en una caja de marfil que había pertenecido al padre de Andries. De Klerk le había asegurado que no sabía nada al respecto.

La tregua entre la República Neerlandesa y España había terminado tres meses atrás y ya estaban estableciéndose las líneas de batalla entre las rutas comerciales. La próxima temporada, Joost tenía intención de comenzar a navegar a las Indias Orientales —el comercio de personas era muy provechoso— y ya había avisado a Van Raay de que trasladaría todas sus operaciones a La Haya, lejos de Ámsterdam. Ella le había pedido que no lo hiciera —suplicado, incluso—, pero él se había mostrado inflexible.

Joost pensaba matar dos pájaros de un tiro. En primer lugar, llevaría a Reydon-Joubert ante la justicia, y luego exigiría explicaciones a Van Raay por haber tolerado que se produjera una situación semejante. Era sabido que la compañía de Van Raay tenía problemas financieros. Joost pretendía acelerar su quiebra, lo cual le permitiría adquirir tanto el *North Star* como, si conseguía que se impartiera justicia y lo embargaran, el *Old*

Moon. Joost había tenido mucho cuidado de no tomar parte en el conflicto entre católicos y calvinistas. Las finanzas y el comercio eran su religión, y estaba dispuesto a negociar con cualquiera un precio justo. La pérdida de su hijo, sin embargo, había supuesto un duro golpe para su ambición.

Incluso antes de tener conocimiento de la muerte de su hijo, Joost había decidido ofrecer un sustancial incentivo a las autoridades de Las Palmas y establecer una base de su flota en Gran Canaria en vez de Malta. Los canarios eran comerciantes y sabían que la situación de su puerto no era tan ventajosa, de modo que se podría llegar a un buen trato con ellos. Las conversaciones iniciales ya habían comenzado. Ahora habría una condición adicional. Su flota iría a Las Palmas, pero solo si la asesina de su hijo recibía su castigo.

Se aseguraría de que ahorcaran a Louise Reydon-Joubert. Y también a todos y cada uno de aquellos que habían participado en esa travesía y no habían hecho nada para proteger a su hijo.

72

Miércoles, 11 de agosto

El *Old Moon* les había prestado un gran servicio, pero después de tres meses en el mar habían comenzado a aparecer algunas señales de deterioro en el barco. Y también otras de fatiga entre la tripulación.

Louise sabía que los descuidos podían provocar accidentes. Un hombre agotado que no estuviera completamente concentrado en la tarea que tenía entre manos podía caer del penol; a un artillero con la mente puesta en la jarra de cerveza de una taberna del puerto podía olvidársele embalar bien el taco; un hombre que estuviera soñando con una chica podía dejarse una vela ardiendo y causar un incendio bajo cubierta.

Y las severas temperaturas que estaban padeciendo no se parecían a nada que Louise hubiera conocido antes. Durante el día, la tripulación se cubría la cabeza con trapos húmedos para evitar que el sol les quemara la nuca mientras realizaban sus tareas. Louise todavía llevaba el pañuelo rojo y los calzones, pero tenía los antebrazos y el rostro muy tostados por el sol. Gilles necesitaba seguir llevando el cuello alzado hasta la barbilla, pero había comenzado a vestir camisas más holgadas. Y Bleeker, por su parte, estaba sufriendo terriblemente, pues las pústulas de su irritada piel habían empeorado a causa del calor. Los marineros solían terminar quitándose sus andrajos y trabajando con el torso desnudo.

Los fuertes vientos procedentes del desierto del Sáhara, las calimas, ardían como un horno y dejaban la cubierta envuelta en una arenilla blanca que les irritaba los ojos. Las banderas en lo alto de los mástiles y en la proa del *Old Moon* restallaban con fuerza, como si intentaran liberarse. La jarcia emitía un zumbido constante y las velas se hinchaban y tensaban al máximo, haciendo que en ocasiones el barco resultara difícil de controlar. Rossi estaba ocupado sin parar realizando reparaciones, y a Ali Al-Bayt, el calafate, le costaba cada vez más mantener el casco sellado.

Louise tenía un pitido permanente en los oídos a causa del viento. Hacía demasiado calor para dormir, y allá adonde mirara podía comprobar que el ánimo de sus hombres estaba empezando a decaer. Jansz no dejaba de refunfuñar y contestaba mal a todo el mundo; cuando no estaba de guardia, Pieter se sentaba despatarrado en el rincón más sombreado de la cubierta, mirando con tristeza al vacío; Rossi trabajaba incansablemente hasta que comenzó a quejarse de que era imposible sostener un clavo con ese calor; Rémy se pasaba horas limpiando los mosquetes, protestando por la falta de oportunidades de usarlos, y Lange y los hermanos De Groot no paraban de hablar de sus casas. Desde hacía tres semanas, no habían visto ni un solo barco.

Solo Gilles y el teniente Smith no parecían verse afectados.

Un día, Louise y Gilles se retiraron a su camarote a media tarde. Acababa de sonar una campanada indicando el inicio de la guardia de cuartillo. Los tablones de madera del suelo y los muebles parecían haberse hinchado a causa del calor y había motas de polvo danzando en el sobrecalentado aire vespertino. Aunque hacía un calor asfixiante, solo ahí dentro Gilles podía arriesgarse a aflojar los botones superiores de la camisa para dejar que su piel respirara un poco.

—Deberíamos ir a tierra unos días —dijo Louise mientras se abanicaba con un trozo de pergamino—. Necesitamos provisiones, estamos quedándonos otra vez sin agua y, además, así podríamos reponer las reservas de salitre y pólvora antes de que llegue septiembre.

—¿Quieres realizar algunos ataques más esta temporada?

—Sé que el teniente Smith y tú opináis que deberíamos ser más atrevidos. Estoy de acuerdo, pero preferiría seguir en las aguas que conocemos durante agosto y septiembre...

—¿Aunque no haya un solo corsario a la vista?

—Puede que también estén esperando su momento.

—Cierto —convino Gilles.

—Mi plan consiste en patrullar una última vez las aguas de Lanzarote y Fuerteventura, pues es posible que hayan desplazado sus operaciones al sur para evitarnos, y luego pasar el invierno en Garachico y tomarnos nuestro tiempo para decidir qué hacer la próxima temporada. —Louise se secó el sudor de la cara con el extremo del pañuelo que llevaba en la cabeza—. No es seguro que todo el mundo quiera seguir en el barco.

—¿Tienes suficientes fondos para pagar todo esto?

—Por ahora sí. Hay oro en la caja fuerte del camarote. Y puedo disponer de más en tierra. —Hizo una mueca—. Bueno, a no ser que mi misterioso medio hermano se haya hecho de algún modo con mi fortuna.

—¿Qué propones, pues?

—Creo que deberíamos regresar a Garachico para una breve estancia. Nos hará bien a todos. Ali dice que la fiesta más importante de Tenerife, la que se celebra en honor a la Virgen de la

Candelaria, tiene lugar la noche del catorce al quince de agosto. Aunque al parecer el sitio más concurrido es Santa Cruz, también habrá mucha gente en Garachico a lo largo de esos dos días.

—Lo cual significa que podremos confundirnos entre la multitud y pasar desapercibidos.

—Así es. —La expresión de Louise se ensombreció—. Sé que piensas que soy excesivamente precavida, pero temo que nuestras actividades terminen llamando la atención de las autoridades.

—No creo que las autoridades otorguen credibilidad alguna a los rumores relativos a un barco fantasma —dijo Gilles colocándose detrás de Louise y masajeándole los hombros—. Y, aunque lo hicieran, no hay ninguna razón para relacionar el *Old Moon* con esas historias. Si bien es poco ortodoxo, eres la única mujer capitán...

—... que nosotros sepamos.

—Muy bien, eres la única mujer capitán que nosotros sepamos. Y, a pesar de nuestra apresurada partida de Gran Canaria, eres una respetada mujer de negocios de Ámsterdam y la propietaria de un barco mercante que ha comerciado con Gran Canaria durante muchos años.

—Puede.

—Lo eres. —Él sonrió—. En cualquier caso, estamos haciendo el trabajo que correspondería a las autoridades. Mantenemos sus aguas libres de piratas. La gente nos adora. —Gilles la besó en lo alto de la cabeza—. Por lo demás, tu plan es excelente. La tripulación necesita una distracción, descansar, algo que los entretenga. El calor está haciendo que se vuelvan unos contra otros.

Repentinamente abrumada por el amor que sentía por él, Louise le colocó las manos a ambos lados de la cara.

—Tú, Gilles Barenton —dijo—, eres la mayor bendición de mi vida.

73

Garachico
Sábado, 14 de agosto

Tres días después, Louise se vistió con ropa de su anterior vida —unas anchas faldas y un corpiño, una capa ligera y un gorro de encaje blanco— y bajó a tierra. El teniente Smith se ofreció a permanecer en el barco con unos pocos hombres, asegurando que no tenía ganas de festividades religiosas.

Aunque se sentía constreñida e incómoda en su antigua ropa, a Louise se le había olvidado lo que era no tener responsabilidades o dejarse llevar por una celebración multitudinaria. Se sentía alegre y estaba decidida a pasárselo bien.

Había gente por todas partes y los niños corrían de un lado a otro mientras la procesión serpenteaba a través de las estrechas calles de Garachico en dirección a la plaza mayor. Cuatro hombres transportaban sobre una plataforma de madera a la Virgen de la Candelaria —una Virgen María negra—, réplica de la estatua que había dado pie a la leyenda. Al frente de la procesión se encontraba el sacerdote que la presidía ataviado con una sotana negra abotonada al frente, al que flanqueaban acólitos que cargaban una cruz dorada y un incensario. Aunque Louise sentía un rechazo hugonote a la llamativa pompa de las procesiones católicas, la fiesta tenía la atmósfera de un carnaval. Tamborileros, tragafuegos o vendedores ambulantes de almendras tostadas competían por su atención y, durante una hora o dos, Louise pudo olvidarse de sus preocupaciones. Era una mujer madura, pero en esos momentos volvía a sentirse como una niña.

Las campanas comenzaron a dar las diez cuando la procesión se acercaba a los escalones de la iglesia. Louise miró a Gilles y vio en su rostro la misma alegría y el mismo deleite que sentía ella.

—¡Vamos! —dijo ella cogiéndolo de la mano—. Acerquémonos al frente.

Las Palmas

Andries Joost esperó hasta que las campanas de Santa Ana terminaron de dar las diez, y luego negó con la cabeza.

—No creo que estéis comprendiendo bien la situación, Arauz —dijo cuidadosamente en español.

Se encontraba en las Casas Consistoriales, sede del ayuntamiento en la plaza de Santa Ana, en el despacho de Felipe Arauz, el procurador fiscal.

Arauz frunció el ceño.

—Disculpadme, señor Joost. ¿Podríais explicarme de nuevo qué queréis que haga exactamente?

Con la misma frialdad, Joost repitió todo lo que acababa de decirle, haciendo énfasis en las significativas cantidades de dinero que pensaba invertir, un dinero que Gran Canaria no recibiría —ni, por tanto, tampoco el propio Arauz— si sus deseos no se llevaban a cabo.

—No os culpo —dijo Joost magnánimo—, pero la situación

473

está clara. Mi hijo fue asesinado y espero que administréis justicia.

El procurador fiscal se secó el sudor de la cara con un pañuelo.

—Pero, señor Joost, no sabemos dónde está madame Reydon-Joubert. Se marchó de Las Palmas a mediados de mayo, supuestamente en dirección a Ámsterdam.

Joost entrecerró los ojos.

—¿No habéis oído hablar del barco fantasma? —preguntó.

—No existe tal cosa —soltó Arauz, recordando los ridículos cuentos con los que su secretario le había ido en junio—. Los lugareños son muy inocentes; al igual que un niño, se creen cualquier cuento de hadas.

Joost tamborileó con sus cuidadas uñas sobre la mesa.

—En términos generales, no estoy en desacuerdo con vos, pero esto es distinto. El *Old Moon* es la embarcación que esa mujer, Reydon-Joubert, puso en manos de mi hijo antes de... —Joost se interrumpió, como si le resultara demasiado doloroso terminar la frase.

—No os aflijáis, señor.

—¿Tenéis hijos, fiscal?

La expresión de este se endureció.

—No he sido bendecido con la paternidad.

Joost hizo un gesto con la mano.

—Habría preferido no tener a mi hijo antes que sufrir el tormento de que me lo arrebataran.

Arauz hizo sonar una campanilla.

—Una copa de vino para el señor Joost —dijo enseguida.

—¿Me haríais el favor de uniros a mí?

El fiscal vaciló, pero finalmente asintió.

—Si así lo deseáis, por supuesto.

Con el vino se estableció una atmósfera más afable y Joost

prosiguió su historia, detallando todas las razones por las que creía que el *Old Moon* y el barco fantasma que aterrorizaba las aguas de las Islas Afortunadas eran la misma embarcación: los rumores que había oído, la coincidencia de la desaparición de Louise Reydon-Joubert y el inicio de las historias acerca de ese barco fantasma, el hecho de que el capitán fuera una mujer... ¿Acaso no había Reydon-Joubert usurpado el cargo de su hijo en el *Old Moon*?

—Sois un hombre inteligente, fiscal. —Joost se inclinó hacia delante en su silla—. Supondría un gran beneficio para vos que intentarais encontrar a esa bruja. Si me ayudáis a llevarla ante la justicia, me aseguraré de que recibáis los fondos necesarios para seguir manteniendo vuestra finca en el valle de Agaete en secreto.

Con la mano temblorosa, Arauz dejó su copa sobre la mesa. No comprendía cómo este neerlandés podía tener conocimiento acerca de la casa privada que poseía en las colinas que había sobre Agaete y en la que residía su amante. Pero sí sabía que, si la familia de su mujer llegaba a enterarse de su indiscreción —o, peor todavía, el tribunal de la Inquisición—, estaría arruinado.

Garachico

Dirk Jansz estaba sentado en la terraza de una taberna del puerto. Todo ese jolgorio de las fiestas no era para él. Prefería una buena jarra de cerveza, un taburete cómodo y una pipa llena: era un hombre de necesidades simples.

Bajó la mirada a su jarra y vio que estaba vacía. La puso boca abajo, incapaz de creer lo que veían sus propios ojos, y luego rebuscó una moneda en sus bolsillos.

Nada. Habría jurado por su madre que tenía otra.

Jansz echó un vistazo a su alrededor, esperando divisar a Pieter, Rossi o Lange. Ali había desaparecido entre la multitud en cuanto habían desembarcado, y no se había fijado en si Rémy había llegado a hacerlo o si se había quedado en el barco.

Se puso de pie y descubrió que estaba algo mareado. Puede que, efectivamente, se hubiera gastado todas las monedas. No recordaba haberlo hecho, pero tenía los bolsillos vacíos. Y todavía faltaban dos horas para volver al barco. Jansz miró a los demás clientes que había en la terraza. Un montón de hombres trabajadores como él en busca de un poco de paz y tranquilidad después de un día duro. Hombres como él que no tenían ningún interés en recorrer las calles en una procesión que veneraba un trozo de madera pintada.

Sus ojos se fijaron en una mesa con tres hombres. No parecían extranjeros. Irguió la espalda. Supuso que allí el extranjero era él —al fin y al cabo aquello no era Ámsterdam—, pero eran bajos como él y, también como él, su pálida piel estaba quemada y enrojecida por el sol. ¿Tal vez eran neerlandeses? ¿O, en el peor de los casos, ingleses? Le caía bien Smith; le gustaban sus historias. Era un caballero, de eso no había ninguna duda. ¿A lo mejor Smith podía invitarlo a una bebida? Miró a su alrededor, pero no lo vio por ningún lado.

—Una pena —dijo entre dientes. Le habría gustado compartir una pipa con él—. Es un buen hombre, el teniente.

Con paso tambaleante, se acercó a la mesa. Los tres hombres levantaron la vista hacia él y se lo quedaron mirando. A Jansz le parecieron amigables.

—Tengo una historia para vosotros, caballeros —dijo—. Si me invitáis a una bebida, os la contaré. Hará que se os salgan los ojos de las órbitas.

Un hombre con una espesa barba negra y el pelo peinado hacia atrás lo miró con incredulidad.

—¿Ah, sí?

Jansz colocó las manos sobre la mesa para no perder el equilibrio.

—¿Habéis oído hablar del barco fantasma?

—No existe tal cosa.

Jansz se dio unos golpecitos en la nariz con un dedo.

—¡Ya lo creo que sí!

Hubo una pausa y luego el hombre chasqueó los dedos.

—Una jarra de cerveza para nuestro amigo.

El contramaestre se sentó felizmente en el taburete.

—Os lo agradezco.

Las Palmas

Al procurador fiscal Arauz le llevó poco más de una hora descubrir que los rumores que Joost le había contado estaban muy extendidos. Habló con los hombres que trabajaban en la secretaría y también con los guardias apostados en la puerta. Luego interrogó incluso a la vieja sirvienta, quien al principio estaba demasiado asustada para que sus palabras tuvieran algún sentido, pero al final admitió haber oído historias sobre esa embarcación.

—Es cosa del diablo —dijo santiguándose.

Esa misma noche, a las once, envió a un mensajero al puerto. Al cabo de media hora, el hombre regresó. Las historias eran las mismas: de Tenerife a Lanzarote se hablaba de un barco que perseguía galeras de esclavistas corsarios y que llevaba consigo un aire tóxico que asfixiaba a los hombres. Por lo visto, las aguas de esas islas nunca habían sido tan seguras. En lo que llevaban de temporada, los corsarios no habían hecho ni un solo prisionero en los pueblos costeros de Lanzarote o Fuerteventura.

A pesar de que no sentía la menor simpatía por Louise Reydon-Joubert —las mujeres que hablaban demasiado y carecían de virtudes femeninas le parecían una plaga en la sociedad—, al principio Arauz no creía que ella tuviera nada que ver con el llamado «barco fantasma», si es que esta embarcación efectivamente existía. Sin embargo, luego oyó decir que los inquisidores habían hablado con su antiguo teniente, un neerlandés llamado..., no lo recordaba en ese momento, solo que el interrogador había actuado con excesivo entusiasmo. El hombre todavía estaba vivo, pero por poco. Roord, ese era su nombre. Sí, Roord había acusado a Reydon-Joubert de traición e indecencia, y había insinuado que había alguna especie de conspiración entre ella y su secretario. Y también algo acerca de la repentina muerte del hijo de Joost.

Eran las once y media y el calor seguía siendo intolerable. Arauz apoyó la cabeza en las manos, intentando recordar con exactitud lo que le habían contado sobre ese supuesto barco fantasma. No consiguió acordarse de nada más. A medianoche se dio por vencido y fue a decirles a los guardias que organizaran una partida de búsqueda. El mensajero le había contado asimismo que en el puerto se decía que un mercante neerlandés había atracado un par de veces en Garachico para reponer provisiones, pero que nadie sabía de dónde procedía ni adónde iba. Se rascó la barbilla. ¿Podía ser ese barco el *Old Moon*? Supuso que Garachico era un lugar tan bueno como cualquier otro.

En el fondo, no importaba qué era cierto. Si Joost quería que Reydon-Joubert fuera arrestada y llevada ante la justicia, más le valía hacer todo lo posible por encontrarla, tanto si había cometido un crimen como si no. Arauz no estaba completamente seguro de su autoridad para juzgar a una ciudadana neerlandesa de ascendencia francesa en tierras españolas, sobre todo teniendo en cuenta que el crimen había sido cometido en aguas internacionales. Pero Joost se había mostrado insistente, y le preocupaba más aplacarlo a él que la opinión de unos tribunales que se encontraban a miles de kilómetros (si es que llegaban siquiera a oír hablar del caso).

Se sirvió otra copa de vino. Los franceses tenían una expresión para situaciones como esta. Siempre las tenían. Le dio un largo trago al líquido mientras se devanaba los sesos. Finalmente la recordó:

—*Sauve qui peut* —dijo entre dientes.

Sí, eso era. Sálvese quien pueda.

Garachico

Cuando Louise y Gilles regresaron al *Old Moon* a las dos de la madrugada, todo estaba tranquilo. El teniente Smith los informó de que Bleeker estaba al timón y que todo el mundo, salvo Jansz, había regresado ya a bordo. El barco estaba listo para zarpar con la próxima marea alta.

Louise, con los ojos relucientes a causa de la magia de la velada —y el vino local—, apenas registró lo que le decía Smith. A duras penas se las arregló para asentir y darle las gracias antes de retirarse a su camarote.

—Esta ha sido una de las mejores noches de mi vida —dijo perezosamente—. ¿Vienes a la cama?

—Creo que será mejor que vaya a buscar a Jansz —repuso Gilles conduciéndola hacia el catre y quitándole los zapatos.

Louise extendió una mano.

—Envía a algún otro.

—Mejor voy yo. Ya sabes cómo es cuando ha bebido más de la cuenta. No tardaré. —Se detuvo un momento para darle un último beso—. Te quiero.

—Lo sé —dijo ella, y se quedó dormida al instante.

74

Lunes, 16 de agosto

Como Jansz había tardado tanto en regresar al barco, habían perdido la oportunidad de zarpar con la primera marea y se habían visto obligados a esperar a la siguiente. Era un error que iba a salirles caro.

Hacía ya dos días que habían partido de Garachico navegando con el viento de cara cuando, durante el cambio de la guardia de la mañana, Louise divisó una carabela de tres mástiles a estribor. Los españoles solían usar ese tipo de navío de casco menos profundo y más ligero para navegar entre las islas, pero no recordaba haber visto ninguna en esa zona, a mitad de camino entre Tenerife, Gran Canaria y Lanzarote.

—Teniente Smith —dijo convocándolo al alcázar—. ¿Se os ocurre alguna razón por la que este barco esté aquí? Llevan la bandera española.

—¿Tal vez va a Tenerife?

Louise miró la brújula.

—Salvo que parece dirigirse hacia el norte. —Hizo una pausa al recordar, con cierta preocupación, las carabelas oficiales de las autoridades atracadas en el puerto de Las Palmas. Se llevó el catalejo al ojo—. ¿Es posible que nos esté buscando?

Smith frunció el ceño.

—Podría ser. En Garachico oí decir que recientemente había habido algunos enfrentamientos entre barcos de guerra españoles y neerlandeses. Las carabelas, sin embargo, suelen ser barcos de patrulla.

—Pero van armadas.

—Sí, señora.

Era otro día escandalosamente caluroso y había una neblina sobre la superficie del agua, de modo que resultaba difícil calcular la distancia entre ambos.

—Virad a babor cuarenta grados, teniente —dijo ella, dándole la orden de cambiar de dirección para comprobar si la carabela también modificaba su rumbo.

Lo hizo.

Louise miró a su alrededor y vio que varios hombres de su tripulación se habían dado cuenta de que tenían compañía. Bleeker estaba concentrado al timón, pero Rémy, Al-Bayt y Sánchez permanecían asomados a la proa de estribor.

—¿Qué aconsejáis?

Smith se cubrió los ojos con una mano.

—Estamos en aguas españolas. La tregua entre la República Neerlandesa y España ha terminado. Podríamos dejarlos atrás, pero ¿durante cuánto tiempo?

—¿Creéis que podrían atacarnos? —preguntó Gilles uniéndose a ellos.

—No tengo ni idea —respondió Smith—. No hay ninguna razón para pensar que tengan intención de hacernos daño alguno.

Louise se mostró de acuerdo. Como no esperaban encontrarse con ninguna galera corsaria en esa zona del océano, no estaban listos para un ataque. El plato metálico del castillo de proa estaba frío, la vela no se encontraba en su lugar... Era imposible que pudieran llevar a cabo los preparativos habituales con suficiente rapidez como para escaparse. Además, se consideraría un acto agresivo. Como había dicho Smith, estaban en aguas españolas y era un barco español.

El *Old Moon* se encontraba a barlovento de la carabela. Un viento cálido impulsaba sus velas. A pesar del calor, Louise notó como una gota de sudor frío le recorría la columna vertebral. Llevó una mano al alfanje de Joost que tenía en la cintura.

—¿Están listos los cañones? —le preguntó a Rémy.

—Pueden estarlo, capitana.

—Hacedlo. —Mejor estar preparados, por si acaso.

Rémy asintió y le indicó con la mano a Pieter que lo siguiera.

—Cargad las armas —ordenó Louise.

Jansz, recién salido de la bodega después de haber llegado tarde a bordo, y Al-Bayt ocuparon sus posiciones en los pedreros del castillo de proa. Gilles salió corriendo hacia el camarote de Louise y regresó de inmediato con armas para Smith, Lange, Louise y él mismo.

Louise se ajustó el pañuelo de la cabeza y permaneció de pie con las piernas separadas, observando en silencio como la carabela se acercaba cada vez más a ellos. A esas alturas ya no había ninguna duda de que su intención era interceptarlos.

—Por lo que he visto hasta el momento, cuentan con cuatro cañones en la cubierta superior —dijo Smith en voz baja—, y seis en la principal. Además de pedreros en el castillo de proa y en la popa.

Louise frunció el ceño. El *Old Moon* estaba en clara desventaja.

Finalmente, los dos barcos estuvieron al alcance de la voz y Louise reconoció los colores distintivos de la flota de Gran Canaria. Sus ojos repasaron de un lado a otro la cubierta de la carabela e identificó al capitán, al que acompañaban al menos otros dos oficiales y una tripulación de unos quince hombres.

El capitán de la carabela se llevó una bocina a la boca:

—Somos el *San Pedro*, de Las Palmas. Deponed las armas. —Repitió la orden en un vacilante neerlandés para estar seguro de que el mensaje había sido comprendido—. *Leg je wapens neer.*

Al otro lado de la extensión de agua que los separaba, Louise se quedó mirando a su contrincante, y ahuecando las manos a ambos lados de la boca respondió:

—Somos el *Old Moon*, de Ámsterdam, un barco mercante. Vamos de Garachico a Lanzarote.

—Tenemos órdenes de llevaros de vuelta al puerto.

Louise echó un vistazo a Gilles y luego volvió a mirar al capitán del otro barco.

—¿Quién lo ordena?

—La autoridad portuaria.

—¿Por qué razón?

Hubo una pausa, y después el capitán gritó:

—¡Haced el favor de acompañarnos, señora!

Louise nunca sabría qué habría pasado en el caso de que hubiera aceptado la petición en ese momento, pues de repente oyó el ruido de un disparo a su espalda. Lange acababa de descargar su mosquete.

—¡Alto el fuego! —exclamó ella. La carabela realizó un disparo de advertencia que cayó cerca de la proa del *Old Moon*. El barco neerlandés cabeceó violentamente, hundiéndose en las aguas agitadas para volver a emerger al poco tiempo.

—¡Deponed las armas! —bramó el capitán español—. ¡Esta es nuestra última advertencia!

—¡Alto el fuego, Lange! —gritó Louise, pero lo hizo demasiado tarde. El neerlandés ya había vuelto a disparar.

Gilles, que estaba a su lado, se abalanzó sobre ella, derribándola al suelo de la cubierta justo a tiempo de evitar que recibiera el impacto de una bala.

Luego el *San Pedro* disparó una andanada. Todas las armas a estribor relucieron al abrir fuego.

—¡Nos han dado! —exclamó Smith al percatarse de que una de las bolas de cañón había alcanzado el casco justo debajo del castillo de proa.

—¡Fuego! —ordenó Louise dejando caer el brazo.

Rémy aplicó el botafuego a la mecha y encendió la pólvora rápida con la que disparó la carga principal.

—¡Blanco alcanzado! —gritó Smith al tiempo que disparaba su mosquete.

Louise vio que uno de los marineros españoles caía desplomado.

—¡Capitana! —exclamó Rossi señalando el mástil principal. Un ascua había hecho que la jarcia comenzara a arder. Rápidamente, el más joven de los hermanos De Groot empezó a trepar el palo, pero fue alcanzado por un disparo de mosquete del barco enemigo. Louise observó horrorizada cómo el joven salía despedido hacia atrás y se desplomaba sobre la cubierta.

Pieter volvió la cabeza a un lado y vomitó.

—¡No hay tiempo para eso, muchacho! —dijo Rémy mientras se acercaba al siguiente cañón y realizaba un segundo disparo.

Jansz y Al-Bayt estaban haciendo un trabajo excelente disparando a los tiradores de la carabela, pero Louise era consciente de que el barco español estaba mejor armado y contaba con más hombres. El *San Pedro* disparó una segunda andanada. A su espalda, oyó como a Sánchez le alcanzaba una esquirla de una de las bolas. Luego oyó un segundo grito de Rossi cuando la mesana fue golpeada.

—¿Cuántos hombres han caído, Smith?

—Cuatro.

—¿Cuántos muertos?

—Uno.

Louise debía tomar una decisión. Si seguían luchando, sus bajas sin duda aumentarían. No tenían ninguna posibilidad de vencer a la carabela, mejor armada y con más hombres. No quería perder a nadie más. Y no quería perder su barco.

75

—¡Arriad la bandera! —ordenó Louise al tiempo que la carabela descargaba otra andanada.

Al mayor de los hermanos De Groot, que estaba conmocionado, le dio una bala en el brazo y cayó de rodillas.

—¡Nos rendimos! —quiso exclamar ella, pero las palabras se le quedaron atascadas en la garganta—. ¡Nos entregamos!

Lentamente, Smith y Gilles bajaron sus mosquetes. A su alrededor, Louise oyó como sus hombres arrojaban sus armas a la cubierta. Jansz y Al-Bayt retrocedieron en el castillo de proa y alzaron las manos. Pieter y Rémy también.

«¿Deberíamos haber intentado dejarlos atrás? ¿Deberíamos habérnosla jugado?»

Louise miró su querido barco, que en esos momentos flotaba silencioso en el agua. Ya no se oía ningún arma ni ninguna voz. El *Old Moon* acababa de sufrir un severo castigo. El casco estaba astillado y las velas deshilachadas y parcialmente quemadas.

—Lo siento —murmuró.

Las armas del enemigo también habían quedado en silencio. Cuando el humo comenzó a disiparse, Louise pudo distinguir la figura del capitán español. Lucía una barba oscura y arreglada e iba ataviado con calzones y sombrero rojos.

—¡Voy a enviaros a seis hombres! —exclamó—. No os resistáis ni intentéis evitar que suban a bordo.

—Me he rendido, capitán —respondió Louise—. Cumpliré mi palabra.

Mientras el timonel español maniobraba la carabela para aproximarse al *Old Moon*, Louise se volvió rápidamente hacia Gilles.

—No sé cuál es la razón de todo esto ni por qué nos han atacado, pero creo que deberíamos ocultar toda prueba de nuestras actividades.

—No hemos hecho nada malo —dijo el teniente Smith—. No estamos en aguas restringidas. Llevamos nuestra bandera, y hemos respondido cuando nos han llamado.

—Pero nosotros hemos disparado primero —contestó ella—. Aunque no haya sido intencionado. —Louise se alegró de que alguien hubiera cubierto el cadáver de De Groot con una sábana. Bajando el tono de voz, añadió—: Si suben a bordo y encuentran el salitre, la pólvora y nuestras máscaras les resultará fácil argumentar que éramos una amenaza para ellos. No se lo pongamos fácil. —Echó un vistazo a Gilles.

Este asintió.

—Dejádmelo a mí. —Le hizo una seña a Pieter para que lo siguiera y ambos descendieron a la cubierta inferior.

Louise permaneció donde pudieran verla con claridad, confiando en que Gilles se encargaría de esconder todo aquello que pudiera resultar incriminador. No estaba segura de qué podía ser peor: que las autoridades canarias hubieran descubierto que el *Old Moon* y el barco fantasma eran el mismo navío o que el ataque tuviera algo que ver con el teniente Roord. Se le revolvió el estómago. ¿Podía tratarse de esto último, después de tanto tiempo?

Oyó un fuerte chapoteo y cayó en la cuenta de que Gilles

488

acababa de arrojar el plato metálico por la borda. Y, sospechó, también el salitre y la cal. Contuvo una exhalación al comprender la suerte que habían tenido de que ninguna descarga del navío español hubiera impactado directamente en la bodega. El *Old Moon* habría explotado al instante. En cuanto a las ascuas que ardían en las velas, ya se habían consumido por completo.

Entonces vio el sombrero *capotain* rojo del comandante español que en ese momento estaba subiendo a bordo sosteniendo una cuerda enrollada en una mano.

—Eso no será necesario —dijo ella alzando las manos para enseñarle que no iba armada.

El hombre negó con la cabeza.

—Órdenes.

Lívida, Louise extendió los brazos, pero el hombre le ató la cuerda alrededor de la cintura. Con el rabillo del ojo, ella comprobó que Gilles regresaba a la cubierta principal y, a continuación, volvía a desaparecer a toda velocidad.

Más marineros españoles aparecieron en cubierta y se colocaron junto a la tripulación del *Old Moon*. Alzando la voz para que Gilles pudiera oírla y hablando en francés con la esperanza de que sus enemigos no la comprendieran, Louise dijo:

—Cuando atraquemos intenta, si puedes, que nuestra tripulación se escabulla. Es a mí a quien quieren.

Desde la cubierta inferior, oyó que Gilles le contestaba:

—No pienso abandonarte.

—Debes hacerlo. Si todo esto tiene algo que ver con Roord, tú también estás en peligro. No puedes dejar que te apresen.

—No, Louise.

—¡Silencio! —ordenó el comandante español.

—Perdón —contestó Louise—. Estaba rezando.

El hombre la miró recelosamente y luego tiró de ella hacia la borda. De repente, Louise se dio cuenta de que iban a llevarla a la carabela en vez de dejarla estar con su tripulación a bordo del *Old Moon*.

—Soy la capitana de este barco —protestó—. Debo permanecer aquí.

—Sois una mujer —contestó el español en un tono despreciativo, y, señalando a Smith, dijo—: Él asumirá el mando.

Atada al palo mayor de la carabela como un criminal común, Louise tenía la sensación de que todo estaba sucediendo muy despacio.

Los dos barcos navegaban lentamente en convoy de vuelta a Las Palmas. A pesar del agujero que tenía en el casco, el *Old Moon* estaba en suficiente buen estado para navegar y no había riesgo de que se hundiera. Dos de sus cinco velas estaban dañadas, pero no iban demasiado atrás de la carabela, que había recogido las suyas.

Aunque el sol ya estaba descendiendo en el cielo, seguía haciendo un calor infernal. Le pesaban las extremidades y sentía que la piel de la cara le ardía. ¿Había cometido un error? ¿Deberían haber intentado huir? No dejaba de hacerse una y otra vez esas preguntas, pero no tenía ninguna respuesta. Lo único que sabía era que en esos momentos era una prisionera y que el *Old Moon* y su tripulación habían sido capturados. Ya sabía ella que su buena fortuna no podía durar. Deberían haberse quedado en Garachico.

Louise negó con la cabeza. No tenía ningún sentido pensar de ese modo. Lo hecho hecho estaba. Y hasta que llegaran a Las Palmas y descubriera por qué las autoridades habían atacado su barco, no sabría qué era exactamente a lo que se enfrentaba.

Cerró los ojos y pensó en Gilles. Rezó para que antepusiera

su seguridad a la de ella e hiciera todo lo posible para mantener a su tripulación a salvo.

Esta vez no había ninguna multitud vitoreando cuando los dos barcos llegaron al puerto, ningún niño saludándolos con la mano ni mujeres santiguándose para agradecer que hubieran regresado sanos y salvos.

Louise reparó en que el fiscal Arauz estaba esperándola en el muelle. Iba acompañado por dos soldados. El capitán del *San Pedro* la desató y tiró de ella hasta la borda. Segundos después, notó que unas manos la cogían por los brazos y, elevándola por encima de la borda, la bajaron de mala manera por el costado del barco.

Arauz se acercó a ella y le arrojó una capa.

—Cubríos —le espetó—. Tenéis un aspecto indecente.

Louise bajó la vista y cayó en la cuenta de que todavía iba ataviada con los calzones. Si querían acusarla de inmoralidad pública, se lo estaba poniendo fácil.

Arauz retrocedió como si no pudiera soportar estar cerca de ella.

—Louise Reydon-Joubert —dijo—, quedáis arrestada por el asesinato de Hendrik Joost...

Ella se lo quedó mirando con incredulidad.

—Eso es ridículo. Ya os conté qué pasó y aceptasteis mi declaración.

—... y también —prosiguió Arauz— por el robo de unos valiosos objetos pertenecientes a la misma víctima: un portulano de vitela, una brújula alojada en una caja de marfil y un globo terráqueo de gran valor personal.

A Louise se le hizo un nudo en el estómago. Debería haberle entregado todo al capitán De Klerk, y había sido su intención hacerlo, pero con las prisas de la marcha de este, al final se le había olvidado.

—Eso no es más que un descuido, algo que puede enmendarse fácilmente.

Pero ya le habían colocado los brazos a la espalda y le habían encadenado las manos.

—Si queréis comportaros como un hombre —le dijo entre dientes Arauz al oído—, seréis tratada como tal.

De repente Louise oyó una conmoción a su espalda. Pieter saltó desde la borda del *Old Moon* y se abalanzó sobre uno de los soldados, pero este lo golpeó con el asta de su pica. Pieter retrocedió con paso tambaleante mientras una gota de sangre le caía por la mejilla.

—Ayúdalo —le pidió a Gilles moviendo los labios sin llegar a pronunciar la palabra en voz alta.

Louise reparó en la mirada angustiada de Gilles, pero, para su alivio, este no intentó intervenir. Se limitó a acercarse a Pieter y lo ayudó a ponerse en pie. La mujer fue consciente asimismo de las expresiones de preocupación de su tripulación, que la observaba desde la cubierta del *Old Moon* sin saber qué hacer.

Mientras recorría el muelle en dirección al pueblo, trató de dilucidar qué era lo que había ocurrido. Aunque le había costado convencer al tribunal, el pasado mayo este había aceptado su informe sobre la muerte de Joost. ¿Qué había cambiado? Rezó para que Gilles siguiera en libertad. Si lo arrestaban, no tardarían en descubrir su auténtica naturaleza y no quería ni imaginarse lo que podía llegar a suceder entonces.

—Ten cuidado, amor mío —murmuró—. Ten mucho cuidado.

Sexta parte

Seis semanas después
Las Palmas de Gran Canaria
Octubre de 1621

76

Las Palmas
Jueves, 7 de octubre de 1621

—¡Todo el mundo en pie!

Louise observó cómo los jueces, ataviados con sus togas judiciales, se levantaban de sus sillas. Habían estado esperando ese día desde que la arrestaron en los muelles seis semanas atrás.

Ella permanecía con la mirada al frente. Se sentía incómoda vestida con la ropa de mujer isleña que la habían obligado a llevar. Con ello pretendían arrebatarle toda su autoridad. Alzó la barbilla y fijó la vista en el procurador fiscal, Felipe Arauz. No permitiría que esos hombres decidieran quién era. Ella era la mujer capitán, la diabla de los mares, tal y como la gente corriente había comenzado a llamarla. Había ocho jueces sentados en la mesa del tribunal y solo ella en el banquillo de los acusados, pero Louise no pensaba postrarse ante ellos.

—¿Podría la prisionera indicarle al tribunal cuál es su nombre?

Ella casi sonrió. Ese era el momento en el que pretendían que se sometiera a su autoridad. Esperaban modestia y contrición. No pensaba darles esa satisfacción.

—Soy la capitana —respondió en un tono de voz alto y claro—. Dueña y máxima autoridad del *Ghost Ship*.

Un murmullo recorrió la sala.

Arauz dio unos golpes en el banco con su bastón.

—¡Vuestro auténtico nombre! —ladró—. No me obliguéis a acusaros de desacato.

Louise le sostuvo la mirada.

—Si no consideráis apropiado ese nombre, estimado señor, os sugiero que escojáis vos uno que se avenga mejor al propósito del tribunal.

Una oleada de consternación se extendió por la sala. Semejante descaro y falta de obediencia por parte de una mujer resultaban incomprensibles a los honorables hombres de Las Palmas.

—Os ordeno que proporcionéis a este tribunal vuestro nombre legal.

Ella se quedó un momento callada, y por último dijo:

—Soy Louise Reydon-Joubert, antigua residente de La Rochelle, nacida en Ámsterdam, hija de Marta Reydon-Joubert y Louis Vidal. —Sonrió—. Y, como ya he declarado, la legítima dueña y capitana del *Old Moon*.

Esta vez, Louise oyó un leve murmuro de apreciación en la sala. Con el rostro enrojecido, Arauz volvió a golpear el banco con su bastón.

—¡Silencio! ¡Silencio en la sala!

El público presente tardó en obedecer. Cuando finalmente el ruido disminuyó, Louise miró a su alrededor. En otras circunstancias, habría admirado esa estancia de paredes blancas con paneles de madera de cedro y, bajo estos, baldosas azules y blancas. Las persianas estaban medio abiertas y pudo apreciar que el cielo estaba encapotado y que se trataba de un día de octubre inusualmente gris. En un momento dado, divisó un destello de color cuando una bandada de canarios salvajes del color del sol pasó volando por delante de las ventanas. A pesar de todo, sintió una punzada de alegría ante tan hermosa visión.

«¿Un buen presagio?»

Mientras el funcionario comenzaba a leer una larga declaración en la que se proclamaba la autoridad y competencia del tribunal, otorgada por el rey de España a sus colonias de ultramar, Louise dejó que sus pensamientos vagaran. Al fin y al cabo, solo entendía una palabra de cada diez. Miró hacia su derecha, donde los inquisidores permanecían sentados en los bancos con sus sotanas rojas y las manos cruzadas sobre el regazo, haciendo gala de su devoción como si fuera una armadura. Un sacerdote rechoncho con aspecto de cuervo andrajoso parecía particularmente satisfecho de sí mismo. Ante él estaban sentados los hombres que emitirían la sentencia: el gobernador de Las Palmas, Arauz y sus secretarios. Luego Louise miró a su izquierda. Una mezcla de invitados procedentes de la burguesía —la flor y nata de Las Palmas— y un hombre que no conseguía identificar. Este tenía el rostro surcado por profundas arrugas, pelo castaño rizado y vestía un largo chaleco con broches plateados. Se lo quedó mirando un momento, pero no recordaba dónde lo había visto antes, si es que lo había hecho.

«¿Quién va a hablar en mi favor?»

Su amado no se encontraba en la sala. Habían acordado que sería demasiado peligroso para él que atendiera el juicio, pero su ausencia le encogía el corazón de todos modos. Se llevó una mano al relicario para darse fuerzas. Todavía tenía fe en que Gilles encontrara alguna forma de salvarla de la horca. Imágenes de sus vidas acudieron a su mente: el traumatizado muchacho que sostenía en sus brazos ensangrentados a su moribundo tío en el callejón que había detrás de su casa en La Rochelle; el joven casi mudo que subía a bordo del *Old Moon* para navegar con ella a Ámsterdam; ese primer beso en la habitación de Kalverstraat y sus manos dando la vuelta a las cartas del tarot en el estudio del cartomántico de Sint Luciensteeg. Recordó asimismo su vida juntos en el mar y las horas pasadas abrazados. Ese muchacho nacido mujer era el amor de su vida.

Louise esbozó una media sonrisa a pesar de que tenía los nervios a flor de piel. La fecha en la que se encontraban era significativa, además. Cuando la transportaban de la celda que había sido su hogar durante casi seis semanas, había caído en la cuenta de que hacía exactamente un año que Gilles y ella se habían conocido.

Si creía en presagios, este tenía que ser bueno, ¿no?

Luego pensó en la imagen de la preciada carta del tarot de Gilles —la Justicia con su espada y su balanza— y supo que allí no habría justicia para ella. Dijera lo que dijese, estos hombres la condenarían. El juicio era una farsa. No tenían la menor intención de declararla inocente.

El funcionario concluyó su lectura y Arauz se aclaró la garganta para leer el cargo del que se la acusaba bajo las leyes de España y sus territorios. Ella notó que la atmósfera en la sala se tensaba.

—Louise Reydon-Joubert, estáis acusada de asesinato. En opinión de este tribunal, le quitasteis la vida a Hendrik Joost voluntariamente y con premeditación. ¿Cómo os declaráis?

«Ahora comienza el juego.»

Louise respiró hondo.

—No culpable —dijo ella.

77

Gilles recorría a toda prisa la red de callejuelas que había detrás de las Casas Consistoriales en busca de la única persona que tal vez podría ayudarlos.

Las últimas seis semanas habían sido una tortura, aunque inicialmente la suerte había estado de su lado. Los hombres de Arauz estaban tan empeñados en arrestar a Louise que habían tardado demasiado en subir a bordo del *Old Moon* para capturar a los demás miembros de la tripulación que habían estado presentes cuando Hendrik Joost perdió la vida. Eso había proporcionado a Gilles tiempo suficiente para hacer lo que Louise le había pedido.

Los hombres que conformaban la tripulación del *Old Moon* se habían convertido en héroes populares temidos por las autoridades pero queridos por la gente corriente de Canarias, quienes agradecían que hubieran mantenido sus aguas libres de piratas. Ali Al-Bayt tenía familiares por toda la isla, de modo que había llevado de tapadillo a Pieter, Albert, Bleeker, De Groot, Lange y Jansz a la casa que su primo segundo poseía en las colinas. Ahí habían cambiado sus andrajos de marineros por sencillos calzones y camisas, y la familia de Ali los había mantenido escondidos. Con la piel tostada a causa del sol, rápidamente pudieron integrarse en la vida de la localidad.

Para cuando Arauz dio la orden directa de subir a bordo del *Old Moon* unas pocas horas después de que el barco hubiera atracado, los soldados solo encontraron en su interior a Tom Smith, junto con Rossi, Rémy y Sánchez. Estos no sabían nada.

—¿Gilles Barenton? —había dicho Smith negando con la cabeza—. Se quedó en Garachico. —El inglés no se había dejado amedrentar y, desde entonces, se había mantenido leal a Louise, permaneciendo en el *Old Moon* para realizar las reparaciones necesarias en el casco y el mástil para que el barco pudiera volver a navegar.

El propio Gilles estaba alojado en la casa de otros primos de Al-Bayt en Las Palmas. Había conseguido enviarle un mensaje a Louise informándola de que la tripulación se encontraba a salvo y de que Smith estaba en posesión del barco. De día, escuchaba las habladurías e intentaba averiguar qué pruebas tenía Arauz contra Louise, si es que tenía alguna. Era todo, claro está, circunstancial; meros rumores. Solo tres de ellos sabían qué le había pasado en realidad a Joost, y Gilles había convencido a Pieter para que no dijera nada. En cuanto al teniente Roord, era sabido en la localidad que la severidad del interrogatorio al que lo había sometido la Inquisición lo había dejado incapaz de mantenerse en pie, alimentarse o hablar. Seguía con vida, pero por poco.

Gilles también había conseguido poner a salvo el diario de Louise, así como otras posesiones suyas como el baúl de viaje, la maleta de piel y la daga enjoyada. El poco láudano que le quedaba había sido arrojado por la borda con todo lo demás que hubiera podido delatar su anterior vida como cazadores de piratas. Ya no quedaba ninguna prueba de la existencia del *Ghost Ship*.

Llevaban seis semanas separados. Seis semanas en las que Gilles había estado intentando averiguar, sin éxito, algún modo de absolver a Louise. Él sabía que no podría vivir sin ella. «Deja que diga que fui yo quien lo asesinó», le susurró en el muelle, pero ella se negó. Habría dado su vida por ella.

De noche, en la cama, incapaz de dormir, oyendo el escándalo que armaba la enorme familia de Al-Bayt en la cocina mientras charlaban afectuosamente, Gilles rememoraba el rostro de su amada. No podía soportar que Louise pudiera estar pensando que era justo que le tocara pagar por sus actos. Que aceptara su destino como viniera.

«Escoged una carta, la que queráis.»

Gilles no quería aceptarlo, no pensaba hacerlo, pero lo cierto era que cada vez le resultaba más difícil mantener la fe. Sabía que el padre de Hendrik Joost se encontraba en Las Palmas a la espera del juicio. Según decían todos, era un invitado especial del fiscal Arauz. Todo el mundo, incluso la familia de Al-Bayt, sabía lo improbable que sería un veredicto favorable a Louise.

A pesar de todo, Gilles no se daba por vencido. Cada mañana salía de casa con los mejores deseos de la tía de Al-Bayt. Había hablado con todo aquel con influencia en el lugar, intentando convencerlo para que se hiciera cargo del caso de Louise. Tratando de persuadirlo para que ofreciera un rescate a las autoridades por su libertad. Nadie, sin embargo, estaba dispuesto a ir en contra de los inquisidores o el consistorio local. Cada noche regresaba desesperanzado y la familia de Al-Bayt lo recibía con una sonrisa. «*Shukran*», había aprendido a decir. «Gracias por vuestra amabilidad.»

Día tras día, semana tras semana.

Hasta que, a principios de octubre, Gilles oyó el rumor de que había llegado un nuevo visitante a Las Palmas. Este no procedía de la República Neerlandesa ni de España, sino de Francia. Un destello de esperanza. Nadie parecía saber quién era, pero no se trataba del típico extranjero. No era ni un marinero ni un mercante, sino más bien un caballero. ¿Tal vez les tendría menos miedo a las Casas Consistoriales?

Durante veinticuatro horas, Gilles estuvo rastreando la localidad y reuniendo migajas de información hasta que descubrió dónde se alojaba el francés y quién era. Apenas parecía posible, pero al final consiguió confirmar que los rumores eran ciertos.

El juicio de Louise ya había comenzado, un día que él había esperado que no llegara nunca. Ya prácticamente se le había acabado el tiempo. Pero, por primera vez en seis semanas, Gilles tenía la sensación de que todavía había una oportunidad.

Se detuvo delante de la Casa de Colón, lugar famoso por haber alojado tiempo atrás al mismísimo Cristóbal Colón. Louise no sabía que Gilles había acudido ahí —y rezó para que no se enfadara con él por ello—, pero debía intentarlo. ¿Por qué habría ido allí ese hombre desde Francia si no era en busca de ella?

En cualquier caso, no tenía otra opción. Si no hacía nada, Louise sería ahorcada. Esta era su última oportunidad, su única oportunidad. Gilles se llevó una mano a la carta del tarot que llevaba en el bolsillo.

Luego respiró hondo, llamó a la puerta con los nudillos y esperó a que le abrieran.

78

El procurador fiscal colocó la mano sobre la montaña de papeles que tenía ante sí en el banco.

Louise se maravilló al ver la pila de documentos —todos, sin duda, firmados y refrendados, además de timbrados con el sello inquisitorial—, y se dio cuenta de que Arauz iba a tratar de convencer al tribunal de su culpabilidad camuflando su falta de pruebas concluyentes con palabrería oficial y citaciones. Ni siquiera podía convocar a su testigo estrella. Por lo que había oído en prisión, Louise sabía que el juicio había sido retrasado seis semanas con la esperanza de que Roord estuviera lo bastante recuperado como para ofrecer su testimonio. Este, sin embargo, los había desafiado muriendo finalmente dos días atrás a causa de las heridas sufridas. Aunque Roord había sido el motivo de su ruina, Louise había rezado por él a sabiendas de que ese amable hombre de Amberes nunca habría tenido la fortaleza necesaria para soportar el brutal interrogatorio de los inquisidores españoles.

—Actuando de acuerdo con la información proporcionada por Jan Roord en el decimocuarto día de mayo del año de nuestro Señor de 1621 —entonó Arauz—, el tribunal opina que, en el segundo día de abril del mismo año, la prisionera le quitó la vida a Hendrik Joost apuñalándolo con un cuchillo. Es sabido que la prisionera estaba en posesión de una daga de hoja estrecha y mango enjoyado con una esmeralda en la empuñadura.

A Louise le sorprendió la facilidad con la que los hechos podían distorsionarse para que encajaran con un relato determinado.

«Pero una mentira sigue siendo una mentira.»

Arauz prosiguió en un pomposo tono de voz.

—El crimen tuvo lugar en el segundo camarote en la popa del barco llamado *Old Moon*, donde Hendrik Joost, un hombre de una destacada y honorable familia de Leiden, ejercía de capitán. Era la primera vez que estaba al mando de una embarcación. En opinión del tribunal, mediante artimañas que solo una mujer es capaz de emplear, la prisionera animó a la víctima a beber y comer en demasía hasta que, presa de la somnolencia, quedó indefensa. En opinión del tribunal, a continuación la prisionera ató a Joost y, al amparo de la noche, acudió más tarde al camarote al que él había sido trasladado y le perforó el pulmón con un cuchillo, causándole la muerte por asfixia.

Louise lo escuchó casi fascinada por una narración con suficientes detalles como para estar más cerca de la verdad de lo que Arauz podía imaginarse. Le sorprendió. No había pensado que Roord fuera tan observador.

—Luego la prisionera, mediante el uso de la amenaza y de artimañas femeninas, obligó al teniente Jan Roord, un católico de buen nombre y reputación, a falsificar el certificado de defunción para que los restos de Hendrik Joost pudieran ser arrojados a las profundidades con indebida precipitación, asegurándose con ello de que no pudiera realizarse ningún otro reconocimiento del cadáver de la víctima.

Mientras Arauz hablaba, Louise mantuvo imperturbable su expresión. Estaba decidida a no reaccionar, no perder los estribos ni mostrar debilidad alguna. Fueran cuales fuesen las provocaciones o las falsedades presentadas en su contra, ella creía que el asesinato de Joost no era más que un pretexto. La verdad era que odiaban el hecho de que una mujer hubiera hecho más seguras sus aguas y que, en apenas cinco meses, ella hubiera hecho más para frustrar e impedir los ataques de los corsarios de lo que ellos habían hecho en cinco años. Eso suponía una afrenta a su poder y autoridad. Que no la acusaran de piratería solo se debía a que eran conscientes de la opinión pública, que estaba claramente de parte de ella.

«Piensan darme un castigo ejemplar, con o sin pruebas.»

—Además —prosiguió Arauz—, en opinión del tribunal, la prisionera también se apropió de unas valiosas pertenencias de la víctima: un alfanje de acero templado y con la empuñadura de latón; una antigua brújula alojada en una caja de marfil, reliquia de la familia Joost; un portulano de vitela, es decir, un mapa de marinero, y un globo terráqueo con valor sentimental para la familia Joost. Todos estos objetos fueron hallados en posesión de la prisionera a bordo del *Old Moon*.

En ese momento, Louise se dio cuenta de quién debía de ser ese hombre con el rostro con profundas arrugas. Era más mayor que su hijo y el tiempo había endurecido su expresión, pero el parecido familiar estaba claro: Andries Joost. Recordó que Cornelia se lo había señalado en una ocasión. Que estuviera ahí en persona para ver cómo condenaban a la supuesta asesina de su hijo dejaba clara una cosa: si Joost era quien estaba detrás de la acusación en su contra, el indulto era todavía menos probable. Se le escapó un leve grito ahogado y sintió que su valentía flaqueaba. Estaba claro que ese hombre estaba acostumbrado a conseguir lo que quería.

Louise se sobresaltó al oír el ruido del bastón del fiscal golpeando el banco. Alzó la vista y se dio cuenta de que Arauz había dejado de hablar. Estaba mirándola fijamente, sin duda a la espera de que ella respondiera. Todo el mundo estaba haciéndolo.

—Madame Reydon-Joubert, debéis responder la pregunta que se os ha hecho —dijo él en un tono cortante—. Tras haber oído las pruebas presentadas ante el tribunal os vuelvo a preguntar, ¿cómo os declaráis?

Ella exhaló. Esta era su oportunidad de hablar, y no pensaba desaprovecharla. Obvió el hecho de que no fuera a tener la menor influencia en el veredicto. Pasara lo que pasase, quería que este momento en el tribunal de Las Palmas fuera recordado como aquel en el que una mujer subió al estrado y habló con dignidad.

—Estimado señor, caballeros del tribunal, soy inocente del cargo de asesinato presentado en mi contra. Mis otros crímenes no los niego, pero no es por ellos que se me juzga en este tribunal. Confieso haber quitado más de una vida, pero todas y cada una de esas personas merecían morir. Mis actos fueron calculados, fueron justos. Y, como convendrán aquellos que no estén cegados por la realidad de mi sexo, han salvado asimismo a muchas personas del sufrimiento de las galeras de esclavistas. Mi valentía, tal y como aquellos que navegaban conmigo pueden atestiguar, tal y como vuestros propios ciudadanos pueden atestiguar, ha hecho más seguras las aguas de las Islas Afortunadas. Merezco vuestro agradecimiento, no vuestro oprobio. De modo que sí, he asesinado, pero solo en defensa propia o para proteger a mis seres queridos. Nunca en busca de un beneficio. Nunca sin una causa justa. —Hizo una pausa para permitir que asimilaran sus palabras—. Caballeros, comparezco ante vosotros y ante Dios para declararme inocente del asesinato de Hendrik Joost, un hombre cuya pérdida supuso una tragedia en mi barco. En cuanto a esos objetos personales que le pertenecían, nunca tuve intención de apropiarme de ellos y en modo alguno los consideraba míos. Simplemente se quedaron a bordo del barco para que estuvieran seguros hasta el momento en que pudieran ser devueltos a su legítimo propietario. —Louise se volvió despacio—. Y, si me permitís, aprovecho la ocasión para ofrecerle a su padre mis condolencias.

Andries Joost se puso de pie con el rostro enrojecido por la furia.

—¿Cómo os atrevéis a pronunciar siquiera su nombre? Sois una mujer antinatural que ha usurpado las funciones de un hombre y lleva ropa de hombre. No sois más que una ramera.

—¡Señor Joost! —se apresuró a decir Arauz—. Por favor, recordad que os encontráis en un tribunal de justicia.

Louise se quedó mirando a Joost.

—Vuestras palabras me resultan francamente ofensivas, *mijn heer*.

—¡Bruja! —exclamó, poniéndose de nuevo en pie de un salto. Si dos oficiales del tribunal no se hubieran interpuesto, se habría abalanzado hacia el banquillo de los acusados y le habría puesto las manos encima a Louise.

—Señor Joost, no me obliguéis a expulsaros de la sala.

Hubo una breve interrupción, luego Joost se zafó de los oficiales que tenía encima y regresó a su asiento.

—Este tribunal os acompaña en el sentimiento —expresó Arauz—. Somos conscientes de la pesada carga que supone el duelo de un padre.

Louise esperó. No había ninguna prueba en su contra, solo la palabra de un hombre que había confiado ingenuamente en la inviolabilidad del secreto confesional. No había otros testigos ni pruebas. Ella sabía que Gilles había cumplido con su palabra y se había asegurado de que todos los hombres que estuvieron a bordo del *Old Moon* la noche en cuestión se encontraran en esos momentos a salvo en las colinas con la familia de Ali Al-Bayt. Ya no

507

temía que los obligaran a testificar. Era a ella a quien querían. Su mayor alivio era que no la habían acusado de inmoralidad, ni tampoco había habido la menor insinuación de que Gilles no fuera quien afirmaba ser.

«Rezo a Dios para que siga a salvo.»

Su ausencia le encogía el corazón. Pero saber que se encontraba en Las Palmas le confería valor. Estaba convencida de que haría todo lo posible para hallar un modo de salvarla.

Arauz irguió la espalda. A Louise se le aceleró el corazón.

—Caballeros —entonó el fiscal en un tono más sombrío—, este fue un crimen cruel. Hendrik Joost, un joven muy prometedor y de gran reputación, estaba en la flor de la vida. Y fue asesinado por una mujer taimada e imprudente que quería usurpar el mando del barco. Que el nombre de la prisionera figure en la escritura de venta del *Old Moon* no debería distraeros de su malvado delito. Por todos es sabido que en la República Neerlandesa hay prácticas que nunca serían consentidas aquí. ¿Acaso no se dice en los Efesios que las esposas deben someterse a sus maridos? Una mujer sin marido es como una niña, y en este caso podemos comprobar adónde conduce semejante laxitud moral. El hecho es que algunas personas nacen para cometer maldades, y la prisionera, Louise Reydon-Joubert, es una de ellas. Ella misma lo ha admitido. Es una mujer antinatural, indecente y pecaminosa, además de una asesina confesa. Y el hecho de que ella niegue el cargo de Joost en concreto tampoco debería distraeros. Su palabra carece del menor valor.

Bajo la barandilla del banquillo de los acusados, Louise cerró con fuerza los puños.

—Así pues, por el poder que me ha sido otorgado y de acuerdo con las leyes promulgadas por la corte suprema del Reino de España, sentencio que la prisionera, Louise Reydon-Joubert, sea trasladada mañana al amanecer a un lugar de ejecución y colgada del cuello hasta la muerte. Que Dios se apiade de su alma.

Louise soltó un grito ahogado. Oír el veredicto en voz alta, y con tal prontitud después de los cargos, la dejó sin habla. No estaba preparada para morir. No por un crimen que no había cometido. Finalmente perdió el autocontrol y, poniéndose de pie de un salto, exclamó:

—¡No!

—Lleven a la prisionera de vuelta a su celda —ordenó Arauz.

—¡Soy inocente! —gritó Louise, pero ya estaban tirando de ella para llevársela.

79

Viernes, 8 de octubre

Una doncella recorrió las Casas Consistoriales abriendo las persianas y dejando que los primeros rayos del sol entraran en el largo pasillo que había fuera del despacho del procurador fiscal.

Gilles se incorporó con un sobresalto, horrorizado al darse cuenta de que debía de haberse dormido en el banco de madera. Bajó la mirada a la carta de la Justicia que tenía en la mano y recordó las palabras que había dicho aquel cartomántico de Ámsterdam sobre que la carta número ocho era muy poderosa y que tal vez podía indicar que en algún momento se le solicitaría que corrigiera una injusticia. La había llevado consigo esas últimas semanas como si de un amuleto se tratara. ¿Habría funcionado?

Alrededor de unas doce horas habían pasado desde que Gilles había entrado en la Casa de Colón decidido a hacer todo lo que estuviera en su poder para salvar a Louise de la horca. Lo cierto era que el hombre con el que se había encontrado ahí no había necesitado persuasión alguna. Había accedido al instante a acudir al ayuntamiento para hablar con el procurador fiscal. Gilles había intentado decirle que no podía acompañarlo, pues temía que lo arrestaran si descubrían quién era, pero el hombre se había mostrado inflexible.

—Estaréis bajo mi protección —le había dicho, con la autoridad que su estatus e influencia le proporcionaban. Aunque era francés, no español, se trataba de un apreciado católico en un mundo católico, y era sabido que contaba con el favor de Roma—. Todo saldrá bien. —Luego había echado un vistazo a la ropa que llevaba Gilles y había enarcado una ceja—. Además, os tomarán por un hombre local.

Gilles se guardó la carta en el bolsillo y se puso de pie, preguntándose por qué estaban tardando tanto. El debate había durado toda la noche y la puerta del despacho del fiscal seguía cerrada. Levantó la mirada hacia las estrechas ventanas con creciente desesperación al oír un martilleo: habían comenzado a erigir el patíbulo en el patio.

El hombre había salido del despacho a las dos de la madrugada para decirle que las negociaciones estaban progresando. El problema no era, tal y como Gilles había creído en un principio, la negativa de los inquisidores católicos a negociar —se sentían atraídos por la suma de dinero que se les prometía a cambio de revocar la sentencia—, sino el fiscal mismo, que hablaba en nombre de Andries Joost. Parecía que ni el padre de Joost ni su representante legal estaban dispuestos a consentir que se rescindiera la sentencia.

Pero, con una determinación y una firmeza que a Gilles le recordaron a las de la misma Louise, el hombre había seguido insistiendo y había sugerido que tal vez Arauz no tenía autoridad para juzgar a una ciudadana de Francia y la República Neerlandesa. A las cuatro de la madrugada, el hombre le había enviado a Gilles otro mensaje. Estaban esperando a Andries Joost. Gilles mantuvo la cabeza baja cuando este llegó a las Casas Consistoriales acompañado por dos soldados.

Dentro de la habitación, la cuantía del pago por la liberación de Louise iba en aumento: una donación al monasterio de Santo Domingo, una contribución a las arcas inquisitoriales... Finalmente, en ese rincón del mundo católico en el que las culturas se encontraban, se acordó la *diyya*: Andries Joost recibiría una indemnización por la pérdida de su hijo.

Eran las siete de la mañana. En cuestión de minutos el sol saldría y el tambor comenzaría a redoblar. Gilles no lo soportaba. Atrapado ahí, sin poder hacer nada y sabiendo que Louise estaba tan cerca... ¿Qué estaría pensando ella? ¿Se habría dado por vencida?

De repente, la puerta del despacho del fiscal se abrió de golpe. Gilles pudo ver como Arauz y el francés se estrechaban la mano. Luego vio que este se volvía hacia Andries Joost, que vaciló un momento antes de aceptar la mano que le ofrecían y sellar así el acuerdo.

El francés salió del despacho.

—*Allez vite* —le dijo a Gilles—. El fiscal redactará la documentación necesaria para la liberación. ¡Vamos!

Como si el mismísimo Diablo estuviera pisándole los talones, Gilles se precipitó por el largo pasillo y abrió con fuerza las puertas al mundo exterior.

80

Sola en su celda, Louise pensó en todas las noches insomnes que había padecido en su vida: a lo largo de su infancia en Ámsterdam, en La Rochelle durante sus días de burguesa respetabilidad, a bordo del *Old Moon* con Gilles hablando hasta el amanecer. Ni una sola de esas noches le había parecido tan larga, ni tan corta, como esta.

«Hoy me van a ahorcar.»

Al otro lado de su ventana, el cielo ya había clareado, devolviéndole la forma al mundo y al cadalso. Una única horca montada sobre una plataforma de madera con escalones a un lado. Una única prisionera solitaria sería colgada ese día.

Louise se estremeció y se dio la vuelta en la celda que había sido su hogar durante casi seis semanas: un duro catre sujeto al suelo, una manta repleta de pulgas, un tajadero y una jarra de peltre, un orinal. Un lugar ahora ya familiar y seguro. Pasó los dedos por los ladrillos cercanos al suelo en los que había grabado sus iniciales para que futuros prisioneros supieran que en el año 1621 una mujer estuvo ahí confinada: LRJ, capitana de navío e inocente del crimen por el que había sido condenada.

Louise oyó las campanas de Santa Ana señalando el inicio de otro día. En el puerto, los pescadores estarían remendando sus redes con los dedos rojos e hinchados mientras sus mujeres limpiaban la pesca de la mañana y los hijos ahumaban algas en la arena. En el puerto, el viento estaría susurrando en los obenques y haciendo zumbar la jarcia de los altos barcos que se preparaban para viajar al sur, hacia el cabo de Buena Esperanza, donde se encontraban los dos océanos. El viaje que antaño había esperado hacer.

Apoyó la espalda en la pared y pensó en lo mucho que echaba de menos la cadencia y el vaivén de las olas bajo sus pies, el balanceo. También la soledad de la guardia nocturna y el cielo negro salpicado de estrellas plateadas. Y las infinitas, traicioneras, hermosas y cambiantes aguas.

«Ya casi ha llegado la hora.»

En las Casas Consistoriales, los secretarios estarían disponiendo el papel y la tinta. El sacerdote, repasando sus oraciones y preparándose para oír su confesión, esperando arrepentimiento y que solicitara la absolución. Louise no pensaba proporcionarle esa satisfacción.

Durante las semanas pasadas en cautividad había tenido tiempo de escribir. Sonrió y cayó en la cuenta de que, al final, había seguido los pasos de su abuela y había tomado nota de todo. Minou creía que sus seres queridos estarían esperándola cuando muriera. Louise habría deseado tener esa misma certeza. Pensó en Cornelia y en Alis, allá en Ámsterdam, y en lo mucho que las apenaría su muerte. Pensó también en Jean-Jacques y su hija de pelo cobrizo, Florence, y deseó haber llegado a conocerla más. Tal vez algún día Jean-Jacques descubriera la verdad y le contara a Florence historias de su prima rebelde, la capitana pirata. Y quizá cuando esta creciera ella misma cruzaría los mares.

Louise creía estar serena, pero vio que le temblaba la mano mientras escribía sus últimas palabras. Había pagado al guardia para que sacara esas páginas a escondidas de la prisión, y solo podía rezar para que mantuviera su palabra.

Se puso de pie y comenzó a deambular de un lado a otro de la diminuta celda. Seis pasos de una pared a otra, ocho de la ventana a la puerta. De un lado a otro, desgastando el suelo de piedra, si es que eso era posible. Aunque el tiempo ya prácticamente se había agotado, todavía creía que Gilles encontraría un modo de salvarla. Después de todo lo que habían sido el uno para el otro, de todo lo que habían visto y hecho, no podía aceptar que ya no fuera a volver a ver el rostro de su amado.

Seis pasos de una pared a otra, ocho de la ventana a la puerta.

Privada de compañía, sola con sus propios pensamientos. Día tras día, semana tras semana. Y, sin embargo, todavía había una pregunta que había sido incapaz de contestar.

«¿Una asesina nace o se hace?»

¿Existía realmente la mala sangre? Algunas personas eran malvadas de nacimiento, eso era lo que había dicho el fiscal. ¿Y cómo podía ella, hija y nieta de asesinos, refutar eso? Durante su encarcelamiento, Louise había repasado todos y cada uno de los momentos de su vida y se lo había preguntado. ¿Habían sido sembradas las semillas de su ruina en su infancia, transcurrida entre los mástiles de madera de los *fluyts* y las barcazas de fondo plano de Ámsterdam? ¿O acaso había sido en esa casa de huéspedes de Kalverstraat, cuando cogió el cuchillo? ¿Tal vez en La Rochelle, cuando vio a Gilles por primera vez?

«¿O quizá en el instante en el que me di cuenta de que estaba enamorada y, por lo tanto, podía perderlo todo?»

El cielo era en ese momento del más pálido azul. Como siempre que había una ejecución, en la prisión reinaba una tranquilidad absoluta. Louise casi podía oír el silencio. Al otro lado de los muros de la prisión, la cosa era distinta. Ya se oía el creciente griterío y clamor de la muchedumbre reuniéndose

515

ante las puertas. Podía imaginársela armada con sus bordados y sus encajes, las petacas llenas de vino canario y los parasoles en alto. Había sido uno de los otoños más calurosos de los que se tenía registro.

De repente, un recuerdo de aquel día en la place de Grève en París acudió a su mente. El día anterior a su veinticinco cumpleaños, dos días antes del asesinato del antiguo rey. El buen rey, *le Vert-Galant*. Recordó la fealdad de aquella multitud y al niño perdido, también el traqueteo del carro que llevaba a los prisioneros de la Bastilla y luego los cuatro cuerpos retorciéndose y agitándose en el aire. El muchacho con los labios azules muriendo solo. El duodécimo día de mayo de 1610.

«Por aquel entonces yo era otra persona.»

Ahora, aún débil en la distancia, Louise oyó el repiqueteo de las llaves y las pesadas pisadas de las botas y supo que iban a buscarla. Se envolvió el cuerpo con los brazos para dejar de temblar.

Había rechazado la capucha. Quería que tanto la burguesía como el pueblo llano, todos aquellos que habían acudido esa nublada mañana de octubre para ser testigos de la ejecución de la notoria capitana de los mares, vieran que una mujer afrontaba la muerte con la misma valentía que un hombre. Había pedido que le permitieran morir en su ropa de capitana, pero habían decretado que, puesto que había venido a este mundo como una mujer, la condenaban a dejarlo como tal.

Louise se detuvo y respiró hondo varias veces para calmar su acelerado corazón. La noche anterior había oído comentar a los guardias que se esperaba la mayor cantidad de gente que hubiera acudido nunca a presenciar un ahorcamiento. Habían visto ejecutar a muchos corsarios en este punto de encuentro del océano Atlántico y la costa berberisca donde la piratería es ley de vida, pero era de justicia que ella suscitara semejante interés.

Louise era, en efecto, celebérrima y temida en mar y tierra. Era quien no creían que pudiera existir.

La capitana del *Ghost Ship*.

Tras oír como la llave giraba en la cerradura, la puerta de su celda se abrió. El carcelero extendió una mano. Sin decir una sola palabra, Louise le dio las páginas que había escrito y un monedero lleno. Él echó un vistazo por encima del hombro, se lo guardó todo debajo de la guerrera y asintió.

—Os doy las gracias por este último servicio —dijo.

Él hizo una reverencia con la cabeza.

—Capitana.

Conmovida por su cortesía, Louise sonrió. Luego se le hizo un nudo en la garganta y volvió la cabeza.

«No había creído realmente que este momento fuera a llegar.»

Louise Reydon-Joubert, capitana de navío, echó un último vistazo alrededor de su celda. Después, con la cabeza bien alta, salió al frío pasillo que conducía de la mazmorra que había en el sótano de la prisión al patio de ejecución, y comenzó a dar sus últimos pasos en dirección al cadalso.

81

A pesar de que el cielo estaba nublado, resultaba demasiado radiante después de la oscuridad de la celda, de modo que Louise alzó una mano para protegerse los ojos. A continuación volvió a bajarla. No pensaba dar ninguna muestra de debilidad, ninguna muestra de pesadumbre.

Ante ella podía ver el cadalso. La soga y el nudo corredizo se mecían con suavidad en el aire matutino. Sintió un escalofrío, pero no se detuvo. Había guardias apostados por todas partes, como si temieran que incluso en esos momentos pudiera escaparse. Louise sintió como todos los ojos se posaban sobre ella mientras avanzaba lentamente. Un redoble de tambor parecía seguir el ritmo de los fuertes latidos de su corazón.

«Después de todo, ¿es así como termina mi historia?»

Tal y como habían predicho los carceleros, el patio estaba lleno. Habían instalado una tarima elevada con sillas para que la burguesía pudiera ser testigo cómodamente de la ejecución de la capitana. Un mar de sombreros y plumas, exquisitos jubones, amplias gorgueras y demás ostentosidades españolas. Entre la muchedumbre, pudo distinguir asimismo a gente corriente con sus faldas a rayas, mantas marrones a los hombros y sombreros de paja.

Y también pudo ver cómo se movían sus labios, labios que

silbaban y la abucheaban mientras ella atravesaba el gentío. Pero no oía nada. Era como si todo estuviera sucediendo bajo el agua y sonara amortiguado y lejano. Había pensado que sentiría miedo, o remordimientos, o tal vez pena por estar a punto de abandonar una vida que había llegado a amar. Pero ahora parecía que ya había agotado todas las emociones posibles en las semanas que había estado confinada. Lo único que le quedaba eran sus preciados recuerdos de Gilles y los días que habían pasado juntos: el cielo nocturno en medio del mar, el suave balanceo del *Old Moon* bajo sus pies, los delfines jugando junto al barco... Lo que estaba teniendo lugar en ese patio, en cambio, era un espectáculo que estaba sucediéndole a otra persona. A una mujer que se asemejaba a ella —si bien más delgada y pálida a causa de la falta de sol en la celda—, pero que no era realmente ella. Un fantasma.

Escudriñó con la mirada la muchedumbre y la gente sentada en la tarima con la esperanza de poder ver una última vez el rostro de su amado, pero no lo encontró. Y, en ese momento, la desesperación la acometió al fin como una ola gigante, dejándola sin aliento. Louise dio un traspié y se llevó una mano al pecho, de repente atenazada por una indiscutible verdad.

«No quiero morir sola.»

Se detuvo un instante y recobró la compostura. Notó el movimiento de la muchedumbre, estirando los cuellos para ver qué estaba sucediendo y haciéndose un hueco con los codos. Respiró hondo para sobreponerse a esa crisis momentánea y luego alzó la barbilla y subió los escalones de madera que conducían a la plataforma en la que la esperaba su verdugo. Este sostenía en la mano un trozo de tela negra y, extrañamente, esa visión le confirió valor. No la habían creído cuando les había dicho que no quería la capucha.

El hombre se la tendió y ella negó con la cabeza.

—No, gracias —dijo en un tono de voz alto y claro.

Con lo que a ella le pareció una mirada pesarosa, el verdugo dejó caer la capucha en la plataforma y, tras coger el lazo, se lo colocó alrededor del cuello con mucho cuidado.

—He medido bien —le susurró—. La caída será suficiente.

Louise asintió.

—Os doy las gracias por vuestra consideración.

La soga era pesada y basta. Llevaba el pelo suelto. Pretendían que eso fuera otra señal de su vergüenza, pero en realidad se sentía agradecida por ello. Louise levantó la mirada hacia la multitud, ahora en silencio. Conteniendo el aliento. Hizo una reverencia con la cabeza a las mujeres y los hombres ricos en sus asientos de primera fila, y luego también al resto del gentío. Habían acudido a ver un espectáculo, y ella les daría una lección sobre cómo morir.

Había pedido que la dejaran hablar, una solicitud que el fiscal había rechazado. Ahora que el momento había llegado, Louise se dio cuenta de que difícilmente podían detenerla.

—¡Señoras y señores! —comenzó a decir.

—¡Parad!

Un grito procedente de la parte trasera hizo que las palabras se le quedaran atascadas en la garganta. Un murmullo de descontento y confusión se extendió por la multitud al tiempo que todo el mundo se volvía hacia el lugar del que ese grito había provenido. Louise dio un paso adelante y notó que el verdugo la cogía del brazo, como si temiera que fuera a salir volando.

—¡Parad, por el amor de Dios!

Louise dejó escapar un grito ahogado. Llevaba tanto tiempo imaginando oír su voz que al principio había dudado de sus propios oídos. ¿Estaba soñando? Entonces él volvió a gritar y una profunda sensación de alivio le recorrió el cuerpo.

—Gilles —murmuró ella, casi con temor a pronunciar su nombre por miedo a que fuera a desaparecer.

Pero podía verlo abriéndose paso entre la multitud, obligando a la gente a apartarse. Luego subió los escalones del cadalso de dos en dos hasta llegar ante ella.

—Por orden del fiscal —dijo con voz jadeante y en un cuidado español—, la ejecución ha sido cancelada.

El verdugo miró a su alrededor frenéticamente, sin saber bien qué debía hacer. Posó una mano en la palanca y Gilles se abalanzó sobre él, haciendo que ambos cayeran de la plataforma al suelo.

Los guardias corrieron hacia ellos. Louise no tenía claro si querían proteger al verdugo o apresar a Gilles. La muchedumbre rugió sin saber si se les estaba privando de su entretenimiento o si esto no era más que el principio.

Luego otro grito se elevó en la parte trasera.

—¡Parad!

Louise reconoció la voz del procurador fiscal Arauz, el hombre que la había calumniado hora tras hora antes de condenarla a muerte. No entendía qué estaba pasando.

Como si todos fueran personajes en un cuadro, la gente se quedó inmóvil. Nadie se movía, nadie hablaba. Todo el mundo permaneció en silencio mientras el fiscal mismo se dirigía hacia la plataforma con un papel en la mano. A su lado iba un hombre alto ataviado con una corta capa azul, calzones bordados, un jubón y un sombrero azul con una pluma.

El fiscal le tendió el papel al representante del tribunal.

—Anunciad esto —dijo, y luego dio media vuelta y se marchó con la misma rapidez con la que había llegado. Estaba claro que temía la ira de la muchedumbre.

El funcionario bajó la mirada al papel con incredulidad y después subió nerviosamente al cadalso.

—Por orden del fiscal de las Islas Afortunadas, en este octavo día de octubre del año de nuestro Señor de 1621, la sentencia se conmuta de la pena de muerte al exilio permanente. La prisionera tiene siete días para marcharse de Gran Canaria, las Islas Afortunadas y los mares que las rodean.

Y entonces se desató el caos.

Al sentir que le habían robado su entretenimiento, la multitud se abalanzó hacia delante. Muchos gritaban. E incluso los burgueses se pusieron de pie y empezaron a agitar sus abanicos. Louise notó que le retiraban el lazo del cuello —Gilles, supuso— y luego la hacían bajar de la plataforma y la conducían hacia el edificio, de vuelta a la cárcel subterránea. A su espalda los guardias trancaron la puerta, dejando al gentío al otro lado.

Por un momento, nadie dijo nada. Louise extendió una mano y tomó la de Gilles. Al sentir el familiar tacto de sus dedos, todo lo demás pareció desaparecer.

—Has venido a por mí. Sabía que lo harías.

—¿Cómo podrías dudarlo?

Gilles se sentía claramente desesperado por estrecharla entre sus brazos, pero consiguió contenerse.

—Hay alguien a quien debéis conocer —dijo—. Madame Reydon-Joubert, permitidme que os presente al caballero que ha pagado vuestro rescate y garantizado vuestra libertad.

Todavía aturdida, Louise se volvió hacia el desconocido.

—*Merci, monsieur*. Os doy mi más sincero agradecimiento.

Él hizo una reverencia.

—Louise, si es que me permites que me dirija así a ti, es un placer conocerte. Barenton ha sido de lo más perseverante en tu favor. Merece tu agradecimiento tanto como yo.

Ella asintió.

—Por esto y por mucho más.

Luego el francés se quitó el sombrero y Louise dejó escapar

un grito ahogado. Ante ella se encontraba un hombre de unos veintisiete o veintiocho años en cuyo pelo negro destacaba un mechón blanco. No entendía cómo podía ser que estuviera en Las Palmas o cómo había sabido que podía encontrarla ahí, pero no había duda de quién era.

Louise se quedó mirando el rostro de su medio hermano y sonrió.

—Monsieur Vidal, Phillipe, es un placer conocerte.

82

Tres horas habían pasado desde su indulto.

Louise y Phillipe Vidal estaban sentados en el elegante patio interior de la Casa de Colón. Después de las privaciones de la celda, ella se sentía en otro mundo.

Los últimos cuatro meses ya le parecían un sueño. Durante su calvario en la sala del tribunal, Louise no había dejado de esperar que añadieran el cargo de capitana del *Ghost Ship* a la lista de sus crímenes. Pero Gilles estaba en lo cierto aquella noche en Garachico: la gente corriente les agradecía que hubieran mantenido seguros sus pueblos y sus costas. Ella y la tripulación del *Old Moon* habían conseguido hacer lo que las autoridades habían sido incapaces de hacer. El fiscal y los demás hombres como él habían preferido hacer ver que el barco fantasma no había existido nunca antes que verse obligados a reconocer sus propias carencias.

Louise había dejado al fin de temblar. La hoja de papel con su absolución y los términos de su exilio descansaba sobre la mesa que tenía al lado. No paraba de echarle vistazos para asegurarse de que era real.

Un recuerdo del primero de los cuadernos de su abuela acudió de pronto a su mente, un diario que Minou había heredado de su propia madre, la primera *châtelaine* de Puivert, escrito en una enmarañada caligrafía con una tinta ya ligeramente desvaída y cuyo anticuado lenguaje había pasado de una generación a otra. Sus cubiertas de cuero contenían asimismo cartas, mapas esbozados y testimonios, y la primera frase se le había quedado grabada ya para siempre en la cabeza:

«Hoy es el día de mi muerte.»

Desearía haber llevado todos los diarios con ella, pero había pensado que estarían más seguros en la caja fuerte de Alis y Cornelia. Nunca tendría una hija propia, pero quizá Florence, la hija de Jean-Jacques, los heredaría y descubriría entonces que descendía de una familia de mujeres convencidas de que podían cambiar el mundo.

Louise negó con la cabeza y regresó a Las Palmas y a ese extraordinario día. Phillipe había llevado de Chartres su propio servicio, sirvientes que aparecían silenciosamente con bandejas repletas de vino, galletitas dulces y platos de queso y carnes curadas.

Phillipe alzó su copa.

—¡Por tu buena salud!

Se hizo un silencio entre ambos. Louise le dio un sorbo a su vino. Estaba hecho con uvas malvasía, cultivadas en las áridas tierras volcánicas de la zona montañosa de la isla. Gilles había escogido bien. Desearía que estuviera con ellos para que atenuara un poco la ligera incomodidad que había entre ella y su medio hermano, pero había demasiadas cosas por hacer. Después de dejarla con Phillipe, se había marchado a las montañas. Los términos de la liberación y el exilio de Louise los obligaban a reagrupar a la tripulación de inmediato y asegurarse de que el *Old Moon* estuviera listo para zarpar de Las Palmas en un máximo de una semana.

En el tiempo que habían tardado en caminar hasta la Casa de Colón, Gilles le había contado todo lo que había sucedido mientras ella había estado encarcelada: que, en la confusión que había tenido lugar durante su arresto, los hombres del fiscal no habían tomado posesión del barco; que Ali Al-Bayt había ocultado a los hombres de la tripulación en el pueblo de su familia, situado en el centro de la isla, para que no pudieran ser convocados como testigos ni persuadidos para que hablaran, y que Smith, Rémy, Sánchez y Marco Rossi se habían quedado en el *Old Moon* para que el barco estuviera a salvo.

—Son todos buenos hombres —le había dicho Gilles—. Te seguirían hasta los confines de la tierra.

—Puede que ahora tengan oportunidad de hacerlo —había respondido ella.

Louise levantó la vista y vio que Phillipe estaba mirándola con una expresión inquisitiva en sus oscuros ojos. Ella se sonrojó.

—Perdóname, no soy una buena compañía.

—Para nada.

De momento se trataban con formalidad e iban ambos con pies de plomo. La deuda que tenía ella era tan grande que nada de lo que pudiera decir le parecía adecuado. Quería contarle muchas cosas a ese medio hermano, pero aún seguían siendo dos desconocidos. Por parte de Phillipe, este parecía satisfecho con dejar que la conversación transcurriera por aguas tranquilas, y ella se sentía agradecida por ello. El principal vínculo entre ambos —su padre— era un tema que ninguno de los dos estaba todavía preparado para abordar.

Louise ya había compartido con él algunas cosas sobre su infancia en Ámsterdam y su vida en La Rochelle, pero, después de seis semanas encarcelada en las que apenas había mantenido conversaciones fugaces con carceleros y guardias, había perdido la capacidad de entretener.

—¿Has dicho que La Rochelle lleva desde junio bloqueada por las tropas reales?

Phillipe asintió.

—El conflicto entre católicos y hugonotes está intensificándose.

—El rey está renegando de las promesas hechas por su padre —dijo Louise recuperando algo de su viejo espíritu, pero rápidamente se calló. Si bien la parte Reydon-Joubert de la familia estaba del lado de la facción hugonota, era consciente de que el contingente formado por Phillipe y los Vidal-Evreux eran estrechos aliados del trono católico—. Ya me lo temía —siguió diciendo a continuación con cuidado—. Cuando todavía estaba en Ámsterdam todo indicaba que sucedería algo así.

—¿Tu casa en La Rochelle lleva un año vacía? —preguntó él cambiando de tema. Estaba claro que él tampoco quería que hubiera ninguna discrepancia entre ambos.

—Que yo sepa, mi mayordomo y mi ama de llaves siguen en ella. Aunque es posible que se hayan instalado mi querido tío, Jean-Jacques, y su familia —añadió—. Hace algún tiempo, este se marchó de París para servir a Enrique de Rohan. Le escribí una carta diciéndole que podía hacer uso de la casa si así lo deseaba.

—Espero que él y su familia estén a salvo.

Louise sonrió.

—Yo también. Han pasado algunos años desde la última vez que los vi, pero siento un cariño especial por su hija, Florence.

—¿Se parece a ti?

Volvió a sonreír.

—Tal vez. —Le dio otro sorbo a su copa de vino—. ¿Y tú? Espero que no me consideres demasiado atrevida por preguntarte si tienes esposa y familia.

Louise sabía que los padres de Phillipe se habían casado en enero de 1594 y que él había nacido nueve meses después. También que, tal y como había sospechado, se había tratado de un matrimonio de conveniencia y no por amor: Anne de Evreux era la hija del hombre a quien su padre, el padre de ambos, había vendido su finca y su título.

—Mi madre era de buena familia —dijo Phillipe—, pero también infeliz. Sabía que era un segundo plato para él.

—¿Qué quieres decir?

Él tamborileó con los dedos en el reposabrazos de la silla.

—Yo no era más que un niño. Apenas llegué a conocer a mi padre. Este murió antes de que yo cumpliera dos años, y estaba convencido de que esto había supuesto un gran pesar para ella. Pero, al hacerme mayor y oír los chismorreos de los sirvientes, descubrí que la pena de mi madre se debía a algo más que a su muerte. Estaba..., ¿cómo decirlo? La atormentaban los celos. Gobernaban su vida. Mi padre... —Se detuvo un momento y se corrigió—. Nuestro padre nunca dejó de amar a tu madre. Pero Marta lo había abandonado y había desaparecido. Él trató de encontrarla, pero fue en vano. Al final, se dio por vencido y se casó con mi madre. Unas pocas semanas después del matrimonio, sin embargo, en la coronación del difunto rey en Chartres, volvió a ver a Marta.

Louise sintió un escalofrío.

—Lo recuerdo. Yo estaba presente. Todos lo estábamos: mis abuelos, mi madre, mis tías y mi tío.

Si él había advertido su reacción, no dijo nada.

—De nuevo, era demasiado pequeño para comprender qué era lo que estaba pasando, solo sabía que mi padre apenas estaba en casa. Mi madre no paraba de llorar. Yo intentaba consolarla, pero no había nada que yo pudiera decir o hacer... —Phillipe dejó la frase sin terminar—. ¿Llegaste a conocerlo, Louise?

A ella se le hizo un nudo en el estómago. Aunque le gustaba lo que había visto hasta entonces en ese hombre, también se sentía cautelosa. Le debía la vida, sí, pero ¿cómo podía contarle la verdad? Al mismo tiempo, sin embargo, tampoco creía que fuera capaz de mentirle sin más.

—No —respondió—. Nunca lo conocí.

Phillipe se reclinó en su silla.

—Ah, esperaba que lo hubieras hecho. Yo recuerdo muy pocas cosas. Era un gran hombre. —Se quedó un momento en silencio y Louise observó cómo danzaban en su rostro las sombras de las palmeras meciéndose al viento que soplaba en el patio cerrado. Luego él hizo un gesto con la mano, como si quisiera dejar a un lado esta dolorosa parte de la conversación—. Una pena. Pero, contestando a tu pregunta, no, no tengo esposa ni tampoco hijos. —Hizo una pausa—. Y tú también has elegido no casarte.

—No deseaba, ni deseo, ser una esposa. No quiero constreñir de ese modo mi vida.

—Pero hay afecto entre Barenton y tú —dijo él afirmándolo más que preguntándolo—. La preocupación que este siente por ti va más allá de la que pueda sentir un sirviente por su señora.

Louise estuvo a punto de negarlo, pero finalmente decidió no hacerlo. ¿Qué mal podía causar admitirlo a estas alturas? Además, creía deberle a Phillipe al menos esa verdad. En unos pocos días, ella se exiliaría y lo más probable era que ya no volviese a verlo nunca. No tenía claro si lamentaría eso o no.

Sonrió.

—Lo hay. Gilles ha estado a mi lado todo este último año. Tenemos una especie de acuerdo, algo habitual a bordo de un barco. Por más que te deba la vida, Phillipe, que lo hago y por ello me siento más agradecida de lo que puedo expresar, Gilles me la ha salvado en dos ocasiones: una en el mar y otra encontrándote y trayéndote junto a mí.

De nuevo se hizo un silencio entre ambos. Debajo de la superficie había muchas más cosas que estaban soslayando. Louise apenas había tenido tiempo de pensar en su milagroso indulto. Como consecuencia, no había llegado a hacer la pregunta de la cual nacían todas las demás.

«¿Qué quiere de mí Phillipe Vidal?»

83

Louise dejó su copa sobre la mesa.

—Ahora me toca a mí ser franca.

Él hizo un gesto con la mano como para quitarle importancia.

—Puedes preguntarme lo que quieras, hermana.

—¿Por qué me escribiste, Phillipe? Sabías de mi existencia desde hacía mucho tiempo. O tu madre, al menos. ¿Por qué esperaste tanto?

—Ah, sí. Es una pregunta razonable. La respuesta es que desconocía tu existencia.

—No lo entiendo... —dijo ella, y de repente cayó en la cuenta. Claro. Aunque la primera carta tenía el blasón familiar y el sello de los Evreux, no estaba firmada—. Fue tu madre quien me envió esa primera carta.

Él asintió.

—Solo supe que lo había hecho cuando tu respuesta llegó de Ámsterdam en marzo. Se lo recriminé y me enfadé mucho; no contigo, sino con ella. La acusé de entrometerse. Terminamos mal y lo lamento. Pero no debería haber interferido.

—Seguro que solo lo hizo para proteger tus intereses.

—No necesitaba su protección —dijo Phillipe secamente—. Contéstame lo siguiente, hermana. Cuando te llegó la carta, ¿no te preguntaste por qué había tardado tanto en llegar esa demanda?

—Lo hice, sí. —En vez de detallarle todo lo que había imaginado y temido, pues no quería ofenderlo, Louise esperó a que él prosiguiera.

—Quiero a mi madre —continuó Phillipe—, pero es una persona fácilmente influenciable. Mientras yo estaba fuera de Chartres, cayó bajo la influencia de un nuevo sacerdote de la parroquia joven y ambicioso. Ella le confesó que todavía le costaba perdonar el hecho de que el hijo de su marido, su legítimo heredero, no hubiera recibido su herencia y que esta hubiera ido a parar en cambio a una descendiente nacida fuera del matrimonio.

Louise frunció el ceño.

—¿Estás diciendo que fue este sacerdote quien la animó a escribirme? ¿Después de todos los años que habían pasado? ¿Y qué le importaba a él?

—Mucho —contestó Phillipe endureciendo el tono—. Ignoro si ese canalla esperaba una significativa contribución a las arcas de su parroquia o llenarse los bolsillos. Cuando descubrí la influencia que tenía sobre mi madre, presenté una contundente queja ante el obispo de Chartres. Ahora ese sacerdote ya no está en la diócesis. Como puedes imaginar, esta es otra razón por la que mi madre y yo nos hemos distanciado.

—Encontraréis un modo de arreglarlo.

—Es posible. —Phillipe le dio un sorbo a su copa de vino—. En cualquier caso, esa es la situación en la que me encontré. No estaba seguro de qué hacer. No necesitaba dinero, pues soy un hombre rico gracias a la familia de mi madre. Y si bien mi padre vendió su finca para proporcionarte una herencia, o, más bien, para proporcionársela a la hija de la mujer que amaba, retuvo el control del resto de la fortuna de su padre: una propiedad en

París, joyas y obras de arte. —La miró directamente a los ojos—. Entonces recibí tu carta y comencé a preguntarme qué tipo de persona serías. Te escribí de vuelta y luego mi impaciencia me impidió seguir esperando tu respuesta sentado, de modo que, en contra de los deseos de mi madre, aunque había perdido todo derecho a manifestar su opinión al respecto, viajé a Ámsterdam y me reuní con Cornelia Van Raay y tu tía abuela.

El rostro de Louise se iluminó.

—¿Las viste? ¿Cómo están?

—Las encontré a ambas impresionantes.

—¡Ah, lo son! —Se calló, todavía recelosa de su medio hermano. Parecía sincero y amigable, pero daba la sensación de que había algo más bajo la superficie—. Son las dos personas a las que más quiero en el mundo. Echo mucho de menos su compañía.

—Al principio se mostraron comprensiblemente reticentes, pues querían protegerte, pero cuando las convencí de que no te deseaba mal alguno y les expliqué que, gracias al registro del puerto, sabía que habías zarpado en el *Old Moon* en dirección a Las Palmas, ellas me lo confirmaron.

—¿Y entonces decidiste venir aquí? ¿Sin más? —Louise frunció el ceño—. Me alegro por ello, claro, pero ¿por qué?

Él hizo otro gesto con la mano.

—¿Por qué hace uno todo? No tengo más familia que mi madre. Ningún otro hermano o hermana. El espectro de tu madre, de Marta, me ha perseguido toda la vida y, de repente, voy y recibo una carta de su hija proponiendo que nos encontráramos. Me pareció que me gustaría tener una media hermana... —No terminó la frase—. Tienes sus ojos, ¿lo sabes? Uno azul y el otro castaño. Mi madre siempre hablaba de ello, los ojos de la rival que había hechizado de ese modo a su marido.

Louise sonrió.

—Era muy bella —dijo recordando a su madre en aquellos veranos en el vergel de Zeedijk—. Casi nunca estaba en Ámsterdam, fue mi abuela quien me crio, y la sociedad neerlandesa no le agradaba. Pero, siempre que venía, su presencia resultaba deslumbrante. Era como un raro pájaro que ilumina el mundo a su alrededor.

—Debió de quererlo mucho —comentó él—. Me refiero a nuestro padre, Louis. Al fin y al cabo, te puso su nombre.

Ese comentario tan despreocupado se le clavó a Louise como una flecha. ¿Tenía algún significado la coincidencia de sus nombres? Se quedó tan ensimismada en sus pensamientos que no se dio cuenta de que Phillipe le había hecho otra pregunta.

—¿Cómo dices?

Él sonrió.

—Te he preguntado dónde se encuentra Marta ahora. Tu tía abuela no me lo dijo.

A Louise se le encogió el estómago. Mientras conversaban, no se le había ocurrido que él no tuviera conocimiento de lo que había sucedido en Kalverstraat.

—Phillipe... —comenzó a decir.

Al ver la expresión del rostro de la mujer, él se inclinó hacia delante.

—¿Qué ocurre?

—Pensaba que lo sabías.

—Dime.

Ella le dio un sorbo a su copa de vino.

—¿Qué te contó tu madre sobre la muerte de tu..., quiero decir, nuestro padre?

—Que murió en el asedio de Calais en abril de 1596, luchando junto a las fuerzas españolas contra Enrique de Navarra. ¿Por qué?

534

Louise se llevó una mano al relicario que colgaba de su cuello.

—Esto supondrá un duro golpe para ti, Phillipe. Comprendo por qué tu madre te contó que tu padre tuvo una muerte heroica. Y, de hecho, es muy posible que Louis le dijera a ella que iba a Calais. Pero la historia de tu madre no es cierta.

—Prosigue —dijo él con expresión decidida, y ella distinguió otro destello de esa fortaleza acerada que habría ayudado tanto a vencer la determinación de Joost por verla ahorcada.

—Marta y Louis fueron hallados juntos en una casa de huéspedes de Kalverstraat, en el corazón de Ámsterdam, el veintiséis de abril de ese año.

Los dedos de Phillipe volvieron a tamborilear sobre el reposabrazos de su silla.

—¿Hallados juntos? ¿Qué quieres decir?

—Fueron asesinados, Phillipe —explicó ella, odiando el hecho de que estuviera haciendo añicos el recuerdo que él tenía de su padre—. El cuchillo también fue encontrado en la habitación.

Phillipe se pasó una mano por el largo pelo negro con un mechón blanco. Su expresión resultaba imposible de interpretar. En ese instante, Louise reparó en el gran parecido familiar que había entre él y el padre de ambos, el hombre al que ella había asesinado, y sintió un escalofrío.

—¡Eso no puede ser! —indicó él alzando la voz—. Es imposible.

Louise quiso decir algo para consolarlo, pero pensó que él no querría escucharlo.

—¿Quién lo hizo? ¿Detuvieron al asesino?

—Nadie lo sabe —respondió ella retomando la explicación de su abuelo.

Por un momento, Phillipe no dijo nada.

—De modo que Marta está muerta —repitió—. Murió hace veinticinco años.

—Sí.

Él exhaló un suspiro.

—¿Crees que mi madre lo sabe?

Louise se encogió de hombros.

—No puedo decírtelo, Phillipe. ¿Cómo podría saberlo?

—Y tú no eras más que una niña cuando esto sucedió.

—Tenía diez años —contestó ella, deseando que él no fuera tan amable.

Se produjo otro largo silencio entre ambos, como si él estuviera procesando la información. Sus dedos no paraban de tamborilear en el reposabrazos de la silla mientras permanecía con la mirada fija en algún punto a media distancia.

—Ambos perdimos a un padre —dijo finalmente—, pero yo tenía a mi madre. —Negó con la cabeza—. Desearía haber conocido a Marta, y desearía haber tenido la oportunidad de conocer a mi padre. Pero al menos esto... confiere aún más importancia al hecho de que nos hayamos encontrado. Creo que a nuestro padre le habría gustado, ¿no te parece? Está claro que nunca dejó de amarla.

Para su consternación, Louise sintió que las lágrimas anegaban sus ojos.

Al instante, Phillipe se colocó a su lado.

—Todo va a salir bien —aseguró ofreciéndole su hombro para que ella apoyara la cabeza—. Nos tenemos el uno al otro. Yo cuidaré de ti y te mantendré a salvo. Todo va a salir bien.

84

Las Palmas
Martes, 12 de octubre

Cuatro días después, en una radiante y apacible mañana, el *Old Moon* ya estaba listo para zarpar. Desde el amanecer habían estado esperando a que la marea y el viento fueran favorables, y en ese momento las condiciones eran todo lo buenas que podían llegar a ser a esas alturas de la temporada: un ligero viento del noroeste y buena visibilidad. Hacía exactamente un año que Louise y Gilles habían partido de La Rochelle juntos hacia el norte, en dirección a Ámsterdam. Ese día zarparían hacia el sur. A Louise le entristecía despedirse de las aguas de las Islas Afortunadas y los isleños, pero los términos de su exilio no le proporcionaban ninguna otra alternativa.

Durante los últimos cuatro días, siempre que habían tenido un momento a solas, Gilles y ella habían debatido adónde deberían ir.

—No puedo regresar a la oscuridad y el frío de Ámsterdam —había dicho ella—. Ahí solo me esperan cielos grises y húmedos, además del miedo constante a ser arrestada.

Le encogía el corazón pensar que no volvería a ver a Cornelia o Alis, pero las semanas pasadas en prisión le habían dejado muy claro que no podía arriesgarse a que la encarcelaran. Si regresaba a la República Neerlandesa, estaba segura de que Andries Joost iría de nuevo a por ella, con o sin *diyya*, y su presencia solo le pondría las cosas más difíciles a Cornelia. Louise no tenía ninguna duda al respecto. Además, con el tiempo se correría la voz de que Gilles y ella vivían como si estuvieran casados: una cosa era hacerlo en el mar, otra muy distinta en una ciudad calvinista como Ámsterdam. Y si bien estaba aprendiendo a hacer las paces con su pasado y sus actos, en esa ciudad sería imposible; los recuerdos eran todavía demasiado recientes.

Su otro único hogar, La Rochelle, estaba bajo asedio, y de todos modos Gilles no sentía el menor deseo de regresar a esa ciudad. Lo que más quería era estar con ella, y Louise sentía lo mismo por él. Gracias a sus conversaciones con Phillipe, le había quedado claro que el rey y su cada vez más poderoso consejero, el cardenal Richelieu, tenían la intención de seguir con la persecución de los hugonotes hasta que los hubieran expulsado a todos de Francia. En el sur de África, allí donde se encontraban los océanos Atlántico y Pacífico, había comenzado a formarse una pequeña comunidad de refugiados hugonotes. Se trataba de exiliados franceses y neerlandeses en busca de una vida más segura. Louise y Gilles formarían parte de ella.

Louise recordó aquella lectura de tarot de Sint Luciensteeg. Cuando Gilles le había dado la vuelta al diez de copas, el cartomántico explicó que el diez era un número que representaba conclusión y que marcaba el final de un ciclo y el comienzo del siguiente. Sonrió. Juntos habían hecho eso, y volverían a hacerlo.

«Una nueva aventura, unos nuevos comienzos.»

Llevaba la exploración en la sangre. El tribunal se había incautado del portulano de Hendrik Joost, pero Phillipe le había regalado un exquisito mapa de navegación durante la cena que había celebrado la noche anterior. Había sido una velada amena y agradable. Louise esperaba que, con ellos dos, llegara a su fin la contienda que había dividido profundamente las familias Reydon-Joubert y Vidal durante dos generaciones. Ella no había compartido con él lo que sabía a partir de los diarios de su abuela, pero sospechaba que Phillipe tenía conocimiento de la rivalidad entre sus abuelos.

A pesar de que su medio hermano era encantador y simpático, Louise se sentía aliviada de marcharse. Phillipe quería estar con ella todo el rato y no paraba de hablar sobre el pasado y sus familias, explicándole lo que podrían hacer juntos y diciéndole que él cuidaría de ella. Louise se sentía asfixiada. Y la carga del engaño, la verdad que había tenido que ocultarle, pesaba excesivamente sobre su conciencia. Las consideradas atenciones de su medio hermano le dejaban poco tiempo para otras cosas.

—Se piensa que ha comprado ese derecho —había dicho Gilles con tranquilidad cuando hubieron terminado de cenar y regresaban caminando al barco.

—¿No te gusta su compañía?

—Le estoy muy agradecido —había contestado él cautelosamente—. Pero me pregunto si ha salido más a su padre o a su madre.

—¿Qué quieres decir?

Gilles rodeó la cintura de Louise con un brazo.

—Solo unas pocas horas más y al fin podremos dejar todo esto atrás.

Louise miró su barco con orgullo. Reluciente, abrillantado, reparado. La bandera neerlandesa todavía ondeaba en lo alto del palo mayor, y la suya propia en la proa: una única gota de color verde esmeralda sobre un fondo plateado. En la popa, sin embargo, la bandera de la VOC había sido reemplazada por una nueva diseñada por Gilles y confeccionada por Rossi. En ella se podía ver una embarcación de tres mástiles con una mujer tocada con un pañuelo rojo en la cubierta. Un último recordatorio de una aventura que ya había llegado a su fin.

Cuando estuvieran en alta mar, se cambiaría la ropa de mujer que llevaba en esos momentos por sus calzones de capitán. En las semanas pasadas en las colinas, Rossi le había hecho unos nuevos. Todavía llevaba el relicario de su madre al cuello, pero el pañuelo —aún en su posesión— estaba doblado en el fondo de su baúl de viaje. Pertenecía a otra época. La daga enjoyada se la había confiscado el tribunal, pues la consideraban una prueba, y no le había sido devuelta.

Ya casi estaban listos. A su alrededor se oían los ruidos de las preparaciones de última hora que estaban llevando a cabo sus hombres: Pieter, que se había vuelto más fuerte y seguro de sí mismo durante el tiempo que había pasado en las colinas; Tom Smith como primer teniente y Bleeker, como segundo, al timón; Jansz y su nariz torcida dándoles órdenes a sus dos nuevos reclutas canarios con una mezcla de exasperación y afecto paternal; Sánchez y su espeso bigote negro; Pierre Rémy en la cubierta principal, asegurándose de que contaba con todo lo necesario para defender el barco en el mar; Albert en su cocina con el brazo ya completamente curado; Marco Rossi inspeccionando la vela mayor por si había algún descosido o rasgón; Lange sobresaliendo por encima de todos; el pelirrojo De Groot llorando todavía la muerte de su hermano, y por último Ali Al-Bayt, aún en el muelle, pasando una mano por el casco. La tripulación del *Old Moon* reunida en su totalidad. Si todo iba bien y contaban con un viento favorable del noreste, llegarían a las islas de Cabo Verde a tiempo para atracar en un puerto seguro para pasar el invierno. Cuando llegara la primavera y mejorara el clima, seguirían la travesía hacia la Costa de Oro portuguesa y el Cap de Bonne Espérance, el cabo de Buena Esperanza.

Louise sonrió. Este viaje sería distinto. Seguiría ejerciendo de capitana al mando del *Old Moon*, pero este ya no sería un azote de galeras esclavistas de corsarios, sino que volvía a ser un barco mercante que transportaba pasajeros y una carga: una remesa de vino de malvasía, hecho con las uvas procedentes de las tierras volcánicas de la isla, solo que su destino era Sudáfrica en vez de Ámsterdam.

Echó un vistazo al muro del muelle. Pensaba que Phillipe acudiría para despedirse, aunque lo cierto era que en su fuero interno se alegraba de que no lo hubiera hecho. Sus pensamientos estaban concentrados en el viaje que iban a realizar. Prefería mirar hacia delante, a su futuro, más que recrearse en el pasado.

—Louise —dijo Gilles en voz baja—. Mira.

Ella se colocó una mano ahuecada sobre los ojos y vio a Phillipe, con su alto sombrero de *capotain*, un largo abrigo azul y unos zapatos negros abrochados con una hebilla, avanzando a grandes zancadas por el muelle en dirección al barco. Tras él, su ayuda de cámara y dos ayudantes cargaban varias bolsas.

—¿Qué está haciendo?

Gilles negó con la cabeza.

—No tengo ni idea.

En cuanto llegó junto al barco, Phillipe la miró con una sonrisa en el rostro.

—He cambiado de parecer. ¿Puedo subir a bordo?

Louise sintió como una oleada de inquietud recorría su cuerpo.

—Desde luego —respondió—, aunque vamos a zarpar de un momento a otro —añadió, y le hizo una señal a Pieter para que ayudara a Phillipe a pasar por encima de la borda—. Qué maravillosa sorpresa. Me alegro de que hayas venido. Ya temía que no vinieras a despedirte de nosotros. Pero aquí estás.

—Y yo pensaba que llegaría demasiado tarde.

—Has llegado justo a tiempo. Gracias de nuevo por la maravillosa cena de anoche. Y por todo. Estaré siempre en deuda contigo. —Louise se rio, consciente de estar hablando demasiado deprisa.

Pero entonces se dio cuenta de que el ayuda de cámara de su medio hermano había comenzado a subir las maletas a la cubierta. Ella le lanzó una mirada a Gilles, cuyo rostro era una máscara impenetrable.

—Phillipe, yo...

Él le puso un dedo sobre los labios.

—Si me permites, hermana. Apenas estamos conociéndonos el uno al otro. He disfrutado mucho de tu compañía estos últimos días...

—Y yo de la tuya.

—... con la consecuencia de que, estando sentado en mi cuarto, de repente se me ha ocurrido que podía viajar contigo. Me comentaste que tal vez ya no regresarías nunca a Francia, y yo tengo todo el tiempo del mundo. Hay muchas cosas que me gustaría saber y sobre las que desearía hablar contigo. —Hizo una pausa—. Y hay unas cartas que creo que te agradaría ver.

Ella se lo quedó mirando fijamente.

—¿Cartas de quién?

Él sonrió.

—De tu madre a nuestro padre. Había olvidado que las tenía aquí conmigo; si no, te las habría enseñado antes. —Sus ojos se iluminaron—. Son..., ¿cómo podría decirlo? Se trata de unas cartas de un amor y una pasión tales que podrían rivalizar con las de Eloísa a su querido Abelardo.

A Louise todo esto la cogió por sorpresa.

—No sé bien qué decir, Phillipe. Me encantaría leerlas, claro, pero... —hizo un gesto señalando a su espalda— esto no es a lo que estás acostumbrado. Es un barco pequeño con una tripulación pequeña. Prácticamente no hay sitio para dormir.

Phillipe se rio con benevolencia.

—He servido en el ejército, hermana. Me he alojado en cuarteles bastante menos salubres que esta embarcación. —Y, alzando las manos en señal de falsa rendición, añadió—: Pero, claro, solo iré contigo si tienes sitio para mí. Y para un par de sirvientes. Ya han navegado antes.

Louise se sintió atrapada. Le caía bien su medio hermano, pero no lo quería en el barco. Monopolizaría su atención y no habría escapatoria. Sin embargo, Phillipe estaba tan emocionado y su afecto parecía tan sincero que no veía cómo podía negarse. Le debía la vida. Y si tenía cartas escritas por Marta, quería verlas. Decidió no hacer caso al extraño hecho de que no las hubiera mencionado hasta ahora.

—Claro que sí. Será un honor —dijo ella evitando la mirada de Gilles—. Tenemos intención de pasar el invierno en Cabo Verde. Podrías navegar con nosotros hasta ahí y tal vez regresar a Francia cuando retomemos la travesía para ir a Ciudad del Cabo. Imagino que no querrás estar lejos de Chartres y de tu madre demasiado tiempo.

Phillipe le sostuvo la mirada.

—Ah, los administradores de mis haciendas pueden arreglárselas perfectamente sin mí durante uno o dos meses.

Louise fingió una sonrisa.

—En ese caso, Gilles, ¿podrías encargarte de que el pequeño camarote de popa esté preparado? —Y volviéndose hacia Phillipe—: Tus hombres pueden dormir con la tripulación en la cubierta principal.

Gilles asintió.

—Por supuesto. Si queréis seguirme, monsieur.

Ella percibió un dejo de preocupación en el tono de voz de este y quiso darle una explicación, pero Phillipe la cogió de un brazo.

—¿Y yo qué hago?

Louise se desembarazó cuidadosamente de su mano y señaló hacia atrás.

—Ven conmigo al alcázar, Phillipe. Te presentaré a mi primer teniente.

En cuanto ella estuvo en posición, el teniente Smith hizo sonar la campana. Bleeker se encontraba al timón; todo el mundo estaba preparado para volver a navegar. Con gran agitación, Louise miró a su alrededor. La tripulación permanecía a la espera de sus órdenes.

—¿Todo listo, teniente?

Smith asintió.

—Sí, señora.

Louise esperaba que Gilles acudiera al alcázar con ella tal y como solía hacer, pero este había preferido quedarse abajo, en la cubierta principal. Percibió su expresión de inquietud y esbozó una sonrisa a modo de disculpa, confiando en que se hubiera dado cuenta de que le había resultado imposible negarse a que Phillipe se uniera a ellos. Le explicaría luego que solo sería durante la primera mitad del viaje. Seguro que lo entendía.

Por el momento, lo apartó todo de su mente. Sentía la misma palpitación interior que la acometía siempre que estaba a punto de zarpar, sobre todo por tratarse de un viaje de exploración. El *Old Moon* ya no era el *Ghost Ship*, pero estaban embarcándose en otra emocionante nueva aventura. Navegarían por aguas de las que apenas había mapas en busca de nuevas tierras. Gilles y ella se dirigían al cabo de Buena Esperanza atraídos por la promesa de un lugar en el que poder vivir juntos para siempre.

«Érase una vez...»

Llena de esperanza, alzó la cabeza y dejó que el sol iluminara su cara. Luego, Louise Reydon-Joubert, capitana al mando del *Old Moon*, levantó un brazo y dio la orden.

—¡Soltad amarras, desplegad las velas!

EPÍLOGO

CIUDAD DEL CABO
CABO DE BUENA ESPERANZA
Agosto de 1688

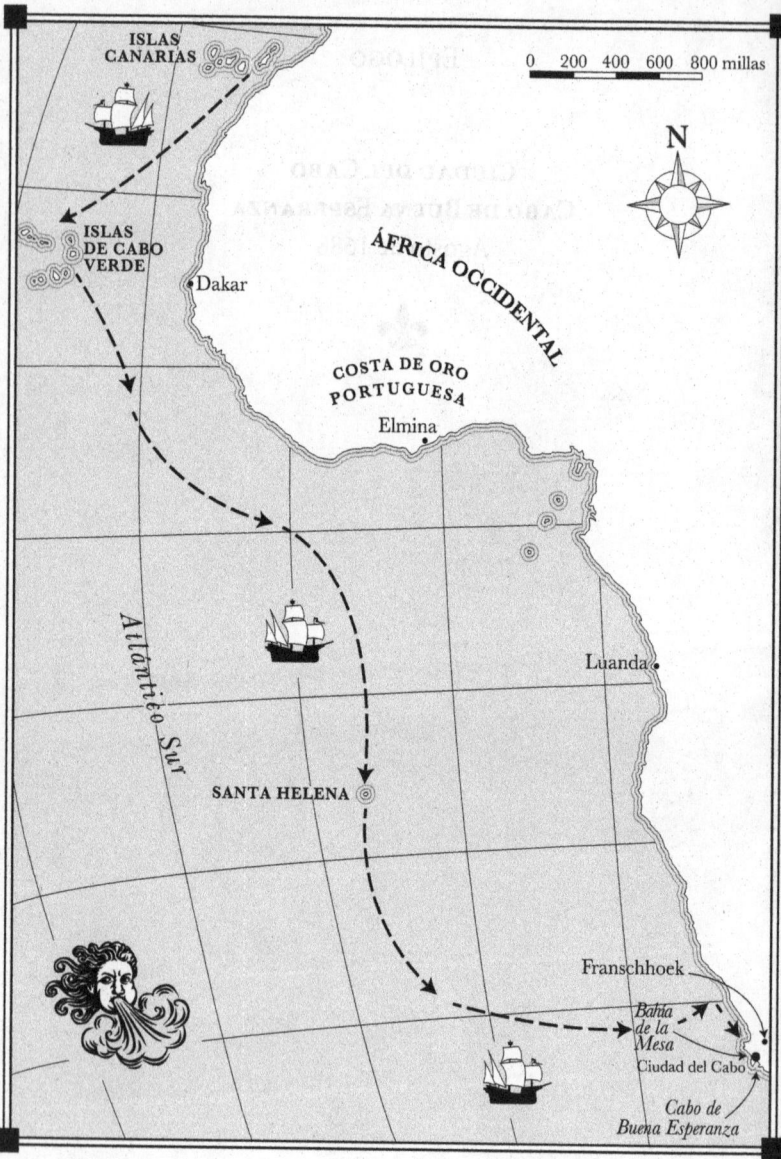

ISLAS
CANARIAS

0 200 400 600 800 millas

N

ISLAS
DE CABO
VERDE

•Dakar

ÁFRICA OCCIDENTAL

COSTA DE ORO
PORTUGUESA

Elmina•

Atlántico Sur

Luanda•

SANTA HELENA

Franschhoek

Bahía
de la
Mesa

Ciudad del Cabo

Cabo de
Buena Esperanza

Sesenta y siete años después

En una fría tarde de principios de agosto, después de un viaje de ciento cuarenta días desde la Cámara de Róterdam, en la República Neerlandesa, el majestuoso *Berg China* echó el ancla en la bahía de la Mesa.

El *spiegelretourschip*, uno de los más grandes y mejores de la flota de la VOC, estaba realizando su cuarto y último viaje a la colonia de Batavia, en las Indias Orientales Neerlandesas. Además de contar con una extensa tripulación, en él viajaban varias familias hugonotas que huían de la persecución, así como ocho chicas de un orfanato de Róterdam que llevaban a Ciudad del Cabo para que se casaran con los hombres de la VOC estacionados en esta ciudad. Durante el viaje habían tenido lugar varias muertes, pero el tiempo había sido bueno y no se había producido ningún brote de disentería a bordo.

Dos mujeres —una abuela y su nieta, una vivaz muchacha de veinte años— contemplaban desde la popa de la cubierta superior el escarpado y agreste paisaje que había aparecido ante ellas. La chica contuvo el aliento. Gracias a las historias de los marineros que habían hecho esta ruta antes, ya se sabía los nombres de las extraordinarias montañas que se elevaban en esa tierra salvaje y deshabitada: Cabeza de León, Pico del Diablo y la Montaña de la Mesa, donde las nubes blancas cubrían su plana superficie como si de un mantel se tratara. Podía ver asimismo los colores rojo, blanco y azul de la bandera de la VOC ondeando sobre el nuevo fuerte de piedra, construido para reemplazar las viejas fortificaciones de tierra y madera establecidas treinta años atrás por Jan van Riebeeck en la costa de la bahía de la Mesa. Ese asentamiento era una estación de reabastecimiento para los barcos de la VOC que se dirigían a Batavia. A su derecha, la joven divisó los conjuntos de edificios bajos en los que vivían los hombres locales a sueldo de la VOC y, en la falda del Pico del Diablo, un floreciente jardín donde le habían contado que se cultivaban frutas y verduras. No se parecía a nada que hubiera visto antes en La Rochelle o Ámsterdam. Amplios cielos, un paisaje de tierra roja y vegetación verde, lloviznas sobre las cimas de las montañas. En Ciudad del Cabo, en agosto era invierno. Ella nunca había visto las montañas de los Pirineos, pero suponía que debían de semejarse a esto.

—Es una maravilla —dijo cogiendo de la mano a su abuela—. Impresionante.

—Lo es —convino la mujer mayor, y luego añadió—: Ahora deberías intentar hablar en neerlandés.

Aunque Florence tenía ya más de ochenta años, había un fuerte parecido entre ambas mujeres: las dos eran altas y de piel pálida, con el pelo cobrizo y los ojos de distinto color, uno azul y el otro castaño. Eran mujeres valerosas y determinadas que se habían visto obligadas a huir de su hogar en La Rochelle con lo poco que habían podido cargar a sus espaldas. Como les habían prohibido marcharse de Francia y profesar su culto, muchos hugonotes se habían convertido al catolicismo por miedo a sufrir represalias o ser encarcelados.

Ellas no.

Eran las últimas supervivientes de una de las más distinguidas familias hugonotas de Francia, y no pensaban renegar de su fe. Tras huir de su casa en la rue des Gentilshommes y viajar de noche para evitar las dragonadas y a los soldados del rey que se dedicaban a dar caza a hugonotes por diversión, habían tardado diez meses en llegar sanas y salvas a Ámsterdam. Habían recorrido la costa oeste de Francia en dirección norte, y después se habían dirigido primero a Chartres y luego a Reims antes de cruzar los Países Bajos españoles. Con los pies doloridos y agotadas, pero todavía desafiantes, habían llegado finalmente a la vieja casa familiar en Zeedijk, donde habían sido acogidas y les habían prestado los florines necesarios para que ambas pudieran comprar pasajes para viajar al cabo de Buena Esperanza. Fue en Ámsterdam donde la chica leyó los diarios de Minou Joubert, que había fallecido hacía casi ochenta años, y los que había escrito en prisión la nieta de Minou, Louise. Y fue entonces cuando adoptó el antiguo apellido familiar para sentirse vinculada con las generaciones de mujeres que la habían precedido.

El primero de los botes de remos estaba preparándose para ir a la costa. Cuando llegaran a tierra, todos los pasajeros serían procesados y registrados y, a continuación, se les asignaría un terreno en el que asentarse. Oliphants Hoek, Drakenstein: estos eran los nombres de los asentamientos del interior acerca de los que la niña había oído hablar. Sin prisa pero sin pausa, la comunidad estaba dejando de ser una mera estación de reabastecimiento y convirtiéndose en un asentamiento propiamente dicho, y cada vez necesitaba más gente: vinateros, fabricantes de cercas, granjeros, modistas, esposas. Ella era incapaz de imaginarse cómo sería vivir en un entorno como ese, un lugar que parecía salido de las páginas de una historia fantástica, pero se sentía emocionada por la aventura que tenía por delante.

La mayoría de los pasajeros que habían viajado con ella iban en busca de una vida mejor, una vida nueva, libre de miedos. Eran refugiados como ellas dos, sin demasiadas expectativas de hacer fortuna o recibir una calurosa bienvenida. Pero tenían esperanza. Esperanza de que allí, en el otro extremo del mundo, dejarían de perseguirlos y podrían vivir y profesar su culto en paz.

La chica estaba allí por otra razón. Durante toda su vida había crecido oyendo historias sobre su tía abuela segunda, Louise Reydon-Joubert. Ella misma había nacido en la casa de esta en la rue des Gentilshommes, en La Rochelle, lugar en el que había vivido con su abuela —su madre había muerto al nacer ella— hasta que se habían visto obligadas a huir de Francia, y donde había oído numerosos rumores sobre una disputa familiar que se había extendido durante generaciones. Le había preguntado al respecto a su abuela, Florence, que recordaba a Louise de cuando todavía era una niña y también las historias que su padre le había contado sobre ella. Gracias a los documentos guardados en las antiguas oficinas de la naviera Van Raay, en Ámsterdam, la chica había descubierto que Louise había sido la propietaria de un barco llamado *Old Moon*, y que había navegado con esta embarcación a las Islas Afortunadas en marzo del año 1621. Había oído muchas leyendas al respecto, cada una de las cuales más fantástica que la anterior. Según estas, Louise se había convertido en la capitana del barco y había ejercido la piratería en las aguas del océano Atlántico. En estas historias había asesinatos, un juicio en las Casas Consistoriales de Las Palmas, piratería, venganzas en alta mar... Parecía todo demasiado descabellado para ser cierto. Luego, en octubre de ese mismo año, el *Old Moon* había partido de Gran Canaria en dirección al cabo de Buena Esperanza. Por lo visto, el compañero —algunos decían que marido— de Louise, Gilles Barenton, también iba a bordo, así como el medio hermano de ella, un hombre llamado Phillipe Vidal.

El *Old Moon* había llegado a Ciudad del Cabo el séptimo día de mayo de 1622, y desde entonces no había vuelto a saberse nada más de Louise Reydon-Joubert. Simplemente se había desvanecido. No había ningún registro de su fallecimiento, ni tampoco del lugar al que hubiera podido ir. Por orden de la propia Louise, el *Old Moon* había regresado a Ámsterdam a mando de su primer teniente, Tom Smith, pero el inglés mantuvo hasta el día de su muerte que no tenía ni idea de dónde estaba su capitana ni de por qué había abandonado el barco que tanto quería. Fue él quien llevó a Ámsterdam los diarios que ella había escrito en prisión y quien se los dio a su anciana tía abuela, Alis, para que los custodiara. Entre sus páginas había una maltrecha carta del tarot. La de la Justicia.

Sesenta y siete años después, la chica había viajado a Ciudad del Cabo para rehacer los pasos de Louise. Sabía que sería difícil, tal vez imposible, pero pensaba hacer todo lo que pudiera para averiguar lo que le había pasado. Estaba decidida a ponerle un punto final a la historia y ofrecerle a Louise el debido homenaje en su memoria. Una mujer como ella no debería desaparecer sin más de la historia. Las generaciones venideras merecían conocer su nombre: Louise Reydon-Joubert, capitana de navío.

En ese momento, el oficial del barco estaba llamando a los primeros pasajeros que irían a tierra. Las dos mujeres permanecieron en la cola y luego dieron un paso adelante cuando oyeron sus nombres.

—¿Suzanne Joubert?

—*Hier ben ik* —respondió ella, recordando que su abuela le había aconsejado que hablara en neerlandés.

Con el asa de su bolsa de cuero cruzada al pecho, Suzanne descendió al bote y se acomodó en el banco de madera junto a su abuela. Respiró hondo para calmar sus excitados nervios. Y su aprensión. El mar estaba agitado, pero estaba acostumbrada al vaivén de las olas y sabía que iría todo bien.

Cuando los remeros se pusieron en marcha, Suzanne sonrió.

—Ya llego —murmuró mientras las gaviotas graznaban sobre su cabeza—. Ya llego y voy a encontrarte.

AGRADECIMIENTOS

Hay muchas personas que me han apoyado durante la escritura de *El barco fantasma*.

Como siempre, gracias a mi querida amiga y editora de Mantle, Maria Rejt, y al equipo londinense de Pan Mac, que incluye a Alice Gray, Sara Lloyd, Lara Borlenghi, Jeremy Trevathan, Kate Tolley, Rebecca Needes, Claire Evans, Lucy Hale, Jamie Forrest, Kate Green, Charlotte Williams, Stuart Dwyer, Jonathan Atkins, Cormac Kinsella, Christian Lewis, Marian Reid y a los fantásticos comerciales de Pan Mac; quiero expresar asimismo mi enorme agradecimiento a todo el equipo de Pan Macmillan Australia, Nueva Zelanda, Sudáfrica e India.

Gracias a mi viejo amigo y agente Mark Lucas y a todo el equipo de The Soho Agency e ILA, en especial a Niamh Grady, Alice Saunders, Nicki Kennedy y Jenny Robson. Y a George Lucas e Inkwell Management. Soy afortunada de contar con muchos editores y traductores extranjeros; quiero destacar en particular a Maaike le Noble, Frederika van Traa, Davy van der Elsken y Koen Lempers, de Meulenhoff-Boekerij; a mi editora Catherine Richards, de Minotaur Books, y a todo el equipo de St Martin, incluyendo a Hector DeJean, Andrew Martin, Kelley Ragland, Paul Hochman, Michelle Cashman, David Rotstein y Nettie Finn; así como a Marie Misandeau y el maravilloso equipo de Sonatine.

En lo relativo a los barcos y el mar, tengo una profunda deuda con el contraalmirante John Lippiett por sus ánimos, su infinita paciencia y su opinión de experto. Cualquier error es únicamente mío. Quiero dar las gracias asimismo a Tessa Murdoch FSA y al Museo Hugonote de Rochester, Kent, y al Museo Memorial Hugonote de Franschhoek, Sudáfrica. En Carcasona, como siempre, gracias a Alain Pignon, Pierre Sánchez y Chantal Bilautou, así como a la familia Pujol del Hôtel de la Cité.

Gracias también a todos mis amigos y familiares por su apoyo, en particular a Jon Evans, Clare Parsons, Tony Langham, Syl Saller, Saira Keevil, Anthony Horowitz, Jill Green, Linda y Roger Heald, Sylvia Horton, Robert Dye y Lucinda Montefiore.

Todo mi amor a mi legendaria suegra Rosie, a mis cuñados Mark Huxley y Benjamin Graham (que ayuda a mantener los fuegos hogareños ardiendo), a mis fabulosas hermanas Caroline Matthews y Beth Huxley, y a todos mis encantadores sobrinos, en especial a Lottie, Bryony, Rick y las maravillosas Thea y Ellen.

Finalmente, como siempre, no podría haber hecho esto sin mi querido marido Greg Mosse, mi primer amor y mi primer lector, y sin nuestros brillantes Martha Mosse y Felix Mosse, así como la maravillosa Ollie Halladay y el alegre Finn. Os estoy muy agradecida a todos.

Otros títulos de la autora en Booket: